共和国的文学雕像

不能忘却的历史，不能丢弃的财富

李掖平　主编

山东文艺出版社

目 录

导论：向红色文学经典致敬

李掖平

从让红色历史鲜活起来、让革命文化传承下去的思想创意出发，我们以深致的虔恪诚敬，在"红色文艺"的文学史谱系中选出 1949—1960 年间的十部红色经典小说，对其出版、发行以及经由多种艺术形式传播的历史轨迹和所产生的巨大社会影响及其红色精神基因被当代激活并传承的思想艺术价值，进行了系统的梳理廓清、考辨厘定和评析论证，辑成这本《共和国的文学雕像》，以向红色文学经典致敬。

何谓"红色文学经典"？按照汉语词典关于"常念为经，常数为典"的概念界定，红色文学经典就是经过大浪淘沙的历史积淀和千锤百炼的时光筛检，留存下来的最完美，最有价值，最具代表性、典范性、权威性的流贯着红色精神基因的作品，它具有超越国度和种族的精神感召力与穿越时空的思想引领力，总能在新的时代条件下绽耀新光彩、释放新能量，值得人们反复阅读甚至永远传颂。正如习近平总书记所说，"经典之所以能够成为经典，其中必然含有隽永的美、永恒的情、浩荡的气。经典通过主题内蕴、人物塑造、情感建构、意境营造、语言修辞等，容纳了深刻流动的心灵世界和鲜活丰满的本真生命，包含了历史、文化、人性的内涵，具有思想的穿透力、审美的洞察力、形式的创造力，因此才能成为不会过时的作品"。

概括说来，我们这次选辑出的 1949—1960 年间十部红色经典小说，主要具有以下几个特点：

第一，这些红色文学经典作品，以一种精神方式参与了中国近现代社会的历史构成，成功书写了中华民族站起来的一个伟大时代，建构起中华人民共和国一座座伟大的文学雕像。这些小说聚焦自清末到 20 世纪中期中国社会的一系列重大事件，从 1921 年中国共产党的诞生，到 20 世纪 30 年代如火如荼的铁血革命，到艰苦卓绝的八年民族抗战，到解放全中国的三大战役，到中华人民共和国成立后广大农村翻天覆地的变化与发展，以宏伟的史诗格局和磅礴的精神气势，多角度、全方位地描绘再现了在共产党领导下，中国人民抗敌御侮、建立人民民主政权、建设社会主义新农村的波澜壮阔的革命进程，钩沉出中华民族在困厄中破旧立新、求变图强、不断创新的历史发展逻辑。

如《红旗谱》在大革命失败前后十年革命斗争的历史背景下，扣住冀中平原两家农民三代人和一家地主两代人的尖锐矛盾斗争，以"反割头税"和"二师学潮"为中心事件，生动地展示了北方农民革命运动的壮丽图景，成功地塑造了三代农民的英雄形象（特别是横跨两个时代的农民英雄朱老忠的形象），生动描写刻绘了中国革命的"红色谱系"；如《青春之歌》以学生运动为主线，围绕女主人公林道静由对封建专制家庭和黑暗社会的个人反抗到最后投入时代洪流走上革命道路的艰难曲折的"苦难历程"，描写揭示了从"九一八"到"一二·九"这一历史时期内我国学生革命运动的历史图景和形形色色知识分子的精神风貌，进而提炼出知识分子只有投入到时代的洪流中，把个人前途与国家民族的命运和人民的革命事业结合在一起，才有光明的前途和出路，也才有真正值得歌颂的美丽青春的思想主题；如《三家巷》以三家巷这条街巷作为旧中国的一个缩影，扣住互为亲戚关系的三户人家（周家是工人阶级的代表，陈家是买办资产阶级的代表，何家是封建地主阶级的代表）之间的矛盾斗争以及发展变化，将革命青年个人的成长道路、家族的兴衰沉浮与历史的风云变幻融为一体，生动描绘了 20 世纪 20 年代中国南方革命初期既轰轰烈烈又错综复杂的时代画卷，揭示并探源了"中国革命的来龙去脉";如杜鹏程的《保卫延安》站在时代和历史的高度，围绕西北战场中国人民解放军与十倍于我军的敌人"一片土地一片血"的卓绝奋战，描写了我军主力纵队的一个连所参加的青化砭、蟠龙镇、榆林、沙家店等战役，出色反映了解放战争中著名的延安保卫战，进而艺术概括了我军从战略防御转入战略反攻的历史性转折；如柳青的《创业史》以梁生宝互助组的发展为线索，全景式表现了中国农业社会主义改造进程中社会思想风貌和各阶层农民心理情感的变化，深刻揭示了中国农村发生社会主义革命的历史必然性和现实合理性……正是这种对思想内涵广度和深度的追求，支撑起了红色经典作品的史诗风格和历久弥新的生命力，深深烙刻着时代的印记，寄托了民众的光荣与梦想，以对新中国成立前后几代人共同记忆和情感的承载，成为最具思想引领力、精神感召力和艺术感染力的优秀文学范本。

第二，红色文学经典以中国文化中英雄崇拜的传统母题，精彩阐释了生命个体与国家、与人民、与时代之间的意义联系，弘扬了中华儿女"位卑未敢忘忧国""我以我血荐轩辕"之可歌可泣的爱国主义精神。中华民族自古以来就有"英雄崇拜"的传统，源远流长的中国文学可以说是一条"英雄叙事"的文学流脉：从启蒙华夏的三皇五帝，到思想激荡的诸子百家；从缔造盛世的明君治臣，到抵御外侮的志士仁人，到"位卑未敢忘忧国"的普通民众……大到一国一族一群，小到一家一人一书斋，在各个时代各个领域的历史画卷中，处处定格留印着昂然奋进的英雄身姿。尤其是中国共产党诞生近百年以来，中华民族在摆脱列强欺凌的生死搏斗中、在寻求独立自强的血与火的考验中，产生了难以计数的时代英雄。他们于战乱流离中、在饥寒交迫里，抗击强暴，抵御外辱，承担国难，以身殉义，写照着浩然大气的历史精神。从个体生命来看，他们有的是指点江山运筹帷幄的伟人，有的是奋不顾身勇于牺牲的战士，有的则是无怨无悔默默奉献的普通人；从整体族群来看，他们是中国共产党的时代群像，是中华民族坚挺不屈的钢铁脊梁。

现代以来中国革命历史上那些耳熟能详的"红色英雄"，几乎都产生于红色文学经典作品中。如《红日》中从军长沈振新到副军长梁波，再到团长刘胜、连长石东根等我军将士的英雄群体，心怀国族情系人民，无畏无惧英勇善战，凝聚着天地精华，躁动着乡野元气，飞扬着生命激情，辉耀着中华魂魄，为当代文学英雄人物画廊增添了新的光彩；如《铁道游击队》中那支以大队长刘洪、副大队长王强、政委李正为代表的特殊抗日武装，截列车、打洋行、毁桥梁、炸铁路，无所不能，杀鬼子、除汉奸、送干部，英勇机智，令日伪闻风丧胆，唤起了整整一代人忠贞报国的英雄梦想与豪情；如《林海雪原》中从胆识过人、智勇双全的杨子荣，到足智多谋、英俊潇洒的少剑波，再到硬朗果敢、能打能冲的刘勋苍、孙达得、栾超家、高波等，生动诠释了解放军指战员将安邦安民的责任扛在肩上、将平民百姓的安危放在心上、纵面对火海刀山和流血牺牲也万死不辞勇往直前的英雄气概；如《红岩》通过塑造面对敌人屠刀坚贞不屈的许云峰、江姐、成岗、余新江、刘思扬等英烈形象，讴歌弘扬了共产党人追求真理坚守信念，为国家、为人民无私奉献流血牺牲的崇高精神品质；如《苦菜花》以抗日战争时期山东昆嵛山区抗日军民与日伪斗争为背景，成功塑造了冯大娘（仁义嫂）这一伟大的革命母亲英雄形象——冯大娘出身贫寒，性格坚强，既是一个平凡的农村妇女（五个孩子的妈妈），更是一个伟大的革命母亲（许多八路军战士都尊称她为妈妈），在抗击日寇保家卫国的斗争中她逐渐懂得了对付残暴的阶级敌人，只有拿起枪杆子来进行斗争的真理，最终成为一个光彩夺目的英雄母亲。站在今天的历史维度上看，这些英雄形象不仅具有文学的审美功能，更具有刻画民族表情、塑造民族人格、展现民族精神图景的深厚文化价值与意义。

第三，红色文学经典以较为丰赡的文本形式探索和较为精良的文学书写，为中国当代文学史提供了宝贵的艺术经验。20 世纪五六十年代间这十部红色文学经典作品，对中华民族特有的思想情感和审美方式的基本遵循，对中国优秀文学传统和民间文化精髓的继承与创新，对多种创作方法和艺术形式的融会贯通，以及在现代汉语言文字运用方面的丰富与雅正，称得上是新中国文坛高标独立的小说范本，甚至已经成为那个时代的文学符号。《林海雪原》因其故事具有传奇色彩和浪漫主义，被誉为"新中国的新武侠小说"，虽然采用的是单线叙述方式，但故事体量却极为丰饶，众多时空、场地、事件、景域，被不断地织进来又穿出去，可谓一波三折奇峰迭起，情节推进环环相扣步步深入，前因后果链锁紧密而又层次清晰，正面人物和反面人物大多堪称个性鲜活生动传神，很接地气亦很见功力。《红岩》的故事情节也具有鲜明的传奇色彩，作者将气势恢宏的史诗结构、多条线索的交叉推进、共产党人的光辉形象、地下工作的神秘特质、与敌斗争的惊险气氛、英烈牺牲的感天动地融为一体，将共产党组织屡遭破坏却愈战愈勇、《挺进报》的几起几落、华子良忍辱负重装疯三年的毅勇、双枪老太婆百发百中处决叛徒的神奇、狱中难友同仇敌忾的绝食斗争、反派人物徐鹏飞和猫头鹰的残忍狡猾、甫志高的卑鄙叛变等细节描写充实其间，有效增加了小说的真实感与可读性。《青春之歌》人物形象塑造的深厚艺术功力更是广受赞誉，作者善于调动多种手法对人物形象精雕细刻，有时通过不同人物对同一事物的不同反映来展示各自的性格特征，有时通过富有性格特色的细节描写来揭示人物的内心世界，有时通过对自然景物的描画来折射人物的所思所想；主人公林道静形象的塑造更是血肉丰满真实感人，作者将其放在尖锐激烈的斗争旋涡中磨砺雕绘，并将人物的外貌描写与心理刻画、人物性格的变化与人物命运遭遇的变化巧妙地结合，既保证了其多重侧面的精神面貌得以鲜活细腻的展示，又生动拓展深化了广阔、丰富的时代内涵。《三家巷》曾在 20 世纪 60 年代的广州制造了"满城争说三家巷"的轰动效应，作者以洋溢着广东地域特色和市井生活气息的笔致，从省港大罢工、沙基惨案、北伐战争、农民运动讲习所和广州起义等重大历史事件的宏大描绘，到恋爱婚姻、儿女私情、悲欢离合、市井风光、盟誓换帖、花市灯会的细腻写实，情节收放自如，笔锋兜转灵动，表现了宽阔的社会生活、丰富的人生况味和雅俗共赏的审美情趣……这些成功的艺术经验，值得我们认真总结和创造性转换。

第四，红色文学经典一经出版，不仅在出版界引发了再版热潮，更在文艺界引发了多种艺术形式的改编热潮。这十部小说初版之后或在原出版社多次再版，或在其他出版社一版再版，且都被改编成多种画册、剧目和戏曲。

以《铁道游击队》为例，小说出版之后不仅被改编成同名电影、电视剧、广播剧和连环画，还有京剧、话剧、歌舞剧以及地方戏曲如吕剧、山东琴书、山东快板等多种形式，小说中的片段被嫁接进各种戏剧和戏曲中的更是数不胜数。电影《铁道游击队》的主题歌《弹起我心爱的土琵琶》至今仍广为传唱，并有音乐家将电影的原创音乐整理改编成交响乐。

这些红色文学经典作品出版后，不仅受到了国内和海外读者的喜爱和追捧，同时还获得了海外学界和舆论传播界的高度关注。虽然20世纪50年代新媒体传播方式尚未成熟，人们还无法享受互联网提供的便利，但这些红色经典的外文出版与中文出版几乎同步。根据何明星教授在《红色经典在世界的传播》一文中提供的数据，1962年就有英文版《林海雪原》对外发行，继后又有俄文版、阿拉伯文版、挪威文版、日文版、越南文版、希腊文版等各种外文版本相继面世。仅在日本出版的就有1961年冈本隆三和1962年饭冢朗的两种译本，日本的145家图书馆都有收藏，全世界图书馆收藏则达到近百家。《青春之歌》先后也有30多个外文版本出版，到1978年，收藏此书的外国图书馆已有近150家，从美国、英国、加拿大、澳大利亚、新西兰等英语国家，到欧洲的法国、德国、丹麦、瑞士、瑞典、荷兰、西班牙，再到中东的以色列，亚洲的新加坡、泰国、日本、韩国以及拉丁美洲的巴巴多斯、特立尼达和多巴哥等国家的图书馆均有收藏。随着这批红色经典外文版在海外的传播，欧美主流学术界和媒体对这些具有鲜明特色的中国文学作品也给予了高度关注，英国伦敦大学的《中国季刊》、美国哈佛大学的《哈佛亚洲研究学刊》、美国俄克拉荷马州大学的《当代世界文学》，荷兰莱顿大学的《通报》等欧美影响较大的主流学术期刊上很快就出现了相关研究文章，探究普通民众与中国的关系、知识分子与中国的关系、中国与世界的关系，评析共产党领导的红色革命对于中国政治、经济、地理、文化以及世道人心变迁的重要影响。

简而言之，我们辑成此书的目的，就是想真实、真切、真诚地描绘还原并评估共和国诞生以来的十大红色经典长篇小说的"前世今生"。书稿主要分为四个板块：第一是故事梗概；第二是典书初版、再版、收录以及获奖情况的介绍；第三是多种艺术形式传播盛况的梳理和产生广泛社会影响的概述；第四是解读分析这些红色经典长篇小说的思想艺术特色，诠释并弘扬红色经典当代激活的价值意义。

历史是不能忘却的，精神财富更不能丢掉。任何一个底蕴深厚、昂扬向上的民族，都不会忘记从自身的传统和历史中汲取发展的动力和营养，并将其视为巨大的精神源泉和力量支撑。我们深知，是既鲜活着华夏大地大爱无言、大德昭昭的沉朴民风，更写照着中华民族大悲大悯、大道大义的浩然国风的中国历史、革命、土地、人性，构成了红色文学经典作品坚实沉厚的思想质地，激荡起雄浑激越的艺术旋律，摇曳出美丽瑰奇的审美风情。我们坚信，无论何时何地，只要中华大地上的这些人和事、气和神、韵和魂，还令我们感动着，还被我们记忆着、传承着，红色文学经典就能泽被华夏，引领风尚，提升人性，直至永远，直至永恒。

作者简介:

　　杜鹏程（1921—1991），陕西韩城人，原名杜红喜，曾用笔名司马君。
著有《保卫延安》《在和平的日子里》《历史的脚步声》等作品。其中《保
卫延安》被誉为我国描写现代战争的长篇小说之里程碑，同时也是新中国成
立初期第一部讴歌解放战争的作品。1938年他奔赴延安参加革命，曾在八
路军随营学校、鲁迅师范学校以及延安大学学习，1945年加入中国共产党。
延安保卫战打响后，以随军记者的身份参加了多场战斗。在艰苦的随军生涯
中，写下了大量的新闻报道、剧本、散文，为之后的创作奠定了坚实的基础。《保
卫延安》出版后，调离新闻单位，成为专业作家。1991年10月27日因病逝世。
曾先后担任新华社随军记者、新华社新疆分社社长、中国作家协会理事、陕
西省文联副主席和省作协副主席等。

《保卫延安》：红星照耀大地

范丽媛

1947 年 3 月，国民党全面进攻我解放区的阴谋失败，蒋介石妄想扭转战局，开始向山东和陕北解放区发动重点进攻。当时中共中央所在地延安是民主革命的圣地，蒋介石以十倍于我军的兵力，向延安发起疯狂的进攻。人民解放军在党中央和毛主席的英明领导下，经过艰苦卓绝的斗争，歼灭了数倍于己的敌人，取得了西北战场的决定性胜利。杜鹏程的长篇小说《保卫延安》，就是在这样一种壮怀激烈的气氛中拉开了序幕。作品以生动真挚的笔调描写了延安保卫战的几场主要战役，刻画了不怕牺牲、英勇无畏的革命英雄群像，为我们展现出一幅波澜壮阔的人民革命战争画卷。

作者杜鹏程有着非常丰富的人生阅历，这些阅历也为他创作《保卫延安》提供了极大的帮助。杜鹏程自幼失怙，由母亲抚养长大。童年饱受苦难的生活经历，使他始终保持着对劳动人民的深厚感情。成为随军记者后，他更是被战士们的英雄气概和他们所创造的惊天伟业所深深震撼。杜鹏程深切地感到，如果不将这些功勋记录下来，就对不起党和人民。他废寝忘食地进行创作，九易其稿，增删数百次，终于在 1954 年出版了长篇小说《保卫延安》。打开这部饱含着作者心血的鸿篇巨制，我们在感动于革命先辈的英雄气概之时，还应自觉学习先辈的革命精神，积极承担历史使命和时代责任。这不仅是作者的殷切期望，也是我们阅读该书更为深远的意义所在。

一　故事梗概

1947年3月初，吕梁山还是冰天雪地。人民解放军的一个纵队正冒着风雪穿过吕梁山，不分昼夜地向西挺进。原来，国民党全面进攻解放区的阴谋失败后，蒋介石以数十万的兵力对革命圣地延安发动了疯狂的进攻。人民解放军的这个纵队奉命从山西中部出发，赶往延安参加战斗。部队昼夜行军，冒着敌机的轰炸西渡黄河，急行十几日到达延安正东百十里的大川里。曾经美丽的陕甘宁地区，而今却是一片残破的战争景象——敌机不断地狂轰滥炸，川道里挤满了惊慌失措的逃难百姓，大车上躺着死伤者和孩子。连长周大勇痛苦万分地看着这一切，强忍着悲痛的心情，边走边向群众宣传，给予他们鼓励与安慰。3月19日，部队终于到达了甘谷驿镇，并在此集结待命。此时，党中央、毛主席为了诱敌深入、歼灭敌人有生力量，决定主动撤出延安。当周大勇对战士们说出"我军退出延安"时，战士们全场恸哭，发誓即使战斗到最后一人也要收复延安。

胡宗南部队占领延安后，倚仗精良的装备以及雄厚的兵力，不可一世地要与我西北主力部队决战。在毛主席与彭德怀副总司令的策划指挥下，我军主力部队在青化砭设下埋伏，日夜修筑工事，准备打一场伏击战。战斗马上就要开始，附近村子的老乡们都跑光了。一位叫李振德的老人不幸被敌军的搜索队发现，为掩护我军，李老汉带着孙子拴牛跳下了绝崖深沟……战士们焦急地等待了几天之后，敌军三十一旅终于钻入了伏击圈。随着枪声的响起，战士们像山洪一样冲向敌人。短短两个小时，敌人四千人马就被我军消灭，其旅长也被活捉。待敌人增援部队赶到时，人民解放军已像风一样转移得无影无踪了。青化砭战役之后，我军又在羊马河战役中大胜敌军一三五旅。

这天，团长赵劲交给周大勇一个有趣而重要的任务——佯装打败仗，引诱敌人北上。于是周大勇奉命带领一个临时团，牵着敌人主力部队的鼻子，一直将他们引到了绥德地区。趁着敌人主力部队离开蟠龙镇，人民解放军副总司令彭德怀面见旅长陈兴允，对作战计划进行了详细的部署。蟠龙战役打响后，远在绥德的敌军第一军军长董钊和第二十九军军长刘戡还在得意地幻想着胜利会师，当蟠龙镇失陷的电报如催命符一样飞来时，他们才如梦初醒。敌军主力只好快马加鞭地返回蟠龙镇增援，一路上还受到了周大勇和战士们的"贴心照顾"。敌人饿着肚子好不容易爬回蟠龙镇时，我军却早已转移到真武洞地区休息七八天了。周大勇等人顺利完成任务后，在返回的路上偶遇了一位老人，他竟然是已经跳崖的李振德老汉。原来李老汉跳崖后被游击队所救，但是小孙子拴牛却不幸牺牲了。

蟠龙战役的胜利使战士们激动万分，只有第一连的战士宁金山总是愁眉苦脸，谁也无法解开他的心结。终于，在一天夜里，宁金山开了小差。在一个山洞里，他遇到了李振德的老伴，这位慈爱的老人让宁金山感到了母亲般的温暖。不幸的是，敌人发现了两人藏身的山洞，老太太为了掩护宁金山受尽敌人的折磨。最终，游击队员成功解救了宁金山。在部队的迎新会上，周大勇向战友们讲述自己的悲惨身世，经历了种种事情的宁金山也深受教育。无巧不成书，宁金山在新兵里竟然找到了他失散多年的弟弟宁二子，兄弟二人终于相认。

连续的失败使胡宗南急切地想要扭转战局，他命令关中分区的队伍向北、陇东分区的马家匪徒向东，配合延安的主力敌军，企图在安塞地区"围歼"我军。连长周大勇与指导员王成德给战士们开战斗动员会，指出为了粉碎敌人合围的阴谋，我军仍要坚持运动战，所以先打击较为薄弱的马家匪徒。战士们虽希望尽快收复延安，但仍表示坚决执行上级的命令。5月21日，部队从安塞真武洞出发，向西前往陇东分区作战。部队翻山越岭，宿营在荒无人烟的森林中。一路上团政治委员李诚深入战士们之中，细致了解他们的思想情绪。连队有个叫尹根弟的新兵开了小差，但没有引起大家的重视，李诚却郑重其事地召开了支部会议。看着眼前这些熟悉而又亲切的同志，他耐心地向大家分析了战士开小差的原因，并希望大家以此为鉴，不断检查工作中的漏洞。李诚严肃又诚恳的教导，让周大勇和支部委员们深受启发。

王家坪革命旧址

行军途中，战士们克服了常人难以想象的困难，而边区老乡们的关心更让战士们充满斗志。当到达"八百里火焰山"，部队驻扎下来准备找水时，突然接到了提前出发的命令。原来，三边分区的敌人准备沿长城向西逃跑。正晌午的沙漠，没有一丝风，连空气都是灼热的。我们的战士忍着酷热、干渴，冒着敌机的扫射，以超乎常人的毅力穿过沙漠，狠狠打击了马鸿逵部匪徒，收复了三边分区。但是，任劳任怨、忠厚质朴的炊事员孙全厚永远地留在了沙漠里……部队在长城沿线作短期的休整后，又踏上了艰难的征途。忽然有一股电流一样的力量传入部队——毛主席出现在他们的行列中！战士们欣喜若狂，都觉得这是自己一生中最光荣的时刻！

8月1日，我军从绥德出发，日夜兼程向榆林前线挺进。途中，周大勇率领一连战士与兄弟部队紧密配合，顺利攻克榆林城的门户三岔湾，于8月5日抵达榆林前线。随即，我军开始攻打榆林。激烈的战斗持续了几天，正当第一连战士攻击榆林城西门时，突然接到撤退的命令，原来敌人整编的三十六师正沿长城两侧向榆林扑来。第一连负责掩护，我军其余部队则迅速撤退。周大勇等人完成掩护任务后，却发现负责联络的通讯员中弹牺牲了，战士们与主力部队失去了联系，只得一路向南寻找部队。敌军从西北面压来了，周大勇等人只好且战且退。拂晓，周大勇率领战士们刚击退敌人的先头部队，敌人又从身后追击上来。面对重重包围，周大勇临危不乱，指挥战士们寻找有利地形冷静还击。战士们浴

枣园革命旧址　　　　　　　　　　延安山岭

血奋战，终于突围到一个村子中。敌人以两个团的兵力向村子进行猛烈攻击，但面对飞机大炮的轮番轰炸，战士们毫不畏惧，子弹用光了，就用枪托、用刺刀。由于敌我力量太过悬殊，周大勇等人虽顽强抵抗，但还是被逼到四座院落中。炮火中，战士们互相鼓励，奋勇杀敌。重伤员赵万胜为了不拖累战友，拉响了怀中的手榴弹，与敌人同归于尽。

　　在王老虎等人的掩护下，周大勇终于带领战士们冲出重围。王老虎率领十四个战士打退了敌人一次又一次的进攻，在捅死十几个敌人后，他身负重伤，倒在了血泊中……此时，头部负伤的周大勇正带领战士们忍着伤痛和饥饿，艰难地向东南方前进，到达了一个村子。周大勇通过观察动物的粪便，发现这村子就是敌人的粮站。于是，他们伪装成送粮的老乡潜入粮站，短短二十分钟就成功将粮站捣毁。战士们不断与敌人周旋，历经千辛万险，终于到达陕甘宁边区。在那里，周大勇遇到了死里逃生的王老虎，原来身受重伤的王老虎被边区的老乡们救了过来。

　　8 月中旬，我军在西北战场上要由防御变成反攻了，西北战局变得格外复杂和艰险。此时增援榆林的敌军第三十六师又马不停蹄南下，准备打击我军。旅长陈兴允前去请示彭总，在无定河畔的一个村子里，他见到了西北战场的最高统帅。彭总简明扼要地分析了敌我双方的情况，并根据党中央的部署，决定在沙家店围歼敌人的三十六师。凌晨四点钟，陈兴允旅宿营在一个偏僻的山沟里。这时周大勇带领战士们突然出现在驻地，战士们终于找到了自己的队伍！疲惫至极的周大勇刚捏起一个土豆就睡着了，陈旅长和杨政委看着心疼不已。两位首长走到地图边讨论掩护运粮任务的人选，周大勇在梦中醒来，坚决要求去执行任务。首长们考虑再三，还是同意了周大勇的请求。临行，陈旅长将为司令部准备的饭菜拿给战士们吃，而周大勇把分到的肉又偷偷留给了首长们。

周大勇等人出发后，部队也向指定的位置前进。我军按照彭总的部署，在沙家店一带设下了"口袋阵"。随着刘邓大军带头进入反攻，人民解放军的全面大反攻即将开始，战士们兴奋不已，战斗的激情异常高涨。沙家店的战斗打响了，周围几十里都升腾着烟雾，在激昂的号角声中，战士们勇猛地向敌人进攻。不到两个小时，敌人的一二三旅全部被歼灭，旅长刘子奇被活捉。完成运粮任务的周大勇率领连队攻下最后一个阵地，成功俘虏了三十六师的高级军官，缴获了一批重要文件。在这场激烈的战斗中，优秀的解放军战士卫毅英勇牺牲了。

大进军开始了。敌人五六万人开始从无定河边全线溃逃，准备逃回延安。彭总率领我军日夜南下，准备赶到敌人前面，在防守空虚的延安附近打击敌人。而另一个纵队则奉命穿过无定河，沿咸榆公路对敌人进行侧击，以消耗其力量。敌人也不会坐以待毙，他们用机枪封锁河面，无定河的水面上浮起了一片片的鲜血。尽管如此，狡猾的敌人依然不能阻挡住战士们前进的脚步。从敌人侧翼赶到前面的这支部队，成功插到了绥德县和清涧县之间的九里山中，那里是敌人逃回延安的必由之路。冒着丝丝不断的连阴雨，战士们紧张但兴奋地修筑着工事，他们要用两三千人阻击五六万的敌人。战斗打响后，为配合正面阻击部队打击敌人，周大勇被任命为代理营长，奉命带领三个连插入敌人中间。为了更有力地打击敌人，周大勇临时改变作战计划，向敌人阵地纵深处行进。趁着夜色，他们摸进一个小村子中，直接捣毁了一个旅直属队，并击毙了敌人的副参谋长。这时我军掩护部队发出撤退的信号，周大勇带领部队边战边退。但敌人怎么可能轻易放弃，他们发起轮番冲锋，死死地咬住我军。

黄河

震动的大地、滚烫的空气让人头晕目眩，凡是能抬起头的战士，都在拼命射击、投弹。击退敌人二十多次攻击后，弹药马上就要用尽，周大勇等战士们跳下了断崖！战士们顺着断崖，一直摸到了九里山东边的山沟里，终于成功脱身。在九里山附近的山洞里，他们遇见了李振德老人一家。这时候才知道，原来战士李玉明是李振德老人的二儿子，一家人竟意外地在山洞里重逢了。老妈妈在灯下为战士们一针一针地缝鞋子、补裤子，让战士们体会到了家的温暖。九里山阻击战进行到第七天的时候，敌人快垮了，但也更加疯狂了，战斗变得异常激烈。面对敌人疯狂的进攻，我军战士以顽强的意志和大无畏的精神，终于击溃了敌军。

我军部队刚从九里山撤退，敌人就像洪水一样顺着咸榆公路向南逃去。山岗上、沟渠里到处是狼狈逃窜的敌人，他们互相冲撞、互相残杀，在他们眼里，陕甘宁边区的每一寸土地都变得异常危险，人民解放军随时可能从地缝里钻出来袭击他们。周大勇等人翻山越岭赶在敌人前面兜击，游击队则在后面袭击敌人。游击队员们熟悉地形，在高山峻岭上行走如飞，气得敌人只能干瞪眼。在边区军民的默契配合下，敌人每行进一步都付出了惨重的代价。直到9月，敌人才撤退到永坪镇一带，而我军早已在他们逃回延安的必经之地——岔口地区布下了天罗地网。好不容易从九里山逃出来的敌人，再次落入了我军铁桶般的包围中。激烈的战斗又开始了，成千上万的陕甘宁边区群众都来到这里，抬担架、背粮食、照顾伤员，大家笑着、喊着，比赶庙会还要热闹。面对老乡们支援前线的巨大热情，敌人的流弹、飞机都好像失去了威力。正式提任第一营营长的周大勇，见到了为前线战士送粮的李振德老人，却得知善良的李老太太被凶残的敌人杀死了。悲痛、愤怒充斥着周大勇的内心，他恨不得立刻杀尽敌人为老太太报仇！残忍的敌人没有坚持多久，战争进行了三天，几万敌人就全部被我军打垮。

岔口会战后，我军按照碰彭总的指示，兵分两路继续追击溃散的敌军。周大勇所在纵队以急行军的速度南下，防止敌人从延安逃跑。9月19日，部队到达了甘谷驿小镇。半年之前，延安被敌人侵占，战士们在这个小镇旁宣誓"保卫延安"，许多人为了这个誓言献出了自己的生命。半年后，我军终于又回到了延安城下。在这片洒满了英雄血汗的土地上，周大勇率领战士们，向着延安的大门——高耸入天空的劳山发起了猛烈的进攻。收复民主圣地延安的日子到来了！

二　出版情况

《保卫延安》版本众多，主要版本有四个，分别是人民文学出版社出版的1954年版、1956年版、1958年版以及1979年版。杜鹏程1949年开始创作，由于当时纸张奇缺，他就在旧报纸、旧簿册，甚至老百姓用来糊窗户的麻纸上写作。他首先完成了百万字的长篇报告文学初稿，之后不断修改，将百万字的报告文学修改为六十多万字的长篇小说，后又经过不断的压缩，最终修改为三十多万字，被他涂改过的稿纸足可以装满一辆大马车。其间还有个小插曲：在草稿完成的当天，杜鹏程倒头便睡，这一睡就是两天两夜。醒来后杜鹏程和几位朋友去吃羊肉包子，由于几天没吃东西，他的食量和狼吞虎咽的样子让朋友们直呼像在"喝油"。《解放军文艺》1954年1月号首先刊发了小说的第六章《沙家店》，由安明阳配图；在当年的2月号上，《解

《解放军文艺》1954 年 1 月号

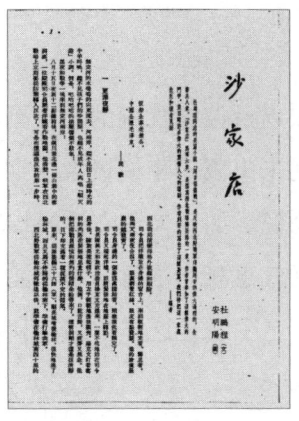

《解放军文艺》1954 年 1 月号刊载的《沙家店》

《沙家店》插图

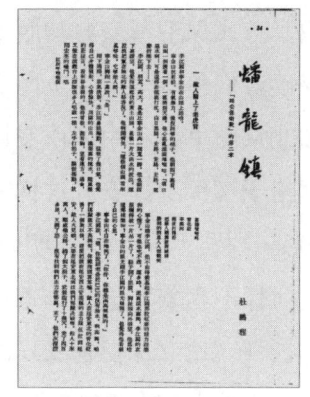

《解放军文艺》1954 年 2 月号刊载的《蟠龙镇》

放军文艺》又刊载了小说的第二章《蟠龙镇》。当时小说暂定名为《延安保卫战》，并为了读者阅读方便，还在这两章每一节单独增加了小标题。同时，《人民文学》1954 年 2 月号刊登了小说的第五章《长城线上》，并添加了副标题"周大勇和他的连队"。《人民日报》认为，《长城线上》是一篇值得向读者推荐的作品，其编后记写道："作者从艰苦的战斗的描绘中，刻画出鲜明的个性和性格特征，展示了每个人物的内心活动，通过人物的内在的燃烧，给我们带来了强烈的英雄主义的思想情感。"

这三个章节一经刊出，就以跌宕起伏的故事情节、个性鲜明的人物形象以及波澜壮阔的历史画面受到读者的热烈欢迎。读者和文艺界都给予这部还未出版的小说极大的期待。读者纷纷在报刊上发表读后感，高度赞扬这部小说。如《人民文学》1954年6月号的读者来信写道："我觉得作品里的生活气息相当浓厚，每个主人公都像喷发着夺目的珠宝豪光，使读者肃然起敬，至少我是这样被感动和被教育着的。"[1]

1954年6月，《保卫延安》被收入"解放军文艺丛书"，由人民文学出版社出版，这就是小说的初版本。全书分为八个章节，采用繁体竖排排版，32开，共计608页，约34.7万字。为方便读者阅读，书中附有一张"陕甘宁边区简图"。《保卫延安》初版本一经问世，立即引起了社会各界的强烈反响。不仅读者们争购争读，全国文艺、青年、妇女等各界组织也纷纷召开座谈会，如北京图书馆和中国作家协会举办了《保卫延安》的读书报告会。周恩来总理给予《保卫延安》这样的评价："我们部队打仗就是这样，彭总这个人也就是这样。"[2]《光明日报》《人民日报》等多家报纸均刊登评论文章，对《保卫延安》进行推荐和评价。在一片好评声中，尤其以冯雪峰近两万字的长评《论〈保卫延安〉的成就及其重要性》最为瞩目。冯雪峰的这篇评论最初连续发表在《文艺报》1954年的第14、15期，该文后以《论〈保卫延安〉》为题收入人民文学出版社1979年再版的《保卫延安》卷首。在这篇长评中，冯雪峰认为："这部作品，大家将都会承认，是够得上称为它所描写的这一次具有伟大历史意义的有名的英雄战争的一部史诗。即使从更高的要求或从这部作品还可以加工的意义上说，也总是这样的英雄史诗的一部初稿。"[3]《保卫延安》由此被冠以"英雄史诗"的美誉，也被认为是我国当代军事文学的"里程碑"。杜鹏程在初版本问世不久，便调离新闻

———————————

[1] 晋湘、子信：《一篇鼓舞我们战斗意志的小说——〈长城线上〉读后感二则》，《人民文学》1954年6月号。

[2] 陈纾、余水清：《中国当代文学研究资料丛书：杜鹏程研究专集》，福建人民出版社，1983年，第37页。

[3] 冯雪峰：《论〈保卫延安〉的成就及其重要性》，《文艺报》，1954年第14期。

单位，成为陕西省作家协会的专业作家。

新文艺出版社1956年5月出版的《论〈保卫延安〉》

　　人民文学出版社顺应广大读者的要求，在1956年1月又修订出版了《保卫延安》的第二个版本。在字数上，1956年版比1954年初版本增加了两万多字。相应地在内容上也进行了丰富和完善，尤其对革命英雄的形象刻画得更加生动。新文艺出版社还将冯雪峰的《论〈保卫延安〉的成就及其重要性》更名为《论〈保卫延安〉》，于1956年5月出版为单行本，并将其收入"文艺作品阅读辅导丛书"。1958年12月，人民文学出版社出版了《保卫延安》第三版。1958年版在内容上相比1956版改动不大，全书约33.1万字，但是采用简体横排排版，装帧更加精美，采用的是大32开的布面精装本，封面与书脊上的书名、作者等信息都是烫金字。在发行数量上，"文革"之前《保卫延安》已发行超过百万册，这在新中国小说史上达到了空前的高度。1959年庐山会议后，彭德怀受到错误批判。由于书中塑造了彭德怀的光辉形象，杜鹏程及《保卫延安》也受到了牵连。《保卫延安》遭到了封禁、销毁，所以1958年版成为《保卫延安》众多版本中罕见的一版。

　　但是经典的光芒不会永远被遮蔽。1978年，《人民日报》刊登评论文章《彭德怀同志的光辉形象永留人间——推倒对〈保卫延安〉的攻击和诬蔑》，发出为《保卫延安》正名平反的信号。中国作家协会西安分会以及《延河》编辑部召开座谈会，为《保卫延安》和杜鹏程恢复名誉。同时其他各类报刊也积极发表文章，肯定和赞扬《保卫延安》的意义与价值。终于，1979年4月，《保卫延安》由人民文学出版社再次出版，即这部小说的第四版。全

人民文学出版社 1954 年 6 月出版的《保卫延安》

人民文学出版社 1956 年 1 月出版的《保卫延安》

人民文学出版社 1958 年 12 月出版的《保卫延安》

人民文学出版社 1979 年 4 月出版的《保卫延安》

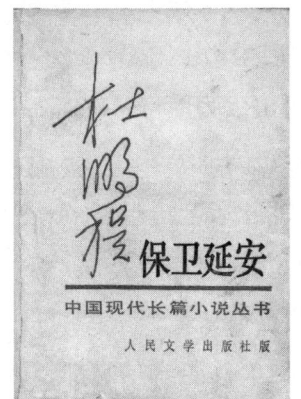

人民文学出版社 1984 年 12 月出版的"中国现代长篇小说丛书"《保卫延安》

人民文学出版社 2000 年 7 月出版的"百年百种优秀中国文学图书"《保卫延安》

人民文学出版社 2005 年 1 月出版的"中国文库"《保卫延安》

人民文学出版社 2005 年 1 月出版的"中国当代长篇小说藏本"《保卫延安》

书约 36 万字，仍采用简体横排排版，32 开。该版以《论〈保卫延安〉》为序，卷尾除了保留 1958 年版《后记》外，还增加了作者写作于 1978 年 12 月、修改于 1979 年 1 月底的《重印后记》。1979 年《保卫延安》再次出版后，其"英雄史诗""里程碑"的地位又被重新确立。

除了 1954 年版、1956 年版、1958 年版和 1979 年版四个主要版本，人民文学出版社还在不同年代对《保卫延安》进行了再版与收录。主要收录的丛书系列有"中国现代长篇小说丛书""百年百种优秀中国文学图书""中国文库""中国当代长篇小说藏本"等。尤其是中宣部、教育部、文化部、新闻出版署、共青团中央联合推荐的"百种爱国主义教育图书"中，杜鹏程的《保卫延安》赫然在列。

除了人民文学出版社，还有诸多地方出版社出版了《保卫延安》，如花山文艺出版社、时代文艺出版社、河北人民出版社、陕西人民出版社等。花山文艺出版社将 1995 年 5 月出版的《保卫延安》收入"共和国长篇小说经典丛书"；陕西人民出版社于 1993 年出版了四卷本的《杜鹏程文集》，《保卫延安》作为杜鹏程的代表作自然被收录其中。

由于《保卫延安》的读者涵盖不同年龄阶段、不同民族和国家，为了适应各种读者，便于更好地推广这部小说，除上述版本外，多家出版社还出版了少年版、节选版、外文版等。如四川少年儿童出版社 1985 年 11 月出版了"小图书馆丛书"少年版《保卫延安》；21 世纪出版社 1991 年 2 月出版了"红领巾书架"少年版《保卫延安》；赵俊贤缩写的《保卫延安》由解放军文艺出版社于 1996 年 1 月出版，并被编入"中外军事文学名著缩写·中国卷"；2018 年 7 月吉林美术出版社出版了李天舒缩写的《保卫延安》。其中"小图书馆丛书"是国家教委中小学教材审定委员会推荐给全国中小学生的课外读物，《保卫延安》能够入选其中，可见国家对该书的重视。另外还有一些节选本，如通俗读物出版社 1955 年 2 月出版的《夜袭粮站》、人民文学出版社 1955 年 3 月出版的《大沙漠》，都是作为语文补充读物或者文学初级读物出版的。

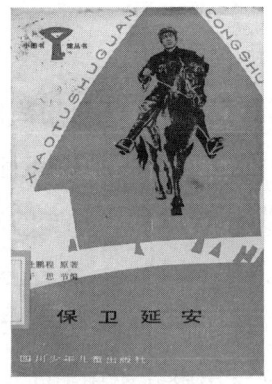

花山文艺出版社 1995 年 5 月出版的"共和国长篇小说经典丛书"《保卫延安》

时代文艺出版社 2010 年 10 月出版的《保卫延安》

四川少年儿童出版社 1985 年 11 月出版的"小图书馆丛书"少年版《保卫延安》

21 世纪出版社 1991 年 2 月出版的"红领巾书架"少年版《保卫延安》

解放军文艺出版社 1996 年 1 月出版的《保卫延安》缩写本

吉林美术出版社 2018 年 7 月出版的《保卫延安》缩写本

此外，《保卫延安》还被译成英文、蒙古文、维吾尔文、朝鲜文等多种文字出版发行。如民族出版社 1956 年 7 月出版了由李弘奎翻译的朝鲜文版，在 1981 年又进行了重印，杜鹏程还专门写了《敬致读者——为朝鲜文译本〈保卫延安〉重印而写》，以表达喜悦与感激之情；民族出版社还于 1957 年出版了上下卷的维吾尔文版；外文出版社在 1958 年出版了由著名翻译家沙博理翻译、林凡绘图的英文版；另外，璞仁来翻译的蒙古文版《保卫延安》获得了 1957 年内蒙古文学创作一等奖。这些译著成为新中国向国际社会展示自身形象的重要载体，在欧美主流学术期刊上也可以检索到相关评论文章。《保卫延安》在海外广为流传，1958 年英文版《保卫延安》对外首发就有六千册。杜鹏程的传略也被剑桥国际传记中心、美国国际传记研究所先后收入多种国际世界名人辞书。

民族出版社 1981 年 4 月出版的朝鲜文版《保卫延安》

  因其无可替代的文学地位，诸多中国当代文学史都会提及《保卫延安》，或单列专章进行介绍，或略有提及。如 1962 年 9 月科学出版社出版、华中师范学院中国语言文学系编著的《中国当代文学史稿》，在第二编小说类中重点分析的第一部作品就是《保卫延安》；1978 年 4 月巴黎第七大学东亚出版中心出版、林曼叔等编写的《中国当代文学史稿》（1949—1965 大陆部分）在第十章军事文学中，首先介绍的也是杜鹏程的《保卫延安》；1984 年 12 月吉林人民出版社出版、吉林省五院校编的《中国当代文学史》，则在第一编第三章第二节中介绍了杜鹏程及其《保卫延安》，这一节依然延续了通常文学史对《保卫延安》的分析，从写作出版情况、人物形象、艺术特色等方面，指出作品生动地再现了历史真实。进入新世纪，文学史纷繁复杂，但是《保卫延安》依然作为"十七年"红色经典被重点介绍，如 2005 年 8 月人民文学出版社出版，董健、丁帆、王彬彬主编的《中国当代文学史新稿》。而许多不同时期的当代文学作品选也都不约而同地对《保卫延安》进行了存目或节选收录。如 1982 年 9 月湖南教育出版社出版、湖南教育学院编写的《中国当代文学作品选》节选了《保卫延安》第五章《长城线上》第九节；2014 年 9 月高等教育出版社出版，王万森、吴义勤、房福贤主编的《中国当代文学新编作品选》将《保卫延安》存目等。由此可见，《保卫延安》始终是文学史上的一

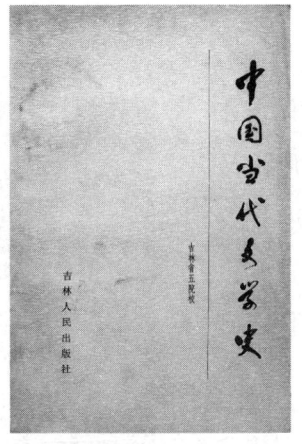

吉林人民出版社 1984 年 12 月出版
的《中国当代文学史》

人民文学出版社 2005 年 8 月出版的
《中国当代文学史新稿》

座重镇。

　　1988 年元旦，著名作家王汶石重温《保卫延安》，再次被这部"英雄史诗"所展现的宏大战争图景所震撼，被其传达的革命精神所感染，欣然提笔作诗一首，赠予杜鹏程和他的夫人张文彬。可见虽岁月流逝，但《保卫延安》仍在时光的长河中熠熠生辉。其诗如下：

重读《保卫延安》书赠杜鹏程张文彬[1]

战士一生复何求，

铁马金戈笔底收。

一代元戎雄影健，

十万甲兵争自由。

纸罄洛阳书百万，

文穷华夏易春秋。

纵使历路尽荆棘，

---

[1] 王汶石：《王汶石文集（第二卷）》，陕西人民出版社，2004 年，第 663 页。

千秋万载也风流。

1988 年元旦　翠华路书房

三　其他形式的传播及意义

作为一部优秀的红色经典作品，《保卫延安》自问世以来就受到广大人民群众的喜爱。波澜壮阔的战争场面，引人入胜的故事情节，以及跃然纸上的人物形象，都使其受到影视剧、戏剧、戏曲、曲艺、连环画等多种艺术形式的青睐。通过这些群众喜闻乐见的形式，《保卫延安》的精神薪火相传。

（一）评书、广播剧

评书是一种极其重要的民间表演艺术，在我国拥有悠久的历史。新中国成立之后，评书也随着时代的变化不断创新，尤其在题材上，出现了一大批反映阶级斗争、革命英雄的新评书。许多战争小说都被改编成脍炙人口的评书故事，这不仅提升了作家以及小说的知名度，还扩大了小说的传播范围。《保卫延安》就曾被诸多艺术家改编播讲，其中不乏著名的评书表演艺术家。

1958 年春，有两位评书演员和两位西河大鼓演员到门头沟矿区演出新书。其中说《保卫延安》的评书演员，就是后来被中国曲艺家协会评为"说新书的带头人"的李鑫荃。传统的评书多是讲皇帝剑客，无法令正在进行社会主义建设的煤矿工人们感同身受，而这些新评书让矿工们深受感动。两个月的演出结束后，二十多位矿工联合送了四位演员一面写着"全心全意为工农兵服务"的锦旗。1963 年 10 月 12 日的《人民日报》还专门刊登了金受申的《说新书》，在这篇文章中，作者感叹："听众送说书演员锦旗，这是史无前例的。这面锦旗，可以说是不平凡的，它是发展新评书的一面红旗啊！"五年后重提此事，可见当时演出影响之大。《保卫延安》还是福州评话、杨派评书的经典剧目。当然，在众多演播者中最为观众所熟知的，应该是评书界泰斗袁阔成先生。"古有柳敬亭，今有袁阔成"，袁阔成家学渊源，在继承传统评书的基础上，他不断探索创新。20 世纪 50 年代，袁阔成根据《保卫延安》

演播了同名评书,1995年又将《保卫延安》改编成十回的短篇评书《转战陕北》。其生动幽默的语言、形象鲜明的人物,给观众留下了深刻的印象。值得一提的是,1960年,为庆祝《毛泽东选集》第四卷出版,首都曲艺界积极组织、编排了一批反映解放战争时期革命斗争的节目,其中宣武说唱团从当年国庆节开始,就在各书场上连续演唱了《红日》《大江南北》《保卫延安》等新书。

除了评书,广播剧也是深受大众喜爱的一种文学传播形式。著名播音员关山与上海的陈醇并称"南陈北关",他演播过上百部小说,其中影响较大的就包括《保卫延安》。关山的演播铿锵顿挫、声情并茂,激扬时犹如万钧雷霆,将战争场面演播得精彩纷呈。演播艺术家王晨也演播过《保卫延安》。2012年由扬州广播电台播出,侯宇来、胡昀赟播讲的《保卫延安》,获得了江苏广播剧、广播文艺奖长篇连播节目三等奖。这些广播剧以富有感染力的语言、跌宕起伏的叙述为听众重现了那段激情燃烧的岁月。

（二）话剧

1959年2月初,话剧《保卫延安》在西安上演。演出广告一登出,立即产生了轰动效应,计划首轮演出的八十场剧票几天内就被抢购一空。在短短三十多天的演出中,就获得了六七十个满场,甚至有时为了满足群众的观看要求,一天就演出三场。话剧《保卫延安》共分为五幕,演出时间为四个小时。杜鹏程在《略论话剧〈保卫延安〉》中对这部话剧提出了高度赞扬:"西影演员剧团的同志们,偏偏选择了这条艰难的道路来走。其结果是,剧作者向我们呈现了那个英雄的时代。"[1]

话剧《保卫延安》在西安的演出取得了巨大成功,湖南、沈阳等院团也慕名向西影演员剧团函索剧本资料排演演出。话剧演出后,也有一些对剧本改编提出批评的声音,正所谓"一千个读者就有一千个哈姆雷特",不同的观众口味也会不同。《保卫延安》的编剧和导演丝毫不敢懈怠,他们根据观众的反馈,反复对剧本进行修改。1959年12月,经过反复打磨的话剧剧本《保

---

[1] 杜鹏程:《我与文学》,陕西人民出版社,1984年,第45页。

卫延安》由东风文艺出版社出版。话剧与小说相比，对人物的塑造更加精心，尤其是增加了两位女性革命者，还突出了孙全厚、李振德等基层革命者形象。这不仅适应了话剧节奏紧凑的特点，还使得人物形象更加丰满。

受到"文革"的影响，《保卫延安》一度停演。1979 年，话剧《保卫延安》终于又在西安重新上演，反响空前热烈。陕西省剧协专门召开座谈会，邀请二十多位剧作家、导演、评论家讨论这部话剧。重新上演的话剧《保卫延安》中增加了彭德怀同志的形象，1979 年 3 月 9 日《人民日报》发表新华社稿《话剧〈保卫延安〉在西安上演 我国戏剧舞台首次出现彭德怀同志的艺术形象》，特别指出了这一点。《人民日报》的这种赞誉，对于小说和话剧《保卫延安》来说都是极其重要的。

（三）京剧

1964 年，京剧现代戏观摩演出大会在北京举行，京剧《延安军民》获得了评委的一致好评，震撼了京剧界。这是陕西省京剧团根据小说《保卫延安》改编的一部大型现代京剧，由史美强执笔，尚长荣、孙钧卿、田中玉等出演。《保卫延安》中的主人公周大勇，在京剧《延安军民》中改名为张志勇，由二十四岁的尚长荣出演。尚长荣出生于梨园世家，其父是京剧大师尚小云。尚长荣子承父业，成为著名的京剧表演艺术家。为了能更好地把握人物，尚长荣深入生活，与军人、农民住在一起。功夫不负苦心人，尚长荣成功地将一个现代人物在戏曲舞台上演活了。《延安军民》上演后好评如潮，媒体和报纸也报道了演出的盛况，其中的一些优美唱段广为流传。《延安军民》成为陕西省参加 1964 年全国京剧现代戏观摩演出大会的唯一一台戏，陕西省京剧团的声誉也大为提高。

上海音乐出版社 2015 年 8 月出版
的《尚长荣京剧唱腔精选》

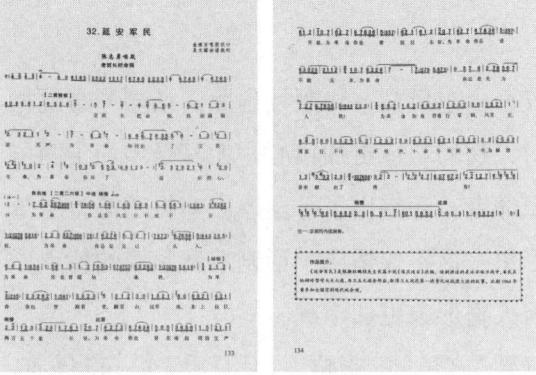

《尚长荣京剧唱腔精选》选页——《延安军民·老班长把命殒》

进入新世纪，《延安军民》久唱不衰，仍备受人们喜爱。由上海京剧院编著、上海音乐出版社 2015 年 8 月出版的《尚长荣京剧唱腔精选》将《延安军民·老班长把命殒》收录进"现代戏"部分。时隔五十多年，在尚长荣的众多作品中，《延安军民》仍属于精品。2016 年 6 月 28 日晚，庆祝中国共产党建党 95 周年京剧交响演唱会在上海交响乐团音乐厅举行。演唱会上群英荟萃，尚长荣再度唱起《延安军民》。现场掌声如雷，人们用掌声向经典作品和老艺术家们表达了崇高的敬意。

（四）电视剧

随着文化市场的发展，许多红色经典被改编成影视剧。《保卫延安》本身具有庞大的读者基础，而其自身具有的独特审美价值也得到了国家主流文化和商业市场的青睐。2008 年 4 月，由万盛华导演的电视剧《保卫延安》在延安王家坪革命旧址开机，著名演员唐国强饰演毛泽东，姚居德饰演彭德怀，青年演员耿乐饰演周大勇，潘雨辰饰演谢芳苓，杨蓉饰演苗真。该剧讲述了在解放战争时期的西北战场上，中国人民解放军浴血奋战，毛主席等老一辈无产阶级革命家运筹帷幄，指挥我军取得胜利的历史。电视剧本着"大事不虚，小事不拘"的原则，对小说进行了改编，

百花文艺出版社 2008 年 1 月出版的《经典中国红歌精选》（上下）

《经典中国红歌精选》选页——
《山丹丹开花红艳艳》

比如增加了女性角色，为这部以男性为主的战争戏增添了别样的风采。剧中还融入大量地方文化元素，如陕北民歌、陕北大秧歌等。这对于发掘陕西历史资源、提升文化软实力起到了十分积极的作用。电视剧插曲《山丹丹开花红艳艳》，是一首大家耳熟能详的陕北民歌，被收录进多本歌曲选集，如百花文艺出版社 2008 年 1 月出版的《经典中国红歌精选》。这首歌描述了山丹丹开花之时，陕北人民迎接红军到来的场景，曲调明亮欢快，旋律优美，表达了陕北人民内心的喜悦之情。歌曲不仅展现了陕西独特的地方文化魅力，还非常贴合《保卫延安》这部电视剧。

　　2009 年 5 月 20 日，《保卫延安》在央视一套黄金时间播出。播出之前，央视的《影视同期声》栏目就进行了预告宣传。播出后，收视率一路攀升，引起了社会各界的广泛关注，博得赞誉无数，并获第四届 CCTV 电视剧群英汇年度最佳电视剧、第十一届全国精神文明建设"五个一工程"优秀作品奖以及第 28 届中国电视剧"飞天奖"的长篇电视剧三等奖。2010 年 2 月 14 日，央视的春节特别节目中又进行了回顾，认为电视剧《保卫延安》对小说进行了合情合理的改编，使其具有了更强的故事性和戏剧冲突，以及更高的观赏性和可视性。在中国电视艺术委员会、中共陕西

电视剧《保卫延安》

省委宣传部、中央电视台影视部和陕西电视台联合召开的电视剧《保卫延安》研讨会上，中国艺术研究院研究员孟繁树、评论家仲呈祥、《文艺报》总编辑范咏戈等专家对《保卫延安》表示了高度赞扬，认为该剧是成功的红色经典改编剧，是重大革命历史题材改编的一次成功实践。

（五）连环画

新中国成立后，连环画作为一种可以在人民群众中迅速传播的艺术形式，受到党和政府的大力支持。红色经典以其特有的传奇性与故事性，被改编成诸多连环画。作为最典型的红色经典小说，《保卫延安》更是连环画改编的热点。

1955 年 6 月，天津中联书店出版了连环画《保卫延安》，由忆容改编、王恩盛绘画，共有三册，分别是《蟠龙镇》《陇东高原》和《榆林前线》。1955 年 8 月，辽宁画报社出版了《保卫延安》（上下册），由郭宝祥、车心、曹光楣改编，张宇、曹光楣、杨春生、惠林绘画；2009 年 4 月，黑龙江美术出版社再次出版。这版连环画采用粗虚线将画面隔成两部分，在画面的右上角表现人物回忆或想象的内容。2012 年河北美术出版社出版了一套《中华红色教育连环画》，共一百册，杨春生等人绘画的《保卫延安》就在其中。这套连环画入选了社会主义核心价值体系建设"双百"出版工程以及中宣部、中央文明办、新闻出版总署等部门联合推荐的"百种优秀思想道德读物"。

进入新时期，杜鹏程及其小说《保卫延安》得到平反，不同版本的连环画也如雨后春笋般接连出现。甘肃人民出版社 1982 年 2 月出版了由穆兰改编，王胜利、刘白鸿绘画的《保卫延安》上册，7 月又推出下册。

1982年3月，辽宁美术出版社出版了由王曤改编、李人毅绘画的《延安保卫战》，共上下两册。辽宁美术出版社的这一版连环画艺术成就颇高，还被翻译成朝鲜文，受到了广泛的好评。1984年3月，延边人民出版社出版了朝鲜文版的上下册连环画《延安保卫战》，由木林、蔡风善翻译。

黑龙江美术出版社2009年4月出版的
连环画《保卫延安》上下

1982年11月，人民美术出版社也出版了《保卫延安》上下册，由冯复加改编，侯德钊、赵建明绘画。2011年，为庆祝中国共产党成立90周年，人民美术出版社推出了百种红色经典连环画，将这版《保卫延安》连环画收录其中。

1983年5月，黑龙江人民出版社出版了《延安保卫战》上下册，由陈贞明改编，于业广、吕坷、善思绘画。一般来讲，连环画改编都会沿用原书名，但这版同辽宁美术出版社1982年3月版一样，都将书名改为《延安保卫战》，这是比较少见的。

1984年7月，由范成璋改编，雷德祖、雷似祖绘画的上下两册连环画《保卫延安》由浙江人民美术出版社出版。1991年10月，21世纪出版社出版了由忠清、锡琳编文，李兆虬绘画的"革命英雄主义丛书"儿童绘画本《保卫延安》。

大多数连环画的排版秉承了旧连环画的传统，以页为单位，一页两幅，采用图文相结合的方式，平铺展开。文字和图片的排列方式是左图右文或右图左文，或是上图下文，其中上图下文比较常见。

在内容的改编上，连环画并没有进行太大的改动，但增加了对彭德怀同志的叙述。小说《保卫延安》有许多抒情议论的段落，

甘肃人民出版社 1982 年出版的连环画《保卫延安》上下

辽宁美术出版社 1982 年 3 月出版的连环画《延安保卫战》上下

人民美术出版社 1982 年 11 月出版的连环画《保卫延安》上下

黑龙江人民出版社 1983 年 5 月出版的连环画《延安保卫战》上下

浙江人民美术出版社 1984 年 7 月出版的连环画《保卫延安》上下

21 世纪出版社 1991 年 10 月出版的"革命英雄主义丛书"儿童绘画本《保卫延安》

也不乏口号式的语言，但是在进行连环画的改编时，考虑到篇幅与故事性，大多数连环画都将这些语言进行了简化，使得故事讲述更加明白晓畅。

《保卫延安》人物众多、结构繁复，阅读基础稍弱的读者读来存在一定的难度。新中国成立初期，人民文化水平普遍不高，而连环画图文结合、通俗易懂，且成本较低，所以在民众中具有巨大的传播优势。

四　思想艺术评论

1954年6月，杜鹏程的《保卫延安》甫一出版，便轰动了整个文坛。这部以解放战争时期的西北战场为背景的长篇小说，全景式地展现了1947年那场壮烈又辉煌的保卫战，为读者描绘出一幅波澜壮阔的时代画卷。那是一个英雄辈出的时代，那是一个歌唱英雄的时代，那更是一个书写英雄的时代。在时代的召唤下，英雄史诗《保卫延安》应运而生。时至今日，已经成为"红色经典"的《保卫延安》仍以其深刻的思想主题、精妙的艺术手法影响着一代又一代的读者。

（一）主题思想

1950年，因回乡奔丧而借居在县政府的杜鹏程，脑海里时时浮现出母亲和战友的音容笑貌。他想到了被压迫、被侮辱的中国人民，想到了英勇抗争、不怕牺牲的解放军战士，还想到了运筹帷幄、决胜千里的老一辈无产阶级革命家。此时，杜鹏程再也无法抑制激动的心情，他以自己的长篇报告文学为基础，开始创作一部要对得起死者和生者的艺术作品。此后的几年里，无论是去大城市学习还是去草原上工作，他都笔耕不辍，终于在1954年6月出版了这部三十多万字的巨著——《保卫延安》。《保卫延安》按时间顺序，以延安保卫战为主线，描写了这场战争中忠贞不屈、视死如归的人民英雄，歌颂了他们无私奉献、坚毅果敢的革命英雄主义精神。

杜鹏程少小离家，漫长的随军生涯让他有机会近距离观察和感受那段历史，也为他创作《保卫延安》提供了丰富的写作素材。冯雪峰在《论〈保卫延安〉的成就及其重要性》中认为，这部作品"是够得上称为它所描写的这一次具有伟大历史意义的有名的英雄战争的一部史诗的"[1]。此后，"英雄史诗"一词与《保卫延安》一直如影随形。在这部"英雄史诗"中，作者浓墨重彩

---

[1] 冯雪峰：《论〈保卫延安〉的成就及其重要性》，《文艺报》，1954年第14期。

地书写了革命英雄及其革命英雄主义精神。杜鹏程谈起自己的创作动机时这样说："我下决心写一部反映延安保卫战的长篇小说，歌颂人民战争的光辉胜利，歌颂老一辈无产阶级革命家以及解放军指战员的丰功伟绩，以告慰烈士在天之灵，教育年轻一代。"[1]怀着对英雄的怀念与崇敬，杜鹏程以豪迈又细致的笔法，塑造了昂然屹立于漫天炮火中的英雄群像。上至人民解放军副总司令彭德怀，下至普通陕北老人李振德，他们皆以大无畏的革命英雄主义精神感动了万千读者。

我们的解放军战士勇敢善良、忠诚质朴，爱我们的党，爱我们的国家，也爱生活在这片广袤土地上的人民，他们将自己全部的青春、热血乃至生命都交给了革命事业。小说的主要人物周大勇就是这群可爱的人中的代表。面对敌机的轰炸，他会奋不顾身地用身体护住孩子，虽然那个孩子早已咽气。在长城线上，为掩护主力部队转移，他带领战士们与数倍于己的敌人进行殊死搏斗。周大勇有着坚定的革命信仰，他始终牢记自己是一名人民解放军。在周大勇的身上，我们看到了解放军战士的优秀品质和高尚精神。我们的军队里，有许多像周大勇一样的战士；我们的文学作品里，有许多周大勇这样的典型英雄人物。周大勇是千万战士中的普通一个，但他也是具有鲜明特色的一个。周大勇十几岁参加红军，从一个只有满腔热血的普通战士逐渐成长为一个有勇有谋、成熟沉稳的指挥员。周大勇代表了无数沐浴着党的光辉成长起来的英雄，他的经历不仅让许多读者感同身受，也对广大青少年具有积极的示范作用。正因如此，周大勇这个形象才拥有了打动人心的魅力。

当然，革命不是仅凭一己之力就可以成功的，革命英雄主义更不是个人英雄主义。周大勇只是英勇的人民解放军战士的一个代表，小说中还描写了众多人民英雄：活泼有趣的李江国、沉稳寡言的王老虎、知错就改的宁金山……在他们身上，我们看到了以爱为底色的革命英雄主义精神。面对危险，

---

[1] 陈纾、余水清：《中国当代文学研究资料丛书：杜鹏程研究专集》，福建人民出版社，1983年，第21页。

他们永远将生的希望留给战友。被敌人围困时，重伤员赵万胜拉响手榴弹，与敌人同归于尽；在长城线上，王老虎故意将敌人引向与大部队相反的方向。这是战友之间的爱，这种爱是舍己为人，这种爱是生死相托。同样，这种爱还包括人民群众对我们子弟兵的爱。人民哺育了英雄，人民创造了历史。我们记得，为了掩护人民解放军，李振德老人带着自己的孙子拴牛毅然跳下悬崖；我们记得，李老太太为保护我们的战士，受尽敌人的折磨；我们还记得，在昏黄的灯光下，老乡们为子弟兵一针一线地缝补衣物。战争是残酷的，它代表着伤痛、流血和死亡。但正是因为有爱，无论是战士还是群众，无论是英雄还是普通人，都可以克服艰难困苦。是爱让他们有了一往无前的勇气，有了舍己为人的奉献精神。

除了普通战士和人民，小说还描写了以彭德怀同志为代表的老一辈无产阶级革命者。无论战势多么紧张，彭德怀同志永远都镇定自若，丰富的作战经验和细致的观察力，使他对战局有着异常准确的判断。但是彭总并不搞"一言堂"，他总是会亲切地询问他人的意见，让大家畅所欲言。作者寥寥几笔，就勾勒出一个乐观、果敢、民主的无产阶级革命者形象。更为可贵的是，小说并非仅从军事家的角度刻画彭德怀，还描写了他极具温情的一面。如彭总为小娃娃们绑鞋带、擦鼻涕，与他们玩闹，这种弥足珍贵的日常温情，为硝烟弥漫的战争增添了一抹亮色。20世纪50年代，新中国刚刚成立，百废待兴，《保卫延安》通过对彭德怀、周大勇、李振德等英雄群像的刻画，传达出昂扬奋进、不畏艰险、顽强拼搏的革命精神。在那个物质极度匮乏的年代，这种精神对人们具有极大的鼓舞作用。进入新时代，我们更应继续秉承先辈们的精神，为全面建成小康社会、全面建设社会主义现代化强国而不懈奋斗！

（二）艺术特色

《保卫延安》以延安保卫战为题材，这场战役是人民解放军从战略防御走向战略进攻的转折之战。对于创作者来说，要成功书写这样一部关乎民族国家命运的长篇小说，是颇为不易的。杜鹏程和他的《保卫延安》做到了。他用遒劲的笔力，为读者展示出了一部荡气回肠的英雄史诗。

史诗当有史诗的结构。长篇小说卷帙浩繁，往往表现重大历史事件或广阔的社会生活，因此"怎么写"就成为长篇小说尤其关注的问题。《保卫延安》以延安保卫战为题材，而延安保卫战规模宏大，历时较长，在书写时若想面面俱到，只会显得主次不分、杂乱无章。但《保卫延安》在结构上做到了独具匠心，冯雪峰认为它"能够在一条主干上布开丰盛繁茂的革命战争生活的枝叶"[1]。首先，它的"树干"就是延安保卫战这场战役。但是作品的起止点非常耐人寻味，从解放军被迫撤出延安起，到九里山阻击战胜利，即将收复延安止。以这样一个较为压抑的开头，表现出人民解放军艰难的处境；虽最终取得胜利，但经历了种种艰难险阻，反衬出解放军取得胜利果实之不易。《保卫延安》虽写的是延安保卫战，但并未以收复延安止。其实在九里山阻击战后，敌军就败局已定。小说在人民解放军冲向延安的大门——劳山之时戛然而止，将小说的气氛托到高潮，给读者意犹未尽之感。在主干的书写上，《保卫延安》隐含着一种"点—线—面"的结构。"点"即是一场场的战斗，如蟠龙镇战役、沙家店战斗等，由这些"点"组成了延安保卫战这条"线"。《保卫延安》并没有仅仅局限于西北战场，它在第一章就阐述了延安保卫战的意义，"我军退出延安是为了保卫延安；退出延安是为了打到西安，打到南京"[2]。这样就由延安保卫战联系到整个解放战争，达到了由"线"及"面"的效果。其次，小说还描写了"树干"上的"枝叶"，即围绕延安保卫战所发生的人与事。《保卫延安》所描写的是英雄群像，但做到了有详有略。周大勇是作为典型人物进行描写的，其形象也不是一成不变的，而是随着主线的发展，在不断地成长。从另一方面来看，这既是一部战争史诗，也是一部英雄的成长史。另外，李振德老人一家也非常具有代表性，祖孙三代人，或投身革命或为革命献出生命，通过对李振德一家的描写，表现出解放区人民高涨的革命热情。而李振德老人的事迹也可以构成一条线

---

[1] 冯雪峰：《论〈保卫延安〉的成就及其重要性》，《文艺报》，1954年第14期。

[2] 杜鹏程：《保卫延安》，人民文学出版社，2009年，第25页。

索，从他跳崖未死，到偶遇周大勇等人，再到一家人意外相聚，最后到父子二人与正规部队会合，这条线索也是围绕着延安保卫战这个"树干"进行的。这些线索虽繁杂多样，但都流畅自然，如行云流水。所以《保卫延安》虽人物众多、事件繁复，但仍章法有度、结构清晰。

史诗当有史诗的风格。自古燕赵多慷慨悲歌之士，出自燕赵作家之手的《保卫延安》自然也是气势恢宏，笔调豪迈粗犷。加之革命文学所独有的战斗激情，使得《保卫延安》带有了一种崇高的美学风格，在描写战争时，更是别有一番风味。小说涉及多场战斗，但是杜鹏程并没有按照同一个章法写，而是每场战斗都有独特的写法。青化砭战役详细描写了我军的准备过程，以及敌人进入伏击圈后的战斗，是从正面进行描写；蟠龙镇战役则从侧面进行描写，将焦点聚集在双方高级军官的身上，只写了彭德怀同志对战役的计划，而我胜敌败的结果通过敌军军长接到电报时的暴跳如雷进行交代；"长城线上"则写了周大勇连队与主力部队失去联系后，如何冲破重围找到部队，这一部分比起前面的战役来更具传奇色彩。另外，羊马河战役一笔带过，而沙家店战斗则写得大开大合，从敌我双方的战前准备，到激烈的战斗情况，都描写得十分详尽，真正做到了笔法多变，有张有弛。《保卫延安》不愧为我国当代小说的经典之作，即使在当下，它仍是现代军事小说的经典范式。

同时，大量民谣的引用，使得小说充满了浓郁的陕北风情。比如：

一个男人在唱：
一杆红旗空中飘，
咱们的子弟兵上来了。
一个女人接着唱：
青天蓝天蓝漾漾的天，
看见咱们队伍心喜欢。

歌谣响起，我们眼前仿佛出现了一幅陕北高原的生活画卷，小说的气氛也变得轻松、活泼起来，为紧张的战争生活增添了一抹温情。

在语言上，《保卫延安》朴实生动，既有英雄史诗的力量，又有日常生活的气息。比如：

> 战士们像潮水一样盖下去了……他们像自己团长一样，一个个脸色铁青，咬紧牙关，怒火冲天。他们赶上了敌人，有的战士把刺刀从敌人后心穿到前心；有的战士把轻机枪的皮带挂在脖子上，平腹端起机枪，像割草一样，把敌人扫得一片片倒下……

虽没有华丽的辞藻，但将战士们英勇的作战姿态表现得淋漓尽致。透过文字我们可以体会到当时战况的惨烈，可以感受到战士们身上那种无畏、顽强的英雄力量。小说还运用了大量的方言口语，主要体现在解放军战士、老乡们的交谈中，比如："祖宗呀！活受洋罪，心要炸了！"方言口语的使用，使语言更加生动有力，因此解放军战士内心的焦灼得到了更充分的表现。而国民党高级军官在交谈时，是不会使用方言的。比如："诸位饱读兵书，试想，中外战史上有谁像我们这样打糊涂仗？"同样是表现焦虑不安，但国民党军官的语言明显书面化。这样的处理，既符合人物身份，又充满了日常生活的气息。

（三）当下意义

自 1954 年出版以来，《保卫延安》已经走过了六十多个年头。作为家喻户晓的"红色经典"，它并没有被当成历史"遗产"束之高阁，而是不断被阅读、再版、改编。这足以表明，经典的光芒是不会随时间的流逝而黯淡的。《保卫延安》以现实主义笔法描写了波澜壮阔的战争图景，塑造了具有革命精神的英雄群像，对我们民族的性格和文化产生了巨大的影响。当下我们有幸生活在一个和平的时代，但我们更应铭记历史，铭记革命先辈们的精神，为实现中华民族伟大复兴的中国梦不断奋斗。

杜鹏程认为，革命文艺工作者起码的职责就是要塑造为人民造福的光辉

人们瞻仰毛泽东旧居

的英雄形象。这种文艺工作者的担当精神，使他含泪记下了一个个惊心动魄的战争场面。有时在宿营，他就趴在老百姓锅台上写作。他用的是笔尖绑在木头上的笔，需要不停地蘸墨水，旅政委杨秀山听说后，立即指示配发一支好笔，杜鹏程这才拥有了一支"金星牌钢笔"。《保卫延安》更是倾注了杜鹏程所有的心血，他写每句话都反复琢磨、精雕细刻，前后重写九遍，有些段落更是修改数百次。甚至有不少章节，别人提一个头他就能背下去。杜鹏程呕心沥血创作《保卫延安》，他想要做到的就是肩负起作家的责任，这对于当今的文学创作者是有重要的镜鉴作用的。随着市场化的兴盛，许多文学创作者一味追求利益而弃责任于不顾，这势必对文学的健康发展产生消极的影响。一部好的文学作品，应当始终将社会效益放在首要位置；一个好的文学创作者，应当本着踏实负责的态度，深入生活，在现实的土壤里挖掘材料。

　　当作家们越来越倾向于书写个体小我时，《保卫延安》这类史诗性的作品正是当下文学所缺乏的。史诗式的作品，往往以重大历史事件为题材，通过描写典型环境中的典型人物而显示出一个时代、一个民族的精神风貌。也正因如此，长篇小说在中外都享有极高的地位。一个时代有一个时代之文学，我们不能要求所有的文学作品都如《保卫延安》那样具有史诗性，但文学创作者也绝不能"躲进小楼成一统"，拘囿于"小时代"的樊笼中。正如习近平总书记所强调的，广大文艺工作者应当"认识自己所担负的历史使命和责任，坚持以人民为中心的创作导向，努力创作更多无愧于时代的优秀作品"。

《保卫延安》就是这样一部凝聚着中国精神与中国力量的优秀作品，它在不同时期都受到了人们的喜爱，必然具有超越时空阈限的精神内涵。在《保卫延安》中，解放军无论是兵力还是物资，都无法与国民党军队相提并论，那为什么处于劣势的解放军能够拖垮占绝对优势的国民党军队呢？首先，对比国民党军队的纪律涣散、争权夺利，解放军战士们坚决服从党的指挥，有着严明的纪律和优良的作风，所以，可以攻无不克，战无不胜。而建设一支听党指挥、作风优良、能打胜仗的人民军队也是我们党在新时代的强军目标。其次，我们的人民解放军有着坚定的精神信仰。在信仰的烛照下，我们可以冲破黑暗走向光明。也正因这种信仰，全军将士可以团结一心，抛却个人的悲欢荣辱，以顽强的决心和英雄的气概夺取最后的胜利！

相比炮火连天的战争年代，如今人们的物质生活的确有了极大的提升，但是现代人所面临的精神危机也是我们无法回避的问题。对物质的极度渴望和对精神的极端漠视，使得人们愈发空虚而焦虑。近年来兴起的"丧"文化，也在一定程度上显示出当下青年精神生活的颓废与贫瘠。而"红色经典"表现出的爱国主义、集体主义以及英雄主义，都是我们今天需要汲取的精神养料。杜鹏程创作《保卫延安》，一方面是向革命先辈们致以崇高的敬意，而另一方面他也希望"用形象的教科书来教育青年一代，使他们接过先辈的革命传统，在社会主义新长征中勇往直前"[1]。当下的青年一代在阅读以《保卫延安》为代表的"红色经典"时，不仅要关注这些作品所描绘的英雄人物、

---

[1] 陈纾、余水清：《中国当代文学研究资料丛书：杜鹏程研究专集》，福建人民出版社，1983年，第31页。

所展现的时代风云，更要学习和传承革命先辈们崇高的革命信仰、绝处逢生的顽强意志以及"万水千山只等闲"的英雄气魄。作为社会主义建设者和接班人的广大青年，我们生逢其时，我们重任在肩。

作者简介：

　　知侠（1918—1991），原名刘兆麟，出生于河南汲县（今河南省卫辉市）一个铁路工人家庭。毕业于延安时期的中国人民抗日军事政治大学，一生笔耕不辍，给后人留下了400万字的文学作品，代表作有《铁道游击队》《红嫂》《沂蒙飞虎》等。1938年，赴陕北延安投身革命，火热的战争生活和丰富的人生经历成为其日后的创作源泉。新中国成立后，先后任济南市文联主任、山东省文联副主席、中国作家协会山东分会主席、山东省文联党组书记，1959年入选中国文联委员、中国作家协会理事。其长篇小说《铁道游击队》至今畅销不衰，不仅为枣庄、山东乃至全国的红色文化基因图谱的建构做出了卓越贡献，更被译成多种文字在海外传播，成为向世界讲述"中国故事"的红色经典。1991年9月3日上午，因脑溢血猝发去世，享年84岁。

《铁道游击队》：侠义爱国的辉煌篇章

陈夫龙

　　"西边的太阳快要落山了，微山湖上静悄悄。弹起我心爱的土琵琶，唱起那动人的歌谣……"这首 20 世纪五六十年代妇孺皆知的电影插曲《弹起我心爱的土琵琶》，歌唱的是一支被称为"飞虎队"的革命队伍；而让人们知道"飞虎队"的英勇事迹，知侠的小说《铁道游击队》功不可没。这支历史上真实存在的抗日武装力量，被肖华将军誉为"怀中利剑，袖中匕首"。在作家知侠笔下，他们化身为一个个有血有肉、热情豪爽、英勇杀敌、义薄云天的"车侠"，演绎出一段抗日救国的不朽传奇，让我们至今感佩不已。知侠二十岁赴延安参加革命，他与铁道游击队结缘，始于 1943 年夏天。在山东军区于莒南县坪上召开的全省战斗英雄模范大会上，他认识了铁道游击队的英雄人物，并被他们的英勇事迹所感动，想以文学形式把他们的战斗经历表现出来。为了获得第一手资料，知侠冒险穿过日寇的据点和封锁线，与游击队员们生活在一起，深入了解他们的战斗生活，积累了大量素材。于是，在真人真事的基础，知侠创作了小说《铁道队》，发表于《山东文化》上。后因解放战争爆发，创作被暂时搁置。新中国成立后，知侠再次到枣庄、微山湖一带，采访铁路沿线和微山湖区的群众，重温抗战时期活跃在铁道线上的抗日英雄们的战斗情景，倾注全部热情与心血，创作了长篇小说《铁道游击队》。

一　故事梗概

　　故事开始于一个傍晚，枣庄的上空笼罩着浓重的烟雾，"太阳旗"在晚风中飘抖。在一间矮小的茅屋里，一个青年在同另一个人讲述着什么，屋外风声大作，屋内谈兴正酣，不觉天色已晚。突然响起阵阵敲门声，门开后闪进一个持枪青年……这三个人便是老洪（刘洪）、王强和老周。老洪和王强是鲁南山区八路军游击队中的精悍队员，为了配合山里的战斗，他们被派到枣庄活动。直到这个傍晚，在老周来访之前，他们一直没有联系上部队，这期间，老洪"吃两条线"（扒火车），王强做车站脚行。他们目睹敌人拿中国人做活体解剖，耳闻敌人用中国人训练狗和新兵，再也按捺不住内心的仇恨，杀死了洋行的两个鬼子军官。老周走后，老洪单枪匹马扒上鬼子火车，为游击队搞到了一批武器，这便是日后令老洪远近闻名的"飞车搞机枪"。

　　但单凭两人这样分散地与敌人斗争是远远不够的。在上级的建议下，他们决定开设炭厂，一来因地制宜，不惹人注意；二来便于发展队伍，开展工作。但开炭厂最大的问题是本钱。啥困难都难不住老洪，他当机立断："反正从咱这穷腰包里拿不出钱来，只能搞车。"与王强商量之后，二人一拍即合，决定搞粮车。这期间，不善言语的林忠、爱喝酒的黑脸鲁汉、会开火车的彭亮、快乐勇敢的青年小坡一个个加入进来。扒粮车的计划顺利进行，有了本钱，炭厂开张后生意红红火火，又吸引来了穷兄弟赵六、小山，队伍进一步扩大。为了领导工作，党派游击队第二营的政治教导员李正担任这支新成立的"铁道游击队"的政治委员。早就听闻老洪大名的李正在看到满身炭灰、歪戴帽子、叼着烟卷的队员们大碗喝酒时，内心有一丝波动，但他很快便调整好心态，积极融入他们的生活中。他与爱喝酒的鲁汉"喝一气酒"，悄悄地给爱赌钱的林忠家里送去粮食，语重心长地向彭亮分析鲁莽行事的危害，靠自己的一言一行成为这群草莽英雄们口中的"好人"，被认为"够朋友"。在李正的领导下，队员们渐渐改掉了身上的小毛病，

丁斌曾、韩和平笔下的刘洪和李正

成长为一支有组织、有纪律的队伍。

　　为了尽快武装起来，与敌人开展正面战斗，这支队伍继续扒鬼子火车搞资金。炭厂的人员越来越多而武器却少之又少，因此补充武器、分散活动成为当务之急。王强在与打旗工人还有洋行推车工陈四的闲聊中了解到洋行不仅鬼子增多，还来了一个山口司令，并且他们都配有枪支。机智的王强立刻找到了问题的突破口，与队员们商量后决定再一次"打洋行"。洋行的大铁门上着锁，墙又高，王强便建议从厕所后墙挖洞进去。是夜狂风大作、风啸如虎，正好掩盖了游击队员们用铁锹划石灰缝的吱吱声。十六个人，六支枪，兵分四路，老洪一声口哨，队员们便冲向鬼子分住的四间屋子，以迅雷不及掩耳之势结果了鬼子，夺得武器，从此这支队伍便真正具备了武装斗争的条件。后来由于一个叫小滑子的青年与宪兵队的汉奸特务发生口角，炭厂被鬼子包围，游击队队员们不得不离开这虽弥漫着黑烟却充满了战斗回忆的小炭厂，到更广阔的天地中开始了与敌人的正面战斗。

　　游击队血洗洋行后，敌人疯狂地在山区"扫荡"了三天，很多无辜的百姓倒在了鬼子疯兽般的枪口下。队员们听到这一消息后悲愤交加。这时，他们接到山里的紧急通知，命他们在敌人守卫空虚的后方活动，配合山里的反"扫荡"斗争。对鬼子恨得咬牙切齿的队员们立即充满了战斗豪情。面对加强戒备的敌人，不能强攻只能智取，老洪和王强不约而同地想到了"打票车"。票车通津浦铁路干线，打票车既能牵动整个敌人的交通线，而且票车上面只有一个小队的鬼子，非常符合这次的战斗要求。阳春三月，队员们化装成商人、农民进入峄县车站，成功混进停下来的票车。他们携烧鸡、带美酒，上车后便与鬼子亲热地大吃大喝，放眼望去，每节车厢都有两名队员与鬼子周旋。就在鬼子酒酣耳热"俯首帖耳"之时，老洪与彭亮早已在枣庄车站等待着这列票车。彭亮自小就想当一名火车司机，在这次战斗中他的任务就是开火车。他紧张而又兴奋地驾驶着火车，迎着晚霞冲出驻有日军的王沟站，驶向三孔桥。听到事先约定好的作战哨声，各节车厢的队员麻利地将鬼子撂倒干掉，当枣庄和临城出动的鬼子追来时，他们早已消失得无影无踪。次日，枣庄大街上贴满了振奋人心的标语："八路军万岁！""打倒日本帝国主义！"很快，铁道游击队"打票车"的事迹传遍了枣庄，日军撤回一千多鬼子"扫荡"枣庄，而百姓与游击队早已转移。铁道游击队首战告捷，出色地完成了此次牵制鬼子兵力的任务！

这次战斗的胜利，不仅增强了队员们的战斗信心，也让上级相信游击队已是一支成熟的队伍。于是山中的张司令写信给他们派了新任务——把部队插到临城附近，以微山湖为依托开辟那个地区。在风景如画的微山湖畔，游击队与当地一支队伍合编，共同战斗，谱写了一曲曲生动激昂的战歌；也是在那里，他们遇见了一位特别的女性——芳林嫂。当游击队员们身穿蓝裤褂、腰别匣子枪，威武又自豪地走进村庄后，受到了当地军民的热情欢迎。听说当地的队伍缺少武器，老洪一队人决定带申茂等人夜袭临城站，夺取武器。这次行动只有王强、彭亮、鲁汉、林忠加上当地三个队员参加，他们成功夺取了武器，却也引来了鬼子的报复。大批鬼子驻扎在临城，不断"扫荡"，迫害、审问、威胁当地百姓。霎时间，临城硝烟四起，百姓流离失所。同时，中央军也趁机展开对铁道游击队的攻击，游击队腹背受敌，处境艰难。在一次战斗中，小坡和老洪正面遭遇顽军，寡不敌众，老洪右臂受伤住进芳林嫂家，得到芳林嫂耐心细致的照顾和保护。鬼子与顽军日夜轮流地"扫荡"着，微山湖处处枪响。山里的司令部怕这支新队伍在夹击中遭受损失，便命他们前往山里整训，于是他们押运了一批送给司令部的物资，走上了进山小道。

进山整训期间，司令部为他们举行欢迎晚会，请他们给战士们做报告，张司令和王政委还亲自给他们讲课，队员们收获颇多。不善言辞的林忠第一次在众人面前做报告，克服了羞怯的他竟也能滔滔不绝；爱唱歌的小坡第一次看到那么激动人心的舞蹈和戏剧，情不自禁地跟着演员哼唱起来。但快乐的日子十分短暂，司令部再次派给他们新任务：掌握铁道线，配合山里战斗。一一五师老六团因有任务去西山而与铁道游击队同路，便一路护送他们出山。这支纪律严明、作战勇敢的队伍如一只英勇的成年豹子，轻而易举地消灭了沿途的顽军，保护着当时如一只小老虎般的游击队。后来由于老六团接到了新的战斗任务，铁道游击队便收下他们所赠的枪支弹药而后与之分开。与老六团分开后，铁道游击队进入了出山后第一段较为艰难的时期。原来，他们离开微山湖后，当地迅速伪化，现在老百姓对他们避之唯恐不及。而且，只要他们上岸，鬼子就进庄。他们不得不退避到微山湖上的一条渔船里，虽获得暂时的安全，但队员们饥困交加，军心有些散乱。只有融入人民的海洋才能与敌人展开战斗，于是游击队员们剃掉分头，穿上农民衣服，走到群众中间，宣传抗日，在群众中扎根。

要想在湖边站住脚，就必须切断地主与敌人的联系，扫清不断骚扰游击队的顽军。自游击队走后，地主高敬斋公然挂起日本旗，拉拢特务队长冈村，极尽所能压迫百姓。铁道游击队一来，他表面奉承，暗地里却向日军报告。不消灭这样的势力，铁道游击队就无法在岸上活动！一天夜里，游击队员们悄悄潜入乡公所，在这个食百姓血肉、向鬼子摇尾的地主沉浸于美梦时，一枪打死了他。接着游击队又杀掉了另外一些恶贯满盈的地主，而对那些被迫应付鬼子的地主、伪保长，他们则采取了不同的方式去争取。切断了地主、伪保长与鬼子的联系后，游击队又一次融进人民的海洋。正当他们壮志满怀，准备继续开展对敌武装斗争之时，顽军却开始时不时地袭击游击队。游击队没有长枪只有短枪，与顽军作战太不现实。就在众人对此焦头烂额、无计可施时，他们听到了西北方向传来的枪声，原来是老周带着三营来了！三营顺利地消灭掉顽军两个营，缴获了大批武器、粮食。随后，他们又在打旗工人谢顺和伪保长朱三的帮助下从火车上截获了大量粮食，这下铁道游击队才又重新在微山湖站住了脚。

在微山湖稳定下来后，游击队员们又在临城与敌人展开了一系列战斗。先是为了配合山里反"扫荡"，在六孔桥上切断了津浦干线和临枣支线，接着又杀掉了临城特务队长冈村。"杀冈村"一战中，队员们穿上从火车上搞来的伪军、鬼子军装，王强更是镇定自若地穿着鬼子衣服出入临城站而未被发觉。打旗工人谢顺负责释放冈村入睡的信号，待冈村以及站上的鬼子休息后，他们敏捷地进入站内，利落地杀死了冈村，夺得一批武器弹药，并全身而退。冈村死后，临城又来了一个笑里藏刀、阴险狡诈的特务队长松尾。鉴于冈村的失败，松尾调整战略，派遣特务队整夜在田野里趴着，即使秋雨绵绵也不间断，终于摸到了游击队的一点踪迹。他还打听到芳林嫂与游击队的关系，准备将住在苗庄的芳林嫂掳去当人质来威胁老洪。松尾初进苗庄，不仅没抓住芳林嫂，还碰上游击队夹击，被芳林嫂用手榴弹在头上敲了一个大疙瘩！要不是芳林嫂情急之下忘了拉弦，松尾早就命丧黄泉了。但这次战斗过后，苗庄遭到重创，鬼子烧毁了百姓的房屋、粮食。为此老洪失去理智，他手持机枪，面红耳赤，直打到河对岸堆满敌人的尸体，胸中的憋闷才有所缓解。政委李正在命其撤退时不幸受伤，这才使老洪恢复理智，撤出战场。

春去秋来，四季轮回，微山湖自顾自地美丽或萧条着，但这里的战斗却没有停止。一个冬夜，天上飘着小雪，秘密交通员冯老头来访，准备跟李正和老洪、张司令面谈搞冬衣的紧急任务。当他们在一个小山庄里看到成百上千的战士还穿着夏季的单衣时，深深地意识到此次任务的重要性。在这次战斗中，沙沟站副站长张兰帮了铁道游击队的大忙。张兰因妻子被鬼子站长凌辱，早就对鬼子恨之入骨，于是利用职务之便，帮游击队成功搞到了三十多船布。鬼子发觉丢失布车后迅速赶来，队员们一边持枪战斗，一边背布撤退，所幸那天起了大雾，不利于鬼子追袭。当鬼子增援部队来到湖边时，铁道游击队早已将布匹运到微山湖深处了。这一次"搞布车"战斗结束之后，铁道游击队与其他几支小游击队也分得了半船黑布，没想到这却埋下了祸根。林忠队上一个叫黄二的队员偷布后持枪逃跑，做了鬼子特务队长松尾的特务，还向松尾提供了大量关于铁道游击队的情报。黄二的背叛使铁道游击队遭到重创，先是谢顺、张兰身份暴露，接着游击队大将林忠、鲁汉牺牲。林忠、鲁汉的死使那一年的新年显得分外沉重，大家摆好酒菜祭奠两位英雄，每个队员心中都充满了对英雄的怀念和对鬼子的仇恨。后来黄二虽然被彭亮打死了，但他的情报令松尾在鬼子司令部扬眉吐气，还请求增援"围剿"游击队。鬼子司令部也想解除游击队对交通线造成的持续威胁，最终他们竟派出七千多鬼子"围剿"当时不到二百人的游击队。队员们被困微山岛，处境岌岌可危。好在天无绝人之路，正当队员们藏匿物资时，李正看到了以前搞到的鬼子军服，灵机一动，命队员们穿上这些军服。终于，游击队突出包围，逃离孤岛。他们走后，微山湖沦陷，当地许多地主如胡仰等人又迅速投奔鬼子。在胡仰的帮助下，鬼子逮捕了日夜逃难的芳林嫂。

游击队从微山湖突围后再次进山，待湖边的鬼子撤走以后，他们又受命分三路出山。湖边虽然已迅速伪化，但是这一次与上一次不同，他们很快重新掌控了局面。伪乡长胡仰被杀，经过朱三的说服，守路碉堡上的伪军也转而听命于游击队。这之后游击队没有再与敌人进行较大的正面战斗，他们一直执行着更为重大的新任务——护送干部过路。他们先后送过胡服同志、新四军陈军长等，从未出过任何差错，这一时期的工作获得了领导的高度表扬。

最终，日寇宣布无条件投降的消息传来了，但是抗战时期望风而逃的国民党却联合敌伪准备窃取胜利果实。山东军民坚决执行朱德总司令的命令，以秋风扫落叶之势消灭了拒降敌伪。经过与鬼子的多次谈判，游击队最终迫使日军缴出武器并举行了投降仪式。老洪将芳林嫂从蒋匪铲下救了出来，几经磨难的芳林嫂依旧有一双美丽坚毅的眼睛，人们亲切地围着她，她与老洪

上海新文艺出版社1954年出版的《铁道
游击队》

相对无言，内心充满了兴奋与幸福。日军
走后，国民党匪军不断涌来，刘洪和铁道
游击队队员们继续英勇地战斗着……

二 出版情况

《铁道游击队》是作家知侠创作的长
篇小说，以真人真事为基础，反映了抗日
战争时期一支短小精悍、令敌人闻风丧胆
的游击队破坏日军交通线、与敌人战斗的
传奇故事，歌颂了铁路工人抗击日寇的英
勇战斗精神和军民同心、保家卫国的爱国情怀。作品既是当代红
色教育经典，亦是文学宝库中的一颗明珠。《铁道游击队》自
1954年出版以来，一直深受读者喜爱，不仅国内读者众多，还被
翻译成多种文字在海外出版发行。随着历史演进，《铁道游击队》
产生了多个版本，不同时期的意识形态、文艺观念、指导思想等
在各个版本中得到了淋漓尽致的展现，为当下通过研究不同版本
还原历史真实提供了可能。

1945年，知侠以《铁道队》为题，在《山东文化》第二卷第
三、四期上发表了若干章节，后又于1947年2月发表了《铁道
队》中的《李政委和他的部下》等。在此基础上，小说《铁道游
击队》初版于1954年1月由上海新文艺出版社正式出版，一经
发行，便风靡全国。出版当年即一版再版，同年印刷至少7次，
印数高达12.509万册。迄今为止，这部长篇小说发行量达400万
册，是新中国成立以来上海所出版长篇小说的发行量之最，可以
说创造了出版史上的奇迹。然而这一初版并非最后定本，在随后
的出版要求中因政治考量、读者需求、作家自我要求等因素，小

说在不断调整改进中产生了多个版本，主要有 1955 年、1959 年、1965 年、1977 年和 1978 年等版本。

1955 年版改变了初版繁体竖排的方式，采用横排方式，并对字号、字距进行了调整，使之更符合文化水平不高的大众群体的阅读习惯；同时降低纸张成本，下调了图书价格，更利于图书的传播。同年 10 月，出版社重新推出繁体竖排版，同初版在版式、字号上基本无异，但内容却跟普及本相同，可谓"杂糅版"。这一"杂糅版"在读者需求下应运而生，可见当时《铁道游击队》的受欢迎程度。

1957 年，人民文学出版社等权威文艺机构举办了"建国 10 周年优秀选拔本"评选活动，《铁道游击队》毫无悬念地位列其中，表明了这部小说的经典性。为契合当时的文艺形势，1959 年 5 月，作者对小说进行多处修改，由此形成第四个版本。1962 年上海文艺出版社再次出版时，就采用了这个版本。同时，《铁道游击队》入选"收获创作丛书"，为了保持丛书的统一性，图书封面进行了改动。

1965 年 4 月作家出版社上海编辑所出版的版本，更加注重政治意识形态的影响，对书中的恋爱情节进行了删除和洁化。

1977 年，《铁道游击队》被选为适合农村需要的读物，向全国农村推广发行。值得注意的是，在"文化大革命"期间，该书一度成为禁书，被批为"大毒草"并禁止出版发行。"文革"结束初期，《铁道游击队》仍被认为存在问题。当 1977 年上海文艺出版社考虑该书的再版事宜时，要求知侠必须将原著中详尽描写铁道游击队掩护胡服（刘少奇的化名）过铁路的章节删除。迫于当时形势，知侠忍痛接受了这个条件。这个被删改的、残缺的《铁道游击队》版本就此出现，即第六个版本。随着刘少奇同志的平反，在 1978 年的版本中，作者增补了小说第二十七章《掩护过路》的大部分情节，成为第七个版本。1980 年 2 月，刘知侠的问题在党的十一届五中全会得以昭雪，随着问题的彻底厘清，其小说也重获新生，于同年 7 月以完整的版本再版发行。《铁道游击队》先后经历七次大改动，于历史沉浮间彰显出一部经典之

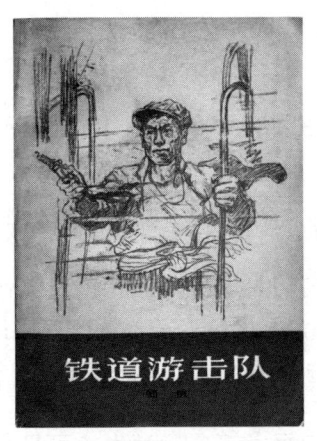

上海文艺出版社 1977 年出版的农村　　上海文艺出版社1978年出版的《铁
版《铁道游击队》　　　　　　　　　　道游击队》

作的真正价值和永恒魅力。

　　《铁道游击队》因其精神内涵和文学水平而深受出版社青睐，并荣获多种嘉奖，始终焕发着蓬勃的艺术生命力。1995 年，为纪念抗日战争胜利 50 周年，全国四家出版社同时推出各版本的《铁道游击队》，并列入"共和国经典名著丛书"和"爱国主义教育丛书"。2004 年，中宣部、中央文明办、教育部、文化部、国家广电总局、国家新闻出版总署、共青团中央联合向社会推荐"百部爱国主义教育图书"，《铁道游击队》名列其中。2005 年，抗日战争胜利 60 周年之际，人民文学出版社推出了新版《铁道游击队》，上海文艺出版社也同时再版。2007 年 7 月，解放军文艺出版社出版《铁道游击队》。2009 年，人民文学出版社再次出版《铁道游击队》；同年，时代文艺出版社、陕西师范大学出版社、解放军文艺出版社等多家出版社都对《铁道游击队》进行了出版。2012 年，韩和平配图的《铁道游击队》由中国青年出版社出版发行。2015 年，人民文学出版社出版了"书与影·最经典的抗战小说"之《铁道游击队》。2018 年，人民文学出版社出版了"红色长篇小说经典"之《铁道游击队》。此外，"朝内 166 人文文库·中

黄河出版社 1995 年出版的《铁道
游击队》

人民文学出版社 2005 年出版的《铁
道游击队》

陕西师范大学出版社 2009 年出版
的《铁道游击队》

人民文学出版社 2009 年出版的《铁
道游击队》

中国青年出版社 2012 年出版的《铁
道游击队》

国当代长篇小说"之《铁道游击队》分别于 1958 年、2013 年、2014 年在人民文学出版社出版。2009 年,"铁道游击队"更是作为固定词条被收录进《辞海》中,定格了其价值和意义。

作为从诞生之日起便被不断出版、改编的经典文学作品,《铁道游击队》以其经久不衰的生命力吸引了许多翻译者的目光,先后被译成英、俄、朝、日、越等多种文字,收入世界反法西斯战争文学宝库。从 20 世纪 50 年代开始就有许多翻译者将其译成多种外文或少数民族文字进行出版:黑龙江朝鲜民族出版社和延边人民出版社分别于 1957 年和 1959 年出版了《铁道游击队》和《"铁道游击队"的小队员们》的朝鲜文版；1957 年，北京民族出版社也出版了《铁道游击队》朝鲜文版；1980 年，龙溪书舍出版了井上隆一翻译的日文版《铁道游击队》；内蒙古人民出版社将《"铁道游击队"的小队员们》译为蒙古文出版《铁道游击队》；新疆人民出版社将二十一世纪出版社 2004 年出版的《小铁道游击队》译为维吾尔文出版；2006 年，斯马义翻译的《小铁道游击队》再次由新疆出版社出版发行；2010 年，黑龙江朝鲜民族出版社重新出版了《铁道游击队》朝鲜文版，并于 2013 年再次出版了由任国铉翻译的朝鲜文版《小铁道游击队》。

《铁道游击队》借鉴了传统章回体小说的创作手法，为广大读者所喜爱，每章都可单独成篇，因此，其个别章节被收录进多种选本，全书也经常被收入各类丛书、文库。如：1994 年收录于重庆出版社出版、刘白羽总主编的《世界反法西斯文学书系 45 · 中国卷 5》中；1997 年收录于上海文艺出版社出版、江曾培主编的《中国新文学大系 54 · 长篇小说卷 2》中；2001 年收录在青岛出版社出版的《知侠文集》中；2005 年收录于安徽教育出版社出版、盛振华主编的《滇缅大反攻》中；2010 年分别收录于陕西师范大学出版社出版的"中小学生必读丛书"和世界图书出版公司出版的"中小学生课外书屋"中；2013 年收录于中国青年出版社出版、罗广斌等编著的"红色经典文库套装"中，同年还收录在社会科学文献出版社出版的《"故事"的多重讲述与文艺化大众》、济南出版社出版的《铁道游击队解读》和团结出版社出版的《七七事变》中；2014 年收录于巴蜀书社出版、CCTV《走近科学》编辑部编的《二战纪实 · 中国远征军》，同年还收录于上海锦绣文章出版社出版的《话说中国血肉长城：1937 年至 1945 年的中国故事（下）》；2016 年收录于中国华侨出版社出版、杨剑主编的"红色文学经典导读"中，同年还收录于吉林美术出版社出版的"无障碍阅读 · 红色经典系列丛书"和金盾出版社出版的《铁道游击队的故事》（注音彩绘版爱国主义教育读本）。

《铁道游击队》对儿童、青少年的价值观形成和成长教育也具有重要影响。小说出版后，迅速在全国掀起了一股"读铁道忆抗战"的热潮，青年学生们举办各种形式的读书会、朗诵会，自发学习铁道游击队精神。正因《铁道游击队》大受欢迎，1965年，知侠后续创作的《"铁道游击队"的小队员们》也受到热捧，由中国少年儿童出版社出版，并在1997年再版。1983年，四川少年儿童出版社出版了由知侠原著、刘真骅节编的《铁道游击队》（少年版）。1987年，刘真骅节编的《铁道游击队》（节编本）由四川少年儿童出版社出版，该出版社还于1990年又一次出版了《铁道游击队》（节编本）。

世界图书出版公司2016年出版的"中华少年信仰教育读本"《铁道游击队》

2008年，南昌二十一世纪出版社出版"少年红色经典"之《小铁道游击队员》。2010年，陕西师范大学出版社出版"中小学生必读丛书"之《铁道游击队》，同年，世界图书出版公司也出版了"中小学生课外书屋"之《铁道游击队》。2012年，《铁道游击队》被纳入肖复兴主编的"语文新课标丛书·名师1+1导读方案"，由吉林出版集团有限责任公司出版，宣扬了铁道游击队的战斗精神，鼓舞人们砥砺前行，引导青少年儿童健康成长，在爱国主义教育中占有重要地位。2014年，陕西师范大学出版社出版了"新课标必读丛书"之《铁道游击队》。2016年，刘敬余、刘真骅编的《铁道游击队》（彩图注音版）由北京教育出版社出版；同年，《铁道游击队》被收入"中华少年信仰教育读本"系列，由世界图书出版公司出版发行。2017年，辛亭亭改写的《铁道游击队》（青少年彩绘版）由江苏人民出版社出版。

此外，学术界对《铁道游击队》的研究也一直没有中断，最新出版的研究成果有陈夫龙主编的《〈铁道游击队〉文献史料辑》（中国社会出版社2018年版），该书内容丰富，资料翔实可信，

中国社会科学出版社 2018 年出版
的《〈铁道游击队〉文献史料辑》

考究细致，博采众长，为目前国内不可多得的一部文献史料辑。

《铁道游击队》一出版即成为畅销书，在人民群众中产生了广泛而深刻的影响。虽在"文革"时期该书一度陷入低谷，但历经重重磨难之后，知侠和他的《铁道游击队》更为人们熟知与认可。尤其是进入新世纪以来，为了更好地继承与发扬红色文化，人们开始对红色经典进行深度解读，《铁道游击队》作为红色经典的代表作，也迎来了新一轮的出版高峰和研究热潮。

三　其他形式的传播及意义

在知侠小说《铁道游击队》这棵深深扎根于本土文化土地的大树上，影视剧、连环画、京剧、交响诗、舞剧等其他艺术改编作品也纷纷"开花结果"，构成一片色彩斑斓、精彩纷呈的景象。六十多年间，一代又一代人通过这些艺术改编形式领略着不一样的"铁道游击队"传奇，在美的艺术欣赏中感受到历久弥新的革命乐观精神和英雄主义情怀。

（一）电影

1956 年的黑白电影《铁道游击队》早已定格在老一辈人的记忆中。这部由刘知侠担任编剧的电影不仅让当时没看过小说的人们了解到铁道游击队的传奇事迹，也成为黑白胶卷留给后人的永恒经典。影片由上海电影制片厂摄制，赵明执导，曹会渠、秦怡、冯奇等主演。扒飞车、打票车、搞机枪，围绕着"铁路"这一特定环境，影片生动再现了小说中的主要情节。片中芳林嫂被押刑场、刘洪一分钟营救的场景惊心动魄，给观众留下了深刻印象。

1956 年电影《铁道游击队》海报　　　　1956 年电影《铁道游击队》剧照

惊险的镜头、敬业的演员、逼真的布景，使得《铁道游击队》在上海首映时上座率便创新高，在 1957 年由北京人民广播电台和《北京日报》联合举办的国产电影评选中，被评为最受欢迎的十部影品之一。同时，该片以中文对白英文字幕的形式被多家音像出版公司出版发行。

　　1984 年由原班人马打造的《青山夕照》是《铁道游击队》后传，讲述了几位主人公进入老年后的革命情谊。没有了当年与鬼子厮杀的激情澎湃，但不变的依旧是对革命事业的默默坚守与无私奉献。

　　1995 年，《铁道游击队》再次被搬上大银幕，改名为《飞虎队》，由峨眉电影制片厂、中国电影合作制片公司联合摄制，王冀邢导演。有妇孺皆知、难以超越的《铁道游击队》在前，《飞虎队》的编导们迎难而上，凭一个"新"字出奇制胜。新史料、新人物、新情节，将一个个小故事串联成一个大故事，让观众眼前一亮。同时，影片增加了大量搏斗、枪击、爆炸场面，打破了以往"英雄不死"的固有模式。孤胆英雄李九，卖身投敌的痞子秦雄，在鬼子重重包围下饮弹自尽的鲁汉、林忠，驾驶着装满炸药的火车与鬼子同归于尽的彭亮，在李雪健、赵小锐、常戎等著名演员的精彩演绎下，电影突出展现了抗日战争的艰巨性和抗战军民视死如归的英雄气概。遗憾的是，《飞虎队》缺少一个"飞"字，游击队员的飞车绝技在片中极为少见。

新世纪以来，电影的技术手段和观众的观赏趣味都发生了极大变化。分别于2013年和2016年上映的贺岁片《小小飞虎队》和《铁道飞虎》在战争背景中加入喜剧元素，使庄严肃穆的"红色经典"呈现出另一番风貌。《小小飞虎队》讲述了几个小英雄在给八路军送情报的过程中与鬼子、汉奸斗智斗勇的故事，既惊险刺激又诙谐搞笑。值得一提的是，为了消解残酷、血腥的战争元素可能给小观众带来的心理负担，导演钱晓鸿采用戏谑化、蒙太奇、画外音等方式，让孩子们在轻松的观影体验中重温历史，感受革命先烈浴血奋战的英雄情怀，可谓一举两得。2016年，由成龙领衔主演，聚集了黄子韬、王大陆等一批"小鲜肉"的《铁道飞虎》再一次将战争、功夫、喜剧等元素融为一体，散发出好莱坞大片式的魅力，吸引了年轻观众，但过于娱乐化的表现风格也给《铁道飞虎》带来一些非议。

（二）电视剧

在电影《青山夕照》陷入低谷后，电视剧形式的"铁道游击队"映入人们眼帘。1985年，上海电影制片厂在电影《铁道游击队》的基础上拍摄了十二集同名电视剧。由于剧中故事脱离原著和生活，该剧并未给观众留下深刻印象。

2005年，山东电影电视制作中心拍摄了三十五集电视连续剧《铁道游击队》，以致敬经典、向祖国献礼。为了弥补1985年版电视剧的遗憾，刘真骅女士亲自担任艺术顾问，编剧李世明等人多次修改剧本，导演王新民在忠于原著的基础上，以"让战斗片真正战斗起来"为宗旨，加入大量打斗动作，并将刘洪和芳林嫂的爱情戏贯穿全剧。演员赵恒煊自幼习武，又为角色蓄上络腮胡，塑造了一个极具大侠风范的"老洪"。在剧组的多方努力下，该剧一经播出便掀起一股"铁道游击队"热潮，并获得"五个一工程"奖，是一部兼具思想性、艺术性与观赏性的"红色经典"改编精品之作。六年后，该剧原班人马拍摄了《铁道游击队2·战后篇》，力图续写铁道游击队在"后抗战时期"的传奇故事。虽然《战后篇》打斗场面更精彩，画面制作更精致，但由于虚构成分远大于真实，存在过度消费"红色经典"之嫌，最终未能赢得观众认可。同样遭遇"滑铁卢"的还有2015年的电视剧《飞虎队》，尽管导演钱雁秋表示会用新手法演绎老故事，避免拍成"抗日神剧"，但在商业大环境下，新剧为博人眼球而对原作进行了过度改编，削弱了原作的思想内涵。

除了为成年人拍摄的抗战剧，一些制片人还将目光转向青少年群体，开始把"铁道游击队"的故事改编为儿童剧。1995年，五集电视连续剧《小小飞虎队》以儿童视角切入铁道游击队的历史，成功塑造了大壮、虎子、小银等儿童抗日英雄形象，片尾曲中的歌词"天上星，亮晶晶，好像一双双，一双双眼睛。眨呀眨，看呀看，那是童年小伙伴呀"更成为一代观众的童年回忆。在此基础上，2011年新版二十八集连续剧《小小飞虎队》登陆央视一套黄金档，延续了前一版对于童真童趣的把握。在儿童剧匮乏的状态下，《小小飞虎队》受到小观众的极大欢迎，荣获"五个一工程"奖，为儿童抗战影视作品提供了成功典范。

（三）连环画及绘本

图文并茂、雅俗共赏的"小人书"是上世纪人们爱不释手的读物，更是如今连环画收藏家眼中的"宝贝"。小说《铁道游击队》出版后，董子畏将其改编为连环画脚本，丁斌曾、韩和平二人于1955年开始绘制。他们细致研究了原作每个章节，先后五次深入鲁南地区体验生活，运用传统单线白描的手法，历时七年，编绘出完整的《铁道游击队》连环画十集，共计一千三百幅画面。上海人民美术出版社在1956—1961年间连续出版了《打洋行》《飞虎队搞机枪》《夜袭临城》《杨集除奸》《飞虎队打冈村》《苗庄血战》《二烈士》《打开微山湖》《三路出击》《胜利路上》十部作品。此后，编绘者不断修改完善，并将标题改为《血染洋行》《飞车夺枪》《夜袭临城》《杨集除奸》《巧打冈村》《苗庄血战》《两雄遇难》《湖上骑兵》《三

上海人民美术出版社1978年出版的连环画《铁道游击队》

上海人民美术出版社2012年出版的连环画《铁道游击队》

路出击》《胜利路上》。由董子畏、丁斌曾和韩和平三人编绘的这版连环画规模宏大完整，语言简洁明了，图画线条优美，人物栩栩如生，曾荣获全国首届连环画创作评奖绘画一等奖和脚本改编二等奖。这套连环画在当时几乎人手一本，先后多次重印再版，并被翻译成朝鲜文、英文等远销海外，在我国连环画发展史上影响深远，具有里程碑意义。

随着丁、韩版连环画的畅销，其他版本的连环画如雨后春笋般不断面世：1956年，天津人民美术出版社出版了由忆容改编，肖红叶、肖文采绘画的三册连环画《铁道游击队》；1963年，又出版了由小菊改编、董洪元绘图的《小铁道游击队员》（共两册，包括《小铁道游击队员》和《真正的任务》）。进入20世纪80

天津人民美术出版社 1956 年出版的连
环画《铁道游击队》

中国电影出版社 1981 年出版的连
环画《铁道游击队》

安徽人民出版社 1984 年出版的连环画
《小铁道游击队员》

辽宁美术出版社 1985 年出版的连
环画《小铁道游击队员》

年代，吉林人民出版社、浙江人民美术出版社、安徽人民出版社
和辽宁美术出版社也都出版了不同版本的连环画《小铁道游击队
员》。

此外，以 1956 年电影《铁道游击队》为蓝本，人民美术出版社、
中国电影出版社、台海出版社以及中国民主法制出版社先后出版
了同名电影连环画册。时至今日，连环画《铁道游击队》从白描
到彩绘、从平装到精装，其魅力依旧不减当年。

绘本与连环画一样，是向青少年讲述经典故事的独特载体。
1956 年，通俗读物出版社出版了由陈兴义插图的《铁道游击队》，
但只选取了其中一章，即《打冈村》。1959 年，中国少年儿童出
版社出版了由董辰生插图的《"铁道游击队"的小队员们》，受
到读者欢迎。1966 年，外文出版社出版了由丁斌曾插图的英文版
《铁道游击队》，被美国、英国、瑞典等六十多家海外图书馆收藏。

此外还有 1983 年四川少年儿童出版社的"小图书馆丛书"《铁

中国少年儿童出版社 1959 年出版
的《"铁道游击队"的小队员们》

四川少年儿童出版社 1983
年出版的《铁道游击队》(少
年版)

花山文艺出版社 1991 年出版的《小
铁道游击队员》

道游击队（少年版）》（刘真骅节编、李焕能插图），1991 年花
山文艺出版社的"抗日小英雄丛书"《小铁道游击队员》（王少
君插图），1999 年海天出版社的"少年英雄卡通故事系列"《铁
道游击队的小队员们》（王森编绘），以及 2015 年长江文艺出
版社的"儿童文学经典：名家插图本系列丛书"《铁道游击队》。
这些不同版本的连环画和绘本，让一代又一代的孩子在新中国的
繁荣富强中不忘那段战火纷飞的峥嵘岁月，在今天的幸福生活中
感恩鲁南儿女的前仆后继，在革命先烈大无畏的精神烛照下为中
华之崛起而读书！

（四）绘画及雕塑

铁道游击队的故事还激发了不同年代画家的创作热情，吸
引了众多画家频频驻足，为其泼墨勾勒。以"铁道游击队"为题
材的美术作品是我国近现代美术创作中的巨篇，是凝结在画布上
的抗战史诗，展现了画家们的创作自信和民族复兴的伟大寄托。
1978 年，崔培鲁创作国画《铁道游击队王强》。2001 年，于安
民创作国画《铁道游击队之春》。舞剧《铁道游击队》上演后，
陈玉先据此创作了同名国画连环画册，酣畅淋漓的笔墨与生动感
人的舞姿融为一体，独具艺术感染力。几十年间，张犇、褚滨、

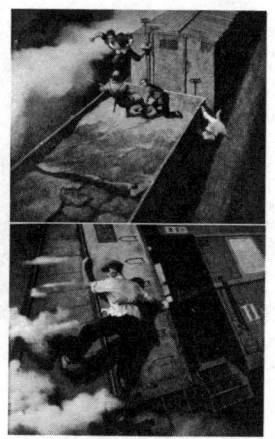

国画《铁道游击队》（张志民、李继民）　　　　　　　　　　油画《铁道游击队》（韩和平）

谭乃麟、杨绍路、姜书戈等画家也都创作过《铁道游击队》油画和国画，或参展或获奖，以一方画布晕染出一段铁道游击队的抗战传奇。

　　1987年，画家张志民、李继民使用拼接、重叠手法，将刘洪、李正、鲁汉三人和队员破坏铁路、控制火车以及表现日本兵暴行的画面融为一体，构成一个时空交织的世界。1995年，二人在原画中增加了红色块；2015年，画家又将原画面中对日军暴行的描画改为日本递交投降书的场景。在近三十年的创作修改中，画作《铁道游击队》体现出厚重的历史感和画家的精神蜕变，包含了更丰富的价值。

　　此外，曾风靡全国的连环画《铁道游击队》的绘制者韩和平从2006年开始，先后创作了油画组画及年画《铁道游击队》，一次次向他心中的英雄表达追忆与敬意。画家杨华山也创作了大量与铁道游击队有关的中国画，如《铁道游击队》《微山湖风情》《微山湖色慰征途》等，并绘制了《铁道游击队》系列中国邮政明信片。

　　自20世纪80年代起，雕塑家刘大力创作了两座有关铁道游击队的雕塑，以富有动感的造型艺术雕刻出游击队员们的铮铮铁骨。

雕塑《铁道游击队》（刘大力）

2006年，铁道游击队大型群雕在山东省微山县铁道游击队纪念园内落成。群雕共两组，分别坐落于纪念园大门内两侧。东边的《铁道雄风》刻画了三十七位铁道游击队队员的战斗场面；西边的《微湖曙光》刻画了三十八位胜利归来的军民，充满"微山湖上静悄悄"的诗情画意。该作品由著名雕塑家李亮领纲制作，各长24米、宽6米、高9米。

（五）音乐作品

"西边的太阳快要落山了，微山湖上静悄悄。弹起我心爱的土琵琶，唱起那动人的歌谣……"当熟悉的旋律响起，我们的脑海中似乎又浮现出1956年电影《铁道游击队》里游击队员们弹着土琵琶唱歌的画面。这首由吕其明作曲，诗人芦芒、何彬填词的电影插曲《弹起我心爱的土琵琶》传唱至今，已成为"铁道游击队"的又一标志。1964年，吕其明以这首歌曲为基础，借鉴《沂蒙山小调》的主题旋律，创作出奏鸣曲式交响乐《铁道游击队》。大提琴、小提琴、鼓锣、管弦交相辉映、动人心魄，让听众通过民族交响乐的形式再次感受到当年荧幕上游击队员与鬼子厮杀的风采。

随着1985年电视剧《铁道游击队》的播出，由张鸿西作词、吕其明谱曲的片头曲《微山湖》也成为一首经典曲目，在微山湖的清丽风光中传达着对铁道游击队的追忆怀念，歌词中的"俺铁

《弹起我心爱的土琵琶》歌谱

2010 年总政歌舞团大型红色舞剧《铁道游击队》剧照

道游击队"具有浓郁的山东地方特色。

（六）舞剧改编

总政歌舞团于 2010 年 7 月推出的大型红色舞剧《铁道游击队》，不仅是积淀三十多年后的一次完美"绽放"，也是《铁道游击队》另一种艺术形式的华丽"新生"。舞剧由彭丽媛担任艺术总监，王玉祥、赵季平担任总策划，从编剧、编导到舞者、灯光、造型和音响全部为"金牌"配置。音乐家赵季平和赵麟父子二人联手，以观众耳熟能详的《弹起我心爱的土琵琶》为基础，融入极具山东特色的"鼓子""胶州"和"海阳"三大秧歌元素，创作出时而激昂浑厚、时而悠扬婉转的音乐。凭着一流的制作班底，灵动的舞段设计，宏大的舞美场景，浓郁的民族风格，舞剧在给观众带来一场视听盛宴的同时，也使人获得了心灵的洗礼。

该剧于 2011 年 5 月 19 日在国家大剧院再次上演并大获成功，先后获得"国家舞台艺术精品工程""五个一工程"奖和"第十四届文华大奖"等多项大奖。

（七）京剧及曲艺

江苏京剧团曾改编京剧《铁道游击队》，在江苏各地公演二十多场，受到观众好评。编剧冯玉玲在剧本中增加了反面人物伪保长邱三、特务蒋腊子，将汉奸高敬斋这一"能骗能拍又能哄，见风就扯篷，心要狠毒手段要凶"、卖国求荣的奴才形象刻画得淋漓尽致。同时删减了小说中的爱情戏，突出了女性人物英雄的

山东人民出版社 1965 年出版的评书《铁道游击队》上

2018 年大型现代柳琴戏《芳林嫂》剧照

一面，使其更符合当时的审美要求。2015 年由山东省京剧院改编的现代京剧《铁道游击队》，则将爱情故事贯穿始终，突出了表现战争中的人性。该剧由李应该、王新生编剧，谢平安、白云明导演，宋昌林、郑少华等知名京剧演员表演，京腔京韵，行当齐全，并发挥了山东省京剧院武戏见长的特色；舞台布景多且精致，结尾处"隆隆的列车从舞台深处驶来，轰鸣声中，鬼子冈村缴械投降"的场景，博得了观众的热烈掌声。该剧于第五届中国京剧艺术节开幕当天，在焕然一新的梨园大戏院首演并获一等奖，后于 2015 年 9 月 3 日在中央电视台戏曲频道《空中剧院》播出。

除了京剧，《铁道游击队》还被改编为鼓词《二次血染洋行》、山东快书《夜袭洋行》、山东评书和评话等曲艺形式。其中，《二次血染洋行》（张立武改编、马祥符整理，《山东文学》1958 年第 3 期发表）和《夜袭洋行》（陈增智改编，《解放军文艺》1957 年 5 月号发表）改编自小说第七章《血染洋行》。鼓词在原有情节的基础上增加了心理描写，使人物形象更加鲜活。快书把原本由刘、王、李三人共同领导的战斗改编为由王强一人领导，突出了王强的有勇有谋。

评书《铁道游击队》是民间艺术家傅泰臣于 1963 年为响应

中国摄影出版社 2000 年出版的摄影画册
《铁道游击队队员掠影》（中英文对照）

政府取缔黄色书刊的号召而改编的，山东人民出版社于 1965 年 11 月出版了评书的上半部分。傅泰臣去世后，其弟子张立中根据他的演唱和改编脚本再次把《铁道游击队》改编成一百一十四回的山东评书。傅泰臣的评书悬念不断、高潮迭起，有瓜葛处尽情渲染，平淡无味处一两句话带过，紧扣观众心弦，演出时场场满座。五十多年间，杨田荣、刘田利、姜存瑞等评书艺术家都进行过表演，让不同年代的听众在"评书"这种"说"的艺术形式中品味《铁道游击队》的独特魅力。

评弹艺人朱立新以曲牌"狮子滚绣球"改编了《打票车》一节，杨骢、金声伯、祝逸伯还有由杨振言、杨振雄组成的"杨双档"都曾改编评话并演出。除了传统艺术形式外，近年来艺术家们不断创新，枣庄市以《铁道游击队》中的人物事迹为内容创作的大型现代柳琴戏《芳林嫂》，因其传统和现代相结合的独特艺术魅力，深受广大观众喜爱。

（八）大型画册与电脑游戏

2000 年，中国摄影出版社出版发行了大型画册《铁道游击队队员掠影》（中英文对照），收录了四十一名铁道游击队队员的珍贵照片。这是枣庄日报社的摄影记者王飞龙和同事历时三年，在全国十几个省市寻访而得。画册采用摄影这种特定形式，记录了游击队员们的真实生活，展现了历史沧桑，是铁道游击队精神在现代的另一种延伸。

2004 年，上海岩浆数码制作了电脑游戏《铁道游击队》，玩家们可身临其境般爬飞车、打鬼子，感受"就像钢刀插进敌胸膛，打得鬼子魂飞胆丧"的英雄情怀。

四 思想艺术评论

在 1943 年夏天山东军区召开的全省战斗英模大会上，一支活跃在铁道线上的抗日队伍的英勇事迹及队伍中的战斗英雄为作家知侠所知、所识，令他激动不已，感佩不已。他选取了几个战斗场面并将其写成革命战士的颂歌，陆续发表在《山东文化》上。作品发表后，知侠收到了礼貌含蓄但暗含不满的铁道队队员们的来信，他意识到自己掌握的材料太少，遂决定前往铁道队驻地进行实地访查。事实上，知侠本人在谈及《铁道游击队》的创作经过时曾承认，凭他的写作实践经验和积累，写这样"大"的作品是力不胜任的，之所以下决心写这部作品，"一是由于接受了铁道游击队队员们的真诚、郑重的委托，二是自己深受他们英雄业绩鼓舞，有着表现他们战斗风貌的深切愿望，热切希望把他们的故事告诉后人"[1]。写这部大书，对于只有初中文化的知侠来说显然是艰难的，因而他在创作时慎之又慎。他结合对铁道队员的采访，根据他们的回忆和必然存在的记忆偏差，在真实事件的基础上进行了艺术加工与提炼。正是出于这样虔诚的态度和真挚的感情，才有了我们今天所见到的《铁道游击队》。毋庸置疑，十年磨一剑，一朝闻天下，《铁道游击队》已成为以"传统文学形式、地域民风书写和纪实性特征向中国呈现枣庄地方抗战图景、向世界讲述'中国故事'的典范文本"[2]。它以深情的笔触再现了枣庄地区军民齐心共同抗战的优良传统，缅怀了为民族解放事业而浴血奋战的革命战士，并"以巨大的艺术张力和思想内涵使得曾活跃于铁道线上和微山湖畔的那支游击队及其光辉事迹广为流传，甚至成为举世闻名的英雄象征符号"[3]。

作为"十七年"革命英雄传奇的代表作，《铁道游击队》自觉或不自觉

---

[1] 何志钧：《论刘知侠的〈铁道游击队〉的美学贡献和艺术启示》，《百家评论》，2015 年第 5 期。

[2] 陈夫龙编：《〈铁道游击队〉文献史料辑》，中国社会科学出版社，2018 年。

[3] 陈夫龙编：《〈铁道游击队〉文献史料辑》，中国社会科学出版社，2018 年。

枣庄市薛城区铁道游击队纪念碑

地从传统侠义小说和民间文化中汲取营养，把传统的草莽英雄置换为现代的革命战士，把个体的家族复仇转换为集体的阶级革命，把令人羡慕神往的侠骨柔情转换为值得讴歌礼赞的革命爱情。这些来自民间的精神元素和艺术形式，虽不乏质朴粗野的一面，但无疑具有充沛的生命力和感染力，在很大程度上突破了特殊政治文化语境规约下革命叙事的单一形态，既受到读者大众的欢迎，又在一定程度上获得了主流意识形态的认同，从而具有无可置疑的文学史意义。

（一）革命侠义英雄形象的塑造

《铁道游击队》"在人物性格配置上受到了民间传统小说的'五虎将'模式这一隐形结构的支配"[1]，赋予民间成长起来的草莽英雄以传统侠士的品质和个性，既丰富了角色的内涵，又符合民众的阅读习惯。铁道游击队的队员们个个讲义气、重感情、不拘小节，不论是觉悟高的干部如李正、老洪等，还是慢慢成长起来的小坡、鲁汉等，或者摇摆不定知耻后勇的后进如拴柱之辈，都有着明显的传统侠义英雄的气质。他们身怀绝技，心胸开阔，性格直率，知错能改，既有鲁南地区民众的洒脱，又有着自古以来"好汉"的豪爽。可贵的是，《铁道游击队》在塑造人物时避免了"脸谱化"的缺陷，书中人物各有特色，甚少雷同，哪怕是

---

[1] 陈思和主编：《中国当代文学史教程》，复旦大学出版社，1999年。

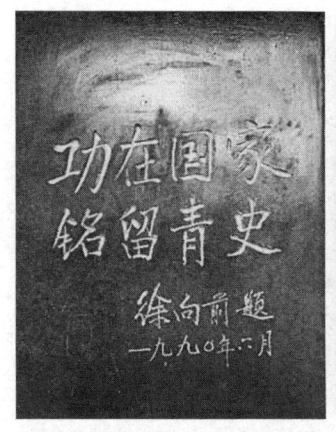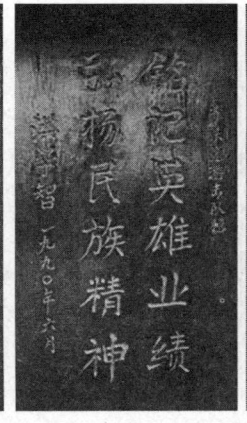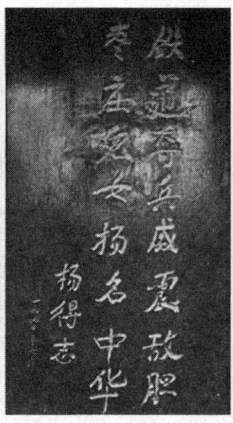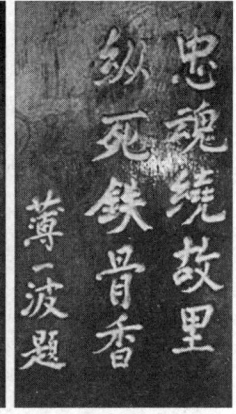

徐向前、薄一波、杨得志和洪学智等同志为枣庄市薛城区铁道游击队纪念碑落成题词

相似的木讷寡言，也有着不同的表情达意的方式：或是在军区宣传战斗事迹锻炼了表达能力，或是在战斗过程中成长，或是进山整训后受到教育。无论哪个角色，都能够立住脚，是饱满的、鲜活的、存在于现实生活中的普通人。他们操着枣庄方言，从愤愤讲述命运的不公和对侵略者的仇恨，到学习与百姓沟通、宣传革命事业，再到以游击队的宗旨劝说发展中间派开展合作，再到怀着自豪与激情回忆参与的大小战斗……他们既有传统侠士不拘小节、洒脱豪爽的不羁气质，又有着接受八路军教育整训后守纪律、讲规则的新作风，从民间的草莽英雄一步步成长为驰骋沙场的现代革命战士。这些来自民间的革命侠义英雄，以生命和行动铸就了独具特色的抗战精神：天下兴亡，匹夫有责的爱国情怀；不甘受辱、勇于抗争的民族自尊；视死如归、宁死不屈的民族气节；不畏强暴、血战到底的英雄气概；百折不挠、坚忍不拔的必胜信念。这些丰富的价值意涵和优秀的精神品质，不仅存在于过去、张扬于现在，也必将属于未来！

《铁道游击队》中不仅有战斗英雄，还有许多普通工农群众，他们虽未直接参与战斗，但为游击队员们提供了极大的支持，并显示出许多优秀的品质。打票车时倾力搬运货物，反"扫荡"时为铁道游击队打掩护，打冈村时配合游击队宣传……小站长、火车司机、扳道工，都自觉站在同胞一方，发挥自己最大的能量帮助铁道队，可说弃自身安危于不顾，置个人生死于度外。他们的作为已远超"古道热肠"，而上升为民族大义、爱国情怀。这些普通人增加了文本的光彩，令人永远怀念。《铁道游击队》中塑造的一系列革命战士、普通民众形象，都是从民间成长、慢慢走向革命道路的普通人，他们的热血战斗故事不应当被埋没，他们取得的成绩也不应被忽视，因而作家选取这样的人和事作为素材是非常恰当和有益的。知侠不仅是将一段历史凝聚在文学创作当中，引发读者阅读、审视、批评、赞赏，更是将普通民众合力抗敌的宝贵精神保留下来，供后人追思、纪念、继承、弘扬。"实有其人"的真实理念，"确有其事"的纪实手法，"合情合理"的艺术加工，让《铁道游击队》不断焕发出迷人光彩。

（二）对传统侠义小说的借鉴与改造

相信很多读过《铁道游击队》的读者都有一种感受，那就是故事的内容不仅真实亲切，而且十分精彩，有时竟似在武侠世界中快意恩仇般豪情迸发，而这恰恰是知侠对传统侠义小说进行有意借鉴和精心改造的结果。

首先，在人物设置上，书中的角色与现实中的人物并不是完全对应的。老洪便是两任大队长刘金山和洪强的结合；政委李正更是融合了前后好几位政委的形象，气质杂糅却又浑然一体；小坡和鲁汉亦是一个人物两面的外化表现，相互映衬又相互对照。这样的人物设置，既避免了情节的重复和叙述语言的啰唆，又贴合了人物角色和事件发展的一致性，更规避了"千人一面"的写作套路和审美疲劳。

其次，在情节设置和结构安排上，《铁道游击队》中的战斗场面大大小小难以胜数，不可能面面俱到，这就需要作家根据行文节奏合理规划，得当取舍。有的战事可从宏观俯瞰，统而概之；有些战事则更适合从细节入手，一一展现。比如经典的"老洪飞车搞机枪"，若不是行文的线索清晰，前有交代"飞虎队"中多人皆有擅扒车的经验，恐怕老洪扒车便显得非常突兀且无说服力。知侠使用内视角，仿如亲眼见到老洪扒车现场一样，详尽刻画其

铁道游击队战友合影

在飞驰的列车上完成登车、扔机枪、跳车等一系列紧张、迫切、忙中有细的动作。读者的情绪随着老洪的动作越发紧张，紧绷的心在他落地后才放松下来。这样的情境感染力，若不是有一系列令人信服的"场景再现"，恐怕会大打折扣。不论是扒车的老洪，还是写作的知侠，都在真切地演绎着曾经发生的一切。还有的战斗场面是众多战士一起参与，这时重点刻画的"点"式书写已不合适，需要改换成铺展式的"面"式书写，最经典的当属"打票车"一节中票车上各节车厢里为了等待合适时机而与押车日军虚与委蛇的战士们。他们有的用酒肉贿赂，有的拿烟草奉承，在疾驰的票车上，每一节车厢都各成一个舞台，同时上演着精彩的剧情。但这样的演剧又不是割裂的，他们都在等待共同的鸣笛信号，好进行下一步行动，冥冥中的线索串联起从车头到车尾的整列火车，由点及面，毫无遗漏，精彩纷呈，读来当真酣畅淋漓！展现在读者面前的文字仿佛活了起来，你追我逐，连缀成活动的画面，一帧一帧播放在读者眼前。这种详略得当、点面结合的战斗场面描写与中国传统小说的书写模式是一脉相承的，比如明显借鉴了《水浒传》的写作手法，大小战役详略得当、张弛有度，可读性强。

再次是贯穿全篇的崇高英雄主义。中国古典小说中的英雄多是悲情英雄，但凡涉及家国大义多有牺牲，皆因出身江湖的草莽英雄不受朝廷认可，忠义无法两全之下只好舍生取义，悲剧收场。

同样是塑造英雄，但《铁道游击队》的英雄既非出身名门望族，又无家学渊源，更无家传神技傍身，他们是一群质朴平凡的普通人，是从民间大地上艰难生长起来的。生逢乱世，生计无着，贫寒无助，朝不保夕，但他们既没有丧失尊严去投靠国民党做"二鬼子"，也没有摇尾乞怜去做汉奸为害乡里，而是坚持着向上、向前、向光明，坚信能够在党的领导下奋起抗争，赶走侵略者，收复故土再建家园。他们是没有光环、没有背景的穷苦人，其中很多甚至没有受过教育；尽管有着许多缺点和不足，但他们内心的信仰成为指路明灯，发出耀眼光亮，永远为他们指示着前进的方向。

第四是地方化语言的运用。《铁道游击队》很自觉地避免了欧化语言，在普通话基础上采用枣庄地方方言，既符合人物身份，又增添了活泼生气；枣庄地方风物的书写，为后人的阅读想象提供了历史依据，使整个文本充满了鲜明的鲁南地域特色和浓郁的乡风民俗氛围。

《铁道游击队》的整体格调是昂扬向上的，充满着积极的革命浪漫主义精神。小说深深扎根于生活土壤，有着来自生活真实的天然魅力和原生态的素朴美感。它的贡献在于尊重生活本身的逻辑，一切从生活实际出发，而不是远离生活、胡编乱造。

（三）从生活真实向艺术真实升华

近年来，关于红色经典的阅读问题又成热点，人们开始以一种"反思"的态度审视红色经典，比如最常见的"真实性"问题。《铁道游击队》在众多红色经典中，大概是泥土气息最为浓郁的一部，因为它取材于现实、改编自现实，几乎每个人物都有原型，每个故事都有史实，所有细节都有印证，堪称铁道游击队斗争实录。当然，小说《铁道游击队》中的事件并非都是"绝对真实"，亦存在演绎和加工，比如原铁道队队员们对"打洋行""打票车"等经典战斗场景的回忆不尽相同，对于参与人数、缴获枪支数量、消灭敌人情况、搬运布匹数量等的叙述皆有差异；甚至在重大事件的记忆上面亦有较大出入，例如对于接受枣庄驻地日军投降仪式的回忆，几乎一人一个说法。事实上，资料显示铁道游击队当时是不具备受降条件的，但1945年12月13

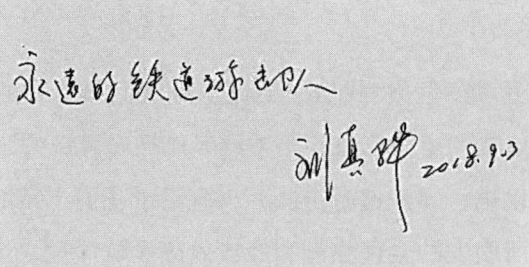

日《大众日报》的确报道了鲁南铁道大队在沙沟接受日军投降的盛况。在后世一众研究资料中，从这一角度入手，对铁道游击队真实性大加诘问的文章不在少数，很多学者甚至下结论说知侠通过拼凑，"杜撰"了"铁道队"的故事。这种说法显然是不负责任的。铁道游击队成立、发展、壮大的战斗历程及其人物原型皆有据可查、有史可证，毕竟艺术不完全等同于生活，绝不能因艺术的想象和虚构而否定铁道队的功绩。

《铁道游击队》将艺术真实与生活真实有机融合，真实再现了一支土生土长、生命力强旺的民间队伍在党的领导下从自发反抗到自觉斗争的抗战历程，展现了他们不甘忍受屈辱而奋起抗争、捍卫民族尊严的精神气节。正是抗战史上的"飞车夺枪""血染洋行""打票车""打冈村"等经典战斗场景构成了小说《铁道游击队》的主要故事情节，时至今日，这些战斗场景仍是鲜活存在于枣庄地区老一辈抗战军民记忆中的"真实革命往事"。当下对红色经典的质疑仿佛成了一股"潮流"，似乎人人都要发声质疑，好像只有如此才能获得一种事后的"真理"。知侠将铁道队的故事写进《铁道游击队》中，当年的读者阅读并信服着；半个世纪后的读者再捧起《铁道游击队》时，看到的却是猎奇和虚幻。这或许是因为时代的区隔和审美趣味的变迁。"当代文学正典的建立，是人们把握现实和历史并试图将这种把握制度化的一种努力。正典的调整或重建，亦显示了意识形态、文化机制、阅读群体等之间的错杂互动。"[1] 我们应当认识英雄们最原始的面貌，并以辩证的态度看待艺术虚构和审美想象，给予经典作品以客观的态度和科学的审视。

自问世以来，《铁道游击队》一直给予我们丰富的精神滋养和正确的价值导向，它所引发的全民热潮和经典效应影响深远，至今不衰。在消费主义文化浪潮甚嚣尘上的当前语境下，我们应当避免红色经典中"革命故事与英雄事迹被大众消费文化的巨手所改写，成为政治话语、革命话语与时尚话语的奇特结合物"[2]。2019年，枣庄市将"听党指挥，不怕牺牲的革命精神；敢于亮剑，攻坚克难的担当精神；机智勇敢，敢为人先的创新精神"确定为"铁道游击队精神"的价值内涵，体现了现代革命精神的纯粹性和永恒性，成为不忘初心、牢记使命的新时代精神航标和价值引擎。我们应该清醒地意识到，小说《铁道游击队》内蕴的革命英雄理念和乐观主义精神依然值得我们景仰与坚守，其作为红色经典的价值和意义，永远散发着璀璨的光芒。

---

[1] 黄子平：《"灰阑"中的叙述》，上海文艺出版社，2001年。
[2] 陶东风：《红色经典：在官方与市场的夹缝中求生存（下）》，《中国比较文学》，2004年第10期。

作者简介：

　　吴强（1910—1990），原名汪大同，江苏省涟水县高沟镇人，军旅作家。

曾任华东军区政治部文化部副部长，华东军区委员会文化部艺术处副处长，

中共中央华东局宣传部文艺处副处长，中共上海文艺工作委员会秘书长，华

东文联党组成员，中国作家协会上海分会党组书记、副主席，中国作协理事，

上海小说家联谊会会长等职。第一、二、三、四、五、六届上海市政协委员，

第一、五、六届上海市政协常委。

《红日》：生死决战与英雄史诗

张晶晶

　　"一座座青山紧相连，一朵朵白云绕山间。一片片梯田一层层绿，一阵阵歌声随风传。哎——谁不说咱家乡好，得儿哟依儿哟……"这首山东民歌《谁不说俺家乡好》是妇孺皆知的民歌经典，也是电影《红日》的插曲，而这部电影改编自吴强的同名小说《红日》。《红日》的故事背景是孟良崮战役，这是解放战争时期一场攸关国共战争全局的关键战役。1946年6月，国民党军队向解放区发动了全面进攻，企图在短时间内击败中国共产党，但这种幻想很快被打破，被迫改为集中兵力对陕北和山东解放区进行重点进攻，企图以钳形攻势"聚歼"中共中央和人民解放军主力。1947年5月，华东野战军在外围敌军咄咄逼人的进攻态势下，抓住稍纵即逝的战争时机，在山东蒙阴孟良崮地区围歼了国民党精锐部队七十四师，取得了决定性胜利，赢得了这场生死决战，扭转了革命战争的被动局面，为解放战争从战略防御转向战略进攻奠定了基础。孟良崮战役过程一波三折，场面惊心动魄。作家吴强亲身经历了这场战役，他凭借亲历者的切身感受，从1952年开始以文学的笔法编织还原这场战争的恢宏壮阔，于1957年写成了气势磅礴的英雄史诗《红日》，成为中国当代文学史上的一座丰碑。

一　故事梗概

1946 年深秋，攻到涟水城下被杀退的蒋介石匪军整编第七十四师开始了第二次疯狂进攻。苏国英团八连四班班长杨军和他的一个班的战士守备在战壕的掩蔽部里已经两天半了，一枚手榴弹还没有扔过，子弹也一发未动。很快，令人振奋的消息终于来了，当天夜里，他们奉命进行第一次出击。两天以后，敌人终于攻到了涟水城下，杨军的一个班只剩下了五个人，杨军也受了伤，不过他们俘虏了敌军营长张小甫。

战士们含着眼泪告别了精心构筑的守了八天八夜的战壕和掩蔽部。他们实在太疲劳了，茫然地跟着一支马匹很多的队伍，进了一个很大的村庄。在那里，他们见到了军长沈振新。沈振新和他所统率的一个军是涟水战役的主力。第一次，他的队伍负责阵地的正面作战，没费多大气力就把敌人打了回去，他和他的部队胜利了；第二次，也还是同样的敌人——蒋介石的警卫军整编第七十四师，他的队伍两翼增加了友邻部队，正面也加上了新生力量的配合，战斗却失败了，涟水城陷落到敌人手里。我军被迫撤退，北上山东，实行战略转移。

涟水战役失败后，我军指战员一度处于愤怒和压抑的状态。军长沈振新的心情和战士们一样沉重，以致坐卧不安，懊恼异常。这位英勇善战的将领渴望有朝一日带领自己的部队与七十四师再度交手，一决雌雄。

两天以后，队伍就要向山东地区继续撤退，七天的行程已经安排好，后方医院和司令部要分开行动，沈振新和妻子黎青也要在这个时候分别。

经过三个昼夜，战士们走过一百多里苏北平原的黄土路，紫褐色、深灰色的山峦逐渐映入战士们的眼帘。长途行军的第四个下午，天还没有黑，队伍到了宿营地高庄。吃煎饼、喝小米粥，全班的战士都是头一次。夜里，战士孙福三逃走了。

又连续走了三天，疲劳的队伍终于像逆水行舟似的到达了预定的目的地，驻扎下来。

在接下来的二十天里，团长刘胜紧张地进行着部队的休整、训练工作。经过一段时间的整训，部队重又进入昂扬奋发的状态。这时，蒋介石也下定了最后的决心，发动全国攻势，妄图以优势兵力将我华东战场三十万大军逼至山东沂蒙山区，以求最后决战。在敌军南北夹击的形势下，我华东野战军司令部经过缜密布置，决心分批"吃掉"敌人，以打开缺口，粉碎敌人合围的计划。我军战略反攻的目标首先确定在对以莱芜为中心的国民党军队的包围上。一天，在军部驻地吴庄的会议上，机要员姚月琴送来一封电报："命令你们接电后，毫不迟疑地立即行动，日夜兼程赶到莱芜以北吐丝口附近地区，积极配合友邻部队，不顾一切牺牲，战胜一切困难，火速投入战斗，干脆地歼灭全部敌人！"沈振新奉命率部参战。当天下午，队伍集合的号声响了！抗击着疯狂的西北风，迎着轰隆轰隆的炮声，踏着高低不平的冰滑的山道，经过连日的轻装战备行军，晚上，队伍停留在一个丘陵地带。

时间紧，任务急，侦察营长洪锋带领一个排的侦察兵，俘虏了敌军的哨兵。紧接着，大战前夜的侦察战开始，枪声响了！手榴弹在吐丝口的圩墙里外轰轰隆隆地爆炸起来，吐丝口的敌人沉没在恐慌的大海里。拂晓之前，华东人民解放军完成了对以莱芜为中心的蒋介石匪军五万余人的包围，李仙洲的绥靖总部和两个军七个师美械装备的部队落入由我军铸成的铁桶里。沈丁部队占领了吐丝口周围的大小村庄和山地，攻击部队已经逼近吐丝口的圩墙底下，吐丝口到莱芜三十里路的通道被拦腰切成两段。

沈振新、丁元善和军党委的其他同志满意地听取了梁波一天一夜先遣工作和敌情的汇报，确定了各师、团的具体攻击任务，按照华东野战军司令部全线发起战斗的规定时间，通知全军在当天晚上八时整向各个部队的正面敌人开始攻击。全军沉浸在空前忙碌的气氛里。"射击！"八时整，随着沈振新响亮的声音，三颗鲜红色的"流星"一颗赶着一颗升上天空，接着，又是三颗，又是三颗，引得眼前的战场燃烧起来，轰响起来，震荡起来。一声一声的炸响，紧接着一团一团的火光，出现在吐丝口镇的周围和上空，而三十里外莱芜城的周围和上空比这里的炮火更加猛烈。大战爆发了，双方三十多万兵力在三十多里长的战线上展开了烈火一样的战斗。

经过一天两夜的战斗，形成了僵持的状态，还有三分之二的敌人没有解决。敌人凭借坚固的地堡攻势和精良的武器装置，仍在负隅顽抗，与我军不断纠缠。沈振新痛惜战士们，与梁波等人商量改变打法，在这关键时刻，华东野战军司令员兼政治委员陈毅打来电话，要求他们迅速结束战斗。于是，作为预备队的刘胜、陈坚"老虎团"被调往前沿，组成一支突击队，同时，用政治突击配合军事突击，放回几个俘虏，发出几百个打动人心的"宣传弹"攻敌人的心。此时，二十多架敌机张着翅膀，在莱芜到吐丝口之间的上空来来去去，不断地扔下一串一串的炸弹。

整个吐丝口镇都在剧烈地震动着，地堡炸翻，房屋倒塌，地面上的万物都颠簸、颤抖起来，到处都是红黑间伴的紫黑色，硝药味、焦糊味、尸臭、难闻的浑浊的各种气味，使人不住地呛咳、打喷嚏。吐丝口战斗的热度达到了顶点。"老虎团"越过敌人前沿，冲破火力网，插入吐丝口心腹地区，全体指战员奋不顾身地继续向前突进，战斗在敌人师指挥所的门口进行着。战士们很快冲破最后防线，攻占敌军师指挥所。敌师长何莽见大势已去，仓皇化装出逃，被我战士发现后生擒。吐丝口失守，迫使龟缩在莱芜城中的李仙洲率部突围，但在进入我军伏击圈后，终于走投无路，司令官李仙洲也被活捉。田野里走着一大群一大群的俘虏官兵，胜利的号角在山野的各个角落嘹亮地响起来。莱芜战役在不到三天时间内就取得了胜利，歼敌五万六千余人，缴获的战利品堆积如山，连报务员姚月琴也缴获了一支袖珍手枪。

莱芜大捷，让沈振新和战士们十分兴奋。妻子黎青从后方托人给沈振新带来了蒸咸菜和一封信，表达了对丈夫的思念，还提及在后方医院养伤的杨军和他的妻子钱阿菊。华静从地方来看望梁波，姚月琴也下定决心先停止跟胡克的恋爱，好好工作、学习。

在后方，钱阿菊在"干媒"梅福如的张罗下认了余老大娘做干娘，并且跟杨军在余老大娘家里重新成了亲。杨军因养伤错过莱芜战役，他对此懊丧不已，也一直等待着重回战场的机会。终于，电报来了，要后方伤愈出院的伤员立即赶到前方。杨军带着黎青分别写给沈振新、姚月琴的信和钱阿菊给他和战友赶做的鞋，带着一排的战士出发了。

蒋介石在各个战场上连吃败仗，为了在华东战场上挽回败局，他又投下了一笔巨大的赌注，以他的"御林军"七十四师作为核心和中坚，摆成一个龟形阵势，再一次向华东人民解放军控制的战略要点——费县、新泰、蒙阴一带沂蒙山区开始新一轮大举进攻。沈丁部队的两万多人，经过两个多月的战后休整，从淄川、博山地区向沂蒙山区的西侧行进。此时，蒋介石包括七十四师在内的一个兵团深入了沂蒙山区，军部奉野战军司令部的命令，通知所属部队就地停止前进，听候命令行动。"七十四师真的来了！"这消息像战斗的捷报似的，在部队里传告着。"叫七十四师在我们的面前消灭！"这是在部队中自然产生的战斗口号。

孟良崮战役开始了。刘胜团接到命令，控制三十里长的河面，在河西岸活动，不让敌人越到河东，同时掩护群众收割田里的麦子。沙河区委员会书记华静也参加了战斗，地方上支援前线的热潮，火一样迅速地燃烧起来。

战争的局势瞬息万变。正当刘胜团因"攻击马家桥的行动停止"而抱怨无仗可打时，电报来了："飞兵前进，完成对七十四师的包围。"队伍马上出发，在二里来长一百五十米宽的河面上，展开了一幅飞渡沙河的动人图景。

洪水奔流的沙河被驯服了！战士们一批一批地渡河，副军长梁波也在华静的护送下到了东岸。及时赶到的杨军救起了从木排上被卷落到水里的军长沈振新。渡河后，经过六个半小时的长途山地急行军，刘胜、陈坚率领的两个营到了垛庄，庄上驻的敌军七十四师一个辎重连在十五分钟内被赶到前头的侦察营歼灭了。在副军长梁波的直接指挥下，部队在占领这个要点、补上我军合围的缺口以后，刘胜、陈坚团又击溃了敌人的两个连，抢占了二四〇高地。围歼七十四师的激烈战斗即将开始。

七十四师是蒋介石手下的特等精锐部队，师长张灵甫号称"常胜将军"。此人凭借与蒋介石的亲密关系，加上部队装备精良，因此骄横异常。他并未意识到自己眼下的危机，仍然以孟良崮一带为据守中心，想通过"中间开花"的形式，让其他部队配合"歼灭"我华东主力部队。这时，被我军放回的敌营长张小甫回部队劝降，七十四师的侧翼八十三师又失掉了万泉山阵地。

人民解放军的铁锤，向被缚在囊袋里的七十四师开始了猛烈的打击。杨军率领的秦守本班和排长林平率领的张华峰班，形成"一把老虎钳子"，夺取了三八五高地和四五〇高地。

这一切使张灵甫大为恼怒，于是下了最严厉的命令，对人民解放军展开最猛烈的反击。这时，逃跑以后被敌人捉去强迫当兵的孙福三被石东根连抓了俘虏。敌人处在恐慌、危急和饥饿的状态中，七十四师的后路和交通运输线被切断，战斗进入了白热化阶段。军长沈振新带病亲临前线指挥战斗，刘胜、陈坚的总部队首先攻上了山腰，敌军仍在顽抗。我军发扬了大无畏的战斗精神，前仆后继，拼命向前。敌人调动大批飞机，对围攻的解放军部队狂轰滥炸，以图报复。

林平和团长刘胜的壮烈牺牲，更加激起了战士们的斗志，众人奋不顾身地攻占了孟良崮最主要阵地玉皇顶。但鲁南增援过来的两个旅的敌人还在拼死强攻，于是，沈丁决定派梁波率领军部侦察营和军司令部、政治部两个警卫连去支援玉皇顶，以有利地形对付前来增援的敌人。同时又派出一支精干的队伍，从绝壁悬崖上踏出一条路来，直捣敌人的指挥机关。

战斗进入最后阶段，孟良崮山头的敌人还在垂死挣扎。"攻上去！"军长一声令下，绿色信号弹射向空中，我军像离弦之箭般冲向敌人的阵地。经过两个多小时的激战，山上大部分敌人被消灭，最后仅剩下张灵甫盘踞的山洞。掷弹筒弹、六〇炮弹、迫击炮弹纷纷落在张灵甫藏身的小山洞洞口。两个小地堡中的一个已经炸翻，张灵甫、参谋长董耀宗和随从副官正挤在洞里，遭受着硝烟、沙土和碎石块的袭击。我军一支小分队在杨军带领下出奇制胜，机智勇敢地接近了敌人的巢穴，与洞外及洞里的敌人展开了血肉拼杀。张灵甫仍在负隅顽抗，战士们向洞中射出一排排的子弹。"张灵甫，出来！"山洞里除了枪声和战士们怒吼的回音之外，没有别的反应。当战士们冲进山洞时，发现狂妄骄横、不可一世的张灵甫已倒在石地上，被解放军战士的枪弹射中身亡。

山头上的敌人还在绝望中做着最后的顽抗，而我军的勇士们像爬山虎一样，钉满了崮顶周围的崖壁，像炼钢炉里赤红的铁水一般，向上奔腾、冲击、翻滚。经过一阵紧张的战斗，红旗在孟良崮高峰上飘扬起来。国民党王牌七十四师终于全军覆没，我军夺取了孟良崮战役的最后胜利。

二　出版情况

少年时的吴强就常以文学自娱，对《西游记》《三国演义》《水浒传》《三侠五义》等书爱不释手。读中学时，他即已开始文学创作，写下"楚城有客不胜愁，点点杨花扑小楼。梦里潺潺慈母泪，小船迷水下扬州"的诗句，曾创办油印刊物《狂风》，在《新评论》上发表文章，是"新诗歌会"和"无名文艺社"成员。1933年2月，吴强加入了中国左翼作家联盟，任沪西正风中学小组组长，从此开始了他的革命文学生涯。1935年9月，吴强在陈望道主办的《太白》杂志发表短篇小说处女作《电报杆》，同年其短篇小说《苦脸》获《大晚报》征文奖。就读河南大学期间，他兼任一家小学的校长和《河南晚报》副刊编辑，在上海《大公报》和茅盾主编的《文艺阵地》上发表了反映抗日战争生活的短篇小说《激流下》、散文《夜行》等。1937年，他与王阑西、姚雪垠一起创办抗日救亡刊物《风雨周刊》，从而把自己的文学生涯与中华民族的解放和建设事业紧密地联系在一起。抗日战争爆发后，吴强投笔从戎。1938年8月15日，他在皖南泾县云岭村参加了新四军，次年10月加入中国共产党，先后任新四军政治部宣教部干事、科长，苏中第二分区政治部敌工部副部长。在战火纷飞的年代，他写下了独幕剧《一条战线》《激变》《皖南一家》等十多部作品，创作了《叶家集》《小马投军》等中短篇小说。解放战争期间，作为苏中军区政治部副部长、华东野战军六纵宣教部部长的吴强，亲历了第二次涟水战役和莱芜、孟良崮、淮海、渡江等著名战役。

吴强从事文学创作五十余年，著有长篇小说《红日》、《堡垒》（上部）、散文集《心潮集》等，其代表作即为 1957 年出版的长篇小说《红日》。

1947 年 5 月 17 日，孟良崮战役胜利结束的第二天上午，吴强在驻地村口目睹张灵甫这位"常胜将军"躺在一块门板上被解放军战士从山上抬下来的情景，萌生了要把从涟水战役到张灵甫死于孟良崮这个"情节和人物都很贯串的故事"编织起来写一部长篇小说的想法。然而，部队每天都在行军打仗，他根本静不下心来构思，也无暇顾及写作。何况，从涟水到孟良崮，他的几本日记连同搜集到的七十四师《士兵报》，在夜渡胸河时也丢失了，心中的懊恼自不必说。但是，笔下写不成，他的心里却总是想写。好像有什么魔力在激励着他，他走也想，坐也思，就连梦中也在思考着书中的人物和情节，搅得他神魂颠倒，如痴如狂。

1949 年 7 月，吴强作为华东野战军叶飞、韦国清第十兵团的宣教部部长南征福建，进驻厦门。他为《红日》写的《作者记》中说："1949 年 11 月里，部队住在厦门岛上，战事基本结束了。可能是看到了大海的波澜，我便理起了以往的断断续续的思绪，打算真的动起笔来。"他曾反复考虑，完全按照创造典型人物的艺术要求，从生活的大海里自取所需，编写一个有头有尾的故事，不受史实限制。但又觉不妥，因为，莱芜、孟良崮战役本身就是战争艺术中的精品，通过这些史实塑造人物，既可以有所依托，又同时写了光彩的战斗历史和人物。不是写战史，却又写了战史；写了战史，但又不是写战史。战争仿佛是作品的基地，作品是在这个基地上生长起来的。按照这样的构想，历次战役的基本情势和过程就必须有根有据，而故事里的种种细节则可以自己设计、虚构。

但是，出于种种顾虑，直到三年后的春天，吴强才硬着头皮完成了八万余字的故事梗概和人物简表。1953 年到 1954 年，作为《红日》的创作准备，他先后写了中篇小说《他高高举起雪亮的小马枪》和《养马的人》。直到又一个三年后的春天，吴强才以一种试试看的态度开始写《红日》，因为，把那么一个战斗故事写成长篇小说，他总觉得是在干一件冒险的事情。

吴强带着一大皮箱资料先是住进了南京军区招待所，开始了他有生以来的第一次"远征"。在一个僻静的房间里，桌子上和沙发上堆满了各种写作资料和中外军事名著，墙上的工作日期表被一天天划掉，面前的稿纸越堆越厚，某些含混不清的地方在亢奋中不断地被打通，情节、细节、人物，呼啸着向他笔下聚拢。他每天工作十五六个小时，不完成六千字的任务不上床，每天抽两三包烟，直抽得舌头发麻，根本感觉不出烟味如何，吃饭味同嚼蜡，胸中隐隐作痛，彻夜难眠。有时睡到深夜，忽然梦中醒来，想起一个什么情节，或者觉得什么地方需要补充、修改，他便披衣而起，扭亮灯写一点儿。有时为写书中撼人心魄的一章掩面而泣，以致叶飞、韦国清误以为他和爱人产生了感情危机而来调解劝说，弄得他哭笑不得。虽说住在招待所，他却常常错过开饭时间，只得到商店里买一袋饼干充饥。有时为了防止忘掉开饭时间，他干脆从食堂多带些馒头放在房间，一天吃一顿饭也是常有的事。这样的饮食和工作方法，对他身体的摧残到了令人吃惊的地步，他满脸皱纹，鬓生白发，憔悴不堪，走路也力不从心。有一次晚饭后出去散步，他竟撞在一棵树上，还向那棵树连声致歉，引得行人驻足哄笑，以为他神经错乱了。当时，江渭清、王必成不时抽身去看望，吴强便将写好的部分章节念给他们听，征求他们的意见。

初稿完成的当天，吴强便住进了医院。半个月之后，身体稍稍复原，他又提着皮箱来到了杭州的一个招待所写第二稿，每天的工作量仍不轻松。修改初稿需要重新遣词酌句，工整抄写，一直持续了四个月，才圆满地画上了句号，吴强的体重也由七十四公斤下降到五十八公斤，几乎到了虚脱的状态。

"当时部队作家创作的军事题材的文学作品，大都要送总政文化部文艺处审查，能够出版的作品，即由解放军文艺丛书编辑部编辑后，挂上'马头'标志，署上'解放军文艺丛书编辑部编'的字样，交中青社或其他出版社出版。吴强当时是华东军区文化部副部长，他创作的长篇小说《最高峰》（后改名叫《红日》），理所当然地要送总政文化部文艺处审查。"[1] 就在文艺处

---

[1] 王维玲：《〈红日〉的编辑出版历程》，《中国编辑》，2008 年第 4 期。

中国青年出版社 1957 年 7 月、1959 年 9 月出版的《红日》　　中国青年出版社 1961 年出版的《红日》

　　审稿期间，吴强从各方面了解到中国青年出版社出书快、印数多，因而决定交由中国青年出版社出版。1957 年 4 月，经解放军总政治部文化部审定，《红日》被收入"解放军文艺丛书"，最终作为建军 30 周年的献礼作品，于 1957 年 7 月由中国青年出版社出版。

　　依据现有的资料推测，吴强最初将这部小说定名为《仇敌》，后来改为《最高峰》。小说完稿后，吴强将其拿给他的老领导粟裕将军，粟裕将军认为小说写得很好，但名字似乎不太合适，容易让人认为孟良崮战役是解放战争的最高峰，因此让吴强再斟酌一下。正式出版时，作品改名为《红日》。

　　《红日》正面展开我军全歼国民党王牌军七十四师的宏伟画面，激越、壮丽，洋溢着英雄主义和理想主义的热情，反映了我军由弱到强最终胜利的历史进程，揭示了人民战争的规律，形象地展现了毛泽东军事思想的伟大胜利。作品在敌我双方人物，尤其是高级将领典型性格的刻画上，有很大的突破性成就，对中国当代军事文学创作产生了重大影响，成为"十七年文学"的最重要收获之一，是新中国战争文学的一个里程碑。

　　1959 年，纪念国庆 10 周年的精装版《红日》出版。

在中国青年出版社 1957 年 7 月出版《红日》之前，部分章节已被相关期刊选载，如第六、七两章，就以《吐丝口》为题，先行登载在《解放军文艺》1957 年 4 月号上，《胜利的序曲》在《人民文学》1957 年 5、6 月合刊登载，部分章节还在 1957 年 3 月号和 4 月号的《延河》杂志上发表过。同时，部分章节还出版过单行本，如在《解放军文艺》上发表的《吐丝口》，又被列入农村图书室文艺丛书第二辑，由上海文艺出版社 1958 年 10 月出版，第 1 版印制 20 万

黑龙江朝鲜民族出版社 2016 年出版的朝鲜文版《红日》

册；作家出版社 1959 年 12 月又把它和《大战孟良崮》列为文学初步读物，由作家出版社 1959 年 12 月出版，发行多册，成为许多读者"知识启蒙"和"党史教育"的工具。

1961 年，《红日》先后被译成英、法、俄、日、德等十多种文字在海外出版发行。俄文版由苏联军事出版社 1959 年 7 月出版。英文版《Red Sun》（巴恩斯译，刘旦宅、涂克插图，对外首发 1 万册）由外文出版社 1961 年 1 月出版，1980 年又出版了高泉绘插图的《Red Sun》。其他如越南出版社 1962 年 2 月出版了越南文译本，新日本出版社 1963 年 1 月出版了日文译本《真红の太阳》，延边出版社 1964 年 11 月出版了朝鲜文版等。随着《红日》外文版的推出，欧美主流学术期刊上很快就出现了相关研究文章。吴强也因该书的出版而出名，先后访问了苏联等国，并写下了《访苏日记》等。

1964 年，由于形势需要和相关要求，吴强对《红日》做了修改，大量删除了其中的爱情描写，由中国青年出版社出版。1965 年新华书店又一次提出再版《红日》的要求，于是，中国青年出版社又出了 1965 年版，这是"文革"前的最后一版。《红日》从初

版到"文革"前夕的 8 年中，共印刷 44 次。

由于写到人性、爱情和反面人物颇为真实的形象，1965 年夏天，小说《红日》被当成"毒草"，扣上"和平主义、修正主义、自然主义"三顶黑帽子。"文革"开始后，享誉海内外的《红日》更是被四人帮二次升级为"大毒草"和"特大毒草"，即"反对毛泽东思想""丑化人民军队""美化反动派"等。作者吴强、小说《红日》及瞿白音改编的电影剧本《红日》和汤晓丹导演的电影《红日》在"文革"中受到批判，直到 1978 年吴强才获得平反。

"文革"结束后，中国青年出版社以 1964 年修改版为蓝本，于 1978 年出版了新的一版《红日》，这一版载有《二次修订本前言》和 1964 年写的《再版的话》。1980 年中国青年出版社又出了一个版本，这一版恢复了作品的本来面目，删去了《二次修订本前言》和 1964 年写的《再版的话》。截至作者吴强 1990 年去世前，各种版本的《红日》共发行 187 万册。

20 世纪 90 年代以后，除了原版出版以外，《红日》还被改编成各种缩写本出版，如许岱缩写的"中外军事文学名著缩写·中国卷"《红日》由解放军文艺出版社 1996 年 1 月出版，"红领巾书架"之少年版《红日》由 21 世纪出版社 1991 年 2 月出版，闻鼎、黄浩缩写的"中外名著缩写丛书"《红日》由海峡文艺出版社 1991 年 1 月出版，端木蕻良主编、童心缩写的"中华爱国主义文学名著文库"《红日》由燕山出版社 2004 年出版。这些简单讲述革命历史的缩写本也成为对青少年进行爱国主义教育的另外一种形式。

1995 年，中国青年出版社为庆祝建社 45 周年，隆重推出"当代长篇小说精品系列"（中青珍藏版 10 种），这是中国青年出版社历年出版的长篇小说精选，首次推出 10 种 12 册，其中包括《红日》。

1999 年 9 月，在庆祝建国 50 周年之时，出版界开展了一次"感动共和国的 50 本书"群众性评选活动，吴强的《红日》名列第 22 位。

小说《红日》问世以来，发行量巨大，海内外拥有众多读者，成为当代文学名著。作品曾入选中宣部、教育部、共青团中央等向全国青少年推荐的"百种爱国主义教育图书""中小学生必读书目"等，还被编入小学六年级教材。

中国青年出版社 2004 年出版的《红
日》

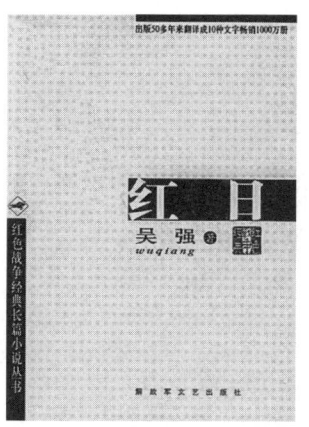

解放军文艺出版社 2007 年出版的
《红日》

中国青年出版社 2009 年出版的精装
版《红日》

陕西师范大学出版社 2009 年出版
的《红日》

时代文艺出版社 2009 年 5 月出版
的《红日》

时代文艺出版社 2010 年出版的《红
日》

陕西师范大学出版社 2011 年出版
的《红日》

中国青年出版社 2012 年出版的《红
日》

时代文艺出版社 2016 年 2 月出版的
《红日》

吉林美术出版社 2016 年出版的《红日》

江苏凤凰文艺出版社 2017 年出版的《红日》

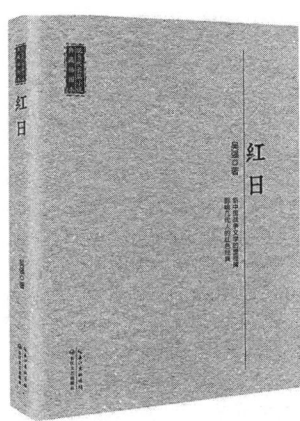

长江文艺出版社 2017 年 10 月出版的《红日》

人民文学出版社 2018 年出版的《红日》

陕西师范大学出版总社 2018 年出版的《红日》

三　其他形式的传播及意义

小说《红日》自 1957 年出版以来，一直受到读者的喜爱，成为畅销书，并不断地被改编成连环画、电影、电视剧等形式广泛传播。

由王星北改编、汪观清绘画，上海人民美术出版社出版的连环画《红日》，分别于 1962 年出版了一、二册，1965 年出版了三、四册，在"文革"前多次重印，第一、二册各达 52.5 万册，第三、四册各达 30 万册。1978 年又出版了第二版，内容、装帧都与 1962 年初版相同，印刷数量同样惊人：第一册 1978 年印刷 90 万册，总数达到 142.5 万册；第二册到 1984 年第 10 印时总印数已达到 154.8 万册；第三册 1978 年印数 60 万册；第四册总印数是 80 万册。连环画图文并茂、阅读方便、老少皆宜，尤其是"文革"阅读禁忌达十年，使得新时期初期人们表现出惊人的阅读力，这些都加速了《红日》连环画的畅销。加之革命历史题材的连环画深受读者喜爱，直观地呈现出革命先烈是如何进行革命和建设的，为读者讲述了革命和政权的合法性与来之不易，无疑又受到文艺体制的鼓励和青睐，促使印数陡增。因此，连环画与其他艺术样式一道担负起革命知识传播和思想政治启蒙的重任，成为文艺大众化和文艺化大众的重要载体和传播方式。[1]

由于《红日》的畅销，根据小说进行艺术改编也提上了日程。电影艺术家瞿白音把小说《红日》改编成电影剧本，在《电影艺术》1960 年第 12 期上刊载；1961 年 9 月，由上海文艺出版社出版。1961 年至 1963 年，上海天马电影制片厂则把瞿白音编剧，汤晓丹导演，张伐、高博、中叔皇、李农等主演的《红日》搬上了银幕。新华社记者在 1961 年 5 月 12 日的《人民日报》上发表了《上海文化短讯》，其中第一则就是《〈小说红日〉搬上银幕》："根据吴强的小说《红日》改编的宽银幕影片，最近已由上海天马电影制片厂开

---

[1] 龚奎林：《"故事"的多重讲述与文艺化大众》，河南大学博士学位论文，2009 年。

上海人民美术出版社 2007
年出版的连环画《红日》

上海人民美术出版社 2010 年出版的连环画《红日》

上海人民美术出版社 2010 年出
版的"中国连环画优秀作品读
本"《红日》

台海出版社 2014 年出版的
连环画《红日》

拍。"电影改编的最大特色就是在人性的有限择取中尽量还原反
面人物的复杂性形象，影片上映后反响热烈。但随着政治气氛的
极左化和毛泽东的两个批示出现，电影、小说等都受到批评甚或
批判。

由萧培珩作词、吕其明作曲、任桂珍演唱、陈传熙指挥、上
影乐团演奏的《红日》电影插曲《谁不说俺家乡好》在影片热映
后成为经典，至今仍在传唱。

电影连环画《红日》由文飘编辑，中国电影出版社 1964 年 2
月出版第 1 版，190 页；近年来又相继出版了不同的版本。2005 年，
中央电视台拍摄了电影传奇《曾经燃烧的战场》，其中就有崔永
元主演、解说的《红日》。

新世纪以来，红色经典改编形成热潮，由王彪、赵锐勇编剧，
浙江长城影视出品，苏舟导演，尤勇、李幼斌、杜雨露、宋佳、
耿乐等主演的电视剧《红日》2008 年开播。该剧编、导、演阵容
强大，是浙江省向建国 60 周年的献礼之作，入选浙江省文化精
品工程扶持项目，同时获上海市"优秀剧本征集活动"奖。该剧
及剧本被誉为"展示孟良崮战役的一部全景式、史诗性的作品，

中国电影出版社 1979 年 10 月出版　　中国电影出版社 2016 年出版的电　　2017 年四川大学出版社出版的
的电影文学剧本《红日》　　　　　　影连环画《红日》　　　　　　　　《红日》连环画

具有里程碑意义，为国内军事题材的巅峰之作"。

　　小说《红日》经过了连环画、电影和电视等各种艺术改编，
顺应了主流意识形态精神文明建设的需求，家喻户晓、经久不衰。

四　思想艺术评论

（一）主题思想

　　"对文艺来讲，思想和价值观念是灵魂，一切表现形式都是
表达一定思想和价值观念的载体。离开了一定思想和价值观念，
再丰富多样的表现形式也是苍白无力的。文艺的性质决定了它必
须以反映时代精神为神圣使命。"[1]

　　"任何一个时代的经典文艺作品，都是那个时代社会生活和
精神的写照，都具有那个时代的烙印和特征。任何一个时代的文
艺，只有同国家和民族紧紧维系、休戚与共，才能发出振聋发聩

---

[1] 习近平：《在中国文联十大、中国作协九大开幕式上的讲话》，2016 年 11 月 30 日。

的声音。反映时代是文艺工作者的使命。"[1]《红日》，即是以作家吴强亲历的解放战争为背景，取材于解放战争初期，陈毅、粟裕指挥的华东野战军在山东战场粉碎敌人重点进攻的历史事实，以我军军长沈振新率领的一支英雄部队为主线，从1946年第二次涟水战役我军失利写起，到最后全歼国民党王牌军整编七十四师，展开了一幅波澜壮阔的战争画卷。吴强去世后，其家人捐给中国现代文学馆的资料中有一个笔记本，上面写有他关于小说《红日》的构思。其中有一部分内容名为"主题思想"，是这样写的："描写与表现我军高级指挥员运用毛泽东的战略思想，坚决、果敢、英明、灵活地指挥部队，与敌军艰苦、勇敢地作战，发挥了高深的集体英雄主义（胜不骄，败不馁，再接再厉），歼灭了敌人的主力军，赢得了辉煌胜利。"小说通过描写半年多的山东战场形势的变化，围绕着著名的莱芜、孟良崮两大战役，真实地再现了解放战争初期我军由弱到强、由战略防御到战略进攻的历史转折，歌颂了中国共产党领导、毛泽东军事思想和人民战争的巨大威力，描绘了惊心动魄的战斗场面和可歌可泣的英勇事迹。

1. 中国共产党的领导和毛泽东军事思想的胜利

作家通过描写战争初期解放军在战场上的被动局面，既形象地表现了当时山东战场上力量的强弱对比，为解放军的最终胜利营造了强烈反差和对照，以说明战争胜利的来之不易，又在对历史事件的叙述中，形象地完成了对时代共名的印证和阐述，即中国共产党所领导的现代革命战争，经历了惊心动魄的艰难曲折，自近代以来就饱受屈辱和磨难的中国人民终于取得了最后的胜利。这既离不开中国共产党的正确领导，也得益于毛泽东战略战术思想的指导和运用。

2. 人民的力量

《红日》用史诗般的历史长卷向读者传达出：在广大人民群众的无私支援下，人民解放军服从大局听指挥，团结一致，浴血奋战，用"小米加步枪"

---

[1] 习近平：《在中国文联十大、中国作协九大开幕式上的讲话》，2016年11月30日。

山东临沂孟良崮战役纪念馆

的简单装备打败了用清一色美式装备武装起来的蒋介石军队。同时，小说塑造了军长沈振新、团长刘胜、连长石东根等众多脍炙人口的人物以及黎青、华静等令人印象深刻的人物，不但真实地描写了战争场面，还细腻地描绘了战争中的爱情、战友情、军民情；既表现了在血雨腥风的战争岁月里，中华大地上的优秀儿女为了民族的解放事业，赴汤蹈火与敌人搏斗，甘愿献出宝贵的青春和热血，最终赢得胜利、获得解放，又流露出人们对和平的渴望、对美好生活的向往。"人民不是抽象的符号，而是一个一个具体的人的集合，每个人都有血有肉、有情感、有爱恨、有梦想，都有内心的冲突和忧伤。"解放战争胜利的根本和源泉在于人民，《红日》表现了人民的爱恨情仇，讴歌了人民的奋斗、人民的力量。

3. 爱国主义与英雄主义精神

爱国主义是中华民族的精神基因。"军首长们，许多指挥员们，红旗排、红旗一班的英雄战士们，屹立在巍然独立的沂蒙山孟良崮峰巅的最高处，睁大着他们鹰一样的光亮炯炯的眼睛，俯瞰着群山四野，构成了一个伟大的、崇高的、集体的英雄形象。"小说《红日》最后的这个画面，正是对爱国主义与英雄主义的最好诠释。正如作家吴强所言："记住昨天的战斗生活，对于我，是永远的；只要还在活着的时候，都是必要的。因为它已经给了我，今后还将给我以前进的力量。""得其大者可以兼其小。"每个人的前途命运都与国家和民族的前途命运紧密相连，"祖国是人民最坚实的依靠，英雄是民族最闪亮的坐标。歌唱祖国、礼赞英雄从来都是文艺创作的永恒主题，也是最动人的篇章"。

（二）艺术特色

《红日》作为"十七年文学"和军事文学的代表性作品之一，有其特定的时代背景和时代意义。黄发有在《中国青年出版社与"红色经典"》一文中提到，《解放军文艺》编辑部在1958年6月9日召集孟良崮战役的参加者座谈《红日》，大家分别从政治性、思想性、真实性等角度肯定《红日》的价值，基本不涉及艺术评价[1]。但《红日》在军队系统、主流文化圈和普通读者中获得的巨大声誉，对艺术评价形成倒逼之势。随着何其芳、罗荪、冯牧等主流评论家的陆续发声，《文艺报》也编辑出版了《赞〈红日〉，颂英雄——〈红日〉评论集》，其艺术地位日见隆显。为了给《红日》在"文革"期间所遭受的不公正对待进行声辩，潘旭澜先生在1982年撰文，认为《红日》与同时代的作品相比，在反映历史转折和表现生活的复杂性、塑造人物形象等方面都有闪光之处，"尽管《红日》在艺术上也有一些不足和缺点，有的还较为明显，但这些是掩盖不了它的高度成就的"[2]。

今天看来，《红日》作为一部鸿篇巨制，除了爱国主义主旋律，其艺术上的特色和成就同样不容忽视。它用生动的文学语言和光彩夺目的艺术形象，装点了战争文学和"十七年文学"。正如当年陈毅所说，"《红日》我看过了，写得不错，有吸引力"[3]。作家莫言也说过："同是红色经典，但感觉到其中有些书的写法跟别的书不一样。譬如吴强那本描写孟良崮战役的《红日》，一开始写的是我军失败，写到了阴霾的天气和黑色的乌鸦，写到了部队的悲

---

[1] 晓钟：《孟良崮战役的参加者谈〈红日〉》，《解放军文艺》，1958年第7期。

[2] 潘旭澜：《〈红日〉艺术成就论辩》，《文学评论》，1982年第6期。

[3] 吴强：《红日》，中国青年出版社，2012年，封底。

观情绪和高级干部的沮丧心情。……我觉得很不舒服。走上文学创作的道路后，才知道当初那些让我看了不舒服的地方，恰是最有文学意义的描写。"[1]

1. 历史事实和艺术虚构

历史是由事实构成的，毫无疑问，《红日》有着纪实性的典型特征。正如作家吴强自己在创作体会中所言："我是这一段生活的参与者，我熟悉它，它激动过我，它深深地刻印在我的脑子里和我的心上。它引起了我的强烈的创作冲动。……生活经验积累得多了、丰富了，才从中进行选择取舍，将我以为必要的有用的原料集中起来，经过自己反复的长时间的思考，到1956年春结构成《红日》的基本故事。……我在构思《红日》的故事情节的时候，在我的脑海里奔涌翻腾的，是我所经历过的那几次战役过程中交错繁复的生活中的种种形象。……在《红日》里出现的人物中，人民解放军的干部、战士，有二十几个。其中，我写的军长沈振新，是以我所熟悉的一位老首长的形象作为模特儿，又从另外几个熟悉的老首长的形象，吸取一部分糅合上去，集中起来的。"[2] 可见，小说中的许多人物就是吴强身边的人物。无论是故事情节还是人物形象，《红日》都在试图"复原"那段波澜壮阔的历史。"这段历史发生在1946年底至1947年春，而《红日》这部作品作者从新中国成立后开始酝酿直至1957年出版，距离这段历史不过十年的时间。历史的迫近使作者既怀有曾存在于历史之中的鲜活感，又充满讲述、还原历史真实的兴奋性。历史在这里缺乏由于时间的沉淀而生成的审美观照与想象的可能，却有通过小说讲述在某种意义上接近历史原貌、回归历史起点的真实感。因而作家吴强选择了尊重历史的写法，其中对历史资料的巧妙运用，使《红日》呈现出接近于历史卷宗般的纪实小说色彩。这包括对战争的纪实与对人物的纪实。"[3] 解放军领导、指挥员陈毅司令与粟裕副司令，国民党高级将领如李仙洲、张灵甫等，也都在作品中以真实姓名出现，并用大量篇幅对他们

[1] 吴强：《红日》，长江文艺出版社，2017年，封底。
[2] 吴强：《谈〈红日〉的创作体会》，《文学评论》，1978年第3期。
[3] 刘婧婧：《历史视角下的〈红日〉》，《文艺报》，2014年8月18日。

作了生动的刻画。

　　然而，小说毕竟是艺术，艺术当然也要求真实，但那是虚构的真实，是艺术的真实，是虚拟性的。如在人物形象的塑造上，《红日》中除解放军高级将领陈毅司令与粟裕副司令以及国民党的李仙洲、张灵甫等以真实名字出现外，其余都是虚构的人物。吴强的家人捐给中国现代文学馆的笔记本中，在"人物概述"部分，吴强对几个重要人物做了标记。首先是军长，在手稿中军长的名字是王振新，而不是小说正式出版时的沈振新。查阅孟良崮战役的资料可知，当时的六师师长为王必成，他也是当时任宣教部长的吴强的领导。吴强对军长姓氏的最初设定可能考虑了这一因素，因为在孟良崮战役中王必成是一个重要的核心人物，而在小说中军长同样是战争现场的核心人物。吴强对军长的特点进行了细致的标记：三十八岁，中等身材，粗眉大眼，目光炯炯，个性倔强，沉默寡言，严肃，坚决，沉着，对敌极端仇恨，对指战员们充满着内心的热爱，但不外露……他爱马，但不善骑，也不爱骑，行军时不到疲倦的时候不上马。解放战争开始时他就是军长，是这部小说的中心人物、主要主人公。他的爱人叫赵明霞，有人称她"照明弹"。在"人物概述"这部分，吴强对许多重要人物的性格特点都做了详细的记录，像对军长这一人物形象的大篇幅标记俯拾皆是。类似重要人物的标记还有军政治委员刘德本，副军长俞凤顶，军长警卫员唐有信、朱法山。但在后来出版的小说中，几乎没有人名与笔记本上"人物概述"中的名字完全一样。与1957年7月的初版本对比，军长名字由"王振新"换成了"沈振新"，副军长名字由"俞凤顶"换成了"梁波"，军长夫人由"赵明霞"换成了"黎青"，军政治委员由"刘德本"换成了"丁元善"。对于小说中早就拟好的人物名字的更换，吴强肯定有自身的考虑。除政治因素的考量和对人物原型的保护之外，从艺术的角度而言，纪实性小说在尊重历史事实的基础上虚构人物亦合情合理。

　　2.复杂生动又二元对立的人物形象

　　"（《红日》）受到广大读者的欢迎，这绝不是偶然的。首先，这部小说的气魄很大，好像一幅描写战争的巨幅油画，色彩强烈，人物众多，但结构却简洁而明快。……作品的成功之处，就在于作者对两大著名战役的敌军司令官作了细微刻画，不仅活绘出李仙洲那种优柔寡断、老奸巨猾的性格，张灵甫那种骄傲自满、刚愎自用的性格，而且通过对他们的描写把敌人那种腐朽残暴、各成派系、互不支援，总想牺牲异己、保存个人实力的反动军队的本质生动地展现出来。小说除了写战斗之外，还写到战时的后方生活，人民的支援，以及在战争生活中，军长、参谋、战士等几个主要人物的家庭生活和恋爱生活。"[1] 如果说结构是小说的骨架，那么，人物形象就是血肉，人物形象是否鲜活丰满，在很大程度上决定着作品的吸引力。"我的写作生活是不经常的。笔下生疏，文学感觉迟钝。为了改变这种情况，使自己沉浸到创作的氛围里面，我在写作过程里，读了一些别人的作品，有中国的、外国的、古典的、现代的。实际上，我是在一边揣摩人家的作品，向人家的作品学习，一边自己写作。……许多作家的作品，怎样地以敏锐的政治感觉和文学感觉，从生活里吸取精华，怎样地选择、提炼和运用细节、动作以表现人物性格，对我是启发很大的。"[2] 可见作家吴强在写作《红日》时，在人物形象塑造和文学表达上是下足了功夫的。"我在写作准备期间，对（张灵甫）这个人物的各个方面，进行过比对李仙洲更多的调查研究，找了一些在孟良崮战役中被我军俘虏的七十四师的旅、团长以及中下级军官、士兵，做过调查，了解有关张灵甫的历史、指挥作战、人事关系和生活习惯等，作为塑造这个反面人物形象的参考材料。"[3] 除对现实中人物的调查研究，具体到作品中人物的行为和心理描写，《红日》亦可圈可点。如写到涟水战役失利，从普通战士的沉默、沮丧，到高级将领的愤懑，与后来莱芜战役、孟良崮战役步步推进、胜利在望，解放军的群情振奋，在转折和对照中，战争形势的复杂多变、胜利成果的来之不易、我军战略战术的正确运用、对杀敌和胜利的渴望，都跃然纸上，真实又生动。再如小说中华静给梁波寄情书

---

[1] 宁干：《一幅动人的战争油画——评吴强作长篇小说〈红日〉》，《人民日报》，1958年4月5日。

[2] 吴强：《写作〈红日〉的情况和一些体会》，《人民文学》，1960年1月号。

[3] 吴强：《谈〈红日〉的创作体会》，《文学评论》，1978年第3期。

的描写，当时华静"没有找到信封，做一个，又没有糨糊。沉愣了一阵，终于把写好的信纸折成很小的体积，包在一块很大的纸里，技巧精娴地把包纸的外部折叠成花瓣丛簇的八角形的样子。她把这些细节做完，不禁失声地独自笑了出来，仿佛她特感觉到在这封信的封裹和装饰上，用去过很多的心机似的"[1]。华静对梁波的仰慕与爱，借自制信封和细心呵护传递出来，八角形的信封里装着的不仅是情书，更是革命战争年代里人们的情感世界，细腻、纯情、丰满又伟大。

真实的人物是千姿百态的，作家吴强用心用情地调查和了解各种各样的人物，从战争实践和人民的生活中汲取着营养，进行着历史、生活和艺术的积累，塑造了敌我双方和人民群众中各种各样的典型人物，以时代的艺术高度奠定了《红日》的吸引力、感染力和生命力。

但战争与军事题材的文学作品，因其特殊性和冲突的极端性，很难避免明显的写作立场和写作态度，缺少"零度"写作的方式，容易落入人物形象脸谱化、人物性格模式化、敌我形象概念化的窠臼，呈现出二元对立的人物形象。如张灵甫的出场："他的身材魁大，生一副大长方脸，嘴巴阔大，肌肤呈着紫檀色。因为没有蓄发，脑袋显得特别大，眼珠发着绿里带黄的颜色，放着使他的部属不寒而栗的凶光。"从他的全身综合来看，虽使人觉得他有些蠢笨而又可怕，但总还是个有气概、有作为的人。再如，被解放军的进攻堵在山洞里的张灵甫："这个善于装腔作势，用虚假的外形以掩饰内心活动的将军，丑恶的原形终于暴露出来。他恐惧了，他慌乱了。……他的脸，更像是一块猪肝了，血，淤积着，脸部的肌肉打着痉挛。"这些描写虽有复杂真实的一面，但与描写我军的指挥员时，经常用到的"坚毅""沉着""冷静"，描写我军战士时经常用到的"机警""勇敢""奋不顾身"等等相比，态度是非常明显的。描写国民党的王牌部队七十四师，即便是描写师长也是使用"蠢笨""装腔作势""虚假""丑恶""恐惧""慌乱"等词语。这

---

[1] 吴强：《红日》，中国青年出版社，1957年，第366页。

与题材的特殊性和时代的特殊性有关，也与作者的艺术观不无关系。

3.原生态与人性化的语言

《红日》里既有紧张激烈的战争场面，也有平缓朴实的生活片段；既有高级将领的运筹帷幄，也有普通战士和群众的生活气息和生活情趣。比如战士们从苏北行军即将进入山东省境时，有人脱了鞋子光脚板走路，许多人马上效仿起来。一个新战士说："让脚板跟黄土地多亲几个嘴吧，眼看就没得走啦。"捉了敌军的师长，有人问："是中将上将？"秦守本回答："不知道！不是辣椒酱，就是豆瓣酱！"朴实而又原汁原味、生活化的语言，使小说在宏大叙事中不乏原生态的、自然的气息。再如，战士过河攻打七十四师，或坐船或游水，许多农民来观看，作者写到围观群众的对话："'一个没有淹死！'一个小孩在岸上观看的人群里叫着。他的老祖母在他的头上拍了一下，瞪着他说：'不要死呀活的！说吉利的！'"这些来自民间的、民俗的、生活化的行为和人性化、口语化的生动语言，增加了作品的可读性和吸引力。

（三）当代价值

《红日》以解放战争初期的涟水、莱芜以及孟良崮三次连贯的战役为小说表现的主体和情节发展的主线，以对正面战场作战的讲述为主，兼及对后方生活的描写，在将近四十万字的篇幅内，以细腻质朴的笔触展现了中国人民解放军华东野战军歼灭国民党整编王牌七十四师的精彩历史篇章。随着这段历史逐渐远去，亲历战争的人们不断离开，置身和平年代的我们重温这些经典的意义何在？

1.尊重历史

历史是在传承中发展的，中国历史发展和文化演进的脉络体现出"全面继承"的传承结构，社会的发展和进步，离不开历史的镜鉴和启迪。与《红日》描写的年代相比较，我们今天所处的时代虽已暂时远离了战火硝烟，人们熟悉的多是"小历史""小时代"，但没有七十多年前的浴血奋战，没有"大历史"，就没有今天的和平生活。坚持大历史观，不忘历史、尊重历史，以史为鉴、以史为师，是中华民族的优秀品质，也是砥砺前行、民族复兴的基础。历史与小说是紧密结合的，《红日》以细腻激情的笔触书写了作者亲历的历史和战争，以真实的场景、人物和细节述说着历史。传承经典，重温解放战争的恢宏历史，在历史画卷中汲取经验教训，获取前行的动力，亦是当代人的使命和责任。"对中华民族的英雄，要心怀崇敬，浓墨重彩记录英雄、塑造英雄，让英雄在文艺作品中得到传扬，引导人民树立正确的历史观、民族观、国家观、文化观，绝不做亵渎祖先、亵渎经典、亵渎英雄的事情。"[1]

同时，解放战争胜利、中华人民共和国成立七十年以来，特别是四十年的改革开放历程中，中国人民走出了一条独特的中国特色社会主义的发展道路，创造了新的发展模式，也创造了举世瞩目的奇迹。作为当代历史的亲历者，如何从红色经典中汲取营养，用文学的视野、生动的笔触、多样化的艺术形式，记录今天的时代，描摹质感的生活，刻画丰富的人性，是绕不开的话题，也是新时代文艺工作者的使命。

2. 社会责任

"五四"对"人"的发现，对推动中国社会的发展有着积极的意义，从此，个体生命、个人权利、个体自由开始得到普遍的尊重。但是，关注和尊重个人，并不等于个人利益至上。《红日》体现出的为民族和国家正义不怕牺牲、甘于奉献的英雄主义、集体主义精神熠熠生辉，那种在挫折面前的顽强不屈、追求真理的视死如归，既是信仰和精神，也是责任担当。人既是个体的人，又是社会的人。个体的生命、权利和价值被重视是社会进步的表现，也是集体主义的前提，但没有集体主义的信念和理想，也就没有个体价值的实现。在今天，集体主义更多地体现为社会责任，没有了社会责任，就容易走向无序和混乱，就会失去方向。今天的世界和中国，正值前所未有的变革期，国际国内，挑战与机遇并存，中国人民能否把握机遇，创造性地直面问题、解决问题，实现"中国梦"，信仰和精神的力量至关重要。习近平总书记说："国家好，民族好，大家才会好。中国这么大一个国家，就像是在大海中航行的

---

[1] 习近平：《在中国文联十大、中国作协九大开幕式上的讲话》，2016 年 11 月 30 日。

粟裕将军给孟良崮战役纪念馆的题词

一艘超级巨轮。在这艘巨轮上，我们每个人都是'梦之队'的一员，都是中国梦的参与者、书写者，都应当同舟共济、齐心协力、奋勇前行。"因此，培养社会主义核心价值观，提倡社会责任，是必由之路。包括《红日》在内的红色经典的精神内涵提供了弥足珍贵的精神指引。

3. 培根铸魂

"实现中华民族伟大复兴，需要物质文明极大发展，也需要精神文明极大发展。早在革命战争年代，毛泽东同志就多次强调要建设民族的、科学的、大众的中华民族的新文化。1940 年，他说：'我们不但要把一个政治上受压迫、经济上受剥削的中国，变为一个政治上自由和经济上繁荣的中国，而且要把一个被旧文化统治因而愚昧落后的中国，变为一个被新文化统治因而文明先进的中国。' 1979 年 10 月，邓小平同志在中国文学艺术工作者第四次代表大会上发表祝词强调：……要大力发扬党和人民在长期实践中形成的崇高精神，'大声疾呼和以身作则地把这些精神推广到全体人民、全体青少年中间去，使之成为中华人民共和国的精神文明的主要支柱，为世界上一切要求革命、要求进步的人们所向往，也为世界上许多精神空虚、思想苦闷的人们所羡慕'。"[1]《红日》的出版与经典化传播不断地提醒着当代的文学创作者和从业者，要敞开胸怀拥抱时代，抒写超越个体情感体验和"小历史"的普遍性的精神品格和精神力量；要以当前的中国实践展开与世界的对话，彰显中国特色社会主义的世界性价值。

文学是有涵化作用的，它在潜移默化中影响着民族和社会。鲁迅先生1925年就说过："文艺是国民精神所发的火光，同时也是引导国民精神的前途的灯火。"虽然一个时代有一个时代的文学，无绝对的优劣，但文学是民族和时代精神的体现，又深深地影响着一个时代和民族的精神。《红日》以其浩荡之气，塑造了鲜明的人物形象，表达了深刻的主题意蕴，艺术化地呈现中国共产党人的精神世界，具有思想的穿透力，是一个时代的审美符号和精神存在，表现的是中华民族的理想追求。作品在丰富人们精神生活的同时，通过演绎跌宕起伏的革命斗争和英雄人物的事迹，激发着一代又一代的人们对人民、对党和国家的热爱。2019年3月4日，习近平看望参加政协会议的文艺界社科界委员时指出："一个国家、一个民族不能没有灵魂。文化文艺工作、哲学社会科学工作就属于培根铸魂的工作，在党和国家全局工作中居于十分重要的地位，在新时代坚持和发展中国特色社会主义中具有十分重要的作用。"因此，以文学审美的方式传承和弘扬主流价值观，传播正能量，提倡家国情怀，激发每一个中国人的民族自豪感和国家荣誉感，引导社会舆论，培根铸魂，坚定中国特色社会主义道路自信、理论自信、制度自信、文化自信，是红色经典在当代重新激活的价值和使命。

---

[1] 习近平：《在中国文联十大、中国作协九大开幕式上的讲话》，2016年11月30日。

作者简介：

　　曲波（1923—2002），山东黄县（今龙口市）人，中国当代著名作家，曾任中国作家协会常任理事。少年时代曾经就读于八路军胶东公学，接受革命思想教育。1938年参加八路军，在胶东一带开展游击战，打击日寇。1945年抗战胜利后，奔赴东北地区，曾经率领一支精干骁勇的小分队深入牡丹江一带深山密林，与国民党残匪周旋，进行了艰苦的斗争。为了教育后人不忘前辈的壮怀激烈与浴血奋斗，他创作了长篇革命传奇小说《林海雪原》。由于所蕴含的独特丰厚的革命文化以及鲜明突出的中国作风与中国气派，小说自1957年初版至今，持续赢得广泛关注并产生了重大而深远的影响。还创作了长篇小说《桥隆飙》和《山呼海啸》等。

《林海雪原》：英雄的雕像与丰碑

杨新刚

穿林海跨雪原气冲霄汉！抒豪情寄壮志面对群山。

愿红旗五洲四海齐招展，哪怕是火海刀山也扑上前。

我恨不得急令飞雪化春水，迎来春色换人间！

党给我智慧给我胆，千难万险只等闲。

为剿匪先把土匪扮，似尖刀插进威虎山。

誓把座山雕，埋葬在山涧。壮志撼山岳，雄心震深渊。

待等到与战友会师百鸡宴，捣匪巢定叫它地覆天翻！

　　现代革命京剧《智取威虎山》第五场"打虎上山"中的经典唱段，不仅在该剧产生的时代博得了满堂彩，在流行文化盛行的当下依然拥有众多的"粉丝"，人们纷纷学唱这一经典唱段，感受深蕴其间开天辟地创造未来的革命豪情。杨子荣与土匪之间充满"江湖味"的一问一答，杨子荣、少剑波、小白鸽、座山雕等众多生动鲜活的人物形象……这一切，都不禁令人想起长篇小说《林海雪原》。《林海雪原》是曲波根据自己当年在东北林海雪原中剿匪的真实经历而创作的长篇革命传奇小说。作家利用工余时间进行创作，在写作过程中，他以当年战胜凶顽不屈不挠坚忍执着的精神，克服了自身文化水平不高、写作能力不强的现实困难，从 1955 年 2 月到 1956 年 8 月，历时一年半，终于完成了《林海雪原》的初稿。作家出版社认为小说具有较高的思想意义与文学价值，决定出版。《林海雪原》初版于 1957 年面世，小说出版之后，社会反响热烈。很快，作品中的"智取威虎山"一节，就被改编成话剧，接着又被改编为现代京剧、连环画、电影以及电视连续剧等其他艺术形式。可以说，《林海雪原》创造了中国当代小说出版、发行与传播的传奇。

一　故事梗概

1946 年，东北牡丹江大部分地区已经解放，但是国民党反动残余势力与残匪不甘心失败的命运，妄图做垂死挣扎。他们对革命干部和群众进行疯狂的反扑与报复，手段极其残忍。少剑波的姐姐、革命同志鞠县长宁死不屈，被俘之后与敌人展开了殊死搏斗，最终被"雌雄魔鬼"许大马棒和蝴蝶迷所率领的悍匪残忍地折磨并杀害。为了保护土改、巩固后方、支援前线，人民子弟兵决定派出既能侦察又能作战的精干小分队，与敌人在山林中周旋，并伺机消灭敌人的有生力量，然后集中我优势兵力，最终彻底消灭罪孽深重的惯匪。

二十二岁的团参谋长少剑波主动请缨，希望担负剿匪任务。田副司令员和何政委都认为少剑波虽然年轻，但从其资历和作战指挥经验来看，是个合适的人选。

临行时，首长们叮嘱少剑波在作战中一定不要大意轻敌、急躁冒进，无边的林海、茫茫的雪原与凶残的悍匪都是小分队必须面对和克服的艰难险阻。接受任务的少剑波看着自己的两个"朋友"——金壳怀表和钢笔，这是他抗战期间缴获的战利品。曾经率领武装工作队在山东烟台与福山之间从事抗日活动的少剑波，当年奉命成功营救被捕的革命同志，同时除掉了革命队伍中的叛徒。

少剑波挑选团里的精兵强将——侦察英雄杨子荣、"长腿"孙达得、力大无比外号"坦克"的刘勋苍、攀缘高手外号"猴登"的栾超家、警卫员高波等同志，组建了剿匪小分队。首长们又根据此次任务的特殊性，给小分队配备了女卫生员"小白鸽"白茹。少剑波认为首长如此安排，给小分队额外增加了一个包袱，但白茹却巾帼不让须眉，认为自己是特殊材料做成的共产党人，一定能够胜任。

少剑波率领小分队直奔老爷岭。他们的首要任务就是侦知匪帮的踪迹，而当前唯一有用的线索就是疑似匪徒逃走时留下的一只胶鞋。小分队暂驻九龙汇，杨子荣与孙达得化装成山货商人外出侦察，发现了另一只胶鞋——穿在一个男孩子的脚上，鞋子系孩子的"舅舅"小炉匠所赠。少剑波讯问了山货商人与小炉匠等三个外乡人，并让他们离开此地。小炉匠表面上表现得淡定从容，但其狐狸尾巴还是没能逃过杨子荣的眼睛——夜里小炉匠来到一处秘密洞窟。后来，杨子荣循踪侦知小炉匠乃是"栾警尉"栾平。当栾平重回秘密洞窟之时，被久候多时的杨子荣和孙达得擒获。

少剑波夜审刁占一，从其口中获知两个重要线索：许大马棒藏身奶头山，栾警尉乃许大马棒的副官。一直狡猾诡诈的小炉匠因猎户夫妇以及刁占一的指认，终于承认自己的真实身份，并交代自己是许大马棒与座山雕之间的联络官。他的供词与刁占一所言一致——许大马棒目前盘踞在奶头山，手下有一帮悍将恶兵。被土匪赶下奶头山、无儿无女的老爷岭"活地图"蘑菇老人身患重病，在白茹的悉心治疗照顾之下慢慢康复。老人将白茹认作干孙女，作为回报，送给她东北地区的林中至宝——鹿胎膏与人参子（催生籽）。

蘑菇老人主动为小分队引路，借助攀登能手栾超家用绳子架设的"天道"，小分队的勇士们克服天险，跨谷飞涧打入虎狼窝。小分队以迅雷不及掩耳之势，活捉了许家父子，消灭了其大部，只有蝴蝶迷和郑三炮因前往滨绥图佳党务专员处报功而漏网。战斗取得了巨大的胜利，少剑波不禁赋诗歌赞，白茹爱上了文武双全的首长"二〇三"。

小分队攻占奶头山，休整一个月之后，又踏上了剿匪的战斗征程。他们获知一个十分重要的情况：一对形迹可疑的男女因抢夺某物品而发生打斗，女人被打得气息奄奄，男的得手之后则逃之夭夭。奉命追踪凶手的杨子荣和孙达得发现凶手可能藏身神河庙，入庙之后，却未能发现其踪影，只见到了诵经的定河道人与一个抱着孩子正在祈祷的女人。面对杨子荣的询问，老道极其傲慢，甚至呵斥杨子荣和孙达得。杨子荣按下心头怒火，命孙达得返回驻地，向二〇三汇报情况。少剑波来到神河庙，当面向老道宣讲党的宗教政策，但老道却装模作样大谈所谓道门成规、品德、义务与戒律，态度依旧极其嚣张。为了迷惑和稳住诡计多端的老道以及藏匿庙中的匪徒，少剑波佯装撤回宿营地。老道与匪徒一撮毛夫妇自以为凶险已过，洋洋自得地庆祝起来。一撮毛为了邀功，决定上山直接将"先遣图"交给座山雕，因此，面对定河道人的问话，并未如实相告。刘勋苍与蹲守的战士擒获了正要逃归威虎山的一撮毛。审讯中，少剑波察觉一撮毛的两只手一直护着自己的衣角，而且少剑波越是注意此处，他越是紧张。少剑波将一撮毛的衣角割开，发现了缝在里面的密信。一撮毛在铁证面前，不得不交代自己是座山雕的副官刘维山，与栾平乃是结拜兄弟，负责侦察搜集解放军行动的情报，此次奉命下山，是要搜寻栾平及其所掌握的许大马棒地盘上的地下先遣军名单，即"先遣图"。小分队的大多数同志主张用奇袭奶头山的办法硬攻座山雕的老巢威虎山，少剑波不赞同原来的瓮中捉鳖的计策。对党赤胆忠心的杨子荣献计巧扮许大马棒饲马副官胡彪打入威虎山，但少剑波认为时机尚未成熟。恰巧小分队战士活捉了从威虎山下来的土匪"傻大个"，少剑波经过慎重思量之后，决定将计就计，接受杨子荣的建议，故意放走了傻大个。杨子荣循迹跟踪，直奔威虎山而去。

小分队沿着森林小铁道向密林深处进发，抵达夹皮沟。夹皮沟民众由于受到座山雕等匪徒的滋扰，生活困苦不堪。同时，广大群众对于初来乍到的人民解放军还抱有极大的不信任感。少剑波决定首先向群众进行宣传：我们是共产党，是人民解放军。然后他们着手解决夹皮沟工人群众饥寒交迫的现实问题，发动工人进行生产自救，火车司机张大山、生性耿介爽直的李勇奇都被动员起来，夹皮沟废弃的两列小火车重新被开动了。

熟谙土匪暗语黑话、刻意模仿匪徒做派并假扮胡彪的杨子荣打虎上山，巧遇欲回威虎山的土匪。他顺利通过了土匪们的盘问，被带回山上。

威虎厅内，杨子荣献上老虎与先遣图，异常狡猾和警惕的座山雕及其部下对杨子荣进行了严格的甄别与考验之后，暂时接受了他并封其为威虎山"老九"，担任团副。

夹皮沟的火车不仅运出了木材，而且运回了救济穷苦大众的衣食物资和武器，工人们被重新武装起来，随即建立了民兵大队。解决了工人阶级的温饱问题之后，小分队在李勇奇等滑雪高手的帮助下开始滑雪训练，提高滑雪技术，为攻打威虎山进行充分准备。少剑波身先士卒，在刘勋苍的严格要求与正确指导下苦练滑雪本领。

杨子荣利用做值日官的时机，侦察掌握了整个威虎山的阵势。座山雕对杨子荣还是心存怀疑，利用一切机会考验他。腊月二十三，威虎山辞灶酒宴上，座山雕问及蝴蝶迷与郑三炮之间的艳事，杨子荣急中生智，结合从群众那里了解到的有关蝴蝶迷的种种说法以及郑三炮与许大马棒长子之间的参谋长位置之争，顺利应付过去。座山雕布置了演习，杨子荣又一次借题发挥，冲到最前面射击"进犯之敌"。正当他要大开杀戒之际，座山雕告诉他这并非解放军进攻威虎山，而是他秘密安排的演习。杨子荣顺水推舟，以带领匪兵进行追击训练为借口，下山将情报送达预先约定的地点。在雪中艰难跋涉了三天的孙达得克服饥寒疲惫，取回了杨子荣所传递出来的宝贵情报。

满载给养和群众返回夹皮沟的小火车在二道河桥头遭遇土匪的埋伏，少剑波的警卫员高波为保护群众突围，壮烈牺牲。面对战友的牺牲和人民群众的伤亡，少剑波陷入深深的自责。作为高级指挥员，对于惨剧的发生，他负有不可推卸的责任，少剑波耳畔又回响起何政委和田副司令员语重心长的嘱托。更令他焦灼的是，栾平的逃脱将给整个行动计划的顺利实施带来意想不到的困难，而且会给杨子荣带来巨大的威胁。少剑波研判孙达得取回的情报之后，决定星夜向威虎山进发。

为了迷惑敌人，少剑波决定声东击西，带领担负奇袭任务的精兵强将先乘火车到达佛塔密车站，尔后在二十四小时内，雪地滑行三百里。时间紧迫，但必须要完成奔袭任务，因为这关系到杨子荣同志的安危。杨子荣利用座山

连环画《林海雪原》

雕举行"百鸡宴"的机会，大年夜将土匪大部集中在威虎厅，以便一网打尽；为了让小分队更好地发现攻击目标，他又把威虎山搞了个"通山亮"。百鸡宴开始前的关键时刻，小炉匠栾平来到威虎山。再次相遇，杨子荣决定先下手为强，他质问栾平，蝴蝶迷和郑三炮到底给了他怎样的好处。面对栾平指认杨子荣是解放军的说辞，座山雕心存狐疑；杨子荣则抓住小炉匠承认自己曾经被解放军俘虏过的事实，提醒座山雕要当心威虎山的防务。由于栾平前言不搭后语，最终被座山雕认定此人绝不可留用，杨子荣乘机借座山雕之手除掉了心腹大患。少剑波率领小分队出其不意地出现在威虎山上，与杨子荣里应外合，一举攻占威虎山，生擒匪首座山雕。

威虎山被荡平，座山雕被活捉，少剑波兴奋不已。他与白茹之间被压抑的朦胧的爱情也逐渐明朗起来，不禁写下了雪乡抒怀的诗句。从这些诗句之中，白茹感受到少剑波浓浓的爱意。

少剑波从栾超家所截获的匪特情报中了解到极为重要的信息，他写信向司令部和团本部进行报告：一是小分队的规模已经被惯匪们所侦知，但威虎山被荡平、座山雕被擒，滨绥图佳党务专员侯殿坤和所谓的"保安总司令"谢文东并不知情，他们命令座山雕与徐九彪在夹皮沟合击小分队。少剑波决定将计就计，火速返回夹皮沟，准备伏击进犯的匪徒。二是向上级申请援助，希望组建跟目前小分队规模相当、由训练有素的战士兼滑雪高手组成的另一支队伍。三是严厉镇压潜入革命阵营内部、占据牡丹江市要害部门的所谓"先遣军"分子，同时，需要立即开展群众运动，巩固剿匪成果，号召和组织群众恢复生产自救。

少剑波设计火雷阵，迎头痛击妄想到夹皮沟捞便宜的徐九彪残部，又命杨子荣继续乔装胡团副诱敌深入，将徐九彪所部引入伏击圈。战斗取得了彻底胜利，徐九彪被俘。少剑波从缴获的定河道人的文件中了解到滨绥图佳党务专员及所谓"司令"，残匪一、二旅的老巢所在地。小分队经过整编和补充人员之后，踏上征剿惯匪的新征程。急行军途中，小分队遭遇暴风雪，雪深路险，此时巧遇刚从匪首马希山营盘中逃出来的李勇奇的表弟——武艺高强、为人正直的姜青山，他还带着神犬"赛虎"。在他的帮助下，小分队顺利地通过了奇险的"三关道"，征服了天险绝壁。

在革命基础较差、群众思想觉悟不高的米粮川绥芬大甸子，少剑波要求小分队每个队员务必知晓，脱离群众就是帮助敌人。少剑波夜间遭到身着朝鲜族服装的刺客行刺，姜青山发现行刺者竟然是匪首马希山手下的一个亡命徒杨三楞，他为了制造民族矛盾而乔装朝鲜族民众。杨三楞的供述解开了一直萦绕在小分队队员内心的困惑：原来小分队初次进入绥芬甸所见到的惨绝人寰的场面，与原工作队副队长于登海的叛变出卖有关。于登海向匪首透露了天大的秘密——小分队只有区区三十六人。马希山和侯殿坤对少剑波恨得咬牙切齿，妄图绞杀小分队，于是设计了所谓的"三把刀"计策，对小分队实施袭击。

面对严峻的形势，少剑波决定暂时将剿匪队变为土改工作队，宣传、组织土改运动。少剑波巧用调虎离山计，将盘踞在大中小锅盔的马希山等匪帮引向绥芬甸，而他则率领小分队捣毁其老巢，断其退路。他又利用马、侯率兵返程之际，令杨子荣带领小分队主干力量杀回绥芬甸。匪徒们被搞得晕头转向，但也无可奈何。匪首决定利用严寒的天气，固守绥芬甸。小分队坚决不让残匪获得喘息与休养的机会，决定进行袭扰；同时，伺机将其引出绥芬旬，逼迫其进入雪原冰床。小分队由于急于消灭残匪，误闯入马希山设置的伏击圈，少剑波沉着应战，指挥小分队顺利突围。小分队又与马希山和郑三炮所率领的悍匪进行了数次周旋鏖战，终于将敌人拖垮。

杨子荣侦知残匪大部逃窜方向——基密尔大草原。少剑波综合侦察所得情报，准确判断出残匪逃窜时的必经之路，与大部队合力痛歼顽匪。小分队登上天险四方台之后，彻底消灭了蝴蝶迷、马希山、侯殿坤等匪首。

小分队的剿匪任务终于完成，少剑波和他的战友杨子荣、刘勋苍、栾超家、孙达得、李勇奇、姜青山等，又信心百倍地踏上新的征途——挺进四平前线。

"新的战斗开始了！"

二 出版情况

《林海雪原》出版之后，围绕着该作品发生了诸多论争，成为当代中国小说出版界与传播史上的逸事趣闻。首先，小说初版的出版者究竟是人民文学出版社还是作家出版社？其次，《林海雪原》的出版传奇是如何缔造的？再次，《林海雪原》究竟应该聚焦革命英雄个体还是革命英雄群体？少剑波能否予以突出？第四，《林海雪原》中少剑波与白茹之间的爱情有无发生的可能？其中关于爱情的描写能否存在与保留？最后，如何评判编辑在《林海雪原》出版中的作用？……

这一系列问题的答案，需要逐一予以揭晓。

曲波创作长篇小说《林海雪原》的动机有三：首先，缅怀先烈，赞颂其舍生取义、视死如归的高尚思想境界与精神高标，总结人民革命战争最终取得胜利的根本原因；其二，对后来者尤其是青年人进行革命传统教育；其三，曲波内心苦闷的转移与升华的需要。

众所周知，曲波根据其亲身经历创作了《林海雪原》。在动笔创作之前，为了缅怀牺牲的战友，也为了教育后来人，他曾面向包括青年人在内的广大群众做过数次报告。每讲一次，不仅曲波自己的灵魂与精神获得了净化升华，而且感动了无数的听众，使他们也受到了革命文化教育。后来，他逐渐萌生了将自己与战友们当年在东北雪原密林剿匪的经历写成小说的想法。"至于我怎样写出来，纯是偶然事件。我负伤转业到地方，当党委书记，经常要对工人进行传统教育，我就讲杨子荣的战斗故事。四年中讲了七八次，越讲越精炼、集中，越叫座。……每逢佳节倍思亲，回忆当年，回到战争年代，津津有味。我想我能不能写成一本书？"[1]《林海雪原》之于曲波，还是在特定情境下书愤的产物。他因在一次工业会议上的发言触怒了主持会议的高级领导干部而碰了大钉子，被调回北京。他心中郁愤，满腔的工作热情无处释放，正好利用这个时期来进行文学创作。

曲波利用工余时间进行创作。历时一年半左右，终于完成了《林海雪原》的初稿。"我腹稿已达到相当熟练程度，人物情节都熟了，再加上当时心怀不通，如不写好，誓不罢休。"[2]《林海雪原》初稿完成之后，交给了作家出版社，得到了出版社的肯定。"写成后，没想到很快成功了，作家出版社表示很喜欢。"[3]

《林海雪原》作为一部完整的小说正式面世之前，还发生过一个小插曲。曲波将《林海雪原》的初稿交给作家出版社之后，作家出版社的编辑龙世辉就该书初稿中的有关问题向时任《人民文学》副主编的秦兆阳请益，秦兆阳看过书稿，对该书做了热情肯定，而且决定先由《人民文学》来刊发其中的部分章节。因此，该小说初版之前，先是以节选的形式刊载于《人民文学》1957 年第 2 期上，编者还就此作出了说明。"曲波同志原是一位中国人民解放军的军官，现在工业部门工作。他根据自己过去的一段亲身经历，写成了一部三十余万字的长篇小说，初步定名为'林海雪原'。小说的历史背景是：在解放战争初期，东北地区形成敌我对峙的局面，我们为了巩固根据地，发动人力物力支援解放战争，开始实行土地改革。但一部分被击溃了的国民

---

[1] 曲波：《我是怎样写〈林海雪原〉的》，《山东文学》，1981 年第 10 期。

[2] 曲波：《我是怎样写〈林海雪原〉的》，《山东文学》，1981 年第 10 期。

[3] 曲波：《我是怎样写〈林海雪原〉的》，《山东文学》，1981 年第 10 期。

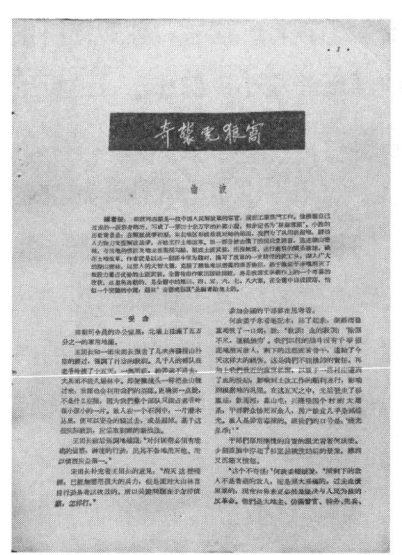

《人民文学》1957年第2期登载的《林海雪原》节选《奇袭虎狼窝》

党匪首，逃进深山密林，与当地的惯匪及地主恶霸相勾结，组成土匪武装，出没无常，进行疯狂的烧杀抢掠，破坏土地改革。作者就是以这一剿匪斗争为题材，描写了我军的一支精悍的武工队，深入广大的深山密林，以惊人的大智大勇，克服了无数难以想象的艰苦险阻，终于彻底干净地消灭了数股力量占优势的土匪武装。全书将由作家出版社出版，将是我国文学创作上的一个可喜的收获。这里所选载的，是全书中的第三、四、五、六、七、八六章，在全书中自成段落，恰似一个完整的中篇；题目'奇袭虎狼窝'是编者给加上的。"[1] 后来，经过龙世辉的认真修改加工，《林海雪原》于1957年由作家出版社正式出版。

据研究者考证，1959年9月人民文学出版社出版的《林海雪原》，"此书版权页上，赫然醒目地印着：'本书原由作家出版社于1958年7月出版，现增加了后记，由本社根据作家出版社再版本印行。'"[2] "人民文学出版社在新时期以来大量出版发行的《林海雪原》中，版权页上一致写着：'1957年9月北京第1版，1962年9月北京第2版，1964年1月北京第3版。'《林海雪原》初版时，作家出版社是人民文学出版社的副牌，把第一版记录在案，理所应当，但偏偏把1959年9月的再版本遗漏就很耐人寻味了。要知道，此版是人民文学出版社首次以该社名义出版《林海雪原》，

---

[1] 《奇袭虎狼窝》编者按，《人民文学》，1957年第2期。

[2] 李频：《龙世辉的编辑生涯——从〈林海雪原〉到〈芙蓉镇〉的编审历程》，河南大学出版社，1992年，第31页。

而'1962年9月北京第2版'正是对这一版本的矫正——把龙世辉删节的小说中的爱情描写加以复原。是不忍心触及历史的伤疤而有意忘却也罢,是无意识的粗心大意也罢,历史就是历史,留给后人的是值得探究的课题。"[1]

《林海雪原》出版之后,反响热烈。由于表现内容的传奇性与叙事手法的民族化的鲜明特征,《林海雪原》迅速被广大普通读者所喜爱和接受。"《林海雪原》初版第一次印刷五万本,投放市场不久即告脱销。读书界反应热烈,第二次印刷也在加紧进行之中。"[2]

20世纪50年代后期到70年代后期近20年的历史岁月之中,包括人民文学出版社在内的众多出版社出版该小说,其印数在不断攀升。"在《林海雪原》的传播历程中,有两个重印高峰。其一是在1978年前后,广西、安徽、浙江、四川、江苏、吉林等省的人民出版社和上海文艺出版社都曾向人民文学出版社租型重印,因版权页上没标印数,无法确定确切统计。但从百花文艺出版社一次23万册、吉林人民出版社印10万册来看,这一高峰时的总印数是相当可观的。刚刚结束十年浩劫,出版界处于青黄不接的'书荒'时期,《林海雪原》成为广大读者如饥似渴的抢手货,不足为奇。另一高峰期在1961年前后。作家出版社1957年9月第1版第1次印刷5万册。1958年6月北京第4次印刷据版权页上的印数统计是30万—40万册。1964年第7次印刷时,印数是47万1千册—52万1千册(其中精装1千册),同时版权页上赫然写着的累计印数却是156万5千5百册。由此不难看出在1958年至1964年间,出现过《林海雪原》的印制高峰。"[3]出版传奇的缔造还有其他重要原因,即"《林海雪原》出版后,被改编成话剧、连环画、地方

---

[1] 李频:《龙世辉的编辑生涯——从〈林海雪原〉到〈芙蓉镇〉的编审历程》,河南大学出版社,1992年,第31页。

[2] 李频:《龙世辉的编辑生涯——从〈林海雪原〉到〈芙蓉镇〉的编审历程》,河南大学出版社,1992年,第32页。

[3] 李频:《龙世辉的编辑生涯——从〈林海雪原〉到〈芙蓉镇〉的编审历程》,河南大学出版社,1992年,第47页。

戏曲等多种文艺形式广为流传。广大文艺工作者对文艺资源的自觉开发，同时也构成了对传播媒介的综合开发，不自觉地造成了《林海雪原》多媒体复合传播的出版优势，显然对其印数的增加有很大的影响。1961 年，电影《林海雪原》公映，无疑又是促使小说广为传播、刺激印数激增的强有力因素。"[1]

随着"文革"的结束，中国社会进入拨乱反正的新时期之后，作为爱国主义教育重要读本的《林海雪原》也在不断地被重印。

《林海雪原》初次出版之后，围绕着它的表现内容及思想倾向曾展开过大讨论。1958 年 7 月作家出版社出版、侯金镜等撰写的《〈林海雪原〉评介》与 1961 年 12 月北京出版社出版、冯仲云撰写的《笔谈〈林海雪原〉》收录了当时关于该小说的研讨商榷文章。前者包括侯金镜的《一部引人入胜的长篇小说——读〈林海雪原〉》、何其芳的《谈〈林海雪原〉》、王燎荧的《我的印象和感想》、何家槐的《略谈"林海雪原"》、龙世辉的《〈林海雪原〉的人物刻画及其他》、戈多的《大智大勇的孤胆英雄——谈〈林海雪原〉中的杨子荣》以及曲波的《关于〈林海雪原〉》等十多篇文章；后者则包括冯仲云的《评影片〈林海雪原〉和同名小说》、王冰的《历史真实不等于文学真实——读评影片〈林海雪原〉和同名小说后的感想》、章仲锷的《辞藻堆不成"英雄"》、任大心的《两种智慧——略谈杨子荣和少剑波》、田禾的《女英雄还是装饰品——从"小白鸽"谈到妇女形象的创造》、王克仲的《不能要求千篇一律——也从"小白鸽"谈妇女形象的塑造的和作品中的爱情描写》、李希凡的《关于〈林海雪原〉的评价问题》等，相较于前者，该书中所收录的商榷文章彼此观点针锋相对的意味较浓。对同一部作品，只要不打棍子，不扣帽子，见仁见智，各抒己见，也是极为正常的学术争鸣。

如果对当时围绕《林海雪原》所讨论的问题进行梳理，会发现人们的争议的主要方面有二：其一，是否可以突出少剑波？其二，爱情的描写是否必

---

[1] 李频：《龙世辉的编辑生涯——从〈林海雪原〉到〈芙蓉镇〉的编审历程》，河南大学出版社，1992 年，第 47 页。

要？"对小说的长处，各有各的品味，各有各的阐释，但对小说的缺点却是异口同声的。主要集中在'少剑波写得有些个人突出'，与此相联系，对白茹的爱情描写欠妥。王燎荧在《我的印象和感想》中明确指出，'《林海雪原》中的爱情描写部分是有问题的。有了它，不但累赘，而且损害整部小说，给人不好的印象。'删掉它对整部小说毫无影响，甚至还会有更有吸引力。'"[1]当然，也有人指出，少剑波形象的塑造与爱情描写根本无损小说的表现主题。对此，可以参考李希凡的《关于〈林海雪原〉的评价问题》与王克仲的《不能要求千篇一律——也从"小白鸽"谈妇女形象的塑造和作品中的爱情描写》两篇文章。

当年曲波将历时一年半之久创作完成的初稿送到作家出版社，该社编辑龙世辉审读之后，认为小说进行修改之后可以出版，而且意义重大。"最初展读初稿，他就从作品并不规范工整的字里行间嗅出了浓郁的传奇气息，判断出这是写革命战争英雄人物的带有浪漫色彩的传奇故事，如果及时推出来，是可以代替旧小说，取代旧的武侠小说的读者市场的。他做出了向大众传播此作品的正确编辑选择。楼适夷副社长在听取他的汇报后，信任地把整理这一书稿的编辑任务交给他，主要原因之一是赞同他对书稿的初步估价。"[2]龙世辉接受编辑任务之后，工作极其投入。"1956年8月，曲波完成了《林海雪原荡匪记》初稿，龙世辉耐心细致地审读完原稿。"他就小说的原稿与曲波进行了沟通与深入交流，他的意见也得到作者的尊重与回应。"曲波听取编辑部的修改意见后，又历时数月做了一次修改。"由于对自身写作水平的担心，曲波在送交第二稿时，也恳请出版社的编辑帮助修改，龙世辉应允了这一请求。他的热情与敬业也得到了曲波的感佩，"送来二稿时，作者自歉（谦）地表示，他只读过六年书，改起来有一定困难，恐难达到要求，只

---

[1] 李频：《龙世辉的编辑生涯——从〈林海雪原〉到〈芙蓉镇〉的编审历程》，河南大学出版社，1992年，第32—33页。

[2] 李频：《龙世辉的编辑生涯——从〈林海雪原〉到〈芙蓉镇〉的编审历程》，河南大学出版社，1992年，第32页。

好委托编辑部全权处理。出于对文学事业的热忱和工作责任心，龙世辉毅然接受了作者的委托，对书稿作了深度加工，'花了三个多月的时间，把我的全身解数都使上了'。曲波非常感激龙世辉在出版他的处女作上所付出的辛苦劳动、所贡献的艺术才华，所以在精装本赠书上特别指出'您和我的共同劳动'，以示铭记"[1]。

　　小说出版之后，曲波曾经在《北京日报》上极为真诚地向专家和普通读者表示，恳请他们不吝赐教，以便再版时进行修订。专家和普通读者都给出了他们的修改意见，其中不乏极其尖锐的批评。有的批评者指出，人物形象塑造方面，过于突出少剑波的作用，小说中的爱情描写纯属累赘等。"这话深深地触动了龙世辉心灵深处有关编辑是'文字清洁工'的敏感神经。王燎荧说《林海雪原》的爱情描写是'累赘'，'损害了整部小说'，勾起了他没有'把碎砖烂瓦废渣清除出去'的自责，他深深地感到自己作为'清洁工'的失职。因此，'文字清洁工'的心理定式潜意识地调节了龙世辉的心理活动——再版时修改《林海雪原》。"[2]但修改的过程对于龙世辉而言，无疑是痛苦的，他感到左右为难，尤其是小说中关于爱情的描写。小说初稿中原本爱情的描写并不充分，是他建议曲波进行扩充，而且作者也的确进行了扩展。在他看来，这样的扩展尤为必要，并非画蛇添足。但他又深知不进行调整又有可能存在隐患，于是只好将曾经认为小说中不可或缺的爱情描写忍痛割爱。"在充分领略了家庭的温暖之后，龙世辉并不怀疑爱情的实在性。作为共青团支部书记，在深切地感受到建国五六年来思想界政治风云的变幻、文艺界审美倾向的嬗变后，他又怀疑《林海雪原》爱情描写的可行性。初版前，是龙世辉作为助产士进一步促成了《林海雪原》的爱情描写，两年后，又要他作为刀斧手亲自扼杀他与作者共同的新生儿，这种由社会否定而引起

　　[1] 李频：《龙世辉的编辑生涯——从〈林海雪原〉到〈芙蓉镇〉的编审历程》，河南大学出版社，1992年，第34页。
　　[2] 李频：《龙世辉的编辑生涯——从〈林海雪原〉到〈芙蓉镇〉的编审历程》，河南大学出版社，1992年，第33页。

的自我否定的陡转在龙辉内心激起的可不是矛盾的涟漪，而是难以下咽的感情的苦涩。"[1]

《林海雪原》的出版、发行与传播，成就了新中国成立不久乃至当下出版界的传奇与美谈。"《林海雪原》是中国当代优秀长篇小说之一，它一出版即取得了空前的轰动效应。三十年来的奇特命运使它的历史文化价值大大增殖，甚至于超过了它自身的文学价值。编辑、作者与读者积极热烈而又持续的阅读和阐释参与，编辑、作者所顾忌和意料之外的种种社会反响一同综合反应，形成了中国当代出版史上独特的'《林海雪原》现象'：那是一个以《林海雪原》的编辑出版活动以及多次再版过程为经纬，由编辑、作者、读者三个不同的文化主体共同参与，涉及中国当代文化的传播现象。尽管称不上一种独特的出版文化形态，但比起50、60年代的其他著名小说来，更有其典型性和代表性，较多地集中了那一时代出版文化的共同特征，而且最终是中国当代文化完成了对它的雕塑。其中闪耀着中国当代文学的光芒，也点缀着中国当代文化的斑点……"[2] 该小说不仅社会反响强烈，而且在出版社内部也引起了巨大轰动。"《林海雪原》出版后，在出版社内也一时传为美谈。社长兼总编辑王任叔（巴人）听说了《林海雪原》的编辑过程后，特地从书稿档案室调出原始材料，亲自一页一页地检查、审读原稿和编辑加工情况。最后，在原稿最末一页签上评语：'应该这样改'。"[3]

"文革"期间，《林海雪原》被判处"死刑"，"文革"结束之后，在建军50周年之际，人民文学出版社重印《林海雪原》。这令曲波感慨万千："我这水平不高的《林海雪原》，也得到了起死回生。今年恰逢中国人民解放军

[1] 李频：《龙世辉的编辑生涯——从〈林海雪原〉到〈芙蓉镇〉的编审历程》，河南大学出版社，1992年，第35页。

[2] 李频：《龙世辉的编辑生涯——从〈林海雪原〉到〈芙蓉镇〉的编审历程》，河南大学出版社，1992年，第30页。

[3] 李频：《龙世辉的编辑生涯——从〈林海雪原〉到〈芙蓉镇〉的编审历程》，河南大学出版社，1992年，第33—34页。

延边人民出版社 1978 年 1 月
出版的朝鲜文版《林海雪原》

外文出版社 1980 年出版的朝
鲜文版《林海雪原》

建军 50 周年、抗日战争 40 周年，重新出版《林海雪原》，对我
这个从小就参加八路军的战士来说，是何等的鼓舞呀！"[1] "《林
海雪原》，是我在二十年前，用业余时间第一次习作，水平自然
不高，质量自然也差。当时我的政治思想、文学水平，只有这么
一点。基于热爱伟大的毛泽东时代、热爱党、热爱解放军、怀念
战友，只是忠实地记录下战友们的斗争生活罢了。现在一看，感
到不满足。尽管如此，这次出版，我还是确定按原样发表。"[2] "还
有那使我时时不忘、终生铭记和永远鞭策我前进的敬爱的周总理
和贺龙、陈毅、罗荣桓元帅等首长前辈的教诲，在我内心也更强
烈地响起。当年，敬爱的周总理亲自对我说的话：《林海雪原》，
是你创作的起点而不是终点；是你创作水平的基点，而不是高点；
开端良好，坚持下去。这又是何等有益的教导，是多么大的前进
动力呀！"[3] "今天重版《林海雪原》，使我有机会把这'起点''基
点'的习作，敬献在毛主席的英灵之前，敬献在周总理和老帅们
的英灵之前。我诚挚地希望工、农、兵同志和青少年朋友，按照

---

[1] 曲波：《林海雪原》，人民文学出版社，1964 年，第 599—600 页。

[2] 曲波：《林海雪原》，人民文学出版社，1964 年，第 600 页。

[3] 曲波：《林海雪原》，人民文学出版社，1964 年，第 600 页。

人民文学出版社 1988 年 8 月出版的《林海雪原》

人民文学出版社 2000 年 3 月出版的《林海雪原》

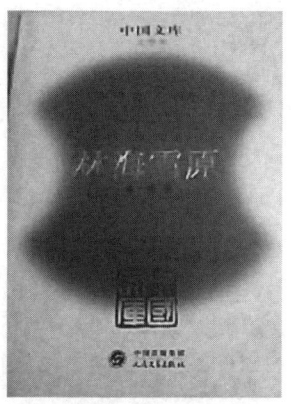

人民文学出版社 2004 年 7 月出版的《林海雪原》

人民文学出版社 2005 年 1 月出版的《林海雪原》

人民文学出版社 2009 年 7 月出版的《林海雪原》

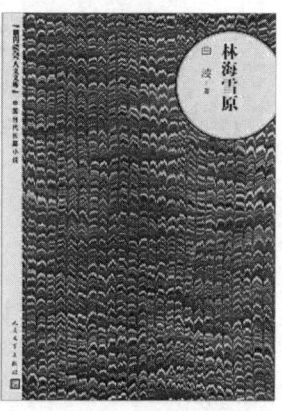

人民文学出版社 2013 年 1 月出版的《林海雪原》

人民文学出版社 2014 年 8 月出版的《林海雪原》

人民文学出版社 2018 年 5 月出版的《林海雪原》

人民文学出版社 2018 年 11 月出版的《林海雪原》

花山文艺出版社 1995 年 5 月出版的《林海雪原》

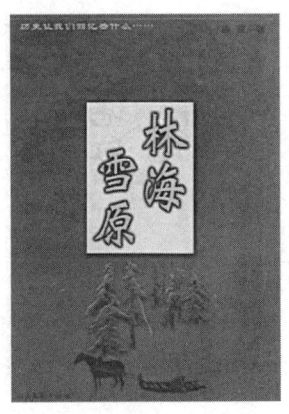

北岳文艺出版社 2001 年 4 月出版的《林海雪原》

新疆人民出版社 2003 年 11 月出版的《林海雪原》

时代文艺出版社 2009 年 5 月出版的《林海雪原》

时代文艺出版社 2011 年 4 月出版的《林海雪原》

时代文艺出版社 2011 年 5 月出版的《林海雪原》

四川少年儿童出版社 1985 年 2 月出版的节编本《林海雪原》（少年版）

河北少年儿童出版社 1996 年 8 月出版的《林海雪原精彩故事》

毛主席和周总理的一贯教导,检查、审阅、批评、指教,催动、帮助我提高。"[1]
作为蕴涵革命文化的爱国主义教材《林海雪原》，进入新时期之后，又焕发出新的生机与光彩。

《林海雪原》因其印数的庞大与其以小说之外的其他艺术形式广泛传播，成为饮誉出版界与文学创作领域的"《林海雪原》现象"。

为了适应对广大民众进行爱国主义和革命英雄主义教育的需要，进入新世纪之后，《林海雪原》出版的次数明显增加。

除了人民出版社之外，外文出版社、北岳文艺出版社、延边人民出版社、花山文艺出版社、时代文艺出版社、新疆出版社等出版社相继出版了该小说。此外，还有多种节编本及缩写本《林海雪原》。

三　其他形式的传播及意义

长篇小说《林海雪原》出版之后，好评如潮。除了小说被一版再版之外，作品还被改编成戏剧、连环画以及电影和电视剧等其他艺术形式，使得《林海雪原》妇孺皆知，强化了其传播广度和深度。这不能不说是中国当代长篇小说发展史上的一个奇迹。不同时期、不同的受众，不同的表现形式，都在传递一个共同的信息：这是一部民族化与大众化结合得比较完美、雅俗共赏的红色革命经典。

《林海雪原》还进入文学史家评判的视野，成为文学史研究的重要对象，出现在各种版本的当代文学史或20世纪中国文学通史中。如张钟等的《当代文学概观》（北京大学出版社，1980年），郭志刚等的《中国当代文学史初稿》（人民文学出版社，1980年），陈思和主编的《中国当代文学史教程》（复旦大学出版社，1999年），金汉总主编的《中国当代文学发展史》（上海文艺出版社，2002年），吴秀明主编的《中国当代文学史写真》（浙江大

---

[1] 曲波：《林海雪原》，人民文学出版社，1964年，第600页。

学出版社，2002年），魏建主编的《当代中国文学读本》（齐鲁书社，2004年）、《中国文学》（第7册）（齐鲁书社，2005年），董健、丁帆、王彬彬主编的《中国当代文学史新稿》（人民文学出版社，2005年），樊星主编的《永远的红色经典：红色经典创作影响史话》（长江文艺出版社，2008年），王泽龙、李遇春主编的《中国当代文学经典作品选讲》（华中师范大学出版社，2009年），朱德发主编的《现代中国文学史精编》（山东教育出版社，2012年）等。在众多学者所编著的这些文学史中，《林海雪原》或作为历史小说被提及，或作为专节进行专论，其独特的文学价值与意义得到了充分肯定。由于篇幅的原因，在与文学史相配套的诸多作品选中，《林海雪原》往往以"存目"的形式出现。

《林海雪原》还被作为词条，收录到各种辞典中。如蒋锡金主编的《文史哲学习辞典》（吉林文史出版社，1990年），佘树森、牛运清主编的《中国当代文学作品辞典》（北京大学出版社，1990年），张锋主编的《当代中国百科大辞典》（档案出版社，1991年），许觉民、甘粹主编的《中国长篇小说辞典》（敦煌文艺出版社，1991年），《中华人民共和国大典》编委会主编的《中华人民共和国大典》（中国经济出版社，1994年），张广明主编的《中华小百科全书·文学卷》（四川辞书出版社，1994年）等。

（一）话剧

小说《林海雪原》最早曾经进行过话剧艺术样态的改编，此次改编是由赵起扬、夏淳、梅阡、陈中宣、柏森参与的一次集体改编行为。小说被改编成四幕九场的话剧，1959年由中国戏剧出版社出版剧本。话剧剧本的改编者道出了改编的动机与初衷："《林海雪原》是为广大读者所喜爱的一部长篇小说。它不仅有引人入胜的故事、动人心弦的紧张情节，更主要的是它写出了忠于党的事业，为人民的解放而英勇斗争的英雄人物。我们看到了这部小说之后深受小说中人物的勇敢、无畏、刚毅、果敢的性格与高贵的革命品质所感动。我们觉得这些英雄是党的骄傲，是人民的骄傲。我们应该更多地宣传他们，这不但是为了纪念他们为党、为人民的革命事业所建立下的丰功伟绩，更重要的是让我们把他们作为榜样，向他们学习。难道我们今天在建设社会主义的斗争中不应该学习他们那种大智、大勇、充满乐观主义精神的革命品德吗？这正是我们企图把这部优秀的作品改编成舞台剧的动机。"[1]经过对小说全部内容的整体观照，深思熟虑之后，话剧剧本的改编者选取了小说中的"智取威虎山"一节，认为此节内容情节紧凑，富有戏剧性，也适合英雄人物形象的塑造。话剧中的英雄人物群像，改编者定位为人民解放军，"是党所培养起来的人民的军队，他们来自人民，为了人民，他们与人民之间有血肉相连的关系，这正是人民解放军的本质"[2]。他们又从群像中选取了两个重点人物：少剑波与杨子荣。"其中最为突出的是少剑波和杨子荣这两个英雄人物，我们想把少剑波不仅表现为一个有智谋有果断的优秀的军事指挥者，而且也是一个爱人民如父兄对战士们如手足的党的工作者。杨子荣是有勇有谋的孤胆英雄。我们在英雄的群像中较突出地写了这两个可爱的形象。"[3]剧本的创作群体将高波牺牲以及以李勇奇为代表的民众请求消灭座山雕为广大受害的民众报仇作为剧情的高潮来处理。出于强化矛盾冲突和突出英雄人物强烈个性的目的，将原小说中的情节进行了调整，特别是将定河道人"请上"了威虎山与杨子荣会面。当然，不仅如此，改编者还希望他们所强调的这条线，能够起到塑造反面人物的辅助作用，可谓一举两得。"这样做是为了加强敌人方面政治破坏的阴谋：我们的敌对方面不是一群普通的土匪，而是国民党匪帮插在我们腹地中的一把利刃。定河道人是'三朝元老'，一贯与我们为敌的老牌特务，他上山是有更大、更阴险的阴谋活动的。他是国民党反动头子杜聿明的代理人，这样就更增加了座山雕这个土匪的政治色彩。"[4]虽然话剧《智取威虎山》也存在着一定的问题，但它却成为后来现代京剧进行再创造的根据与参考，具有一定的启发性与借鉴价值。

---

[1] 赵起扬等集体改编：《智取威虎山》，中国戏剧出版社，1959年，第1页。

[2] 赵起扬等集体改编：《智取威虎山》，中国戏剧出版社，1959年，第2页。

[3] 赵起扬等集体改编：《智取威虎山》，中国戏剧出版社，1959年，第2页。

[4] 赵起扬等集体改编：《智取威虎山》，中国戏剧出版社，1959年，第2—3页。

（二）京剧

1. 1958 年上海京剧一团集体改编的京剧《智取威虎山》

1958 年，上海京剧院根据《林海雪原》中"智取威虎山"一节的内容并参考同名话剧，进行了现代京剧形式的改编。剧本完成之后，该剧由上海京剧团演出。剧情基本上按照小说中的情节进行结构与设置，当然，也进行了人物和情节的损益与调整，如剧本中座山雕身边多了个"玫瑰花"的角色。同时，为了增加戏剧性，突出英雄人物的主要性格，对原著中的情节的顺序进行了调整与改动，即将定河道人"请上"了威虎山。该剧剧本 1958 年 12 月由上海文艺出版社出版。剧本"前记"中写道："这是上海京剧院在'大跃进'中产生的一部比较成熟的群众创作。它是一团的许多同志根据曲波的《林海雪原》，并参考了北京人民艺术剧院的话剧本，为了排演的需要集体改编出来的。""创作的过程很短，也很长。""说它短，是指群众只用了十天工夫就赶写出了排演本的初稿。说它长，意味着整个排练过程也就是创作过程。彩排以后，正式上演以后，接受了群众和专家的意见，又做了许多次的修改。目前的定稿，和最初排练的草本，出入很大。应该说，这部群众创作，它的群众基础是十分广泛的。它集中了院内外许多艺术工作者的意见，集中了许多普通观众的意见、工人的意见、战士和指挥员的意见……"[1] 该剧共有十一场，以杨子荣智破威虎山，力擒定河老道与座山雕收尾。

编者的改编原则如下："京剧改编本虽然只选取其中'智取威虎山'一段题材，却忠实地体现了原著的精神。在进行改编工作时，始终不忘记向观众和读者着重说明这样几个问题：第一，小分队派遣侦察人员打进匪窝，探察地形和策划接应，是适应了客观形势和当前任务的迫切需要，而不是军事冒险行动；其次，小分队虽然只有三十六人，但由于他们能够使得军民关系水乳交融，他们才成为强有力的战斗部队；复次，只身入虎穴的侦察排长杨子荣无疑是贯穿全局（剧）的中心人物，但小分队获得大破威虎山的彻底胜

---

[1] 上海京剧院一团集体改编：《智取威虎山·前记》（京剧），上海文艺出版社，1958 年，第 1 页。

利，却是集体奋斗的结果，而不只是他一个人的功绩；再则，杨子荣诚然是一个'孤胆英雄'，但他应该是整个解放军优良品质的集中的体现，绝不能把他处理成为一个个人英雄主义者。""在改编工作中，得助于话剧的地方也不少。为了构成更完整的戏剧结构，把剧情更有力地推向高潮，话剧本把原著放在以后处理的反面主要人物之一定河道人请上威虎山来，一并解决了。京剧改编本承袭了这一处理方法。在话剧本的基础上，京剧改编本又增加和发展了某些情节，这其中，主要有两点。其一是按照小说原著的精神，增加了杨子荣上山以后经受敌人种种试探的情节。杨子荣以'联络图'（原著为'先遣图'）为进见礼，取得匪首的初步信任，这是完全可能的。但不等于说，老奸巨猾的座山雕一下子就会对他推心置腹、深信不疑。通过反复的试探，一方面暴露敌人的刁恶，一方面也从机智中显示出我军侦察人员高度的才能。"[1] "另一点是：话剧本处理杨子荣和定河道人最后在威虎山上碰面一场，觉得杨子荣似乎已经不再像对付栾平时那么主动，他好像只有招架之功，而无还手之力。这对这一人物的大智大勇是有所损害的。现在，京剧改编本就话剧本的基础发展了一步，找寻摧毁敌人、挽救自己的对策。"[2] 该剧演出中，李仲林饰演杨子荣，贺永华饰演座山雕，纪玉良饰演少剑波。

2. 1965 年 1 月，由上海文艺出版社出版的京剧剧本《智取威虎山》

1964 年 10 月，剧本在 1958 年版的基础上进行了修订，该剧本"内容提要"中写道："本剧是 1964 年京剧现代戏观摩演出的优秀剧目之一。这次出版的是最近修改本。书后除附录该剧演出提示和主要唱腔曲谱外，并刊有陶雄同志写的《〈智取威虎山〉的修改和加工》一文，可供研究参考。"该修订本基本尊重小说原著中的情节，与 1958 年出版的版本相比，一致之处在于均将杨子荣而非少剑波作为主要突出塑造的英雄形象，少剑波与白茹的爱情在剧中杳无踪迹。在结构上，增加了一个场次，由原来的十一场变为十二场。

---

[1] 上海京剧院一团集体改编：《智取威虎山·前记》（京剧），上海文艺出版社，1958 年，第 1—2 页。

[2] 上海京剧院一团集体改编：《智取威虎山·前记》（京剧），上海文艺出版社，1958 年，第 2 页。

最后一场中删掉了定河道人的戏，原因在于改编者认为，原来的设计虽然突出了杨子荣，却贬低了少剑波，"杨子荣在这样一种尖锐的矛盾冲突中确是显得更英雄，然而这矛盾本身却暴露出少剑波的不可饶恕的过失"[1]。同时，还删掉了原初增加的角色：试探杨子荣的"玫瑰花"——座山雕的干女儿。另外，为了扭转反面形象比正面形象戏份更足的局面，全面压缩反面人物的戏份，增加正面人物的戏码。如删减一撮毛的戏份，增加了少剑波的戏码，在第十场《整装待发》中，丰富了围绕少剑波所展开的情节与动作，"安排少剑波在紧急的时刻、复杂的情况下，沉着应付纷至沓来的困难和事变，从而更好地展示他作为指挥员的思想、作风、情怀和气度"[2]。

3. 1967 年 9 月出版的革命现代京剧《智取威虎山》

1964 年 7 月 17 日，毛泽东观看了上海京剧团集体创作的《智取威虎山》，这使该剧主创人员备受鼓舞。由于新的要求提出来，该剧又进入新的一轮改编，因此，也就有了 1967 年 9 月出版的革命现代京剧《智取威虎山》（《智取威虎山》剧组集体改编）。在其"内容提要"中写道："剧本反映的是解放战争时期，我人民解放军的一支追剿队，遵照毛主席《建立巩固的东北根据地》的指示，深入林海雪原，发动群众，消灭土匪，巩固后方，配合野战军，粉碎美蒋进攻的斗争生活。剧本突出地塑造了杨子荣、少剑波等无产阶级革命战士的英雄形象，赞扬了中国人民解放军全心全意为人民服务的崇高精神，歌颂了毛主席人民战争的伟大的战略思想。"

该版剧本中正面人物形象包括小分队与革命群众：杨子荣、少剑波、孙达得、白茹、高波、李勇奇、常宝等；反面人物包括座山雕、栾平、大麻子、塌鼻子等，没有了一撮毛与定河道人等角色。结构上进行了精简，由十二场精简到十场。分别是：第一场、乘胜追击；第二场、夹皮沟遭劫；第三场、深山问苦；第四场、定计；第五场、打虎上山；第六场、打进匪窟；第七场、

[1] 陶雄：《〈智取威虎山〉的修改和加工》，《智取威虎山》，上海文化出版社，1965 年，第 136 页。

[2] 陶雄：《〈智取威虎山〉的修改和加工》，《智取威虎山》，上海文化出版社，1965 年，第 140 页。

京剧《智取威虎山》演出剧照：童祥苓饰演杨子荣，沈金波饰演少剑波，贺永华饰演座山雕

发动群众；第八场、计送情报；第九场、急速出兵；第十场、会师百鸡宴。剧情更加集中，戏剧语言更加雅致化。

　　该剧中，杨子荣是"人类艺术史上前所未有的光辉典型，是为彻底消灭一切剥削阶级和剥削制度而英勇战斗的共产主义战士，是巩固无产阶级专政的有力武器，是'帮助群众推动历史的前进'的巨大力量"[1]。在杨子荣形象的塑造方面，主创人员"用革命的现实主义和革命的浪漫主义相结合的方法，把英雄人物放在一定历史时代革命的阶级斗争的典型环境中，从各个方面，完整、深刻地揭示体现在他世界观、思想、作风、性格气质等方面的阶级素质，表现他高度的政治觉悟，展现他内心世界的共产主义光辉"[2]。本来打入匪巢的杨子荣为了能够尽快取得匪众的信任与接纳，不得不表现出"匪气"与"江湖客"习气，但为了适应塑造顶天立地、高大丰满的光辉形象的需要，剧本的创作者必须弱化甚至抹掉英雄身上的"光斑"。不仅如此，还要刻意提升杨子荣的认识水平、革命意识、思想境界与胸怀格局。该剧在创作中明确遵循"三突出"原则："在所有人物中突出正面人物；在正面人物中突出英雄人物；在英雄人物中突出主要英雄人

　　[1] 上海京剧团《智取威虎山》剧组：《努力塑造无产阶级英雄人物的光辉形象——对塑造杨子荣等英雄形象的一些体会》，《红旗》，1969 年第 11 期。

　　[2] 上海京剧团《智取威虎山》剧组：《努力塑造无产阶级英雄人物的光辉形象——对塑造杨子荣等英雄形象的一些体会》，《红旗》，1969 年第 11 期。

物。"[1]为了进一步突出杨子荣的中心形象，人物出场与舞台位置也进行了调整。原剧中第一场结束在少剑波身上，杨子荣早已下场，而修改本则改为"以杨子荣为中心的集体亮相，造成一种绿叶扶红花的局面"[2]。

　　该剧经过不断修改之后，被确立为样板，在当时获得了极高的评价。如，上海京剧团《智取威虎山》剧组的《努力塑造无产阶级英雄人物的光辉形象——对塑造杨子荣等英雄形象的一些体会》（《红旗》，1969年第11期），新华社通讯稿《〈智取威虎山〉在两条路线激烈搏斗中诞生成长》（《文汇报》，1967年5月29日），红城的《数风流人物还看今朝——赞革命样板戏〈智取威虎山〉中杨子荣英雄形象的塑造》（《人民日报》，1969年10月25日），武齐文的《胸有朝阳笔生辉——学习革命样板戏〈智取威虎山〉艺术构思的札记》（《人民日报》，1970年2月6日），楚天舒的《无产阶级语言艺术的光辉典范——学习革命现代京剧〈智取威虎山〉的语言艺术》（《人民日报》，1969年11月24日），上海京剧团《智取威虎山》剧组的《满腔热情 千方百计——关于塑造无产阶级英雄人物音乐形象的几点体会》（《红旗》，1970年第2期），《源于生活 高于生活——关于用舞蹈塑造无产阶级英雄形象的一些体会》（《红旗》，1969年第12期），《演革命戏做革命人——纪念毛主席的光辉著作〈在延安文艺座谈会上的讲话〉发表28周年》（《红旗》，1970年第6期），左覃辉的《人类艺术史上前所未有的光辉典型——赞〈智取威虎山〉中杨子荣的音乐形象》（《人民日报》，1969年11月11日），舒浩晴的《一切为了塑造无产阶级英雄形象——学习〈智取威虎山〉舞台美术札记》（《人民日报》，1969年10月28日），北京电影制片厂《智取威虎山》摄制组的《还原舞台 高于舞台——我们是怎样把革命现代京剧〈智取威虎山〉搬上银幕的》（《红旗》，1971年第3期）等等。

---

[1] 上海京剧团《智取威虎山》剧组：《努力塑造无产阶级英雄人物的光辉形象——对塑造杨子荣等英雄形象的一些体会》，《红旗》，1969年第11期。

[2] 上海京剧团《智取威虎山》剧组：《努力塑造无产阶级英雄人物的光辉形象——对塑造杨子荣等英雄形象的一些体会》，《红旗》，1969年第11期。

外文出版社1970年出版的日文版《智取威虎山》

内蒙古自治区人民出版社1972年10月出版的蒙古文版《智取威虎山》

　　这三个版本的京剧《智取威虎山》都充分吸收了《林海雪原》初版之后提出的批评意见，即：其一，绝不突出少剑波，而是将杨子荣放到了中心位置，不仅如此，小说中杨子荣较少剑波年长，而剧本中，少剑波则与杨子荣年龄差距不大；其二，回避了小说中少剑波与白茹的爱情情节，对此进行了虚无化处理，直接处理成清爽简单的上下级关系。

　　现代革命京剧《智取威虎山》剧本自诞生之后，曾有数个出版社出版。此外，还出版了与话剧《智取威虎山》相关的音乐曲谱等，更加推动了小说的进一步传播。

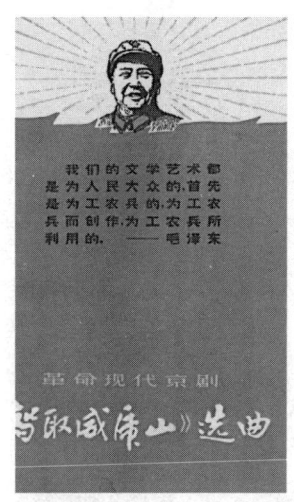

上海文化出版社 1967 年 12 月出版的《〈智取威虎山〉选曲》

人民音乐出版社 1976 年 12 月出版的民族管弦乐曲《只盼着深山出太阳》

（三）连环画

结合对少年儿童进行革命英雄主义教育的需要，《林海雪原》被绘制成连环画，主要有由罗兴、王亦秋绘制的上海人民美术出版社版、赵明钧绘制的辽宁美术出版社版和肖林、李永志绘制的河北美术出版社版。

（四）电影及电影作品

1960 年，由刘沛然执导，张勇手、王润身、张良主演，八一电影制片厂拍摄的电影《林海雪原》上映。刘沛然、马吉星改编的电影剧本《林海雪原》（又名《智取威虎山》）1961 年由北京出版社出版。电影剧本的"内容说明"中说："这部电影文学剧本是根据曲波的同名小说中的智取威虎山故事改编的。智取威虎山的战斗过程，在原小说中用了近十章，约达全书四分之一的篇幅，是小说中最主要的一个部分。写的是：中国人民解放军的一个小分队侦察员杨子荣单身深入威虎山匪巢，历经种种艰险，终于按照事先计划，与小分队里应外合，一举歼灭了这股土匪，生擒了匪首座山雕。改编的电影文学剧本，集中地表现了智取威虎

上海人民美术出版社 2017 年 7 月出版的
连环画《林海雪原》1—6

1979 年 6 月、1980 年 10 月、1982 年
3 月，辽宁美术出版社分别出版了由
赵明钧绘制的连环画《林海雪原》上、
中、下

北京出版社 1961 年 4 月出
版的电影剧本《林海雪原》

山的情节，深入刻画了杨子荣的英雄形象，对原著也做了部分的
创造和发展。"电影剧本情节与人物形象的设置方面，基本上忠
于原著而略有发展。

（五）电视连续剧

1986 年 10 月，由朱文顺执导的十集电视连续剧《林海雪原》
播出。

2004 年 1 月，由周七月编剧，李文岐执导，王洛勇、于洋、
童瑶主演的二十八集电视连续剧《林海雪原》播出。该剧中的杨
子荣并非侦察排长，而是浑身"江湖气"的炊事员，初来乍到，
小分队队员都有点看不起他。电视剧中还增加了苏联红军与小分
队产生误会的情节，同时，还原了杨子荣的原籍，即来自山东的

2004 年播出的电视剧《林海雪原》

杨宗贵。人物方面增加了一个与杨子荣曾经订过婚的女性形象槐花及其丈夫"老北风"。该剧主要表现的是杨子荣从炊事兵成长为侦察英雄、从革命战士成长为共产党员的经历。

2017 年 7 月，由金姝慧编剧并执导，李光洁、张睿、倪大红等主演的六十四集电视连续剧《林海雪原》播出。该剧是 2015 年拍摄的红色剿匪传奇电视剧，2017 年开始在山东卫视、黑龙江卫视等电视台播出。六十四集的篇幅与规模，意味着一定会扩容加戏。剧中各个山头土匪之间错综复杂的关系得到了强化，蝴蝶迷的戏份增加，还增加了一个国民党少壮派军官关毅忠。同时，剧情与原著相比改动比较大，不仅不回避表现少剑波与白茹的爱情，而且还把白茹与田副司令处理成了父女关系。"与会专家一致认为，这部六十四集的新版电视剧《林海雪原》是迄今为止对小说原著最全面、最完整的一次改编，有新意，很成功。"[1] 该剧被认为是"成功的红色经典改编"，塑造了鲜活生动的人物形象。

多种艺术形成的改编极大地促进了《林海雪原》的广泛传播，使得其更加为人所熟知。

四　思想艺术评论

（一）革命英雄主义为内核的红色叙事

早在 20 世纪 50 年代后期，研究者就指出了《林海雪原》所

---

[1]《忠于经典而不囿于经典——新版电视剧〈林海雪原〉专家讨论会综述》，《中国电视》，2017 年第 11 期。

具有的两个突出特色："充沛的革命英雄主义的豪迈感情；接近民族风格并富有传奇色彩的特色"[1]。

作为"十七年文学"中的红色叙事极其重要的代表性作品之一，《林海雪原》在思想内容方面具有鲜明的革命文学特质。小说通过少剑波、杨子荣等英雄群像的塑造，较充分地实现了作者的创作意图，表现了无产阶级战士崇高的共产主义思想境界和对人民大众无比深沉真挚的阶级情感。少剑波和杨子荣等侦察战斗英雄，其内心所思所想的是劳苦大众的切身利益，为了人民的解放，他们排除一切艰难险阻，奋力向前，牺牲生命也在所不惜。为何这些英雄能够完成常人不可能完成的任务，做出常人所不能够做出的英雄业绩？主要还是源于其宽广的革命情怀和崇高的思想境界。如杨子荣在入党宣誓前就立下了远大志向，"要把阶级剥削的根子挖尽，让它永不发芽；要把阶级压迫的种子灭绝，叫它断子绝孙"。为了实现其献身无产阶级解放伟大事业的远大志向，他出生入死，不惧危难与牺牲。"在那些战斗中，对我，对我的战友，都是一个极大的锻炼，那一年打了七十二仗。大拉子岭就是书里的威虎山，只有三户的小村。大拉子岭直径二百公里，海拔九百二十公尺，完全是原始森林，座山雕有九百人分散在山村里，杨子荣提出要深入虎穴侦察，他有共产主义情操，有坚贞的品质，我支持了他的计划。"[2]

其次，对党领导下的人民军队所取得的丰功伟绩的讴歌与革命英雄主义的赞颂。作为人民解放军中曾经的高级指挥员，曲波了解这支人民军队为了中华民族的解放和劳苦大众的幸福浴血奋战、敢于亮剑的鲜明特质。这也是党领导下的人民军队与历史上一切旧军队最本质的区别之一。不惧艰险，不讲条件，不计得失，不谋私利，一切为了人民的彻底解放和民众福祉安康，舍生忘死，英勇牺牲，一定要表现之，歌赞之，颂扬之，传承之，成为作者创作《林海雪原》的初心。"人民解放军，斗争于山区，斗争于平原，斗争

[1] 侯金镜：《一部引人入胜的长篇小说——读〈林海雪原〉》，《文艺报》，1958 年第 3 期。

[2] 曲波：《我是怎样写〈林海雪原〉的》，《山东文学》，1981 年第 10 期。

于交通线，也斗争于海滨湖畔，同时也斗争于林海雪原。在林海雪原这个特殊的斗争环境里，有着特殊的艰苦与困难，但在党的领导下，它们终于被我们一一战胜和征服了，并终至歼灭了最狡猾毒辣的敌人，保护了土改，巩固了后方，发动了群众，得以大力支援前线，成为当时解放战争全局中的一个小小的但是不可缺少的组成部分。在这场斗争中，有不少党和祖国的好儿女贡献出了自己的生命，创造了光辉的业绩，我有什么理由不把他们更广泛地公诸于世呢？是的，应当让杨子荣等同志的事迹永垂不朽，传给劳动人民，传给子孙万代！于是我便产生了把林海雪原的斗争写成一本书，以敬献给所有参加林海雪原斗争的英雄部队的想法。"[1] 共产党员是特殊材料锻造的，共产党领导下的军队亦是如此，他们具有攻无不克、战无不胜的特质。之所以无往而不胜，除了党的正确领导和细致的思想工作之外，还源于其独具的革命英雄主义精神。小说中以少剑波、杨子荣、栾超家、孙达得、高波等为代表的英雄群体正是能够鲜明体现出革命英雄主义精神的杰出代表。"在党的英明领导和亲切关怀下，在当地群众的大力支持下，在这场突破险中险，历经难中难，发挥智上智，战胜魔中魔的斗争中，使我们的意志锻炼得更坚强了，在军事技术和战术上，我们压过了敌人，战胜了敌人，直至将匪徒消灭。在斗争中，战士们高度发挥了我军艰苦奋斗的优良传统，战胜了常人所难以忍受的艰苦，克服了想象不到的困难，在零下三十八度到四十度的雪海里，侦察奔袭，斗智斗力。有时我们在石洞里睡觉，和野兽为邻；有时钻在雪窖里休息，以雪为衾。跨谷飞涧，攀壁跳岩，突破神话般的天险，战士们发挥了大智大勇、孤胆作战的奇能。"[2] 人民军队的指战员，由于把人民的利益放在首位，因此，心地无私天地宽，能够忘我地冲锋在前，奋勇杀敌。他们为了人民的利益可以做到赴汤蹈火，不畏艰难险阻，可谓刀山敢上，虎

[1] 曲波：《关于〈林海雪原〉——谨以此文敬献给亲爱的读者们》，《林海雪原》，人民文学出版社，1964年，第585页。

[2] 曲波：《关于〈林海雪原〉——谨以此文敬献给亲爱的读者们》，《林海雪原》，人民文学出版社，1964年，第583页。

穴敢闯，敢于牺牲，其伟大精神如日月一样，熠熠生辉，彪炳史册。

再次，对林海雪原神话风俗与丰饶物产的表现。小说将流传在林海雪原的专属东北地区的神话传说进行了述说，如灵芝姑娘与狄英儿的奇说异闻、仙女洞的由来、李鲤及"李鲤鸟"的命名，都充满了神秘主义色彩。李鲤姑娘名字的由来十分神奇，据说她出生的那一天，她的父亲从江中所打到的全是鲤鱼，没有一条例外，因此，家人给她起名为李鲤。长大成人之后，李鲤成为远近闻名的神箭手。心地善良的李鲤姑娘曾救助被恶鹰掳掠的小鸟，小鸟为了报恩，帮助李鲤摆脱了生命危险。李鲤不惧邪恶势力，勇斗恶人江堵；她射穿四方台，将肆虐的江水引向镜泊湖。父母过世后，李鲤姑娘为父母守墓并最终化为石头。人们感念她的开山辟路之功，为她修筑了李鲤宫。小说还表现出对祖国东北地区的壮美河山与丰饶物产的由衷赞美。茂密的林海、无垠的雪原虽然是完成剿匪任务的巨大障碍，但小分队却对祖国的高天厚土、崇山峻岭、大河大江、林海草甸充满了别样的热爱之情。因为雪原上居住着勤劳朴实的民众，作为人民的子弟兵，没有理由不热爱人民大众，更没有理由不热爱祖国的壮美河山与广袤的大地。林海里蕴藏着无数的奇珍异宝，驰名中华、誉满九州的"东北三宝"——人参、貂皮、乌拉草自不必说，还有神秘的"还童茶"与鹿胎膏，更有大自然馈赠的飞禽走兽做成的美味：烩大锅鸡、多料鸡杂汤、软捶野鸡胸……还有所谓的"棒槌"——当地人俗称人参为"棒槌"，因此，也就称采参的人为"抠参挖棒槌的"。由此，可以深切地感受到小说中所洋溢着的浓厚的爱国主义激情。

最后，尤为值得一提的是，小说还展示了战火中美好而感人的革命者的爱情，这在当时红色叙事类型的小说作品中并不多见。少剑波与白茹在战斗的间隙，迸发出了美丽的爱情火花。本来就比较熟悉的两位革命战友"小白鸽"与年轻的首长"二〇三"，日久生情，彼此相爱。"白茹心里那颗种子——剑波的英雄和灵魂，像在春天温暖的阳光下，润泽的春雨下，萌生着肥嫩的苗芽。这苗芽旺盛得什么力量也抑制不住。可是她又不敢向剑波吐露她的心。因为她知道剑波现在并没有了解她的心。她也不了解剑波能不能接受她的心。

在她看来剑波好像晴朗的天空中一轮皎洁的明月，他是那样的明媚可爱，但又是那样的无私公正。她总想把他的光明收到自己怀里，独占了他，可是他总像皎洁的月光一样普照着整个的大地上所有的人，不管是有意赏月的人和无意赏月的人。"[1]加入剿匪小分队之后，白茹有更多的时间与少剑波相处，心中对他的爱就更加不可抑制。"半个月来，她老是偷偷看着剑波，她的心无时无刻不在恋想着剑波，就好像是生活中不可缺少的空气一样。她沐浴在幸福而甜蜜的爱的幻想中。她爱剑波那对明亮的眼睛，不单单是美丽，而且里面蕴藏着无限的智慧和永远放不尽的光芒。他那青春丰满的脸腮上挂着的天真热情的微笑，特别令人感到亲切、温暖。她甚至愿听到剑波那俏爽健壮的脚步声，她觉得这脚步声是踏着一支豪爽的青年英雄进行曲。"[2]一直忙于思索谋划侦察打击残匪战斗的少剑波原本无暇顾及儿女情长，但爱情还是不可遏制地到来了。"少剑波的心忽地一热，马上退了出来，脑子里的思欲顿时被这个美丽的小女兵所占领。二十三岁的少剑波还是第一次这样细致地思索着一个女孩子，而且此刻他对她的思索是什么力量也打不断似的。"[3]随着剿匪行动的节节胜利，两人爱情之花的蓓蕾也逐渐孕育，含苞待放，最终香气氤氲。他们彼此之间，已经达到了心灵的高度默契。"白茹收拾着手里的药包，心里却涌出无限的甜蜜。因为她特别愿听到剑波对她好像不耐烦、不客气的话。在她看来，剑波越是这样，越表现了他对她无隐讳不拘束的真情。她深知剑波这个性格，除非是对他最亲近的人，他绝不会有这样态度的。……现在剑波这种粗直的声音，有时甚至是训斥管教的声音，在白茹听来，内中都渗透满了'你是我的，我怎么说你都成'这样一种含义。愈想到这些，使她内心愈觉得甜蜜。"[4]

（二）中国风格与中国气派的传奇化叙事特征

[1] 曲波：《林海雪原》，人民文学出版社，1964年，第121页。

[2] 曲波：《林海雪原》，人民文学出版社，1964年，第121页。

[3] 曲波：《林海雪原》，人民文学出版社，1964年，第329页。

[4] 曲波：《林海雪原》，人民文学出版社，1964年，第448页。

小说在艺术方面亦取得了巨大的成就。首先，革命的现实主义和革命的浪漫主义相结合的表现手法。作者曲波是东北牡丹江地区剿匪行动的亲历者，"这几年来，每到冬天，风刮雪落的季节，我便本能地记起当年战斗在林海雪原的艰苦岁月，想起1946年的冬天"[1]。"我在牡丹江剿了一年土匪"，"那一年打了七十二仗"[2]。"省委和军区便研究了剿匪歼敌的新战法，确定组织小分队进山，实行小群动作，边侦边打，侦打结合。我和我的战友们，便承担了一部分党所给的这项光荣而艰巨的任务。在牡丹江周围，东至绥芬河、东宁，西至亚布洛尼、苇河，南至镜泊湖、额穆索，北至方正、土城子的这片广大地区的林海雪原里，和许家父子、马希山、座山雕、李德林、谢文东等匪军，号称几个旅的匪首展开了周旋。"[3]因此，小说中的情节都是现实中战斗经过的反映，作品中的人物形象，无论是英雄还是匪首，现实生活中都实有其人。小说中所表现的小分队五个月左右的林海雪原生活，如初到九龙汇、杨子荣智识小炉匠、刘勋苍猛擒刁占一、蘑菇老人神话奶头山、栾超家跨谷跳涧修"天道"、追踪一撮毛、夹皮沟收服李勇奇、杨子荣打虎上山"献礼"、舌战小炉匠、盛布酒肉兵、孙达得雪地长途联络、高波二道桥桥头大拼杀、小分队除夕驾临威虎山百鸡宴、将计就计打九彪、巧遇姜青山和赛虎、少剑波遭袭受伤、火烧大锅盔、"切屁股割尾巴"战斗、刘勋苍夜炸槽头马、林海雪原大周旋、陈振仪三人智救群众、伏击残匪大部、惯匪头子逃脱、少剑波再次请求由小分队来完成搜剿抓捕任务等等情节，大部分是现实剿匪行动中所发生的事件。除了杨子荣、高波之外，其他人物形象亦有生活原型。"力大无穷、勇冠三军的张继尧、迟宜芝、刘蕴苍；浑厚朴实、勤勤恳恳、坚韧不拔，只知'干！干！干！'的孙大德、初洪山；诙

---

　　[1] 曲波：《关于〈林海雪原〉——谨以此文敬献给亲爱的读者们》，《林海雪原》，人民文学出版社，1964年，第581页。

　　[2] 曲波：《我是怎样写〈林海雪原〉的》，《山东文学》，1981年第10期。

　　[3] 曲波：《关于〈林海雪原〉——谨以此文敬献给亲爱的读者们》，《林海雪原》，人民文学出版社，1964年，第582页。

谐乐观、有勇有谋的栾超家……"[1]都成为曲波所要塑造和表现的众多对象，作家只不过在现实生活的基础之上，进行了艺术化的概括、提炼与加工，再辅以合理的艺术想象，完成了作品的创作。艺术的提炼、加工与升华，使得情节更加紧凑，人物形象的性格特征更加鲜明，更具有理想化的色彩。"翻开了《林海雪原》读不上几个篇章，你就会被作者的笔带进到那莽莽雪原丛山密林的环境里去，被那个英雄的小分队的勇猛神奇的侦察战斗故事紧紧地吸引住。惊险的情节一峰高过一峰，神奇的侦察故事一个胜似一个。'跨谷飞涧，奇袭虎狼窝'，那浓郁的传奇色彩，已经很动人了，而当'杨子荣献礼''杨子荣盛布酒肉兵''逢险敌、舌战小炉匠'等孤胆英雄深入虎穴的章节呈现在你眼前的时候，你会感到《林海雪原》的富有传奇性的革命浪漫主义的艺术特点，在这些章节里更得到了发扬。"[2]

其次，中国作风与中国气派——小说民族化与大众化的特色显著。曲波熟谙中国传统小说情节设计与人物形象塑造的手法，因此，在小说的创作过程中他非常注意借鉴传统的写作技法与表现技巧，这使得《林海雪原》具有突出的中国作风与中国气派；他又充分注意到当时普通读者的文化水平，尤其注意表述与表现方式的民族化与大众化。"在写作的时候，我曾力求在结构、语言、人物的表现手法及情与景的结合上都能接近民族风格，我这样做，目的是要使更多的工农兵群众看到小分队的事迹"；"叫我讲《三国演义》《水浒》《说岳全传》，我就可以像说评书一样地讲出来，甚至最好的章节我还可以背诵。这些作品，在一些不识字的群众间也能口传。因此看起来工农兵群众还是习惯于这种民族风格的"[3]。因此，曲波在人物形象的塑造方面，充分注意到人民大众的期待视野和接受习惯，虽然也会运用心理描写，但他

---

[1] 曲波：《关于〈林海雪原〉——谨以此文敬献给亲爱的读者们》，《林海雪原》，人民文学出版社，1964年，第583页。

[2] 李希凡：《关于〈林海雪原〉的评价问题》，《北京日报》，1961年8月3日。

[3] 曲波：《关于〈林海雪原〉——谨以此文敬献给亲爱的读者们》，《林海雪原》，人民文学出版社，1964年，第588页。

更看重的还是用传统的动静结合的描写方法，来完成对人物形象的塑造。同时，注重人物形象的外貌描写，如对七十多岁的老人"棒槌公公"——长白山"活地图"的刻画："雪花飘扬中，一匹白马缓步而来，上面坐着一个老人，头戴大风帽，身披山羊皮大衣，脚穿一双黄澄澄毛茸茸的鹿皮长筒靴，肘挂一支细筒长烟袋，双目炯炯，满面披笑。"[1] 在正反面人物形象的塑造方面，使用扬抑有所区别的手法，对正面人物多正面歌赞，反面人物则进行漫画式的丑化。如对许大马棒和蝴蝶迷的描写："身高六尺开外，膀宽腰粗，满身黑毛，光秃头，扫帚眉，络腮胡子，大厚嘴唇。"[2] "要论起她的长相，真令人作呕，脸长得有些过分，宽大与长度可不大相称，活像一穗苞米大头朝下安在脖子上。她为了掩饰这伤心的缺陷，把前额上的那绺头发梳成了很长的头帘，一直盖到眉毛，就这样也丝毫挽救不了她的难看。还有那满脸雀斑，配在她那干黄的脸皮上，真是黄黑分明。为了这个她就大量地抹粉，有时竟抹得眼皮一眨巴，就向下掉渣渣。牙被大烟熏得焦黄，她索性让它大黄一黄，于是全包上金，张嘴一笑，晶明瓦亮。"[3] 小说中对许禄的刻画也采用了同样的手法："生了一个鹰嘴鼻子，一对猴眼睛，两条细细的罗圈腿。"[4] 在环境的描写方面，也非常注意采用中国传统小说夸张与对仗的叙述手法，"老爷岭，老爷岭，三千八百顶，小顶无人到，大顶没鸟鸣。"这是民间形容老爷岭的话，"真是山连山，山叠山，山外有山，山上有山，山峰插入云端，林梢穿破了天。虎啸熊嗷，野猪成群，豹哮鹿鸣，黄羊结队，入林仰面不见天，登峰俯首不见地"[5]。这种表述既让普通读者感到熟悉与亲切，也同时能产生较好的艺术效果。

再次，塑造了英雄群像。第一，刻画了少剑波这一年轻干练、在战火中

[1] 曲波：《林海雪原》，人民文学出版社，1964 年，第 549 页。

[2] 曲波：《林海雪原》，人民文学出版社，1964 年，第 24 页。

[3] 曲波：《林海雪原》，人民文学出版社，1964 年，第 23 页。

[4] 曲波：《林海雪原》，人民文学出版社，1964 年，第 25 页。

[5] 曲波：《林海雪原》，人民文学出版社，1964 年，第 87 页。

不断淬炼并逐渐走向睿智成熟的解放军团级领导者的形象。少年时代的少剑波在姐姐的影响下，较早受到共产主义思想的影响。抗战爆发之后，他加入了活跃在山东烟台的武工队，开展对敌斗争，并在战斗中逐渐成长起来。后来他随大部队开赴东北，参与到开辟解放区的火热斗争之中。得知包括姐姐萧县长在内的革命同志被悍匪残忍地杀害之后，少剑波义愤填膺，主动请缨，率领小分队肃清残匪，保卫土改的胜利果实。在他的指挥之下，小分队先后消灭了许大马棒、座山雕、马希山、谢文东等匪帮。作为高级指挥员，少剑波一方面熟谙战略战术，胆大心细，能够根据具体的战斗情境决定不同的战法与打法，将"调虎离山""将计就计""明修栈道，暗度陈仓""声东击西""欲擒故纵""以逸待劳"等中国传统的三十六计运用施展得出神入化；另一方面，他不仅熟悉党的群众路线，而且也深知民心向背乃是取得战争胜败的根本之所在，因此，每到一处，无论是在夹皮沟，还是在绥芬甸，他都能够做到依靠群众、发动群众，组织群众开展斗争，并因真心实意为群众排忧解难，从而赢得民众的支持与拥戴。他沉着冷静，临危不乱，颇具大将风度。如在被数倍于己的匪军包围的危急关头，他从容淡定，应对裕如。"这个年轻的指挥员，在四倍以上的敌人面前，在几乎是四面被围的情况下，在密集的火力网笼罩下，他像一座坚固难破的岩石，像一株冰霜不惧的青松，不慌不忙地指挥着。因为他知道：在这个时刻里，他任何一点慌张都会使战士们失去斗志，失去沉着，失去胆量。他必须沉着，只有这样才配称是一个人民解放军指挥员，也才配称共产党员。"[1] 当然，小说并没有将少剑波塑造成天神一样的英雄，他也有人的缺点，比如高波的牺牲，他负有一定的责任；群众遭遇伏击，说明他亦有遇事考虑不周之处。他同样具有普通人的七情六欲，只不过他更能够严格要求自己，尤其是处理与白茹之间的爱情——为了革命事业，为了剿匪的成功，他努力抑制着对白茹的爱。

第二，孤胆英雄杨子荣。杨子荣无疑是小说中最为生动和最具传奇色彩

---

[1] 曲波：《林海雪原》，人民文学出版社，1964 年，第 489 页。

的英雄形象。他具有极高的思想境界与革命觉悟。他之所以能够如此，除了党的教育之外，还有一个重要的原因，即他苦大仇深的经历——他与地主阶级有着不共戴天的血海深仇。杨子荣的家破人亡与地主恶霸的欺压霸凌有着直接关系，父亲被地主杨大头及其打手羞辱殴打致死，母亲因此积怨成疾而病逝，妹妹又不知被地主卖到何处。地主家遭遇过一场大火，杨子荣被疑为纵火者，遭受毒打与刀砍，若不是好友搭救，他早就成了孤魂野鬼。抗战爆发后，他加入了八路军，抗击侵略者。如果说杨子荣最初参加队伍还带有复仇的本能及自发性，那么经过党的教育和革命队伍大熔炉的冶炼以及革命斗争的锤炼锻造，他的思想觉悟获得了极大提高。"这仇人的概念在杨子荣的脑子里，已经不是一个杨大头，而是所有压迫、剥削穷苦人的人，他们是旧社会制造穷困苦难的罪魁祸首，这些孽种要在我们手里，革命战士的手里，把他们斩尽灭绝。"杨子荣光荣地加入了中国共产党，他立志要将无产阶级革命进行到底。作为无产阶级战士，无论遇到何种情况，都必须将党和群众的利益放在第一位。同时，在凶险无比的剿匪战斗中，他斗志昂扬，毫不退缩，永不妥协。正是源于崇高的思想境界，他才能够只身涉险，深入虎穴。这种"明知山有虎，偏向虎山行"的神勇之气，并非一时逞强好胜，而是经过长期的斗争获得了超乎常人的随机应变能力。"杨子荣同志之所以有这样的大智大勇，我想用他自己的话来说明。他在入党宣誓的前夜曾这样说：'天下的地主是一个妈，天下的穷人是一家，我老杨这条枪和我的这条命，一定跟着党打出一个共产主义社会来！要把阶级剥削的根子挖净，使它永不发芽；要把阶级压迫的种子灭绝，使它断子绝孙。'"他是"有坚定的阶级立场，又有着远大奋斗理想的共产主义战士，他对我们的阶级事业赤胆忠心，将生死置之度外"。他说："为人民的事业生死不怕，对付敌人就一定神通广大。"正是因为对人民有着赤诚的爱与真挚的情，他才能够"敢想敢干，想得透彻，干得坚决。大勇基础上的大智，大智指导下的大勇"。[1] 杨子荣不愧是人

---

[1] 曲波：《关于〈林海雪原〉——谨以此文敬献给亲爱的读者们》，《林海雪原》，人民文学出

民军队英雄群体中的杰出代表。

"万马军中一娇娜"的白茹，是军中的白衣天使。十八岁的白茹因小山子战斗中火线勇敢救助多名伤兵而被擢升为护士长，主动请缨加入剿匪小分队。她向首长自荐自己是特殊材料做成的共产党人，具有高度的政治觉悟与钢铁般的意志。"她很漂亮，脸腮绯红，像月季花瓣，一对深深的酒窝随着那从不歇止的笑容闪闪地跳动。一对美丽明亮的大眼睛像能说话似的闪着快乐的光亮。两条不长的小辫子垂挂在耳旁。前额和鬓角上飘浮着毛茸茸的短发，活像随风浮动的芙蓉花。"她能歌善舞，性格乐观奔放，灵动开朗。"舞起来体轻似鸟，唱起来委婉如琴。她到了哪里，哪里便是一片歌声一片笑。她走起路来清爽而灵巧。她真是人们心目中的一朵花。因为她姓白，又身穿护士服，性格又是那样明快乐观，每天又总是不知多少遍地哼着她最喜爱的和她那性格一样的'飞飞飞'的歌子，所以人们都叫她小白鸽。"她像男兵一样不畏严寒的天气，更不惧枪林弹雨，勇气可嘉。她的英勇无畏既赢得了战友们的肯定，也赢得了少剑波的爱情。她不仅在战场上勇敢无畏，在追求爱情方面同样大胆主动。"白茹总想在这人静的当儿，多和他谈谈，因为在袭击奶头山剑波题词时，白茹已放出了对剑波这条羡爱的情线，以后她又尽了不少的努力。尽管这样，可是这条线总是一直头在空中飘荡，从今天剑波那不自然的表情中，她已确信剑波已经在伸手接住这线飘荡的那一头，所以她就想很快地把线拉得更紧。"白茹急欲跟少剑波挑明彼此之间的关系，"我看好了一个人，或者说我爱上他，更确切一点说，我倾心地热爱他，他全身从容貌到灵魂，从头上到脚下我没有一点地方不爱他的，在我看来他简直是天下第一人"。[1] 最终，由于她的杰出与优秀，少剑波终于意识到她不仅是自己的革命同志，更是革命伴侣。

复次，小说在人物形象塑造方面，采用衬托的手法突出人物形象的主要

版社，1964年，第583页。

[1] 曲波：《林海雪原》，人民文学出版社，1964年，第339页。

性格特征。对反面人物形象并未进行脸谱化的简单处置，如对定河道人、座山雕以及马希山等匪首之类的人物形象进行塑造时，较多地突出了他们阴险狡诈、诡计迭出的特质。这并非在表现其非等闲之辈，而是意在凸显主要人物形象少剑波与杨子荣的沉着睿智。这正是运用了中国传统小说中习见的"魔高一尺，道高一丈"的反衬手法。

总之，《林海雪原》之所以能够被广为传颂，既源于曲波为人民军队中革命英雄树碑立传的初心，也源于其深沉的爱国主义情感；既源于其所着力弘扬的蕴涵革命文化特质的英雄主义主题的宣示，也得力于其民族化、大众化相结合的鲜明的中国风格与中国气派。

作者简介：

    梁斌（1914—1996），出生于河北省蠡县梁家庄，原名梁维周，笔名梁斌、

雨花、梁文彬等。1925年考入县立高小，受其老师的影响，开始接受新思想。

1930年考入保定第二师范学校，参加过爱国学潮运动，并亲历"高蠡暴动"。

1933年加入左联，以"雨花"的笔名公开发表了第一部作品《农村的骚动》，

并产生了创作《红旗谱》的愿望。在抗日战争和解放战争期间，参加地下革

命斗争，并担任中共高蠡县县委领导职务。中华人民共和国成立之后，先后

担任河北省文联主席、河北作家协会主席等职。1953年开始《红旗谱》的创作，

1957年出版第一部，1963年第二部《播火记》出版，1983年第三部《烽烟图》

出版。1978年出版长篇小说《翻身记事》。1996年6月病逝于天津。

《红旗谱》：革命时代下农民英雄的赞歌

程孝阳

　　1957 年，小说《红旗谱》横空出世，被视为中国新文学创作的重大收获。小说塑造的以朱老忠为代表的农民英雄形象，以及展现出的波澜壮阔的革命斗争历史，激励了一代又一代人，即便在当下，读者也依然会为小说中表现出的革命理想主义而感动。梁斌青少年时期便投身革命，参与过"保定二师学潮"，见证过"高蠡暴动"，这样的革命经历让他在 1935 年便写出了反映"高蠡暴动"的短篇小说《夜之交流》，此后又创作了《三个布尔塞维克的爸爸》《抗日人家》等小说，以及《千里堤》《五谷丰收》等话剧，而这些作品中，多多少少都能看到《红旗谱》的影子。梁斌很早就开始构思《红旗谱》，前后动笔三次，但都因为各种原因未能继续，直到 1953 年，他才真正开始动笔书写这部小说。在创作的过程中，梁斌每天都要写作十个多小时，有些时候连吃饭都会忘记。他甚至为了写这部作品，先后辞掉武汉日报社社长、中央文学研究所机关支部书记、天津市副市长等职。1956 年，梁斌将《红旗谱》书稿交给了中国青年出版社，萧也牧等人读过之后给予高度评价，并提出许多中肯的意见。梁斌修改书稿之后，这部作品终于在 1957 年由中国青年出版社出版。

一　故事梗概

　　清末民初，在冀中平原滹沱河畔的锁井镇，平地一声雷，狠心的地主恶霸冯兰池为了侵吞四十八村的公产，要阴谋砸碎作为凭证的古铜钟。消息传开，群情激愤，但是无人敢出头。这时朱老巩站了出来，他极其不满冯兰池的所作所为，决心要代表四十八村出头拼命。滹沱河畔的千里堤上，朱老巩挥着明晃晃的铡刀，在严老祥等人的支持下，为保护古铜钟与冯兰池等人展开了激烈的交锋。眼看古铜钟砸不成，冯兰池请来了绰号严大善人的严老尚，使了一招调虎离山，趁严老尚与朱老巩、严老祥吃饭，成功砸了古铜钟。明白上了当的朱老巩悲愤交加，口吐鲜血，不久就含恨离开人世。朱老巩死后，冯兰池为了斩草除根，命人强奸了他的女儿致使其自杀身亡，而他的儿子小虎子也被逼远走关东。

　　三十年后，当年的小虎子已经长大，成了朱老忠，他带着自己的妻子和两个儿子大贵、二贵，怀着强烈的复仇之心踏上了心心念念的故乡大地。在保定火车站，他碰上了童年好友严志和。严志和不堪现人称冯老兰的冯兰池的欺压，正准备去关东找早已离开的父亲严老祥。他告诉朱老忠，冯老兰拉起民团，靠抢逃兵的骡子车和洋面来发洋财，逃兵请回一个团，架起大炮，强迫他赔偿五千大洋，他却把这钱分摊到锁井镇穷苦百姓的头上。为此，朱老明联合了二十八户穷人告状，官司从县里打到北京大理院，也输到大理院，最后穷人们输了个稀里哗啦。迫于冯老兰的势力，严志和一心想要逃走。朱老忠劝说严志和，天塌下来，有他朱老忠接着，大丈夫报仇十年不晚，他非报这血海深仇不可！于是严志和便和朱老忠一起回了锁井镇，并帮朱老忠安了家。朱老忠还乡的消息传到西锁井，也立时传到冯家大院。冯老兰后悔当年斩草未除根，留下了祸患。而他念过大学法科的儿子冯贵堂却试图以资本主义的一套理论来取代冯老兰的陈旧思想，主张对村民们施些小恩小惠，妄图以此来安抚朱老忠等人的反抗情绪。

这一年的秋天，严志和的大儿子运涛、二儿子江涛和大贵、二贵在地里劳动时，抓到了一只非常名贵的脯红鸟。运涛决定把鸟卖了，买辆车或者买头牛，给朱、严两家一起使用，还拜托与他彼此倾慕的春兰绣了一个非常漂亮的蓝布笼子罩儿。等收完秋、打完场，运涛带上江涛，大贵带上二贵，提上套了蓝布罩儿的笼子，准备进城将鸟儿卖掉。不巧在大十字街上，冯老兰却看上了这只鸟，大贵识破他的诡计，众人带着鸟终于来到了城里。这时冯老兰又费尽心机来捣乱，一心想要夺脯红鸟，却最终失败。诡计未成的冯老兰气急败坏，打算伺机报复。第二年正月，运涛和大贵上西锁井看戏，不料被冯老兰指使的人抓了壮丁。朱老忠明知是报复，却也无能为力，只能压抑住心中的怒火，让大贵去当兵。

第二年春天，出外做工的运涛偶然结识了中共地下县委书记贾湘农，他早就听说过共产党是"穷人党"，可是没有见过。在贾湘农的循循善诱之下，运涛终于明白了一些革命的道理。朱老忠听说运涛结识了贾湘农，鼓励运涛继续去找他，并告诉运涛："你要是扑到这个靠山，一辈子算是有前程了！"从此，运涛每逢星期日便到贾湘农家里去，跟着他学习革命道理，并且回到村里继续宣传革命。与他相爱的春兰还大胆地穿上绣有"革命"二字的怀襟去赶庙会，人们开始善意地调侃两人之间的感情，两人的感情也越来越好。心怀不轨的冯老兰早就想要娶春兰"做小"，他偶然发现两人在瓜园里的亲昵行为，便乘机向春兰的父亲老驴头告状，并差遣走狗李德才上门提亲，不料被老驴头断然拒绝。冯老兰的无耻行为引起了大家的强烈愤怒。

此时，大革命愈演愈烈，运涛受贾湘农的派遣，背着家人南下参加了北伐军。临行，他偷偷与春兰辞别，二人依依不舍，共同立下海誓山盟。运涛的不辞而别让严志和、朱老忠十分担忧，也让村里人十分想念。这时，江涛在贾湘农的帮助下已经在县高小学堂读书，并在贾湘农的领导下参加了群众运动，抵制英国货、日本货，进行罢工罢课，反对帝国主义屠杀工人领袖顾正红。在这种氛围之中，江涛有了强烈的入党愿望，此后便在贾湘农的指导下认真读起书来。运涛也终于在两年后给家里寄来了第一封信，他告诉了家里人北伐军节节胜利的大好消息，并说自己已经成了见习连长，朱老忠、严志和、江涛、春兰等人得知消息后兴奋异常。此后，江涛加入了共产主义青年团，高小毕业那年春天，贾老师鼓励他报考具有革命风气的官费学校——保定第二师范。虽然父亲严志和因为经济原因极力反对，但运涛还是在朱老忠的支持下，顺利考上保定第二师范并入学。从此，江涛就在保定读起书来，并认识了开明知识分子严知孝的女儿——严萍。

1928 年秋天，许久没有音信的运涛突然给家里寄来一封信，严志和喜出望外。但是没有想到这封信带来的却是令人心碎的消息：运涛在去年四月国民党大清党运动中被捕了！运涛告诉家人，他现在被关押在济南的模范监狱中，希望严志和和江涛去看看他。失去了主心骨的严志和请求朱老忠帮忙，然而祸不单行，得知孙子被捕的运涛奶奶急火攻心，撒手人寰，探监之事只能暂且搁下，严志和得先处理丧事。出殡回来的当天下午，严志和为了探监，便将自己异常珍惜的二亩宝地卖给了冯老兰。这一系列事件使得严志和精神几近崩溃，一病不起，探监之事也只好交给朱老忠和江涛。朱老忠和江涛徒步来到济南，终于见到了以政治犯罪名被判无期徒刑的运涛。三人相见，既喜又悲。运涛得知奶奶过世之后十分难过，他嘱托江涛："今后的日子，只有依靠你了！你要知道，哥哥是为什么落狱的。"江涛内心十分悲愤，决定斗争到底。临走，他们再一次见了运涛，运涛告诉他们，蒋介石背叛了革命，作为一名真正的共产党员，他绝不屈服，终有一天他会回到锁井镇，报这不共戴天之仇。江涛被哥哥的行为感染，内心波涛汹涌，他决心继承哥哥的意志，为阶级斗争而奋斗。

大恐怖的年月过去了，江涛更加努力地学习并宣传革命理论，只等时机一到，在平原上掀起风暴。1931 秋天，上级派人到锁井镇一带四十八村视察工作，根据群众的要求，决定发动大规模农民运动。到了冬天，组织上派江涛回到锁井镇，发动农民，组织反割头税、反百货税的斗争。临行时，江涛见到了阔别一年的贾湘农、人称"张飞同志"的张嘉庆、贫农伍老拔等人，众人见面高兴异常。江涛向贾湘农汇报了锁井镇上与封建势力斗争的情况，贾湘农十分满意，并针对反割头税运动对江涛进行了指导，布置了全部的工作，江涛内心受到了鼓舞。按照特委的部署，江涛回到锁井镇之后便开始串联群众。但是一开始的工作并不顺利，遭受了几千年压迫的农民缺少争取自己正当权利的反抗动力，许多人都像江涛娘一样忍气吞声："忍了这口气吧。几辈子了，平民小户儿，能干了什么呢？吞了这口气吧！"经过广泛深入的宣传和动员，在贾湘农的具体指导下，江涛克服了许多困难，终于使朱老忠、朱老明、朱老星、伍老拔以及当兵归来的大贵等人都投入到反割头税的斗争中。

此时的春兰虽然知道运涛入了狱，但是对他的爱却始终没变，而朱老明出于好心，做媒撮合她与大贵在一起。老驴头欣然同意，但是春兰却誓死不从，父女二人闹得不可开交，幸而朱老忠到来，才暂时缓和了两人的矛盾。一天早晨，老驴头叫春兰与他一起赶集卖点菜，置办一些年货。在集市上，老驴头听说了交割头税的事情，气不打一处来，想要自己杀猪不交割头税，但是又迫于反动势力的压力迟迟下不了决心。一天晚上，老驴头终于决定偷偷把猪杀了，但是由于没有经验，没杀成猪反而让猪跑了，幸好朱大贵费尽千辛万苦把猪找了回来。

花钱包了镇上割头税的刘二卯敲锣打鼓宣传不许私安杀猪锅，谁家想杀猪就得弄到他家里去。另一边，朱大贵偏偏在门前安了杀猪锅，与刘二卯唱起了对台戏。双方剑拔弩张，冲突一触即发。刘二卯仗着有冯老兰撑腰，在大贵门口飞扬跋扈，但是他终究是纸糊的老虎，在英勇正义的大贵面前立马泄了气。即便冯贵堂出马，面对群情激愤，也不得已地口头上承诺不要割头税了，背地里他却和父亲冯老兰商量对策，企图获得县长王楷第的支持，但是却被贪得无厌的王楷第拒绝了。

贾湘农带着上级决定把机关从城市移到乡村的指示回来了，他打算将地下交通站安排在江涛村里。与朱老忠、伍老拔、朱老星、朱大贵见面之后，他决定在这里建立乡村支部。贾湘农对锁井镇的党群关系非常满意，于是决定在腊月二十五大集那天，举行一次扩大的游行示威，由江涛出头领导。游行当天，青天黄地，万里无云，声势浩大的游行队伍来到城里的大集上，张嘉庆带领纠察队负责保卫工作，朱老忠等人紧紧地护卫着江涛、贾湘农。在伍老拔、二贵放的大小爆竹声中，赶集的人越聚越多，江涛登上大车，哨子一吹，更多人聚拢了过来。大贵站在江涛一边，举起粗胳膊大拳头吼道："反割头税大会开始！"人群安静下来，江涛开始发表振奋人心的演讲，人们心潮澎湃，对割头税和冯老兰的仇恨更甚了。

江涛按照贾湘农的指导指挥着游行的队伍，人群越集越多，人们来到税局子，砸了窗户，闯了进去，吓得冯老兰和冯贵堂翻墙而逃。随后，游行队伍又向县政府出发，并且在县政府门口与保安队发生冲突。保安队最终没能敌得过人民群众的汪洋大海，败下阵来。县长见游行群众人多势众，迫于压力，只得暂时取消了割头税。斗争的胜利让人民群众意识到自己强大的力量，纷纷加入新成立的农会，朱老忠、严志和等人也顺利加入中国共产党。开大会回来之后，众人沉浸在胜利的喜悦之中。这时，老驴头又撮合春兰和大贵的婚事，奈何春兰仍然对运涛死心塌地，即使从江涛那里得知运涛被判了无期徒刑，也发誓等他一辈子，同时她决定无论面对怎样的困难都要去济南看运涛。另一边，江涛和严萍的感情也在迅速升温。

反割头税的斗争把冯老兰打得落花流水，损失巨大。熟悉法律的冯贵堂到省政府告了黑状，省政府令县政府追查，严惩共产分子，贾湘农、张嘉庆、江涛的名字都在通缉名单之上。不得已，贾湘农将要离开锁井镇，江涛、张嘉庆等人面临着更加严酷的斗争环境。在组织的安排下，张嘉庆来到保定，为了解决生活问题，在江涛的介绍下认识了已是救济会会员的严萍。在江涛、严萍的帮助下，张嘉庆也考上了保定第二师范，脱离了滹沱河两岸的白色恐怖，在保定落下脚来。

1931年秋天，九一八事变爆发，日本侵略军对东北的悍然侵占以及国民党反动派的不抵抗政策引起全国人民的不满，保定第二师范也掀起宣传抗日、反对国民党反动派的学潮。江涛对严萍有着深深的爱恋，他决定尽一切能力帮她进步，带她走上革命的道路。两人一起完成宣传任务，参加游行示威活动，但刚触到爱情的边缘，反动派就将一场灾难降临到他们头上。二师学潮影响了整个保定学生界，保定市十三所学校同时罢课，要求当局停止"剿共"，一致抗日。第二年春天，省政府决定提前一个月放假，并且不到一个月又宣布解散学校，开除数十名"共产主义思想犯"。为了保卫学校，江涛、张嘉庆以及中共二师支部的负责人老夏开始领导学生开展护校运动。反动派调遣军队包围学校，市党部主任刘麻子来逮捕"政治犯"老夏、江涛等人，但是被张嘉庆等人踢掉了手枪，并被赶了出去。校门被紧紧关闭，当局便施行"饥饿政策"，学生们只能吃树叶，最后几乎把学校里能吃的东西都吃了。严萍和市民们积极支持学生们的斗争，他们想尽办法给学生送吃的。为了打破封锁，张嘉庆等人成功实施了一次武装抢粮计划。

保定二师被封锁的消息传到锁井镇，朱老忠、严志和当即决定去保定支援学生运动。严知孝也担心学生们的安全，想通过各种关系拯救学生，无奈四处碰壁，他只好劝说学生暂时撤出，转移阵地，不要在一棵树上吊死。斗争的形势越来越严峻，老夏、江涛等人觉得长期对峙下去学生们会处于更加危险的境地，于是为了保存革命力量，他们决定冲出敌人的封锁。这时，贾湘农也回来支援学生的斗争，上级已经决定在冀中平原成立红军，由他任司令兼政委，江涛任政治部主任。为了支援学生突围，朱老忠、严志和、张嘉庆等人演了一出抢粮好戏，巧妙地将一车油、盐、面运到了学校里。但是，就在突围行动开始的前一天夜里，军队提前行动，对学生展开屠杀。老夏等十八个学生壮烈牺牲，张嘉庆身负重伤，运涛等人也被捕入狱。消息传来，严志和悲痛欲绝，但是最终他和朱老忠决心战斗到底，两人决定营救张嘉庆。张嘉庆在一家美国人办的教会医院里养伤，但是被士兵看守着。其中有一个叫冯大狗的士兵，在保卫二师的时候与江涛相识，他虽然以前是无业游民，却同情学生们的不幸遭遇。在他的帮助下，张嘉庆被朱老忠救了出来，冯大狗也离开了反动军队。在回去的路上，朱老忠看着辽阔的天空，憧憬着一个伟大的红色理想……

二　出版情况

《红旗谱》这部小说的版本情况比较复杂，长期以来，有关初版本的情况，学术界的意见就有分歧。近些年，随着研究的不断深入，已经大致可以确定《红旗谱》的初版本由中国青年出版社于1957年11月出版。[1] 这一版本的封面由韩恕设计，扉页印有"中国青年出版社1957·北京"的字样，版次为1957年11月北京第1版，印刷时间为1957年11月北京第1次印刷，印数为52000册（含精装本15500册）。但是，在1958年1月，中国青年出版社也出了一版《红旗谱》，这一版的扉页印有"中国青年出版社1958·北京"的字样，但版次为1958年1月北京第1版，印刷时间为1958年1月北京第1次印刷，除此之外和1957年版并无二致，可以说是1957年版的翻印版。出现这种情况，很大可能是出版者的失误，没明确表明初版本的信息。《红旗谱》刚一问世就影响很大，1958年3月31日《解放日报》刊发黄伊的《战斗的旗帜》，是为《红旗谱》的第一篇评论文章。此后，茅盾撰文称《红旗谱》"有浓郁的地方色彩"[2]；周扬说："我们在《红旗谱》中看到了在漫长的黑暗统治年代，老一代的革命农民向反动势力冲锋陷阵的悲壮历史。在朱老忠身上，集中地体现了农民对地主的世世代代的阶级仇恨，体现了为党所启发、所鼓励的农民的革命要求。"[3] 当时，报刊上有关《红旗谱》的评论文章有数十篇，1959年1月，作家出版社还出版了由文艺报编辑部组织编写的《革命英雄谱系——〈红旗谱〉评论集》。一时间洛阳纸贵，《红旗谱》一两个月就增印一次，甚至可以毫不夸张地说，1958年就是属于《红旗谱》

---

[1] 晓珂：《〈红旗谱〉的版本体系、文本改写和手稿样态》，《文艺报》，2014年4月23日。

[2] 茅盾：《反映社会主义跃进的时代，推动社会主义时代的跃进！》，《人民文学》，1960年第8期。

[3] 周扬：《我国社会主义文学艺术的道路——1960年7月22日在中国文学艺术工作者第三次代表大会上的报告（之一）》，《人民日报》，1960年9月4日。

人民文学出版社 1959 年 9 月出版
的《红旗谱》

中国青年出版社 1966 年出版的《红
旗谱》

中国青年出版社 1978 年 4 月出版
的《红旗谱》

的。迄今为止，各类版本的《红旗谱》发行量已达两千万册。

除了中国青年出版社这一版本之外，《红旗谱》还有其他几个比较流行的版本。1959 年 9 月，人民文学出版社出版《红旗谱》，这一版的《红旗谱》在内容上有增删和修改，版权页上有一则说明："本书原由中国青年出版社于 1958 年 1 月出版，现经作者修订，并增加其自撰的《漫谈〈红旗谱〉的创作》及冯建男的《论〈红旗谱〉》各一篇，由本社重排印行。"1959 年 10 月，中国青年出版社也出了新修订版的《红旗谱》，这一版的《红旗谱》也增加了梁斌自撰的《漫谈〈红旗谱〉创作》，另外还附录了王浦源等人的《〈红旗谱〉方言土语注解》，不过这一版在内容上没有多少改动。另外一个重要的版本是 1966 年由中国青年出版社出版的第三个版本，这一版由郭沫若题字，以黄胄的画作《胜利归来》为封面，在内容上也没有太大的改动。到了 1978 年 4 月，中国青年出版社又出版了《红旗谱》的第四个版本，在这一版的《后记》中，梁斌说："我根据读者的意见做了两次修改，到 1966 年，共有三个版本，三个版本各有不同。我是这样想的：艺术是没有止境的。我把这本书在第三个版本上又做了一些修改，也可能还

中国青年出版社 2004 年出版的《红旗谱》

长江文艺出版社 2017 年出版的《红旗谱》

是不够的。"这一版在各方面改动都比较大，但是相比前三个版本算不上成功。

1978 年以后，中国青年出版社和人民文学出版社也多次再版《红旗谱》并将其收入多种书系。2000 年中国青年出版社出版《红旗谱》，收录在"百年百种优秀中国文学图书"中；2004 年中国青年出版社出版《红旗谱》，收录在"电影伴读中国文学文库"中；2005 年人民文学出版社出版《红旗谱》，收录在"中国当代长篇小说藏本"中；2018 年人民文学出版社出版《红旗谱》，收录在"红色长篇小说经典"中；河北人民出版社、北京语言学院出版社、商务印书馆、百花文艺出版社、北京燕山出版社、长江文艺出版社等多家出版社在 1978 年以后也出版过该书。此外，该书还有一些改写版、少年版、缩写版。1985 年 11 月，商务印书馆出版由梅立崇改写、谭敬训担任英文翻译的《红旗谱》（英文译释本）；1990 年 5 月，21 世纪出版社出版由诸有莹、李克明节选的《红旗谱》（少年版）；1996 年 8 月，河北少年儿童出版社出版由黄泽新改编的《红旗谱精彩故事》；2000 年 12 月，北京燕山出版社出版缩写版的《红旗谱》，由中国教育学会组织编写，武广久执笔，该版本在 2003 年 9 月还出过一次修订版。

商务印书馆1985年11月出版的《红旗谱》（英文译释）

21世纪出版社1990年5月出版的《红旗谱》（少年版）

河北少年儿童出版社1996年8月出版的《红旗谱精彩故事》

北京燕山出版社2000年12月出版的缩写插图本《红旗谱》

中国青年出版社2004年出版的"电影伴读中国文学文库"《红旗谱》

  《红旗谱》作为20世纪中国文学史中影响巨大的红色经典之一，几乎被写入各个版本的文学史，作为"十七年文学"中的革命斗争历史题材的重要作品被着重介绍。如北京大学教授洪子诚著写的《当代文学史》、复旦大学教授陈思和主编的《中国当代文学史教程》等都给了《红旗谱》不少的篇幅。此外，《红旗谱》还作为优秀的文学作品入选多个经典导读系列，编写者们从主题意蕴、艺术手法等多个方面对《红旗谱》进行解读，帮助读者更好地理解《红旗谱》。1997年，《红旗谱》被收入潘雯瑾编著的"百

外文出版社出版的英文版《红旗谱》

部文学名著导读丛书"（四川教育出版社），2002 年被收入海人主编的"跨世纪学生必读经典丛书"（广州出版社）；2016 年被收入杨剑主编的"红色文学经典导读"（中国华侨出版社）以及家伟主编的《百年百部文学经典导读》（中国华侨出版社）。

　　《红旗谱》作为"红色经典"著作之一，除了中文版本之外，还有多个外文版，据相关统计，目前能够见到的外文版至少有八种，包含英文、法文、西班牙文、俄文、日文、朝鲜文、哈萨克文、越南文等。俄文版由苏联的 H.巴哈莫夫和 H.扬诺夫斯基翻译，1960 年由苏联莫斯科外国文学出版社出版，俄译本书名为《三代人》；越南文由越南的陈文迅、徽莲、阮大翻译，1961 年由越南文化出版社出版，译名为《在红旗下》；英文版由中国外文出版社组织翻译并于 1961 年出版，翻译者为英籍翻译家戴乃迭，这一版还有 1964 年的翻印本、1980 年的修订本；法文版由北京国际书店于 1964 年出版发行，这一版并没有明确标明译者，1981年曾出版修订版；西班牙文版由中国外文出版社于 1980 年出版，译者为路易斯·恩里克·德拉诺；朝鲜文版由吉林延边出版社于1962 年出版，译者为李东桓；哈萨克文版由新疆人民出版社于1981 年出版，译者为哈孜木别克·阿拉宾；日文版由日本至诚堂于 1961 年出版，译者为松井博光。[1]

三　其他形式的传播及意义

《红旗谱》出版以后，在社会上产生了巨大的影响，随后便慢慢衍生出了多种艺术形式，以满足各类群体的需求。

（一）话剧

1958 年初，《红旗谱》问世不久，就被河北省话剧团改编为同名话剧，并于 1958 年 9 月搬上舞台。河北省话剧团的创作人员为完善话剧《红旗谱》付出了很大的心血。1959 年春，他们来到小说发生地高阳县采风，与那里的群众同吃同住，深入了解他们的生活细节，以便更好地完善剧本。此后三年时间，话剧《红旗谱》先后修改十五次，最终成为一出九幕剧。

话剧《红旗谱》演出很成功，反响很大，河北省话剧团到北京、天津、保定、武汉、上海、南京、济南等地演出三百多场。《人民日报》《光明日报》《解放日报》《文汇报》《戏剧报》《剧本》《戏剧战线》《陕西戏剧》《上海戏剧》《百花》等报刊在 1959 年到 1960 年两年间发表了近二十篇有关话剧《红旗谱》的评论。《〈红旗谱〉——九场话剧》的主要执笔者鲁速也在《戏剧研究》《剧本》《戏剧展现》等刊物上发表了创作谈。屠岸于《戏剧报》1959 年第 23 期发表的《气壮山河的革命史诗——话剧〈红旗谱〉观后》，指出："从该团（河北省话剧团）最近来京演出的《红旗谱》来看，这个戏的成就是近年来话剧舞台上的重大收获之一。"可以说，这一评价是当时无数观众的共识。话剧《红旗谱》还获得了梁斌的亲口赞赏。1959 年春天，话剧《红旗谱》在当时河北省的省会天津上演，梁斌虽因病住院，但还是在医生的陪同下看完了这出话剧。演出结束之后，他来到后台对演出人员说："看戏后出乎我的意料,话剧是那样深刻地表现了冀中乡土风习和地方风光，

---

[1] 田英宣：《〈红旗谱〉的八种译本》，《新文学史料》，2007 年第 3 期。

2014 年天津人民艺术剧院排演的《红旗谱》宣传片　　　　天津人艺《红旗谱》剧照：老驴头杀猪

保持了原小说的艺术风格，并在话剧民族化方面做出了成绩，使我拍案叫绝！"[1] 此后，梁斌还给剧团提供了修改意见。实际上，梁斌本来就和话剧有着不解之缘，他曾是山东剧院的高才生，还在抗日战争期间担任过蠡县新世纪剧社的社长，并且创作了《爸爸错了》《五谷丰登》《千里堤》等剧本。

　　话剧演出的成功，也促成了《红旗谱》剧本的出版。1960 年，《剧本》1 月号全文刊载了《〈红旗谱〉——九场话剧》的剧本。1960 年 9 月，《红旗谱》的话剧剧本由百花文艺出版社正式出版，扉页上印有"梁斌原著""河北省话剧团改编""鲁速 村里兀克执笔"等字样，在版权页还印有一段内容提要："这是根据长篇小说《红旗谱》改编而成的一个话剧剧本。剧本重点描写了朱老忠、严志和等在党的领导下，联合四十八村村民取得了反割头税的胜利。剧本歌颂了党的领导，歌颂了以朱老忠为代表的农民英雄，同时突出说明了，我国的农民只有在中国共产党的领导下才能取得斗争的胜利，才能真正地摆脱封建枷锁，得到彻底解放。剧本的政治质量和艺术质量都比较高，是一次成功的艺术再创作。"可以说，话剧《红旗谱》的成功丝毫不亚于小说《红旗谱》。到了新世纪，话剧《红旗谱》依然焕发出新的生命力，2014 年，天津人民艺术剧院排演了话剧《红旗谱》，同样获得了很高的评价。

---

[1] 阿庚：《〈红旗谱〉作者梁斌的戏剧情缘》，《党史博采（纪实）》，2011 年第 9 期。

（二）电影

话剧《红旗谱》如火如荼地上演，电影《红旗谱》也在紧锣密鼓地筹划中。1958 年 12 月，由凌子风、吴坚改编的电影文学剧本《红旗谱》初稿在《电影创作》创刊号上发表。1959 年 8 月，《电影创作》发表了胡苏、海默、凌子风重新修订的电影文学剧本《红旗谱》重写本，并于 1962 年由北京出版社出版，1980 年 1 月中国电影出版社再版。同一期的《电影创作》还刊发了凌子风、陈方千执笔的《〈红旗谱〉电影分镜头剧本》以及陈方千执笔的《从文学剧本到分镜头剧本》。该片最终于 1960 年 10 月作为国庆献礼片上映，并由凌子风担任导演，崔嵬担任主演，北京电影制片厂出品。由小说文本转向影视是一件很困难的事情，导演凌子风在谈到这部电影的时候曾说："该舍弃什么，该保留什么，的确是一件难下手的事。电影要两个小时把事情讲完，这对我是一次考验。我选小说中的朱老忠作为主线，在这条主线上来作取舍。和他有关系的就保留，没关系的就删掉。"[1]因此电影版的《红旗谱》做了很大修改，和朱老忠没有关系的情节基本都删掉了，仅保留了朱老巩打闹柳树林、脯红鸟事件、反割头税等等几个重要情节。

电影《红旗谱》也获得了比较大的成功，在社会上引起了比较大的反响。片中地主冯兰池的饰演者葛存壮原本只是一名龙套演员，参演过《中华儿女》《白毛女》等多部影片，甚至一部戏里既扮演日本鬼子也扮演游击队，"自己开枪打死自己"。不过，他的表演还是给凌子风导演留下了深刻的印象，于是便在《红旗谱》中大胆起用葛存壮。时年二十九岁的葛存壮果然不负众望，不管是三十岁的冯兰池还是七十岁的冯兰池，他都表演得游刃有余。主演崔嵬饰演的朱老忠同样给人留下了深刻的印象，并且崔嵬还于 1962 年当选《大众电影》举办的首届百花奖最佳男演员，成为新中国第一代"影帝"。该剧的摄影师吴印咸曾拍摄过《风云儿女》，他也凭借《红旗谱》获得首届百花奖最佳摄影奖。《人民日报》《文汇报》《羊城晚报》《解放日报》《大公报》

---

[1] 蹇河沿：《中国电影观念史》，云南大学出版社，2010 年，第 132 页。

电影《红旗谱》片头

电影《红旗谱》剧照：朱老巩、严老祥决定保护古铜钟

《工人日报》《北京晚报》《北京日报》《辽宁日报》《大众电影》《北京文艺》《前线》等报刊先后发表数十篇相关评论，从人物、镜头、民族化等各个方面评价电影《红旗谱》的成就。演员崔嵬也发表文章谈自己一人分饰朱老巩、朱老忠的意图。[1] 虽然赞誉一片，但是也有不少评论者指出了电影《红旗谱》"一些美中不足的缺点"，比如有人提到该片"剧情发展到后半部的时候，许多事件离开了主要人物和主要线索，因此形成一种松散现象"[2]，而在人物塑造方面有些地方过于苍白，像冯兰池就刻画得太平面。但是瑕不掩瑜，电影《红旗谱》无疑是一次对小说成功的改编。

（三）连环画

20世纪五六十年代是连环画非常兴盛的时期，几乎每一部热销的书都会被改编成连环画的样式。连环画图文并茂，以简明、形象、便捷的方式向读者介绍一部文学作品，在那个文化普及度不高、传媒不发达的年代十分受欢迎。《红旗谱》作为"十七年"非常成功的一部小说，被改编成连环画是必然的。就如同话剧、电影等艺术形式对《红旗谱》的反映及时一样，对《红旗谱》的连环画改编也几乎在同一时间提上了日程，河北美术出版社、上海人民美术出版社等都出版过不同版本的连环画《红旗谱》。

---

[1] 崔嵬：《民族化群众化的探索——扮演朱老忠父子两代的创作意图》，《北京晚报》，1961年7月9日。

[2] 袁文殊：《评影片〈红旗谱〉的成就和不足》，《文汇报》，1961年9月14日。

中国电影出版社 1979 年出版的连环画《红旗谱》

河北人民出版社 1981 年出版的连环画《红旗谱》

上海人民美术出版社 1982 年 12 月出版的连环画《红旗谱》

河北美术出版社 2008 年出版的"红色经典连环画库"之五《红旗谱》

河北美术出版社 2012 年出版的连环画《红旗谱》

　　1959 年到 1960 年间，敦谦、赵成章改编，刘端、张辛国、阮恩泽绘画的连环画《红旗谱》相继由河北美术出版社出版，该版本分为六集：《大闹柳树林》《远走高飞》《身陷虎穴》《反割头税》《七月风暴》《飞出牢笼》。这一版本的第四册《反割头税》还获得了第一届连环画评奖活动脚本三等奖。1963 年 12 月，刘汉绘画，胡映西、尚文改编的连环画《红旗谱》由上海人民美术出版社出版，这一版连环画曾在 2015 年 10 月由上海人民美术出版社再版，不过可惜的是，虽然 1963 年出版的时候标注的是第一册，但是此后就没有再出第二册。1981 年，由尚羡智改编、王怀琪绘画的连环画《红旗谱》由河北人民出版社出版，这一版艺术成就很高，获得全国第三届连环画创作评奖活动绘画三等奖（荣誉奖）以及脚本二等奖。著名作家杨振声还专门撰文《评连环画〈红旗谱〉》来赞扬这一版本的连环画。1982 年 12 月，赵继良改编、胡振宇绘画的连环画《红旗谱》由上海人民美术出版社出版，共分上下两册。2014 年 4 月，天津人民美术出版社出版了由晏思鉴改编，赵明钧、赵戟绘画的连环画《红旗谱》（精装四册）。此外，1979 年 4 月，中国电影出版社还出版了由孙青基于电影《红旗谱》改编的电影连环画《红旗谱》。2016 年 4 月，中国电影出版社又出版了由刘凤录改编的"中国红色教育电影连环画丛书"《红旗谱》。

（四）曲艺改编

戏曲是中国传统艺术，深受中国老百姓的喜爱。提倡民族形式是 20 世纪五六十年代十分火热的话题，因此戏曲也在这一段时间焕发新生。1960 年，河北承德市京剧团将《红旗谱》改为同名京剧，由贯盛习饰演朱老忠。同年，宁夏京剧二团演出京剧现代戏《红旗谱》，该剧由萧维章、蔡宝华改编，王宪周饰演朱老忠。1963 年底到 1964 年初，为了将要举行的全国京剧现代戏观摩演出活动，中国戏曲研究院在著名戏曲工作者晏甬的领导下组织排演京剧现代戏《红旗谱》。剧组深入高阳地区采风，经过无数次修改，终于得以完成。剧组回京汇报表演，得到了不少人的高度赞扬，据当事人回忆，茅盾当时看了这出戏，直言朱老忠就是这个样子。遗憾的是，"这出戏被江青一句，说是'歌颂错误路线'，就给'枪毙'了"[1]。除了京剧，河北省评剧团还将《红旗谱》改编为同名评剧，执笔人为邱林，其剧本 1958 年 10 月由河北人民出版社出版。此外，《红旗谱》还被改编为许多地方戏曲，比如河北梆子等。

（五）电视剧

进入 21 世纪，影视传媒越来越发达，有一些"红色经典"小说或者电影被改编成电视剧重新走进人们的视野，作为产生过巨大影响的"红色经典"

---

[1] 李紫贵：《难忘的京剧〈红旗谱〉》，《戏曲艺术》，1995 年第 3 期。

之一的《红旗谱》也不例外。2004 年 9 月 12 日，由中央电视台、中视传媒、天津电影制片厂联合拍摄的电视剧《红旗谱》在央视一套黄金档播出。该剧由胡春桐、王宝坤担任导演，桂雨清担任编剧，吴京安、巍子、陈筱诺、村里等主演。该剧共二十八集，每集四十五分钟左右。

电视剧《红旗谱》剧照：朱老巩等人为古铜钟办祭典

电视剧在内容上对小说进行了删改，比如舍弃了保定二师学潮的部分，开头增加了祭奠古铜钟的情节，朱老巩的女儿也被改成是被冯兰池糟蹋后丢进河里的，而贾湘农最后也牺牲了。该剧播出以后，获得了不错的社会反响和极高的收视率，有不少人发表文章开始探讨电视剧《红旗谱》的改编价值，甚至有硕士研究生将其作为学位论文选题。

四 思想艺术评论

（一）主题思想

对革命历史的书写是"红色经典"的重要内容。梁斌是抱着史诗性的追求创作《红旗谱》的，他原本想总共创作五部小说，从 20 世纪 20 年代的大革命一直写到 20 世纪 50 年代的合作化运动，全面展现中国共产党领导的波澜壮阔的革命斗争历史。虽然由于各种原因，最后只完成了三部（除《红旗谱》外，另外两部为《播火记》《烽烟图》），但是仍然较好地达到了这一目的。

在正式写作《红旗谱》之前，梁斌已经在思想上酝酿了很多年。在《漫谈〈红旗谱〉的创作》中，梁斌提到，早在 1953 年他就创作了第一篇反映高蠡暴动的短篇小说《夜之交流》，此后又写了《三个布尔塞维克的爸爸》《抗日人家》等小说，以及《千里堤》《五谷丰收》等话剧。这些作品为《红旗谱》的诞生奠定了有力的基础，也使得梁斌在创作《红旗谱》之前就对作品所要表现的主题有了深入的思考。在谈到《红旗谱》的主题思想时，梁斌说："从我的青年时代开始，受到党的阶级教育，亲身经历了反割头税运动及二师学潮斗争，亲眼看到了四一二政变及高蠡暴动，一连串的事件教育了我。后来在党的培养之下，读了马克思列宁主义书籍，渐渐明白马克思列宁主义革命哲学中最主要的一条真理是阶级斗争。阶级斗争可以打倒统治者，阶级斗争可以推动社会进步，所以我肯定了长篇的这一主题。"[1]《红旗谱》以反割头税和保定二师学潮运动为主线，着力描写了农民阶级、无产阶级反抗地主阶级、资产阶级的斗争。小说一开头就写了农民阶级与地主阶级之间剑拔弩张的关系：横行霸道的大地主冯兰池为了侵吞四十八村的公产要砸古铜钟，而正直的朱老巩则带人守护古铜钟。地主阶级的利益和农民阶级的利益产生了冲突，但是农民阶级的反抗只是自发的，力量还很弱小，因此敌不过强大的地主阶级。脯红鸟事件之后，冯兰池以抓大贵壮丁的方式报复朱老忠等人，更加深了农民阶级对地主阶级的仇恨与反抗情绪。随后，运涛在外出打工的时候结识了中共地下党员贾湘农，贾湘农的出现使得朱老忠、运涛等农民阶级的反抗从自发走向了自觉。在中国共产党领导下走向自觉反抗的农民阶级团结起来，拥有了前所未有的力量，因此反割头税的胜利便水到渠成了。

作为小说的主线之一，反割头税的胜利并不是一场简单的胜利，梁斌通过这一事件，更展现出农民阶级在中国共产党领导下的蜕变。自古以来，中国的农民既有任劳任怨的优点，也有忍气吞声的缺点，除非被逼到没有饭吃，否则不会走上反抗的道路。在反割头税之前，虽然有朱老巩、朱老忠这两代人的反抗，但是在整个锁井镇，反抗并不是主流。当朱老巩准备带头反对冯兰池砸古铜钟的时候，严老祥左一个"又有什么办法？"右一个"可谁又管得了？"代表了锁井镇对待压迫与不公的主流想法。后来发动反割头税运动，

[1] 梁斌：《漫谈〈红旗谱〉的创作》，《人民文学》，1959 年第 6 期。

江涛的妈妈仍然想忍气吞声，不想得罪冯兰池，她对江涛说："忍了这口气吧。几辈子了，平民小户儿，能干了什么呢？吞了这口气吧！"这种对自身力量的不自信以及对面对压迫时的恐惧心理，是几千年来套在中国农民身上的枷锁，像朱老忠一家那样发誓要向冯兰池报仇雪恨的反抗者毕竟还是少数。反割头税运动实际是唤醒农民反抗意识的活动，通过这一运动，农民阶级的反抗意识变得更加普遍、更加强烈，同时反割头税的胜利也使得农民阶级认识到了自身力量的强大。

反割头税之后，小说主线转向保定二师学潮，故事背景也从农村转向城市，这样梁斌所展现的革命历史斗争就更加阔大了。保定二师学潮仍然和阶级斗争密切相关，但是这场发生在城市里的斗争与农村的斗争有很大的区别。在锁井镇，农民是为了争取自己的解放起来反抗地主的，而保定二师的学子们则是为了反对外国侵略与当局展开斗争，因此，在阶级斗争之外，这里还有强烈的爱国情绪。换句话说，《红旗谱》在讲述阶级斗争之外，还涉及民族解放、国家独立的主题。虽然保定二师学潮因为反动势力的强大与残忍最终失败，革命力量遭受重创，但是学生们为了争取抗日，博得了社会各阶层的同情。当张嘉庆被朱老忠等人救走时，梁斌无疑为读者在黑暗沉重的氛围中留下了一个光明的念想："这时，朱老忠抬起头来，看着空中，辽阔的天上，涌起一疙瘩一疙瘩的浓云，风云变幻，心里在憧憬着一个伟大的理想，笑着说：'天爷！像是放虎归山呀！'"这种革命乐观主义的精神，预示着新的斗争的开始。

除了阶级斗争，《红旗谱》还涉及一个重要的内容，那便是对革命起源的叙述，这一叙述之中又隐含了"只有中国共产党才能领导中国人民最终取得革命的胜利"这样一个主题。可以说，梁斌全方位地展现了革命在中国大地上孕育、诞生、发展的全过程。《红旗谱》一开头，梁斌设置了一个类似古典小说中"楔子"的部分，讲述了朱老巩大闹柳树林，引出朱家与冯兰池的恩怨纠葛，此后的朱老忠回乡、脯红鸟事件、大贵被抓丁等等事件，使得朱、严两家与冯兰池的矛盾逐渐升级，这一系列过程为革命的诞生创造了条件，给革命的发生提供了合理性依据。同时这样安排，也为了说明没有中国共产党的领导，没有正确的革命理论，农民们只能是一盘散沙，其反抗也只能是软拳头。无论朱老忠怎样对抗冯兰池，只凭他个人的力量，无疑是以卵击石，而有了中国共产党的领导，革命的种子就能发芽、成长，朱老忠等农民就有了对抗冯兰池的靠山。此后贾湘农出现，他帮助运涛学习革命理论，革命的种子在河北大地之上开始生根发芽。经历了反割头税斗争、保定二师学潮，梁斌为读者展现了这颗革命的种子发芽之后成长与遭受挫折的历程。

梁斌同那个时代的诸多作家一样，都经历了中国共产党领导的革命斗争历史，因此对阶级斗争有着比今人更加深刻的理解，《红旗谱》无疑是梁斌试图再现这段历史的重要努力。虽然半个多世纪已经过去，中国社会已经发生了翻天覆地的变化，当下的读者也已经很难再体会到那个时期残酷的历史斗争，但是不能因此就否认《红旗谱》对这段历史书写的价值，更不能否认梁斌在字里行间流露出的对农民、对中国共产党的深挚情感。

（二）艺术特色

实际上，"红色经典"中涉及阶级斗争主题的并不在少数，甚至可以说，阶级斗争是 20 世纪 50—70 年代小说创作中不能回避的一个主题。那么为什么《红旗谱》能成为经典呢？显然这与梁斌的艺术自觉追求密切相关。

凡是被历史铭记的作家，都是具有独特追求的作家，相反，那些停留在模仿别人、复制别人的作家，只能淹没在历史的洪流中。显然，梁斌属于前者。他说："在写长篇之前，我心里暗暗产生一种期望，想在小说的气魄方面、语言方面，树立自己的风格。有人写过的题材尽可能不写，有人用过的语汇尽可能不用。这样，即使再不好，叫人看了知道是我自己的东西。"[1] 正是这种追求独特性的自觉意识，让梁斌创作出了代表他文学最高成就的《红旗谱》，从而奠定了他在当代革命历史斗争小说创作中不

---

[1] 梁斌：《红旗谱》，中国青年出版社，2014 年，第 498 页。

可替代的位置。

梁斌小说的独创性与实现文学民族化相关联。早在 20 世纪 30 年代，毛泽东就开始思考有关文学民族化的问题，"随着中国出现新的经济基础和新的政治制度，他认为，也必然要建立、出现新的文化，新的文学艺术"[1]。民族形式是文学民族化中的重要内容，而在梁斌看来，"民族形式的主要问题是语言问题，其次是章法和结构"[2]。语言在梁斌的文学观中占据了极其重要的位置，他不止一次地提到过语言的重要性，比如在《谈创作准备》一文中，他写道："文章的风格与自己的一套文学语言有关，比较成熟的作者总是有自己的一套与众不同的文学语言的。"[3]正是对语言的关注，让梁斌的小说在"类型单一化趋向"的"十七年文学"期间显现出了鲜明的个人色彩。

文学的社会政治作用是"十七年文学"的一个重要特点，这一时期作家的创作大都带有强烈的教育意义，而作者所面对的接受对象大多是没有受过良好教育甚至不识字的工人、农民，因此为了达到普及教育目的，作品的语言就不能够太过复杂与抽象，相反，简洁易懂的语言更有利于作品在工农间传播，达到教育的目的。梁斌在进行小说创作的时候，也希望自己的作品能够产生巨大的社会效用，"希望自己的作品能够真正到达群众手里，直接为他们所掌握利用。只要是谈到自己的创作的时候，他总是说他要使他的作品，'识字的人看得懂，不识字的人听得懂'"。[4]正是基于这样的创作动机，梁斌的小说语言从不拐弯抹角，总是以很直白的面目呈现在读者面前。读者通常不需要过多的思考就能够看到人物的性格特点以及情感爱憎，理解文本所讲述的故事以及所要传达的思想。

面向文化水平相对较低的读者，能够把一件事情讲述得清楚明白是最重

[1] 洪子诚：《中国当代文学史》，北京大学出版社，2007 年，第 12 页。

[2] 梁斌：《梁斌文集·第 7 卷》，人民文学出版社，2005 年，第 243 页。

[3] 梁斌：《梁斌文集·第 6 卷》，人民文学出版社，2005 年，第 296 页。

[4] 陈涌：《梁斌创作的民族特征》，《文艺评论与批评》，1994 年第 4 期。

要的。梁斌在进行小说创作的时候，充分考虑到读者的感受，他总是力图运用最直接的语言吸引读者的注意力，例如，《红旗谱》开篇就写道："平地一声雷，震动锁井镇一带四十八村：'狠心的恶霸冯兰池，他要砸古钟了。'"如此干脆利落，寥寥数语不仅让读者产生疑问（恶霸冯兰池到底是何人？他为何要砸古钟？），勾起了读者的阅读欲望，而且让读者产生强烈的情感倾向（"狠心""恶魔"，都是带有明显情感倾向性的词语）。这既是叙事的技巧，更是语言的魅力。

《红旗谱》在艺术上的独特性不仅和语言密切相关，还体现在对于河北这一地区文化习俗等方面的书写上。文学作品的民族化包括内容和形式两个方面，中国古代小说在这两方面给了梁斌很大的启发："后来我体会到《水浒》是用山东话写成，并概括了中国北方一带的人民的生活风习。《红楼梦》是用北京话写成，并深入地写了居住北京的中国贵族的生活风习。"[1]方言与习俗，前者是形式，后者是内容，它们都非常贴近人民群众。梁斌从《水浒传》《红楼梦》中受到启发，便在《红旗谱》中用了大量河北方言，并且深入描写了河北一带的民风习俗。比如，运涛出生时老奶奶在窗前挂红布，除夕时踩芝麻秸叫"踩岁"，老奶奶的葬礼描写，这些都使得小说带上了鲜明的地域色彩和民族风味。在方言方面，梁斌非常重视对民间语言的吸收、运用。他说："文学是语言的艺术，作家应该作为语言的大师，必须从广大群众语言的海洋中，提取原料，提炼、加工成为文学语言。"[2]在他看来，民间语言是一座丰富的宝库，为了能够有效地吸收民间语言，他准备了一个小本子，"在群众生活里面，在劳动里面，在工作里面，在会议上，在大家闲谈中，来捕捉好的、生动的语言，典型性、概括性最强烈的语言，把它收集在小本子里"。[3]正是这样有心的积累，使得梁斌小说中的民间语词特别丰富，同时也在一定程度上冲淡了阶级斗争话语的藩

---

[1] 梁斌：《红旗谱》，中国青年出版社，2004年，第494页。

[2] 梁斌：《梁斌文集·第7卷》，人民文学出版社，2005年，第257页。

[3] 梁斌：《梁斌文集·第6卷》，人民文学出版社，2005年，第241页。

篱，让读者看到了残酷的革命斗争之外的景观。

梁斌对河北民间语言的吸收运用是全面的，方言土语、歇后语、俗语等等在他的小说中可谓俯拾皆是。民间语言构成了他文学语言的基础，而五四新文学之后形成的书面语则退居到了辅助的位置，这样的语言策略贴近农民的生活，便于他们的理解、接受，这和梁斌"识字的人看得懂，不识字的人听得懂"的创作动机相吻合。身为一个土生土长的河北人，梁斌十分擅长运用具有浓郁生活气息的河北方言叙述故事、展开人物对话，甚至有人专门统计过《红旗谱》里面的方言词语，发现其"数量大、范围广，遍及名物、农事、饮食、衣着、身体、动作、风俗等各个方面"[1]。下面仅举几个例子：

> 看着冯兰池，凶煞似的，搋得父亲流星拨拉地。（着重号为引者所加，
> 下同）

> 严志和弯下腰，沉着头，瓷着眼珠盯着地上。

> 第二天，一扑明儿，严志和到南关雇了一辆骡车来。

> 说完这句话，她的脸上忽拉巴儿阴暗起来。

> 从褡包上摘下烟袋，打火抽烟。

这样的河北方言在梁斌的小说中比比皆是。方言的大量使用伴随着一个潜在的风险——给不熟悉该地区方言的读者造成阅读障碍，这似乎违背

---

[1] 郭伏良、白云霜：《试论〈红旗谱〉中方言词语的运用特色》，《河北大学学报（哲学社会科学版）》，2005年第1期。

了写作应便于读者理解的初衷。实际上梁斌也思考过这个问题，但是考虑到作品的地方色彩，他仍然将方言土语保留了下来。1958 年，他在《我怎样创作了〈红旗谱〉》中写道："为了把故乡的人物、性格、风貌、民俗及地方风光再现在纸上，不得不从这一带人民生活中选择、提炼典型性的语言。我也曾想避免方言土语，但字行之间缺少了它们，总觉得不够味。"[1] 这似乎是为了保留地方色彩的无奈选择。但是到了 1960 年接受《文艺报》记者采访的时候，他对方言和地方色彩之间的关系又有了更为明晰的认识："使用方言是为了丰富文学语言，方言可以加浓作品的地方色彩，但有地方色彩的作品，也不一定完全要使用方言。地方色彩浓厚，是为了更深刻地写出人物的精神面貌，使作品更加民族化。"[2] 也就是说，方言的使用是实现文学民族化的有效方式。除此之外，梁斌没有意识到方言的使用还可以造成陌生化的效果，在某种程度上反而能够更加吸引读者。

此外，梁斌的小说中还有大量关于景物描写的"闲笔"，虽然和情节的推进并没有多大的关系，但是仍然有着不可替代的作用。这些"闲笔"不仅因展现了乡村的美好风景而富有诗意，同时外在景物描写很多时候成为人物内心的真实写照。作为一个农民出身的作家，梁斌对土地与乡村自然景物有着很深的情感。虽然在构思《红旗谱》时，梁斌将阶级斗争作为主题，想"深刻地反映中国的革命斗争生活"，但是在写作的过程中他又不自觉地用诗意的语言书写乡村生活的美丽图景，一定程度上偏离了阶级斗争的残酷性，这在小说的前半部分尤其明显。比如下面这两段话：

> 夜深了，村落上烟霭散尽，一个圆大的月亮，挂在树杈上。在乡村的夜暗里，长堤和乔杨，构成了一幅美丽的图案。孩子们还在门前小场上玩，吵吵嚷嚷，说说笑笑个不停。

---

[1] 梁斌：《梁斌文集·第 6 卷》，人民文学出版社，2005 年，第 258 页。
[2] 梁斌：《梁斌文集·第 7 卷》，人民文学出版社，2005 年，第 247 页。

千里堤上那一溜子大杨树，长得比过去高得多了。紫色的杨花，一条条挂在枝上。风吹过去，一条一条轻轻落下。堤上一条干硬的小路，在硬土裂缝里滋生出稷草的黄芽。大黑蚂蚁，在地缝里围绕草芽儿乱爬。

第一段，美丽的乡村夜景与无忧无虑的孩童，共同组成了一幅美妙闲适的乡村生活图景；第二段则是非常优美的乡村自然风景。这些都很容易让人联想到中国古代山水田园诗人所作的诗歌。这样单纯、闲适的描写和残酷的阶级斗争有很大的疏离感，表面上看这造成了文本的矛盾、撕裂，但从深层次看，正是这样的描写，造成文本在某种程度上无意间脱离了政治话语的藩篱，很大程度上成为作者梁斌有限地表达自我情感的方式。同时，"阶级斗争"这样一个政治色彩极其鲜明的主题很容易使小说变成政治思想的宣传筒，影响小说的美学价值，而"闲笔"的存在以及河北地方民风民俗的书写有效缓冲了政治主题的生硬，使得读者可以意识到小说中的人物并不仅仅有阶级斗争，也有普通的生活。不过很可惜的是，在《播火记》与《烽烟图》中，梁斌并没有将这一优点继承下去，这也是《红旗谱》相对而言价值最高的原因。

（三）当代价值

可以毫不夸张地说，当下的中国正处于历史上最好的时代，革命斗争已随着历史的滚滚车轮远去，因此有很多人认为像《红旗谱》这样的红色经典早已经过时，甚至还有评论家批评它"每一页都是虚假和拙劣的"[1]。的确，《红旗谱》和今天读者的阅读口味差得比较远，为了使群众喜闻乐见，它主题简单，内涵也不够丰富，甚至在人物塑造方面也有些脸谱化的倾向，但是即便如此也不能全盘否认它的价值，毕竟这部作品的累计发行量已达

---

[1] 王彬彬：《〈红旗谱〉：每一页都是虚假和拙劣的——"十七年文学"艺术分析之一》，《当代作家评论》，2010 年第 3 期。

两千万册。那么，今天我们重拾这部"红色经典"，到底还可以从中发现哪些价值呢？

对于今天的读者来说，时代语境与审美趣味已经发生了巨大变化，《红旗谱》似乎已经不合时宜，但这只是一种偏见罢了。今天的读者无法理解小说中体现出来的阶级仇恨也算正常，毕竟时代已经发生了翻天覆地的变化，阶级斗争也已经不再是社会主题。但是读者不能因为不理解就否认这种情绪的存在，以为自己没有亲眼见过的就是虚假的，这显然十分可笑。就像今天的读者读郭沫若的《女神》，以当下的审美趣味评价的话，只会觉得这部诗集十分幼稚，并不具有美感，甚至觉得这样的诗歌谁都可以写，但是读者们又无法否认，这样一部诗集确实在当时产生过巨大的影响。因此，今天的读者们必须意识到，历史隔膜会对阅读文学作品产生不利的影响，只有克服这种隔膜才能真正体会到作品的价值所在。

文学在某种程度上可以反映一个时代的社会心理和审美趣味，当我们抱着历史之同情的态度重新阅读《红旗谱》的时候，就必须认识到《红旗谱》诞生的年代与书写的年代都是革命热情十分高涨的时期，那么这部以阶级斗争为主题的小说能够获得成功也就在理解范围之内了。虽然我们如今很少再谈革命，但是革命精神却是永远都不能忘记的。已经有数不清的人批评当下的时代是信仰缺失的年代，是理想匮乏的年代，正因我们缺乏理想与信仰，才会对那个充满理想的时代产生隔阂。《红旗谱》所诞生的时代及其所书写的时代都是理想主义高扬的时代，革命就是那个时代的人们普遍追求的理想，读者可以从朱老忠、运涛、江涛等人身上很容易地感受到他们对革命理想的坚定。被捕入狱后，运涛依然不屈不挠，面对国民党反动派的镇压，他对朱老忠、江涛高喊："回去告诉老乡亲们！我严运涛，一不是砸明火，二不是断道。我是中国共产党的党员，为劳苦大众打倒贪官污吏，铲除土豪劣绅的！""蒋该死，他叛变了！和帝国主义、和军阀官僚、和土豪劣绅们勾结起来，翻回头，张开血口，屠杀共产党和工农大众……"联想到四一二反革命事变的背景，就很容易理解运涛内心的愤怒，也会理解这些话绝不是简单的口号，而是肺腑之言。运涛对待革命事业坚定不移的精神无论在什么时代都不会过时，今天我们阅读《红旗谱》，无疑可以感受、学习这种理想带给人的坚定信念。2018 年 12 月 31 日，国家主席习近平发表 2019 年新年贺词，他说："我们都在努力奔跑，我们都是追梦人。"在新时代里，越来越多的人在努力追求自己的理想，但是通往理想的道路充满荆棘，每当我们想要放弃的时候，想一想《红旗谱》这类"红色经典"中的人物，无疑会激励我们不断前行。

作者简介:

    冯德英 (1935—), 山东省乳山市人, 中国作协第四届理事, 第五、

六届主席团委员, 中国文联委员, 曾任山东省作协主席、党组书记。2008

年被山东省委、省政府授予"山东省文化艺术终身成就奖"。1944 年参加

儿童团, 协助执行抗战行动。1949 年参加解放军, 参军之后历任电台台长、

排长等职务。1952 年开始尝试文艺创作, 1958 年, 处女作《苦菜花》由解

放军文艺出版社出版。之后又创作出《迎春花》《山菊花》《染血的土地》

等, 其中的"三花"被称为影响了几代人的作品。《山菊花》获解放军文艺

奖, 《染血的土地》获山东省泰山文艺一等奖。

《苦菜花》：战火淬炼出的别样美丽

申倩倩

　　"苦菜花儿开香又香，朵朵鲜花映太阳。受苦人拿枪闹革命，永远跟着共产党……"由著名歌唱家王音璇演唱的这首《苦菜花开闪金光》是一代人的记忆，每当这歌声响起，人们就会想起由曲云饰演的那位革命老大妈温和而不失坚韧的脸庞，紧接着脑海中又会自然浮现出作家冯德英在原著《苦菜花》中刻绘的英勇蓬勃却不稚嫩的青年群像，勾画出的齐鲁大地上军民一心团结抗日的热血景象。即便过去了许多年，读者在阅读这本书时依旧会因为作品充沛的感情和生动的故事而心潮涌动。作家冯德英小小年纪就参加了革命，新中国成立之后，抗战的记忆、家风的绵延和时代的感召使这个年轻的小伙子无法忘怀那些活跃于他脑海和耳畔的革命烈士和以母亲为代表的与战士们同仇敌忾的淳朴民众，他决心让他们拥有更加久远的生命。1953 年，他写出了一篇记述母亲曹文琳的四万余字的文章，题为《我的母亲》，战友们读完深为感动，鼓励冯德英继续创作，从此他便开始在稿纸上更加辛勤地耕耘。1955 年他将初稿邮寄给了总政文化部，后来在他与解放军文艺社编辑的反复磋商、修改之下，书稿初步成型。经过两年的精心打磨，1958 年 1 月解放军文艺出版社出版了这部感动和激励了一代人的经典作品。

一　故事梗概

　　山东昆嵛山一带，山峦连绵起伏，自然的力量让昆嵛山在一年四季有着万般面貌，或葱茏，或沉静，都是那样令人沉醉。富饶的土地自然出产丰盛的粮食，但是播洒汗水的农民却生活得非常困苦，因为这些土地并不为农民所有，苛捐杂税压得村民直不起腰。1937 年以后，人民的生活境况更是如同坠入地狱，因为日本鬼子的铁蹄开始践踏这片土地，贪婪地将掠夺的魔爪伸向民间，并且选择 "七七事变" 之前就倚仗家财和土匪势力称霸一方的王唯一作为他们的代理人。这个无耻之徒在日本人的授意下横行乡里，欺压剥削乡民，帮助扩张日本人的邪恶势力，可以说是无恶不作。而王唯一的儿子王竹和侄子王流子更是恶贯满盈，他们看上了王官庄村民冯仁善的儿媳妇，意欲强奸时遭到了乡民们的强烈反抗，他们在夜里将冯仁善一家赶尽杀绝，冯仁善的兄弟冯仁义也被他们盯上。处于黑暗无道的世界中，无人给悲惨的民众主持公道，冯仁义被迫逃走，留下了妻子和五个儿女相依为命。母亲寻子成了家庭的唯一支撑，她和五个年幼的儿女胆战心惊地在艰难的环境中讨生活。一晃两年过去，过度的操劳使得三十九岁的母亲迅速苍老，但是困苦的生活只能摧残母亲的外表，她的心依旧明亮年轻。更可喜的是，代表人民利益的中国共产党在这样艰险的环境中呈现出星星之火可以燎原之势，杀了许多伪政权的头目和汉奸，受到乡民拥戴，一天天壮大起来。大女儿娟子和母亲一样，在艰难的抗敌生活中依旧保持着高洁的人格，并且在党的思想的教育下变得更为坚韧勇敢，一步一步地成长起来。

　　这一天，娟子和冯德松、姜永泉等共产党员开了一次秘密会议，根据上级指示，他们夜里要和附近几十个村子一起进行一场翻身的暴动，武装夺取政权，捉拿日本人残酷暴政在乡间的代理人。夜晚降临，在瓢泼大雨的帮助下，姜永泉等人抓获了王唯一，与此同时，附近的几十个村子都成功抓住了自己村中的 "王唯一"，暴动成功了！在隔天的公审大会上，姜永泉的话语让村民想起了王唯一从前是如何作恶多端，并且知道了村民们有无穷的力量，渐渐意识到共产党和村民是一条心。但是，这次的胜利只是斗争的开始。王唯一死后一个多月，他的叔伯兄弟王東芝回到了王官庄，这是个比王唯一更为狡猾阴险的敌人——表面上他是担任着王官庄小学校长职务的开明绅士，实际上却是勾结日本人的国民党反动派，暗中破坏党的抗日解放事业，用仁义道德的外衣掩盖着他的狼子野心。他威胁村民王长锁为他服务，给日本方面送去秘密消息，鬼子开始了破坏我军根据地的残忍"大扫荡"。枪声和炮火追击着乡亲们，姜永泉和干部们领着民兵在山上一边保护村民，一边和敌人进行着艰苦的战斗。任务十分艰巨，战士们手中留有的武器弹药已不多，牺牲的战士却越来越多，而剩下的依旧在和敌人进行着凶险的肉搏。形势十分危急，敌人的獠牙就要触碰到手无寸铁的村民们，"砰砰砰"，不远处响起了枪声，得到消息的大部队赶来营救了！

　　战斗终于胜利，然而这胜利付出的代价却是沉重的，我军伤亡十分惨重，家园也被鬼子毁坏得面目全非，处处硝烟弥漫。炮火给村民们带来了巨大的灾难，但灾难也使得军民之间的距离变得更近，不仅战士，村民们也意识到了形势的危急，在不久后的动员会上，村里的青年纷纷报名参军，德强也怀着激动的心情参加了八路军。姜永泉看着这热烈的场面心潮涌动，他知道必须更加认真地工作才能对得起人民的信任。这天，在灿烂的阳光下，村里的入伍青年跟着部队出发了，乡民们用锣鼓和红花表达着心中的感情，母亲和乡民们的目光融汇到一起，依依不舍却满怀骄傲地送走了战士们。乡亲们坚信，他们必定会成为合格的共产党战士，用更加强大的力量来保家卫国。

　　春天来临，青纱帐渐起，在党的领导下，乡民们机智地对抗着敌人，抗日民主政府实施了诸多政策，使农民获得了土地，人们投入到火热的生产活动中。德强参军、娟子上学使得农活落到了母亲一人肩上，虽是劳苦，但母亲内心深为儿女骄傲，周围的流言蜚语只会使母亲更加坚韧，部队不时地住家更使母亲的心和部队紧紧相连，我军在这火热的形势下愈加壮大，和乡民关系愈加紧密。在这样的情形下，王東芝并不安分，但是他的破坏工作越来越艰难,焦急的他心生歹计,命令宫少尼等四人除掉娟子。聪慧又勇敢的娟子没让他们得逞,也更加怀疑起王柬芝的身份,她安静地观察着王柬芝的一举一动,相信狐狸终究会露出尾巴。不仅仅是娟子在这火热的形势中飞速地成长,德强在部队也将近两年了,在老号长的教导训练下,成长为一名英俊威武的战士。伴随个人成长的是我军部队的迅速强大,外出一个月的陈政委终于胜利归来,成功收编了柳八爷的土匪队伍,于团长率领着整齐威武的部队在河滩里表示欢迎。柳八爷生性桀骜不驯,多年的土匪生涯更加助长了他的这种脾性。他佩服八路军为人民的信条,但是在武功枪法方面他却自视甚高,想看看我军将士们的真本领,这也难怪,豪杰总是珍视英雄。经过一番比试,他发现这群战士不仅品格高尚,武功和枪法更是了得,从此心服口服地和战士们并肩作战。更难得的是,参军之后的柳八爷思想认识水平飞快提升,土匪气褪尽,成为一名合格的八路军战士。

我方形势的一片大好使得暗中作祟的王柬芝气急败坏,他邪恶的双手又开始不安分,双眼闪着邪恶的光芒,在暗处给我军战士埋伏着陷阱。与此同时,野心勃勃的敌人为扩张自己的势力开始往各个据点增兵,准备对我党的抗日根据地进行残忍的“大扫荡”,攻占我军的兵工厂。为确定兵工厂的位置,歹毒的王柬芝将母亲、星梅、兰子等人扣押起来。狠毒的敌人用尽各种残忍的酷刑,兰子不仅拒绝回答,并且英勇地与敌人抗争,恼羞成怒的敌人最终将兰子杀害。而星梅更是在受了重伤的情况下还鼓励乡民们继续与敌人抗争,唱着《国际歌》慷慨就义。奄奄一息的星梅声音虽然微弱,但是她坚定的意志鼓舞了在场的所有人。敌人又妄想能从母亲口中得知兵工厂的位置,对母亲严刑拷打。平日柔弱的母亲此时表现出惊人的意志,她不仅严守秘密,还瞅准机会利用野外的地雷消灭了一些鬼子。气急败坏的王柬芝情妇淑花想出了奸计,用最小的孩子嫚子来威胁母亲。年幼的嫚子最后被敌人杀害,死在了母亲怀中,心如刀绞的母亲更加痛恨敌人,决心更加坚定地和这些残忍的敌人抗争。

盘踞在这片土地上的邪恶势力只能让那些软弱的人屈服,战火会淬炼出勇猛的战士，让中国人民的眼睛更加雪亮，意志更加坚定。于团长带领部队在烟威公路成功歼灭了一批敌人，部队转移到了离此地不远的小寨村，毫无骨气的汉奸又向敌人告密，泄露了我军的行踪。战士们虽然疲劳，但依旧勇猛地投入了战斗，经过几次血战，军民齐心英勇战斗，敌人的"扫荡"终于被粉碎了。明处的敌人被打压了气焰，暗处的敌人也露出了尾巴。这天，娟子在回家看望母亲的路上偶然碰到有两人埋伏在路边欲加害王长锁，娟子帮助他脱离了险境。王长锁明白这是王柬芝派人暗杀他，为了不暴露，他隐瞒了真相，但还是引起了娟子的怀疑，她决定到王柬芝家里探访。在王柬芝家里，娟子碰到了淑花，他们惊慌的神情引起了娟子更大的怀疑。杏莉母亲在得知王长锁差点遇害之后，意欲告知娟子实情，却被狡猾的王柬芝打断，娟子不得不离开了王柬芝家。就在这时，杏莉偶然间发现了家中隐藏的电台，也发现了王柬芝的真实身份是汉奸。一直以来身心处于极度矛盾中的杏莉母亲终于说出了自己被胁迫为王柬芝做事的来龙去脉，王柬芝也撕去了自己温和的假面，残忍地将杏莉杀害。德强等人得到消息之后拼尽全力赶来，这个隐藏已久的敌人终于被我军抓获，杏梨用自己的生命让这只披着羊皮的狼得到了应有的审判。

又快过年了，往年到了这个时候乡亲们总是犯愁，为粮食发愁，为地租发愁，今年王官庄村民的脸上都带着喜气洋洋的神色，因为今年有了八路军的保护，乡民们可以在一派喜庆中过年了！在这稳定的状态下，大家决定给姜永泉和娟子这对已有深厚感情的恋人举行婚礼，二人结婚后更体会到作为共产党员的幸福和责任。乡民们的日子过得十分红火，令人振奋的事情一一到来，就连离家很久的冯仁义也回来了。他惊叹于家乡翻天覆地的变化，与母亲共同回忆以往困苦不堪的日子，下定决心要跟着共产党共同战斗，共同创造美好生活。

我们的根据地一天天壮大，敌人深感焦虑，他们集合了几万兵力要在全胶东境内进行一次空前残酷的"大扫荡"，试图搞垮我军的根据地。敌人来势汹汹地开始在各个村庄"扫荡"，人们在雪花纷飞的寒冬又开始了逃难的生活，一边忍受着敌人残忍屠杀的恐惧，一边忍受着饥寒。人民的境遇悲惨，我军将士也处于水深火热之中。王东海掩护专署机关转移时发现被敌人围困的大批村民，决定保护他们突围，然而寡不敌众，在护送第三批群众时弹尽粮绝，大批战士牺牲。游击队员们的情况更是如此，一方面他们在尽可能地帮助村民，另一方面还需要忍受着饥寒和敌人作战。德强等人冒着危险救出了被敌人关押的大批妇女，姜永泉却在一次战斗中不幸被敌人抓住，还好村民给他换下了军装，没有被识破身份，暂时和村民们关押在一起。情势是这样危急，乡民们看着战士们为保护他们而被敌人追杀，倒下的鲜活生命越来越多，他们看在眼里急在心里，开始不顾自身危险保护战士们。这天，敌人因需要劳动力并确保安全，所以要村民挑出本村的青年，花子为救出姜永泉，假称他是自己的丈夫，而她真正的丈夫老起却被敌人杀死。花子的举动深深震撼了江东海，他相信，此时我军虽处于劣势，但是，有人民的力量做基础，坚持终究会迎来胜利。

"日本鬼子你别猖狂，中国人民你杀不光，我们有共产党来领导……"欢快的歌谣唱出的不仅仅是人们的新生，更昭示着未来的光明。大局势渐渐明朗，希特勒无条件投降了，解放区军民在这火热的形势下加紧工作，他们知道胜利就在不远的前方向着不屈的中国人民招手，遭受压迫的中国人民即将迎来翻身战役！于得海司令员作出了攻打敌人据点道水的部署，这个据点非常牢固，到处设有埋伏，强攻对我方不利，需要里应外合。于得海司令员经过慎重考虑，决定将"里应"的任务交给年轻机灵的德强来完成。德强兴奋地接受了任务，因为他知道这是一次具有决定意义的斗争，人民的新生就要来临了！母亲知晓此事之后决定，配合我军先去做先锋，争取有利形势。母亲和娟子凭着过人的胆识，通过了伪军检查，如愿进入道水城，并且见到了久违的大姨和婵子。娟子用动人的话语给婵子讲解了党的各项政策和思想，拿到了庞文的印鉴，之后母亲决定留在虎穴而让娟子离开，娟子和部队会合准备进行总攻。村民们怀着满腔的热血来到前线给战士们送饭，给战士们精神上的支持，军民团结一心，激动地等待着黎明前的决战。事情本该非常顺利，但是这时孔江子的行踪引起了敌人的怀疑，孔江子经不住严刑拷打，将我军的计划和安排都告诉了敌人，情况变得十分危急。我军将士在炮火的洗礼下早已拥有了处变不惊的本领，在这危急的关头迅速调整了战略部署，战士们抱着必胜的决心浴血奋战。正义或许会迟到，但绝不会缺席，更何况是在众志成城的情况下。我们终于胜利了！而这一天，也是母亲的生日，秀子送给母亲一束鲜花，火红花束中的苦菜花傲然开放着，人们在朝阳中迎来了最终的胜利，解放了的城墙最高处升起了艳丽的红旗。

二　出版情况

1958 年第 1 期的《解放军文艺》罕见地用整个版面发出了小说《苦菜花》的出版预告，包括小说的内容提要、插图、出版时间、价格等，通过这样的推荐形式希冀引起读者的注意。这种类似现代意义上广告的推介形式是"十七年"时期不多见的，足见出版社对这部小说的重视和看好。值得一提的是，《苦菜花》也是解放军文艺出版社自己编辑出版的第一本长篇小说，之前"解放军文艺丛书"编辑部（解放军文艺出版社编辑部的前身）编辑的书都是交由其他出版社出版的，因此《苦菜花》这部小说在该社发展史上具有特别的意义 [1]。《苦菜花》初版本于 1958 年 1 月出版，封面素雅简洁，插画图案是一朵昂然生长的苦菜花，象征着作品意欲传达给读者的深刻内涵，由当时著名的天津画家张德育绘制。《苦菜花》出版以后，受到了广泛的好评，据统计，解放军文艺出版社当时印刷了二十万册，不久便行销一空，被读者誉为"中国版《母亲》" [2]，足见人民大众对这部小说的喜爱。1958 年 3 月 3 日的《人民日报》高度评价了《苦菜花》："长篇小说《苦菜花》用生动的笔触，极其真实地展示了昆嵛山地区的人民，在党的领导下同日寇、汉奸走

---

[1] 龚奎林：《"故事"的多重讲述与文艺化大众》，河南大学博士学位论文，2009 年。
[2] 龚奎林：《"故事"的多重讲述与文艺化大众》，河南大学博士学位论文，2009 年。

解放军文艺出版社1958年出版的《苦菜花》　　　　作家出版社1959年出版的单行本
《红色的苦菜花》

狗以及封建势力的斗争，反映了人民的胜利，也反映了人民军队发展壮大的过程和军民亲如骨肉的关系。贯穿全书的是一个平凡而又伟大的母亲。作者非常细腻地刻画了她善良的、坚贞不屈的英雄性格，在读者心目中留下了极为深刻的印象。书中穿插的青年们的爱情故事，也是生动有趣的。"[1] 继解放军文艺出版社后，全国又有七八家出版社将《苦菜花》翻印，印刷数量总计二百万册。为使读者更为方便地阅读《苦菜花》，当时的一些出版社将其中的精彩篇章出版为单行本，这也成为辅助原版本畅销的另外一种纸质媒介，例如1959年作家出版社出版的《红色的苦菜花》被列为文学初步读物。

之后，小说又先后被译为日、俄、英、越南、朝鲜、蒙古、罗马尼亚等多种文字介绍到国外，如：1962年日本至诚堂出版了由三好一翻译的《苦菜花》，日译本名为《苦菜花物语》；1959年7月苏联外国文学出版局出版了由B.A.帕纳秀克翻译的俄文版《苦菜花》；1963年黑龙江朝鲜民族出版社出版了由郑容郁翻译

---

[1] 郑建军、龚奎林：《〈人民日报〉文艺副刊与当代小说传播》，《小说评论》，2012年第5期。

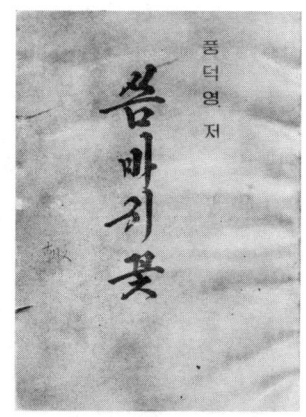

俄文版《苦菜花》　　　　　越南文版《苦菜花》　　　　　朝鲜文版《苦菜花》

的朝鲜文版《苦菜花》；1966 年，当时隶属于中国外文局（CIPG）和中央编译局的外文出版社出版了由吴雪莉翻译的英译本《苦菜花》，英译本名为《Bitter Herb》。[1] 1962 年，冯德英应中央人民广播电台之邀做了一次访谈，回答苏联听众有关《苦菜花》的问题，在场的苏联听众都表示，《苦菜花》中的母亲就像高尔基小说中的俄罗斯母亲一样伟大。

　　读者对《苦菜花》的欢迎和文学评论家的赞扬使这部小说获得了巨大的关注，1958 年，年仅二十三岁的冯德英由一个普通排长直接调往空军政治部从事专业创作，并且空军党委授予其一等功，以鼓励他的文学创作。上世纪 50 年代前期他还是空军部队一名普通的机要员，《苦菜花》出版以后，上级部门认为冯德英有重大贡献，为了能让他继续在文艺事业上做贡献，将其抽调到空政文化部当创作员。当时的宿舍管理人员将其安排在集体宿舍中，未意识到安静的创作环境对作家的重要性。时任空军司令员的刘亚楼知晓该情况后，责令工作人员立即给冯德英安排安静的

---

[1] 俞春玲：《〈苦菜花〉及其他——冯德英访谈实录》，《新文学史料》，2015 年第 4 期。

解放军文艺出版社1959年出版的
修订本《苦菜花》

解放军文艺出版社1978年3月出
版的《苦菜花》

解放军文艺出版社1986年10月出
版的《苦菜花》

解放军文艺出版社1990年4月出
版的《苦菜花》

解放军文艺出版社2007年7月出
版的《苦菜花》

居住环境，以便于他的创作工作。[1] 这段逸事显出的不仅仅是
国家对文艺事业的重视，也从侧面反映出《苦菜花》的影响力。

与此同时，冯德英加入了中国作协，成为当时中国作协最年
轻的会员，并且参加了解放军总政治部召开的全军短篇小说座谈
会，还出席了"全国青年社会主义建设积极分子"代表大会，并
被评选为"全国社会主义青年积极分子代表"，受到周恩来总理

[1] 文飞军：《刘亚楼与〈苦菜花〉》，《椰城》，2007年第11期。

人民文学出版社 1959 年 8 月出
版的《苦菜花》

人民文学出版社 2005 年 1 月出版
的《苦菜花》

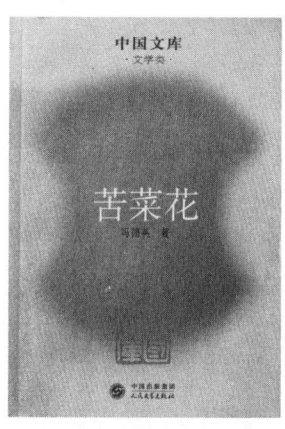

人民文学出版社 2007 年 9 月出
版的《苦菜花》

人民文学出版社 2015 年 7 月出版
的《苦菜花》

的亲切接见。得知冯德英将八千元稿费全部捐献给了家乡烈属，
周总理关切地说道："稿费捐献了好，但是也要保养一下自己的
身体。"[1] 邓颖超作为全国妇女代表也向冯德英表示了感谢，
称赞他在作品中对许多优秀妇女人物的描写。1959 年 10 月，《苦
菜花》入选德国莱比锡国际书展。同月，为庆祝新中国建国 10 周年，

[1] 熊坤静：《长篇小说〈苦菜花〉创作的前前后后》，《党史博采（纪实）》，
2012 年第 11 期。

春风文艺出版社2002年出版的《苦菜花》　　中国青年出版社2012年出版的《苦菜花》

人民文学出版社从1949年到1959年全国出版的作品中精选一批"优秀选拔本"出版，其中长篇小说只有十来部，《苦菜花》成功入选。在当时佳作颇多的情况下，《苦菜花》出版一年就成功入选，颇不容易。借此机会，冯德英对《苦菜花》做了一些修改，如对于某些方言口语进行注释或修改、使人物活动更符合革命伦理需求等，并把一篇创作谈收作后记，这就是1959年的修订本。这次的修改也使文本更加真实动人，并由张德育插图、吴建堃封面设计，装帧精美，是一次成功的修改。"文革"后不久，由于书中一些两性关系的描写引起了争论，冯德英不得不进行了大篇幅的修改，之后在1978年由解放军文艺出版社出版。随着形势的渐趋好转和社会思想的渐趋开放，20世纪80年代，各个出版社恢复出版了艺术水平更高的1959年修订本。[1]

新时期以来，《苦菜花》的艺术魅力并没有因为岁月的流逝和时代背景的嬗变而减退。据统计，《苦菜花》出版六十年以来已翻译成十种文字，畅销一千万册，其中，解放军文艺出版社分别于1986年10月、1990年4月、1994年8月、2007年7月出

[1] 龚奎林：《"故事"的多重讲述与文艺化大众》，河南大学博士学位论文，2009年。

21世纪出版社1991年1月出版
的"红领巾书架"《苦菜花》

解放军文艺出版社1996年1月出
版的缩写本《苦菜花》

河北少年儿童出版社1996年8月出版
的《苦菜花》

北京燕山出版社2004年11月出
版的"中华爱国主义文学名著文
库"缩写本《苦菜花》

吉林美术出版社2016年3月出版
的缩写本《苦菜花》

版过《苦菜花》，每一版又在不同的年份分别印行了少则十几次，多则几十次。而人民文学出版社分别于1970年1月、2000年7月、2005年1月、2007年9月、2015年7月、2018年10月出版过《苦菜花》，装帧设计精美，封面端庄雅致，深受大众喜爱，销量喜人。

除此以外，春风文艺出版社、中国青年出版社、江苏凤凰文艺出版社、新文艺出版社、吉林美术出版社、21世纪出版社、时代文艺出版社、北岳文艺出版社、黑龙江人民出版社、北方文艺出版社等多家出版社在新世纪相继出版了《苦菜花》。不仅如此，

1985 年内蒙古少年儿童出版社将《苦菜花》译为蒙古文，2009 年 10 月黑龙江朝鲜民族出版社等出版社则将《苦菜花》译为不同文字销往不同国家。与此同时，许多出版社编辑出版了《苦菜花》的缩写版本，如 21 世纪出版社 1991 年 1 月出版的"红领巾书架"《苦菜花》、海峡文艺出版社 1993 年出版的由王光明缩写的《苦菜花》、解放军文艺出版社 1996 年 1 月出版的由路已缩写的《苦菜花》、河北少年儿童出版社 1996 年 8 月出版的由商磊改编的《苦菜花精彩故事》、黑龙江人民出版社 1996 年出版的由张景超缩写的《苦菜花》、北京燕山出版社 2004 年 11 月出版、由端木蕻良主编的"中华爱国主义文学名著文库"中收录的宋怀冰缩写的《苦菜花》、吉林美术出版社 2016 年 3 月出版的由韩英群缩写的《苦菜花》。

三 其他形式的传播及意义

（一）戏曲、曲艺

1. 评剧改编

1958 年，薛恩厚和高琛将《苦菜花》改编为评剧剧本，由中国评剧院导演张玮、陈怀平进行编排演出，由喜彩春和筱白玉霜分别排演。由于一经演出就深受观众欢迎，当时有三个团同时演出该剧本，其中中国评剧院的演出就有几百场。有资料显示，评剧《苦菜花》是当时现代戏中演出场次最多的。1958 年 8 月 2 日的《人民日报》发表了一篇记者稿件《评剧〈苦菜花〉》，对该剧大加赞赏："受到广大读者欢迎的长篇小说《苦菜花》，已经由中国评剧院改编，在北京上演。剧本基本上是按照原著人物情节的发展来编写的，它较好地表现了原著的面貌。在整个演出中，星梅就义和母亲不屈这两场戏，特别使观众感动。"[1] 之所以能取得如此耀眼的成绩，不能不提及当时的评剧名角新凤霞和喜彩春二人。她两在剧中分别饰演娟子和冯大娘，新凤霞

---

[1] 龚奎林：《〈人民日报〉与"十七年"文学生产》，《甘肃社会科学》，2011 年第 2 期。

中国评剧院二团演出《苦菜花》所据剧本　　北京宝文堂书店1958年出版的评剧剧本《苦菜花》　　北京出版社1964年4月出版的评剧剧本《苦菜花》

的演唱清晰透亮、玲珑婉转，尤其擅长"疙瘩腔"，舞台效果极富华彩；喜彩春的演唱和表演朴实无华，乡土味道浓郁，切合人物形象，极具感染力。二人演唱的《苦难中找到光明路》也成为评剧经典：

> 娟：（唱）我已成为千万群众中的一员。只因为有了共产党，领导咱们抗日除汉奸。娘啊，娘你答应我吧，你帮助我们把这任务担。
>
> 冯：（白）哦……
>
> （唱）苍天啊，你果然能够睁开眼，共产党，你当真领导我们把身翻，让我受苦也情愿，让我舍命也心甘。就怕是太阳照不亮这万丈的井，怕的是女儿你……你担凶险，教娘把心担。[1]

观众对评剧《苦菜花》极为认可，1958年12月北京宝文堂

---

[1] 中央人民广播电台文艺部戏曲组编：《评剧小戏考》，上海文艺出版社，1985年9月。

书店出版了由薛恩厚、高琛改编的评剧剧本《苦菜花》，这本六十九页的评剧剧本印行了八万册，后列入北京市戏曲研究所编的《北京市戏曲剧目选》，1964 年 4 月北京出版社重印了该剧本。

评剧《苦菜花》获得了巨大成功，编剧高深又根据小说《苦菜花》中四大爷女儿冯英子在革命中成长翻身的故事改编了另一个评剧剧本——《春花曲》，使得原来被娟子的魅力遮挡的英子得以在这个版本的故事中充分显示她的天真烂漫和勇敢纯净，博得了许多观众的喜爱。而这个十三场的评剧剧本没过多久也由北京宝文堂书店于 1959 年 10 月出版，共六十二页，在当时印行了一万多册。

2. 吕剧改编

吕剧和小说《苦菜花》一样都是齐鲁大地孕育出的，吕剧是山东省最具代表性的地方剧种，作为中国八大戏曲剧种之一的吕剧还是国家级非物质文化遗产。由山东琴书演变而来的吕剧曲调优美、自然流畅，唱词往往运用俚言俗语，整体风格显得非常生动活泼，有着广阔的受众群体。《戏剧丛刊》1996 年第 6 期发表了吕剧文学剧本《苦菜花》，该剧本由山东省话剧院一级编剧翟剑萍、山东省戏剧创作室一级编剧孟令河和乳山市干部徐世起联合改编，选取小说中保卫兵工厂的反特情节作为情节主线。1997 年 7 月，吕剧名家郎咸芬携山东吕剧院演员将其呈现在舞台上，并于同年进京演出。小说《苦菜花》中的故事就发生在冯德英的家乡山东省，因此吕剧版本的《苦菜花》掀起了一股热潮，观众反响非常热烈。剧中《银镯报凶信》一段唱腔很是经典：

（星梅唱）原来婆母咫尺近。

（母亲唱）想不到儿媳早进门。

（星梅唱）满腹苦水向亲人诉，向亲人诉。

（母亲唱）满腹苦水向亲人诉，向亲人诉。 [1]

---

[1] 于学剑：《吕剧》，山东友谊出版社，2013 年 11 月。

这一段唱词写得朗朗上口、感情充沛。演出时，两位演员一人一句，不断推进着情节和感情向纵深处发展，演员的动人演唱更是使得观众完全沉浸其中，许多感性的观众当场洒下热泪。

不久，三位编剧根据演出效果和读者要求再次修改了剧本《苦菜花》，1998年第7期的《剧本》发表了修改版的吕剧剧本《苦菜花》，荣获这年的"中国曹禺戏剧文学奖·剧本奖"。演出版吕剧荣获文化部颁发的第八届"文华大奖""文华剧作奖"和"文华音乐创作奖"，

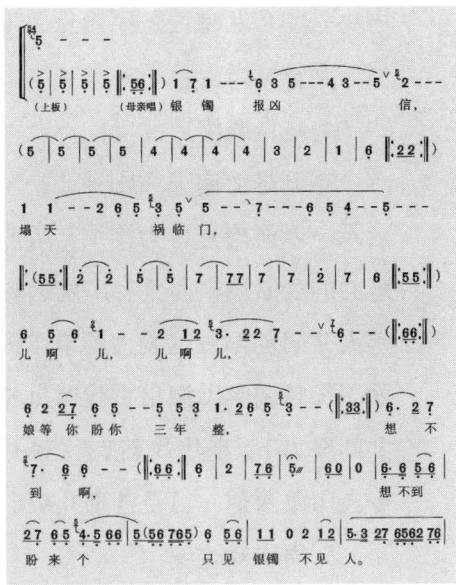

吕剧《银镯报凶信》选段

吕剧艺术家郎咸芬扮演的 "母亲"一角获"文华表演奖"。在第六届中国艺术节上，该剧荣获金奖，郎咸芬和其他主要演员及编剧、导演、作曲、舞美设计分获相关奖项。不久，应观众的热烈呼声，吕剧版《苦菜花》在济南、北京、天津、南京等地巡回演出。1999年，导演袁枚女，编剧翟剑萍、孟令河等人在剧场演出版的基础上进行了再创作，并由中央电视台和山东吕剧院合作，联合摄制了四集吕剧电视剧《苦菜花》。

3. 曲剧改编

受评剧《苦菜花》演出成功的启发，曲剧名家魏喜奎、王振东等人编排出北京曲剧版《苦菜花》。区别于评剧版，北京曲剧版选择娟子作为第一主角，以娟子回忆往事作为故事的开端，主人公情绪随情节的展开而一步步发展，最后在昂扬的革命意志中结束。北京曲剧有着念白唱腔感情充沛和善于埋下伏笔的特点，加之演员身段优美动人，观众对于曲剧《苦菜花》尤为喜爱。不久，

中央乐团和北京曲艺团合作，推出了由魏喜奎领唱、中央乐团伴唱的合唱版《苦菜花》。

4. 越调改编

越调是河南三大剧种之一，被国务院列入第一批国家级非物质文化遗产名录，以河南方言为剧词，唱腔宽广深沉、豪放质朴、字多腔少，因其独具魅力的表演风格而具有广阔的观众基础。1977年，由张乡朴、闵彬、赵抱衡等人共同创作，越调大师申凤梅和何全志出演的越调版《苦菜花》与观众见面了。越调本以演出古代戏见长，但在这些精益求精、大胆创新的艺术家的共同努力下，现代戏《苦菜花》并未让观众失望，尤其是申凤梅扮演的冯大娘，令人印象深刻，《受苦刑儿头上黄花不见》选段也成为越调中的经典唱段。

5. 眉户戏改编

艺术的魅力往往能冲破空间的阻隔，《苦菜花》这朵香花不仅仅在华北平原散逸芬芳，即便到了西北依旧能够生根发芽。1958年，西安市工人文工团编排出眉户戏版本的《苦菜花》。眉户戏是广泛流行于陕西、山西等地的地方曲调，如果说秦腔是粗犷的壮汉，那么眉户戏就是温婉的女子。眉户戏以声腔抒情委婉为特色，这恰好贴合《苦菜花》的叙事风格，故而上演不久就赢得了阵阵喝彩。之后专攻秦腔艺术的杨文颖对该版《苦菜花》剧本进行了增补修改，使偏向于传统的眉户戏和现代故事相结合，更为观众所喜爱，而眉户戏《苦菜花》也成为经典的眉户现代戏。

6. 苏州评弹、沪剧改编

《苦菜花》的魅力也吸引着南方的艺术家，在1960—1961年间，苏州市人民评弹团编演了评弹《苦菜花》，并且在当时戏曲鉴赏家陈云的指导下进行了更符合评弹艺术表演的处理，其中《除奸》一节发表在夏史编选的《弹词开篇集》中。上海市爱华业余创作小组也根据原著小说改编创作出沪剧剧本《苦菜花》，并由王之导演、张栋等人作曲。该剧本的唱词糅合了大量的上海方言，加上上海话语调的抑扬顿挫，颇具生动活泼的艺术感染力。比如第九场中的唱段：

梅：（唱）勿！我是想征求侬意见，
希望侬把心话老实讲。

娟：（唱）莫非她想最后做决定，
倒叫我不知如何对他讲。

梅：（唱）莫非她还怕难为情，
因何欲言不语呆思想。

娟：（唱）我胡思乱想为点啥？
既下决心再动感情勿应当。

沪剧《苦菜花》剧本

7.评书改编

评书是我国一种古老的传统口头讲说表演艺术形式，表演者有着一人定乾坤的气定神闲之态，端坐于桌后，将心中的故事以或急或缓的语调叙述出来，以折扇和醒木来配合叙述的节奏，使得观众即便闭上耳朵也能在精彩的故事中感受艺术魅力。评书名家杨田荣于 1958 年 10 月 2 日至 12 月 7 日在鞍山人民广播电台录制播放了评书《苦菜花》，同时这也打破了评书往往以历史题材为主的模式，具有历史意义，而杨田荣不久也被评为辽宁省和鞍山市先进工作者。

（二）连环画

美术和文学是分别以图像和文字见长的两种不同种类的艺术，两者的结合会产生更大的艺术魅力，也更能激发读者的想象。尤其是对当年的青少年儿童来讲，连环画这样的艺术形式是非常重要的获取知识的渠道，当时的许多儿童痴迷连环画甚至到了废寝忘食的地步。而这样的往事也成为一代人的宝贵记忆，许多人在回忆童年时依旧对这些丰富了他们童年生活的"小人书"念念不忘。1960 年 3 月，天津美术出版社出版了由翰左和蒙来改编、

天津美术出版社 1960 年 3 月出版的连环画《苦菜花》上下　　福建人民出版社 1985 年 10 月出版的连环画《苦菜花》上

高燕绘制的连环画《苦菜花》，该连环画分为上下两册，封面由著名的天津画家张德育绘制。相较于其他的艺术形式改编，连环画版的《苦菜花》是最接近小说的，修改的部分较少。画家张德育抽取了小说的主干，通过自己的艺术想象将由文字组成的母亲转化为图像，人物服装多选用暗色调，绘制人物脸庞时更偏重于神态和精气神的传达，加上色彩绚丽的背景，更加突出了人物精神状态的魅力，也更能使读者领会原著的思想内涵。1985 年 10 月，福建美术出版社出版了另一个版本的连环画，由张子固改编、张玉敏绘制，该版本的《苦菜花》也是分为上下两册。

为纪念抗日战争胜利 60 周年，2005 年 2 月，人民美术出版社在 1960 年天津人民美术出版社版本的基础上修订了连环画《苦菜花》，分为上下两册。2011 年 6 月，为庆祝中国共产党成立90 周年，天津人民美术出版社出版了百种红色经典连环画，重印了 1960 年版的《苦菜花》。

（三）电影、电影剧本、电影连环画

电影作为一门综合的艺术，其精彩的故事情节、立体的人物、多样的画面和动人的配乐使得人们格外青睐。早在 1958 年 10 月5 日，《人民日报》便有报道："作者已经把这部小说（《苦菜花》）改编成为电影剧本，不久可以开始拍摄。"[1] 到了 1964 年，电

---

[1] 龚奎林：《"故事"的多重讲述与文艺化大众》，河南大学博士学位论文，2009 年。

不同版本的《苦菜花》电影光盘

影《苦菜花》终于由八一电影制片厂摄制完成，由李昂担任导演，小说作者冯德英担任编剧，拍摄时使用的分镜头脚本是依据冯德英于 1964 年修改的电影剧本。1965 年 6 月，这部经过漫长准备的影片作为抗战胜利 20 周年献礼片上映，不久即入选由文化部举办的"纪念伟大抗日战争胜利 20 周年电影展览"。电影《苦菜花》是多种艺术改编形式中影响最为广泛的，由表演艺术家曲云扮演的革命母亲以其感人形象而深入人心，这部影片自然也成为我国电影发展史上的经典之作。电影的艺术形式适合全年龄段的人观看，当时《苦菜花》在北京焦庄户村放映时，引起了观众的热烈反响，纷纷发表了自己的感想：

> 冯大娘有刚有志，有股英雄劲儿，有股百折不挠的硬骨头精神。

> 这部影片里的日本鬼子真横，没把咱中国人当人看待。那时候，咱村里也一样，你们年轻没赶上，离咱村二三里路的龙湾屯就设了炮楼，鬼子经常强迫老乡们往那儿去开会。

> 咱村那个富农婆子也是这么的，她逼着我老叔还债，我老叔叫她逼疯了，结果寻了短见，这实际上就是富农婆子逼

201

中国电影出版社 1966 年 3 月出版
的电影文学剧本《苦菜花》

上海人民美术出版社 1978 年 7 月出版的
电影连环画《苦菜花》

中国电影出版社 1983 年 3 月出版的电
影连环画《苦菜花》

中国电影出版社 2005 年 10 月出版的电
影连环画《苦菜花》

中国民主法制出版社 2013 年 11 月出
版的电影连环画《苦菜花》

死他的。[1]

这些朴实生动的话语传达着人们记忆深处的感情，足见影片
引起的观众共鸣。2005 年，为纪念中国电影 100 周年，中央电视
台拍摄了《电影传奇——一个母亲的成长》，由崔永元主演、解说
电影《苦菜花》中的母亲形象。

早在电影拍摄完成前的 1963 年，冯德英就在八一电影制片
厂及导演李昂等人的帮助下把《苦菜花》改编为同名电影剧本，
并发表在《电影文学》1963 年第 5 期上，让当时期待已久的观众
先睹为快，但是这个版本的剧本并不是电影拍摄时使用的最终脚
本。根据观众的反响，冯德英在 1963 年底至 1964 年初修改了杂
志初刊电影剧本，电影《苦菜花》是依据冯德英 1964 年修改的

---

[1]《电影艺术》记者：《焦庄户民兵畅谈影片〈苦菜花〉》，《电影艺术》，
1965 年第 5 期。

电影剧本拍摄的，导演李昂又在拍摄过程中根据自己的理解对剧本进行了部分修改。这个版本的《苦菜花》在电影公映后由中国电影出版社于1966年3月出版，七十四页的电影剧本当时发行了近六万册。

电影公映之后，人们都被曲云饰演的老母亲深深打动，大家都说看了曲云饰演的老母亲，恨不得自己成为电影中的人物，参与到保家卫国的行动当中。人们不再满足于受到时间和地点限制的电影形式，希望能随时随地感受《苦菜花》的魅力，在观众强烈的呼声下，电影连环画诞生了。第一个版本为1965年1月八一电影制片厂的《苦菜花》电影及分镜头脚本，共六十二页、五百零二个镜头。之后，中国电影出版社先后于1966年4月、1983年3月、2005年10月出版了电影剧照版连环画《苦菜花》。2013年11月，中国民主法制出版社再版了1965年八一电影制片厂版本的电影剧照版连环画；2015年8月，为纪念抗日战争胜利70周年重印了该版连环画。第二个版本的电影连环画为1978年7月上海美术出版社出版的电影剧照版连环画《苦菜花》。第三个版本为2014年3月中华工商联合出版社出版的由张照富主编的"中国梦·红色经典电影阅读"丛书，编者从电影《苦菜花》中精选部分剧照，编成了另一版本的电影连环画。

（四）电视剧

上面论及的多种艺术形式以其专长影响了万千读者或观众，人们得以通过不同方式感受《苦菜花》的传世魅力，然而他们或是受到时间的限制，或是受到空间的限制，无法将小说《苦菜花》完整地呈现出来，电视连续剧这一新时期以来尤为观众所熟悉，甚至成为生活一部分的艺术形式却因其时长和图像的优势使作品得以全貌呈现。由世纪英雄电影投资有限公司拍摄，王冀邢导演，陈小艺、侯天来主演的二十集电视剧《苦菜花》于2004年7月7日在江苏城市频道播出，之后又有多家电视台转播，取得了不错的收视成绩。电视剧版本的《苦菜花》在保留对英雄致敬、对红色年代的追忆、弘扬爱国主义精神和牢记历史的前提下，结合新世纪人们的兴趣指向而做出了一些改编，将原著中的一些人物删除，并将所删除人物的身上所发生的事情移到其他人物身上，还增添了一些感情线索。虽然人物形象更加立体饱满，情节线索更加集中，带给观众的观感变得更加惊险刺激，更符合新世纪人们的欣赏习惯，但是这样的改编也引发了一些争议：有的人认为这样的改编是不符合历史真实的，有的人认为这样的改编有损英雄的形象。虽然有着各种各样的说法，必须承认的是这都反映了人们依旧在关心着红色经典和英雄烈属。

值得一提的是，围绕 2004 年版电视剧《苦菜花》的版权还有另外一个故事。2005 年该部电视剧版权所有人北京赤东文化传媒公司发现，日本 SkyPerfec TV 卫星公司 785 频道在没有得到任何授权的情况下播放了该剧。北京赤东文化传媒公司对其发出了警告函，但对方并没有停止播放。鉴于这样的情况，北京赤东文化传媒公司依照法律程序，委托律师向东京法院提起诉讼，之后法院认定，日本 785 频道的行为构成侵权事实。2007 年 8 月，此案进入了赔偿程序，判定日本方面赔偿原告 135 万日元（约合人民币 10.2 万元），每集平均约合人民币 2300 元。这也是中日历史上第一起著作权纠纷案，以中方胜诉告终，具有历史意义，给中日文化交流提供了良好的氛围，同时也警示当下的影视剧版权交易一定要符合法律规范。

2018 年 8 月 30 日，由北京甲甲影视文化传媒有限公司独立制作的电视剧《苦菜花》在国家 4A 级景区——红嫂家乡旅游区暨沂蒙红色影视基地开机，这是《苦菜花》第三次被改编成影视作品。

（五）歌舞

外出工作或求学的游子往往是独自面对着生活中的密繁杂糅，心情低落时听着的《谁不说俺家乡好》是他们的心灵抚慰剂，故而王音璇这个名字牢牢占据了他们的心灵柔软之处，而由这位歌唱家演唱的《苦菜花开闪金光》和《苦菜花开》不仅能使人因想起母亲而有归属感，更能因缅怀先烈而产生奋进之力。1965 年的电影《苦菜花》成为影史经典，影片中由著名歌唱家王音璇演唱的电影主题曲《苦菜花开闪金光》和《苦菜花开》在一代人的记忆中也留下了深刻印象。音乐能穿过耳膜直接抵达人的情感深处，牵引着人的思绪返回历史场景，从而引起强烈共鸣，而演唱者的充沛情感更是使歌曲与电影相得益彰，也成为影像艺术与音乐互相辅就的经典实例。尤其值得一提的是，这位优秀的歌唱家不仅用自己的作品给后人以精神抚慰，更培养了大批杰出的艺术家，如彭丽媛、王世慧、罗余瑛等，继续为我国的音乐艺术奉献力量。

2007 年，由李百华编曲、作曲的民族舞蹈《苦菜花》入围文化部主办的第七届全国舞蹈大赛。舞蹈虽无法完全将小说内容还原出来，但小说的内在精神气韵却可通过身体语言来表达。在或悲慨、或激奋、或雄浑的背景音乐中，演员极具张力的身体语言传达着人物和作品的精神气概，视觉艺术和听觉艺术的结合能给予观众强烈直接的震撼，产生不同于小说的艺术效果。除群舞艺术以外，还有一些民间艺术家由于喜爱王音璇演唱的电影主题曲和小说而创作出广场舞形式的《苦菜花》，比如胶州秧歌版的《苦菜花》就尤为地方民众所喜爱，这种令民间大众参与其中的方式更容易打破历史的隔膜，从侧面反映了以《苦菜花》为代表的红色经典的艺术生命力。

（六）话剧

2018 年，重庆师范大学为庆祝中国共产党成立 97 周年，在校内展演了取材于长篇小说《苦菜花》的原创大型话剧《母亲》。由于话剧特殊舞台形式的限制，无法复原小说原貌，但是《母亲》的创作团队通过塑造母亲这一典型人物形象，通过特殊反映一般，在这一人物身上扭结了个人、集体、国家三条线索，展示她在烽火年代步步走向崇高的过程。观众在现场观看，沉浸到灯光、音乐、演员演绎等多种因素共同营造的氛围之中，感受尤为真实震撼，其效果可以从观众反馈而窥斑见豹：

我有十多年没看过话剧了，今天同学们精彩的表演给我带来了很大的震撼和感动。我看过由《苦菜花》改编的电影，但它以话剧的形式呈现我还是第一次看到。

我感受最深的是"母亲"梦见大儿子、大儿媳、丈夫的那一幕，他

205

们的感情在革命中升华，革命信念在感情中迸发。看那一幕的时候我热泪盈眶。

这些不同的艺术形式是民族文化产生、积累、选择与传承的结果，是中华民族行进路上的精神遗产与文化记忆。不同艺术形式的《苦菜花》散发出区别于原著的别样芬芳，而《苦菜花》又使其他艺术门类的花园更加丰富多彩，吸引着读者去探索、触摸那曾经的激情岁月。这些艺术精品用英雄主义和理想主义告诉今天的读者，我们的国家、我们的民族、我们自己是从哪里蹒跚而来，又应如何在这条布满血泪的途径上向复杂混沌的未来探索。这条探索之途无疑将是艰险的，而在这艰险中跋涉的我们会越来越感佩于这些用热诚之血浇灌出的艺术佳作。

四　思想艺术评论

（一）作品内蕴

历史的车轮滚滚向前，时间从未停下前进的脚步，它的痕迹总是会以各种形态显现在各个地方和不同领域，文学的天地得益于这样的痕迹。时间的筛网使真正有魅力、有文学价值、使读者感动的作品能够以文学的特有方式抵住淘洗，在历史深处散发柔光，或温暖或启迪后世的读者。冯德英的《苦菜花》诞生于1958年，距今已有六十多年。西方文学研究界将文学经典的确认时间定为五十年，此说法虽需进一步商榷，但也提醒着今天的研究者，客观考量《苦菜花》这部文学作品的时间条件似乎已经具备。

冯德英的《苦菜花》因作家情感之真挚和恰切而使文本中母亲的形象光辉灿烂，打动了万千读者的心，在更多是洋溢着阳刚之美的"十七年文学"中独树一帜。母亲一开始对于革命充满恐惧，但随着女儿娟子工作的深入，凭普通母亲对儿女的爱，以中国农民的淳朴本性和良心为依据来体察这多灾多难年代中的事情，她也逐步成长起来。"革命老大娘"的感人形象随着动人的故事情节一步一步深入人心，成为中国文学史上的一个经典形象。透过作品中"母亲"瘦弱的身躯，我们可以看到万千生活于那个年代同她一样的劳苦大众，他们受到敌寇的残酷摧残，过着衣不蔽体、食不果腹的生活，但是本能的同情心和民间的传统道德使其能准确判断出谁是谁非。后世的读者也能据此还原出在那个战火纷飞的年代，困苦的劳动人民是怎样以自己的实际行动关怀着抗敌的战士们，间接支持着抗战；军民是如何抱着共同信念而结下动人情谊，继而在一次次或大或小的战役中孕育出惊人的奇迹，最终在军事力量并不占优势的情况下赢得胜利。

围绕在"母亲"身边的还有一大批为革命抛头颅洒热血的共产党员，他们的高尚和诚挚也令人感佩不已，尤其是一大批革命女性的形象，更是冯德英对中国文学人物画廊的重大贡献。不论是一步一步成长起来、最终成为能挑大梁的革命战士的娟子，活泼机智如孩童、工作起来却麻利成熟的星梅，初为老师、找到组织后成为卫生队队长的白芸，还是为保护八路军失去自己丈夫的花子，她们以其特有的女性魅力使作品更为真实感人，更令读者过目难忘，也使得这部作品相较同题材作品散发着别样的魅力。这些中华好儿女的鲜活形象向后世的读者宣告着他们的不屈意志，他们作为共产党的高尚追求不仅影响着当年以"母亲"为代表的普通群众，感召着他们与战士齐心抗战，也感染着后世读者，使人们始终怀有对崇高品质的追求、对英雄的敬畏、对祖国的热爱、对战争的仇恨和对当今和平的珍视。

作品中故事的发生时间是在抗日战争年代，荼毒人民的不仅仅是外在的战火，更令人警醒也更难以清除的是人民心中的封建思想。自五四新文化运动以来，以反封建为主题的文学作品层出不穷，但是农民出身的冯德英显然采取了不同于五四先驱们的立场，抱着更为平易和理解的态度，心态也更为积极，更难能可贵的是他赋予这一主题更加鲜明的时代色彩。冯德英以"花子和老起事件"来审视处于战争环境中的这一现象，可以看出他思考触角的敏锐和批判的勇气，因为他不仅看到了普通群众身上留存的封建思想，在领导群众抗日的党员干部身上他也发现了这一问题的存在。他这样描写道："但出乎母亲的意料，干部们大多数并不同情花子、老起，却抱着异常愤怒的态度。"作品的字里行间透露着作者对这一问题的隐忧，并在之后故事的发展中通过"母亲"的做法来寄托作者的理想，而作品也因作者嗅觉的敏锐而增加了深度。

与同时期其他文学作品相较，《苦菜花》读来格外令人动容，全书洋溢着一种朝气蓬勃的青春气息，感染力十足，这和书中几对青年男女的恋爱故事有着直接的关系。尤其是书中那两段为村人所不齿的爱情，一是杏梨娘和王长锁的故事，一是花子和老起的故事。这两段故事中的主人公都因封建婚姻包办制度而遭受不幸，但他们的私自结合违背了农村的伦理道德。冯德英将其描写出来已是石破天惊，而在叙述过程中更是站在同情理解的立场上，直接从性感觉的角度将主人公痛苦的心理活动和身体接触细节描写出来，与同时期其他文学作品相较，《苦菜花》可谓先锋。因为这些因素的存在，《苦菜花》曾遭受批评，被认为是宣扬了爱情至上理论。如今再对书中的这部分描写进行客观评价，可以肯定地说，这些爱情因素的存在恰恰是作品的可贵之处。根据记载，1941 年 7 月 7 日，我党的抗日民主政权颁布《晋察冀边区婚姻条例》，并于 1943 年 1 月 21 日在晋察冀边区第一届参议会通过。1943年 2 月 4 日又颁布了新的《晋察冀边区婚姻条例》，之后颁布实行了以保障婚姻自由、铲除封建婚姻制度为原则的诸多条例，以确保人民的利益。[1]在这样的历史背景下，冯德英秉持现实主义创作原则，将青年男女的爱情故事反映出来，这一抹亮色符合历史发展逻辑，符合人性发展规律，不仅真实可信，更反映出以娟子为代表的中华好儿女当时的朝气、生机，以及为抗战工作舍弃美好爱情的崇高品质。而花子和老起等人的故事更是表现出存在于广大农村地区人民身上的野性活力，彰显出我们党、我们国家在困苦的年代依旧以热情和积极的态度面对未来，昭示着前方光明的胜利。

---

[1] 傅建成：《论华北抗日根据地对传统婚姻制度的改造》，《抗日战争研究》，1996 年第 1 期。

（二）作品艺术特色

作者冯德英深受现实主义文学思潮影响，即便到了晚年也是如此。他在访谈录中曾这样回忆："文艺复兴的那种批判现实主义的文艺传统，我到现在也是坚持……那种文艺传统，我感觉最基本的就是反映生活的复杂性、反映真实，所以才能有文艺复兴，才能有现实主义的传统。"[1]《苦菜花》的素材来源于作者儿时的亲身经历，比如，作品中于得海的原型就是抗战期间曾任胶东军区第一军区副司令的于得水，娟子的原型就是冯德英的大姐——冯德清，因此作品显示出强烈的现实主义创作特征也是情理之中的事情。与同时期其他文学作品相较，《苦菜花》没有《林海雪原》那种颇具传奇意味的浪漫主义色彩，也没有《红岩》那种鲜明的革命浪漫主义和革命理想主义，但其依旧能够感动万千读者的关键原因就在于作者秉持了客观、真实、注重现实性的现实主义创作原则。

首先体现在人物形象塑造上。为使人物鲜活生动，作者往往是根据人物性格选取不同的描写侧重点来刻画人物。比如，"母亲"到了后期对于革命的认识也越来越深入，显露出更多的战士特质，但她终究是深具传统道德的母亲，两种身份经常会让她陷入两难的境地，故而在她身上可以看到大量的心理描写，与前期更多侧重外貌和行动描写形成对比，更符合人物发展轨迹。娟子和星梅虽同样是革命女战士，同样在敌我的刀光剑影中穿梭，但两相对照可以发现，娟子更加内敛，星梅更加明朗，所以有关娟子挣扎、不知如何抉择的心理描写明显比星梅的更多；当聚光灯打到星梅身上时，我们看到的是有着孩童般天真、活泼好动的热情女青年。对于两者的外貌描写，也是依照此原则进行细致客观却见区分的刻镂。

其次表现在事件表述的客观真实性上。故事既然是发生在抗日战争时期，硝烟弥漫的战场、惊险丛生的事件和紧锣密鼓的筹措商讨是必不可少的。这

---

[1] 俞春玲：《〈苦菜花〉及其他——冯德英访谈实录》，《新文学史料》，2015 年第 4 期，第 48—58 页。

些钩织出作品不同风貌的事件有的来源于作者冯德英的真实经历（1944年，冯德英成为冯家村的儿童团团长，辅助我军的抗敌工作），有的是对自己目睹和村人经历的事情进行艺术加工而进入了作品，但不论是敌我双方的兵力部署、双方的近身肉搏、敌特奸细的隐藏和被发现、严刑拷打时双方的行动刻画和心理剖析都合情合理，符合自然规律，经得起敲打质问，给人如临现场之感。当然，文学作品中客观真实的描写绝不是冷冰冰的，作者在细致地刻画战士牺牲的同时也运用了大量的笔墨来渲染悲痛的气氛，从其他战士饱含深情地道别到村人的深情追忆，再到风物景致的环境渲染，这些因素的存在更加强了真实客观细节的艺术效果，不仅能以客观性说服读者，还能以真实性激发读者感情，更因这些因素的综合而震颤读者心灵。

再次表现在作者推进情节发展的方法上。《苦菜花》主要讲述了冯大娘一家是如何先后走上革命道路的，中心是冯大娘的个人思想成长史，但冯德英在叙述过程中并没有为突出这一中心而拘泥于这一个人物身上，并没有因害怕喧宾夺主而使其他人物黯然失色，这就决定了主线的周围必定会附缀着数不胜数的小故事，并且这些小故事是与故事主线有机联系在一起的，如同树枝与树叶的关系，相互撑持，给予对方生长所需的营养。冯大娘的每一步成长都需要外界力量的介入，不论是正面力量（比如于得海等人进驻村庄）还是邪恶势力（比如王柬芝事件），而这些支线也需要冯大娘这条主线才有存在理由，文本结构也才不致变得松散。双方力量共同推进了情节的发展，人物形象也由此立了起来。这样结构全文的方法符合生活逻辑，方便展扩故事背景，并且能令文本中那些可爱的战士们鲜活自然地出现，灵动深刻地进入读者记忆，从而取得反映广阔现实生活的艺术效果。

冯德英在晚年曾总结《苦菜花》之所以产生感人至深的艺术效果的原因："它为什么影响这么大？因为比较真实，有感情有激情写的东西，这样打动了读者。"[1]作者创作时的深情使读者产生了共鸣，而其间的载体便是文字，

---

[1] 俞春玲：《〈苦菜花〉及其他——冯德英访谈实录》，《新文学史料》，2015年第4期。

是文字毫不保留地将作者感情传达并准确抵达了读者的共情点。在楔子里，作者用摄像机般的笔触将昆嵛山一带的富饶生机画卷展现在读者眼前，这片土地上有着作者生于兹长于兹的故乡，作者的描绘自然饱含赞美之情，这一点从文中屡次出现的环境描绘的风格上可得到证实，这样的感情基调也决定了用以风物描绘的文字呈现出诗性、色彩绚丽、形容词居多的特点。然而，毕竟战火正熊熊地燃烧在这片土地上，诗性的语言只能作为点缀出现，有关战场和双方对峙局面的描绘是不能避免的。比如"母亲"受刑的场面："伪军从炽烈的火盆里，抽出红红的还爆着火星的烙铁。母亲紧紧闭上眼睛，只觉得五官内脏全在破裂，一股肉焦的油烟冲上来。"这样的描绘稍显残忍，但是依然看得出作者的立场并非是纯客观的，而是压制着愤怒并用同情态度来进行描写。而当排除了敌对因素，进行我方军民生活描绘时，语言带有强烈的乡土民俗气息，比如大量方言、俏皮话的直接引用："噘噘鸡腚眼似的小圆嘴，向空中一吹，就出现一个团团转的烟圈圈。"而诸多乡间歌谣的存在，不仅加持了这种风格，更丰富了小说的文体。同时期小说的语言风格往往呈现端庄、朴素、凝重的风格，《苦菜花》显然也具备这些共性，然而，《苦菜花》的独特风貌是由上述分析中的各种因素造就的：深情、活泼，并且兼具女性和儿童叙事风格的柔软和诗性，这样的语言风格和与之血肉相连的思想内容共同作用，使得《苦菜花》在以抗战为题材的作品中成为一朵香花。

（三）重叩经典的原因及意义

新时期以来，随着社会主义市场经济制度的确立，时代背景和社会风尚较之新中国成立初期发生了巨变。曾有人担心由于社会生活背景的隔膜和阅读习尚的变迁，以《苦菜花》为代表的一批"红色经典"不会再受到读者青睐。诚然，当下的确不能再复制当年行销几百万册的盛况，但仅凭大众对"红色经典"一词的熟悉程度就足以说明这批作品的生命力。尤其是近些年，人民文学出版社、春风文艺出版社等多家出版社再版了该作品，并取得不错的销量，这足以证明其长盛不衰的艺术魅力。诚如博尔赫斯在《论古典》中所言："经典作品，并不是一部必须具有某种优点的书籍，而是一部世世代代的人出于不同的理由，以先期的热情和神秘的忠诚阅读的书。"当然，我们不能止步于这些表面现象，应该深度思考新的时代背景下"红色经典"对于创作者、文学内部、大众、民族和国家的意义。

《苦菜花》的创作契机是作者冯德英阅读了柯蓝的《洋铁桶的故事》，联想到自己的童年经历和母亲的伟大牺牲而产生了创作冲动，之后又了解到一位烈属未得到公正待遇而自杀身亡的事情，他愤愤不平于此事，决定要创作一部反映广大劳动人民在抗战期间重大贡献的作品。此后，他便在童年经历的基础上，结合自己的军旅生涯开始了没日没夜的辛勤创作。知晓作品的创作背景之后便可以理解，为何无论在哪个时间段阅读《苦菜花》都能感受到作品的真诚。作者是在丰富的生活经历中萃取其创作材料，是深入生活之后付诸笔端的真诚之作，并且是怀有悲悯之心而关注现实，有着高格调的追求，故而，正是真诚和真实的生活情境让读者和作者的心灵在作品中产生交流，实现碰撞。最值得一提的是，尽管作品署名是冯德英，但是不能忘记这创作的背后还有编辑督促、修改的辛勤耕耘。作品初稿仅有最终成品的一半，然而短短半年之后，就扩充到了四十万字，这当然与作者精益求精的态度有着很大关系，但是也绝不能否认杨玢、宁干等编辑在其中的重要作用。是作者和编辑合力对情节的编排、语言的润色进行反复商讨、反复修改而促成了这部经典，双方工匠一般细心打磨的精神可谓令人钦佩，这种创作精神会一直激励着后来的创作者。

"红色经典"一词在20世纪80年代召唤文学主体性、渴求文学自由的时代背景下曾受到质疑，质疑其文学价值和传世价值。到了90年代，"重写文学史"的潮流催生了许多新的文学史，在这些文学史中，以《苦菜花》为代表的"红色经典"往往被安排在边缘。从那些激进的话语和行为中可以体会到那些潮流背后的激动，激动于被束缚过久的文学终于可以呼吸自由的空气，不免会用激进的方式来建立新的标准，谋求文学的自主性，故而对《苦菜花》这类有着过于鲜明的意识形态的作品大加挞伐，进而否认其价值。但是热浪过去，用更加审慎的态度考察和思考，会发现当年热潮之中对其批评的矫枉过正之处，不然何以解释进入 21 世纪之后，一些激进创作者解构"红色经典"的作品反遭读者厌恶呢？或许是因为侵犯了读者大众过往生命的神圣性，而读者的这一心理使另一个机制问题显露出来。实事求是地讲，目前对于"经典"二字的定义还处于众说纷纭的阶段，绝大多数人心目中那个模糊不清的经典概念来源于从"五四"以来一批优秀作品中提取出的标准。既是标准，从此标准初露端倪时起就天然地意味着会拒斥另一些标准，意味着需要与时俱进。我们或许需要思考，经典的定义是否应该多样化？文学史的标准是否应该多样化？文学史的编写是一个筛选的过程，审美原则当然是首要标准，但是，纯粹审美的作品是不存在的，如果以此作为理由将这批审美与政治意识形态血肉相连的真诚之作拒斥于门外则显得不够审慎，更何况这些作品对于读者的影响是不可忽视的。这些问题在学界已然引起相当一部分研究者注意，比如阎浩岗的《红色经典的文学价值》、张光芒等人的《"红色经典"：一次文化事件》，在他们的研究中已在重新思考。这些问题的解答之途显然是我们重新对这批作品进行深度阅读、深度思考。

不得不承认，当下时代的物质生活环境已获得极大进步，然而那些苦难年代的精气神却在历史车轮的碾压下消失了，在物欲横流的时代被遮蔽了。人们的目光开始下移，仅将视线投向与自己相关的短暂的利益之上，有意屏蔽掉他人，失却崇高理想的追求，失却愿为理想和信念奋力一搏的激情。这些现象使人深思，而这也正是今天的我们需要重读红色经典的理由：需要去体会国家和民族对于个人而言并非一个空洞的能指，而是与每个人休戚相关的复杂所指；需要去体会炮火会给民众、给历史造成多么惨烈的景况，战争机器又会怎样使人性扭曲而变得善恶不分，从而珍惜今天能在祥和环境中呼吸的幸运，并且保持对当今世界一些极端思想的警觉；需要去体会一代革命先驱愿为国家的独立和富强而献出自我的无私，在艰苦中而不失崇高的精神，为理想信念而忘我奋斗的少年英气，从而反思个人的眼域是否太过狭窄，如何更好地面向未来。

作者简介:

　　杨沫　(1914—1995)，原名杨成业，笔名杨君默、杨默。祖籍湖南湘阴，生于北京。1934年开始文学创作并发表作品，早期多是一些反映抗日战争的散文和短篇小说。抗战爆发后到冀中参加中国共产党领导的游击战争，做妇女、宣传工作。1943年起任《黎明报》《晋察冀日报》等报纸的编辑。新中国成立后曾任北京电影制片厂编剧、北京市作协副主席、中国作协理事、全国人大常委会委员等职。代表作《青春之歌》由作家出版社于1958年出版，受到读者特别是青年学生欢迎。作品还有中篇小说《苇塘纪事》、短篇小说选《红红的山丹花》等；长篇小说还有1980年出版的《东方欲晓》、1986年出版的《芳菲之歌》、1990年出版的《英华之歌》等，后两部可以看作《青春之歌》的续写，和《青春之歌》一起合称为"青春三部曲"。此外还有长篇报告文学《不是日记的日记》《自白——我的日记》，以及《杨沫散文选》《杨沫小说选》《杨沫文集》等。

《青春之歌》：革命与爱情的青春礼赞

陈英英

"五月的鲜花，开遍了原野，鲜花掩盖着志士们的鲜血。为了挽救这垂危的民族，他们正顽强地抗战不歇……"20 世纪 50 年代末，随着电影《青春之歌》的热映，插曲《五月的鲜花》被人们广为传唱。这首在抗战时期创作的歌曲正吻合了小说里那个风起云涌、救亡图存的激昂年代，也唱出了一代革命志士披荆斩棘、顽强奋斗的英雄豪情；美丽而坚强、敏感而执着的女主人公林道静的形象也逐渐深入人心，成为一代青年进行人生选择、走向革命道路的榜样。作者杨沫从自身的生活经历里汲取营养和灵感，同时在进步文艺影响和血与火的革命斗争洗礼下，坚定了将自己亲历和耳闻的英雄事迹铸成丰碑传唱下去的创作信念。《青春之歌》诞生于杨沫巨大的身体和精神的创痛中，残酷的战斗中随处可见的暴力和死亡冲击着她敏感的内心，工作、情感、写作事业的多重压力折磨着她的精神。而在创作《青春之歌》前后，黑热病、神经官能症等也不断摧残着她的身体。长期的病痛让她失眠痛苦、烦躁悲观，仿佛只有在聚精会神的写作中才能暂且忘了伤痛，在幻想的文字王国中自由驰骋。[1]《青春之歌》正是杨沫在激动人心的书写理想和艰难困苦的人生经历里分娩出来的艺术结晶。

---

[1] 老鬼：《母亲杨沫》，长江文艺出版社，2005 年，第 48—49 页。

一 故事梗概

1932 年夏的一天清晨，从北平向东运行的平沈列车正驰行在广阔、碧绿的原野上。列车上，一个穿着白洋布短旗袍、白线袜、白运动鞋，手里捏着一条素白手绢的女学生独自安坐着，陪伴她的行李只有一堆乐器。她就是林道静。林道静出生在一个大地主家庭，出身贫苦的母亲被她父亲林伯唐霸占为姨太太，后又被赶出家门并投河自尽。林道静从小在父亲的残酷冷漠和继母的自私刻薄中像小狗似的活了下来。中学毕业后，由于家庭破产，父亲离家逃走，继母徐凤英逼林道静嫁给胡局长，想把她变成自己的摇钱树。林道静愤然逃离，花光身上的积蓄买了一张车票，来到北戴河投奔表哥，没想到表哥已辞职离开了此地。杨庄小学校长余敬唐假意挽留林道静留下，实际上想把她献给鲍县长。得知真相后的林道静走投无路，选择了大海作为自己的归宿，就在她跳向大海的一刹那，北平大学国文系的学生余永泽救了她。余永泽的言谈举止打动了林道静，使她暂时忘掉了危难和痛苦，在余永泽的劝说下，留在杨庄当小学教员，并且对教书生活和孩子们也渐渐产生兴趣。

有一天，林道静对孩子们讲起"九一八"的惨痛消息和日本帝国主义侵略中国的罪恶，以及国民党的不抵抗政策，激起了孩子们的爱国情绪，却遭到余敬唐的冷嘲热讽。林道静辞去了小学教员的工作，毅然踏上了去北平的火车，投奔她的要好朋友王晓燕。王晓燕是和林道静同岁的高小同学，她父亲王鸿宾是北大历史系教授，而她现在已是北大历史系一年级学生了。林道静在北京没有生活来源，寻找工作又到处碰壁，还险遭一个日本人的欺侮。在余永泽的柔声哀求下，林道静和余永泽同居了。余永泽的温存和体贴使林道静感到幸福和满足，但她也渐渐发现了余永泽的自私和无情，美丽的梦开始破灭。后来她结识了卢嘉川、许宁、郑瑾等一批爱国学生。

受到进步青年们尤其是卢嘉川的鼓励，林道静开始如饥似渴地阅读革命书籍，积极参加进步活动。尽管余永泽极力反对，林道静还是和北大学生一

北京十月文艺出版社 1992—1994 年出版的《杨沫文集》七卷本

起上街,参加了纪念"三一八"游行。后来戴愉叛变,导致他所在的党组织遭到破坏,许宁、侯瑞等革命学生被捕。卢嘉川为躲避敌人追捕,来到林道静的住处。当林道静替卢嘉川送信时,余永泽在家里见到了卢嘉川,他出于自私和嫉恨的心理,将卢嘉川赶出家门,结果卢嘉川也被捕了。

卢嘉川被捕的消息极大地刺激了林道静,也使她终于明白了政治上存在分歧、不是一条道路上的伴侣是没法生活在一起的,仅靠情感来维系,幻想着和平共居互不相扰,是自己欺骗自己,她终于和余永泽分手了。卢嘉川、许宁等进步学生和人士在狱中仍坚持斗争,一些革命者被杀害了。林道静与所有进步朋友失去了联系,她把卢嘉川临走前留下的一包宣传品拿出来,想起卢嘉川对她说过的话,备受鼓舞。她开始独立作战,借助黑夜的掩护

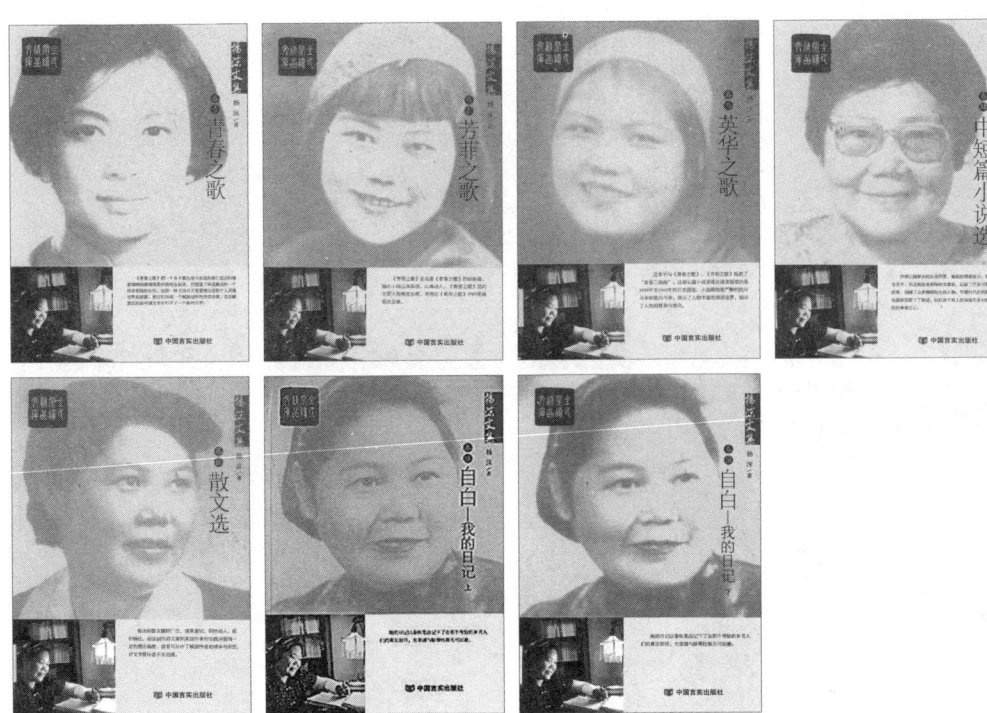

中国言实出版社2015年出版的《杨沫文集》七卷本

到大小胡同张贴宣传标语、散发传单。青年们看到传单深受鼓舞，他们相信共产党又活跃起来了，革命高潮也许又要到来了，而敌人却非常害怕。戴愉又以革命者的面目骗取了林道静的信任，结果林道静也被戴愉出卖，惨遭逮捕。胡局长变身党部特务，亲自出面对林道静利诱恐吓兼施，她却不为所动。敌人没办法就放了她，但她仍被特务们监视着。这时王晓燕和李槐英来到她的身边，在王晓燕的父亲和她朋友的帮助和掩护下，林道静平安逃出了北平，来到定县当上了小学教员。

几个月过去了，郑瑾介绍了一位叫江华的同志来到林道静这里。正当她苦闷孤独的时候，见到了江华，也就是领导纪念"三一八"游行的革命同志李孟颙，林道静高兴极了。江华是一名地下党员，他给林道静讲了许多革命道理，教导她如何了解农民的疾苦，如何深入到农民当中去，组织农民站起来和地主老财做斗争。在江华的直接领导下，林道静积极参与了麦收。她向江华提出了入党的请求，江华鼓励她勇敢地接受党的考验。由于革命活动暴露，江华通知林道静回北平。林道静按照江华的指示回到北平，去找郑瑾联系，却没有找到。不久，林道静再次被捕，她拒绝在"自首书"上签字，遭到敌人的严刑拷打。在牢里她见到了郑瑾，得知她的真名叫林红。林红的革命精神给了林道静和难友以巨大的鼓舞。林红被害后，林道静揭发了女特务，并开始参加狱中的绝食斗争。后来她得知，卢嘉川也被杀害了。此时，江华来到北平，和获释的侯瑞开始营救狱中的同志。

日寇占领北平前夕，在同志们的营救下，由王鸿宾教授出面将林道静保释出狱。林道静来到王晓燕家，叛徒特务戴愉正在欺骗王晓燕，而王晓燕一家没有认清他的本来面目，还把他当作革命者。在江华等人的介绍下，组织上研究了林道静的全部经历，考察了她在狱中的表现，批准她加入中国共产党。她化名路芳到北大做学生工作，组织爱国学生和国民党进行斗争。由于戴愉的欺骗，王晓燕以为林道静是叛徒，便不再理睬她。林道静在北大遭到学生中的特务王忠等人的毒打，她毫不屈服，仍坚持斗争。在党的指示下，她和侯瑞继续积极争取王晓燕。他们以有力的证据揭穿了混在学生中的特务王忠等人，王晓燕开始醒悟，叛徒戴愉得到了应有的惩罚。

正当林道静苦闷的时候，江华又带来了党的指示。林道静的态度更坚决果断了，她和侯瑞一个班一个班地发动学生，及时抓住学生的苦闷心理给予启发引导，把学生都组织起来，几个系先后成立了学生自治会。一天早饭时分，江华冒着大雪来告诉林道静，市委决定由学联组织"一二·九"大游行。紧接着，1935年12月9日，轰轰烈烈的"一二·九"运动爆发了。由于发高烧，林道静没能参加游行。"一二·九"之后的一星期内，党紧密地团结了各个学校涌现出来的大批积极分子，广大爱国青年也纷纷奔到民族解放的战场上来，于是党的力量、人民的力量迅速扩大了。

为了继续扩大"一二·九"的成果，为了发动更多的群众涌向正义的爱国之路，为了反对出卖华北的冀察政委会的成立，12月15日晚，党领导学联的负责人决定在12月16日伪"冀察政务委员会"正式成立的日子，再一次号召全市的大中学校举行一次规模更大的示威游行。江华连夜通知林道静第二天的行动计划，并将北大的工作全部交给林道静负责。林道静整整奔忙了一夜，她和侯瑞以及其他党员和积极分子们分头分工负责组织，终于在三四个钟头内秘密动员了一批北大同学去参加游行示威。一切组织布置妥当，林道静才作为一个游行群众奔向集合地。在游行队伍中，她首先看见了李槐英——这位曾经同情和帮助过林道静的女学生，后来不问政治，当了"校花""皇后"，可是，日寇的暴行终于使她觉悟过来。王晓燕的父母都来参加游行了。工人、小贩、公务员、洋车夫、新闻记者、年轻的家庭主妇，甚至退伍的士兵都陆续涌到游行队伍中来。无穷无尽的人流，鲜明夺目的旗帜，嘶哑而又悲壮的口号，沸腾在古老的北平街头，雄健的步伐也在不停地前进。

二　出版情况

（一）初版、再版与重印

在冀中地区参加抗日活动时，杨沫就有了想把身边战友们的英勇事迹书写出来的创作冲动。养病期间，她列好了作品提纲，最初书名为《千锤百炼》，后来改为《烧不尽的野火》。从1951年9月动笔到1955年4月底作品完成，历时三年七个月。1955年，书稿交中国青年出版社审阅，欧阳凡海提出了修改意见。但在社内"文艺要为工农兵服务，要尽量出版描写工人、农民、解放军战士的作品"[1]的出版思想影响下，小说被谨慎处理对待。1956年，书稿由《人民文学》杂志社秦兆阳转给作家出版社，杨沫修改定稿四十万字，更改书名为《青春之歌》。1958年1月，《青春之歌》最终由作家出版社出版。

初版的《青春之歌》一经推出，就引起广泛的社会反响，并成为畅销

---

[1] 张羽：《〈青春之歌〉出版之前》，《新文学史料》，2007年第1期。

作家出版社 1958 年 1 月出版的《青春之歌》　　人民文学出版社 1960 年 3 月出版的《青春之歌》

书，第一版很快售尽，第二版加印五万册。同年 6 月，《青春之歌》印发三十九万册，及至 9 月已猛增至九十四万册。到 1959 年初，小说风靡全国，受到读者的极大喜爱。当然伴随着赞美和掌声而来的，也有批评。郭开以自身的工人立场批评《青春之歌》"充满小资产阶级情调"，"没有描写知识分子和工农结合"，"没有认真地实际地描写知识分子改造的过程"[1] 等，由此掀起了一场全国性的大讨论。《中国青年》和《文艺报》开辟专栏让读者自由讨论。茅盾、何其芳、马铁丁等作家加入争论，反对对《青春之歌》进行粗暴武断的否定。但是在争论的压力下，杨沫还是针对批评意见，对小说进行了修改。再版的修改稿于 1960 年 3 月由人民文学出版社出版。再版本在初版本的基础上增加了七八万字，修改二百六十多处，主要"增写了八章农村生活的内容和三章学生运动的内容"[2]。

　　虚心修改作品的杨沫认为修改的"基本意图是围绕林道静这个主要人物，要使她的成长更加合情合理、脉络清楚，要使她从

[1] 郭开：《略谈对林道静的描写中的缺点》，《中国青年》，1959 年第 2 期。

[2] 金宏宇：《中国现代长篇小说名著版本校评》，人民文学出版社，2004 年，第 239 页。

一个小资产阶级知识分子变成无产阶级战士的发展过程更加令人信服，更有坚实的基础"[1]。再版本有意拓展女主人公林道静的革命斗争经历，强化其由小资产阶级知识分子向无产阶级先锋战士转变时的思想升华和立场觉悟，这显然是吻合当时主流意识形态的话语诉求的。但由于对自身不太熟悉的革命运动场景强行进行扩写，加上对主人公爱情心理的刻意规避，政治话语的生硬植入，处理次要人物尤其是反面人物时的模式化、扁平化等，都使得再版本的"左"化显得相当僵硬。20 世纪 80 年代后的文学史著作大多认为这次的修改并不成功："这次的增补，非但未能收到预期的效果，反而在艺术上造成了许多破绽。"[2]

"文革"期间，在"文艺黑线专政"论的影响下，《青春之歌》被当成"反党反社会主义反毛泽东思想的大毒草""毒害青年的烈性精神鸦片"，成为"毒书""禁书"，受到更加激烈的批判。郭开再次批判《青春之歌》，认为其"不是学术问题，而是严重的政治问题"。《青春之歌》的小资产阶级情调、爱情题材、女主人公的知识分子身份等再次成为批判焦点，对《青春之歌》的批判也被放在对刘少奇和彭真批判的大背景下进行，被看作为其"篡党夺权"张目的舆论宣传工具。

粉碎"四人帮"后，大批在"文革"期间遭禁的作品开始解禁重印，杨沫根据六七十年代的广泛讨论，在再版本的基础上又进行了较大改动，1978年由人民文学出版社重印出版。金宏宇统计，重印本相比再版本，修改了八十多处，"其中属于政治问题和英雄形象问题的改动有十七处"[3]。重印本虽比起再版本相对改动稍小，但受到六七十年代文学政治话语模式的影响，"左"倾思想得到强化，小说中的革命人物形象更加崇高，革命情感也显得更为神圣。

"文革"后期，杨沫写了《东方欲晓》，后来又将其改成《芳菲之歌》，

[1] 杨沫：《〈青春之歌〉再版后记》，《光明日报》，1960 年 1 月 19 日。

[2] 张炯等：《中华文学通史：第九卷·当代文学编》，华艺出版社，1997 年，第 100 页。

[3] 金宏宇：《中国现代长篇小说名著版本校评》，人民文学出版社，2004 年，第 255 页。

并于1989年写完《青春之歌》的下卷《英华之歌》。《英华之歌》主要写延安整风对知识分子的迫害，批判了"左"倾路线，虽名义上是《青春之歌》的续集，但其实也可看作一次改写。《英华之歌》成书于启蒙、人性等话语高涨的20世纪80年代，这和杨沫所熟悉的五四文学时期的话语体系实现了内在融合，因此在《英华之歌》中，杨沫大胆重构了故事情节和人物形象。在解放区共产党内部的"肃托"运动中，罗大方受迫害致死，林道静、曹鸿远和柳明则等人则被捕入狱。而江华逐

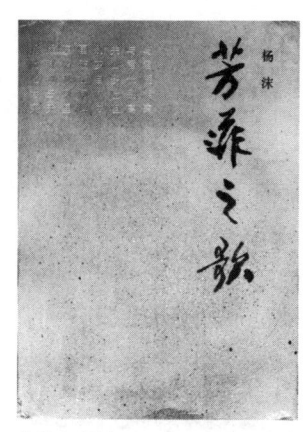

花城出版社1986年出版的《芳菲之歌》

渐由初版本中成熟老练、"引路人"般的革命者形象转变为刻板僵化、缺乏宽容的教条主义者。对于之前一直小心翼翼尝试着在小说中进行弥补、掩饰的爱情话语和政治话语之间的裂痕，杨沫开始并不遮掩，并自我释放浪漫理想、个性主义的内在启蒙情结。如孙先科所言："在《英华之歌》中，作者有意解构了身体政治的诗学表达方式，将隐喻的、表意性的语码情节化、细节化、写实化，将爱情与政治之间的矛盾、龃龉，两种话语之间的缝隙公开化、扩大化。"[1] 但这本续写的小说中，卢嘉川"死而复生"，江华的思想和行为更加"左"倾，围绕着林道静与卢嘉川、江华两位男性之间的婚恋纠葛也显得有些俗套，而且并不吻合《青春之歌》里的人物命运轨迹，因此并未获得读者的一致认可，反响一般。

（二）《青春之歌》的不同版本

除了杨沫的续写之作，自初版面世以来，也涌现出一些缩写、

---

[1] 孙先科：《〈青春之歌〉的版本、续集与江华形象的再评价》，《河南大学学报（社会科学版）》，2005年第2期，第70页。

吉林出版集团有限责任公司 2012
年出版的《青春之歌》

简写和电影改写版。如 1985 年四川少年儿童出版社出版、侯琪节编的《青春之歌》少年版被选入"小图书馆丛书"，由国家教委中小学教材审定委员会推荐，作为全国中小学生的课外读物，并于 1987 年再版。1962 年 7 月中国电影出版社出版的《青春之歌》，是根据北京电影制片厂 1959 年同名电影编写，收录电影剧本文字、主创及演员的情况介绍等，资料较为齐备，后不断再版重印。同样依托于电影，由张照富、严锴改编的简写剧情版，2012 年由吉林出版集团有限责任公司出版。

《青春之歌》作为红色经典长篇小说被列入中宣部、教育部、共青团中央等向全国青少年推荐的百种优秀图书，也不断再版。之前提到的初版、再版和重印版这三个版本中，1958 年的初版影响力最大。同时 1958 年以来国内常见的版本主要有：作家出版社 1958 年初版，并在 1961、1964 年等再版；人民文学出版社 1958 年 1 月出版第一版后，不断推出各种版本，如 1960 年、1961 年、1962 年、1977 年、1979 年、1988 年、2005 年、2013 年、2018 年版等；香港三联书店 1959 年第一版，后又有 1960 年、1977 年版等。这些版本大多以 1958 年的初版本为蓝本，除了香港三联书店采用繁体印刷外，内容大致相同。20 世纪 90 年代以来的版本就更多了，如北京十月文艺出版社 1992 年版；花山文艺出版社 1995 年版；中国国际广播出版社 1996 年版；北京出版社、北京十月文艺出版社 1998 年版；中国青年出版社 2000 年版、2004 年版，后又有侯一民插图、欧阳中石题写书名的 2012 年版、2013 年版；中国青年出版社、花山文艺出版社的 2014 年版；北岳文艺出版社 2001 年版；时代文艺出版社 2009 年版；江苏凤凰

花山文艺出版社 1995 年出版的《青春之歌》

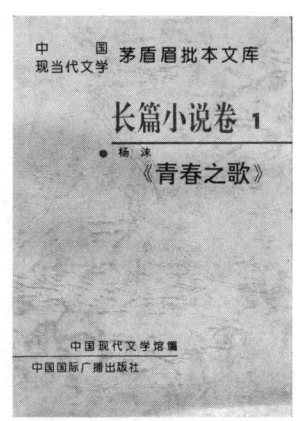

中国国际广播出版社 1996 年出版的《青春之歌》

北京出版社、北京十月文艺出版社 1998 年出版的《青春之歌》

中国青年出版社 2000 年出版的《青春之歌》

时代文艺出版社 2009 年出版的《青春之歌》

中国青年出版社 2012 年出版的《青春之歌》

中国青年出版社 2013 年出版的《青春之歌》

中国青年出版社、花山文艺出版社 2014 年出版的《青春之歌》

江苏凤凰文艺出版社 2018 年出版的《青春之歌》

人民文学出版社 2005 年出版的《青春之歌》　　人民文学出版社 2013 年出版的《青春之歌》　　人民文学出版社 2018 年出版的《青春之歌》

文艺出版社 2018 年版等等。各种版次令人眼花缭乱，同时也显示出《青春之歌》作为一部经典的红色小说，正不断迎接着当今越来越多的读者，同时也将与不同时代语境下的阅读批评相遇。

三　其他形式的传播及意义

（一）译介与传播

《青春之歌》问世以来，销售数百万册，不仅被翻译为少数民族文字，还被翻译成日、英、法、越南、朝鲜、俄、希腊、阿拉伯、印尼、保加利亚、阿尔巴尼亚等二十多种文字出版，其外文译本种类之多，实为罕见，在新中国成立后出版的红色革命题材的小说中，很长时间内一直名列前茅。

《青春之歌》的对外译介工作主要由国家机构主导推广，1960 年《中国文学》英文版第 3—6 期译载了《青春之歌》，推动其对外传播；1964 年由南英翻译，外文出版社出版了英文版的《青春之歌》，并多次再版；1984 年外语教学与研究出版社推出了简写的中英文对照版《青春之歌》，由陈庆煌摘录、林一易改写。

外文出版社1978年出版的英 延边人民出版社1978年出版的朝
文版《青春之歌》 鲜文版《青春之歌》

日本青年出版社1977年、1978年出版的日文版《青春之歌》(上中下)

其他一些外文译本也相继产生，如1960年日译本是最早的
外文译本，由岛田政雄、三好一译，日本至诚堂出版，到1965
年印刷十二次，销售两万册以上，取得了不错的社会反响。1977年，
东京青年出版社出版了《青春之歌》上册，由岛田政雄、伊藤克译；
1978年，又推出《青春之歌》下册，由岛田政雄、三好一译。

此外，1961年，朝鲜文版的《青春之歌》由民族出版社出版，
后人民文学出版社于1961年3月发行第2版，此后多次再版重印。
1961年阿尔巴尼亚文译本出版。外文出版社曾一连推出多种《青
春之歌》外文译本，如1980年出版西班牙文译本，1983年出版

1959 年电影《青春之歌》剧照

德文译本，1984 年出版俄文译本，2009 年出版英文译本。[1]《青春之歌》的海外传播与国内外的时代环境以及国际交流等密切相关，获得了一部分的海外读者、扩大了影响力的同时，也在一定程度上促进了文化交流，推动着不同语种、不同语境下的文学接受与传播。

（二）电影

由于小说引起的巨大反响，北京电影制片厂、上海电影制片厂争相拍摄电影，最终在周扬、夏衍等领导的协调下，北京电影制片厂承拍影片。1959 年，《青春之歌》被改编成同名电影搬上银幕。这部电影由杨沫亲自改编剧本，以林道静的成长为主线，借以反映 20 世纪 30 年代的重大历史事件。由于影片时长所限，杨沫删减了一些次要人物和次要情节，也根据情节紧凑和连贯的需要，删除了九一八事变后北平学生到南京请愿的情节，以及江华机智地逃脱特务魔掌的场面等等。影片由崔嵬、陈怀皑导演，聂晶摄影，秦威美术设计，谢芳、秦怡、于是之、康泰、于洋、秦文等主演。北京电影制片厂将《青春之歌》列为重点影片，全力支持拍摄，仅用时五个多月就拍摄完毕，影片总时长近三小时。强大的制作班底，加上较为契合原著气质的选角及演员的精彩演绎，为影片的成功奠定了坚实基础。同时作为国庆 10 周年的献礼片，该片也得到北京市委支持。然而在影片送审时，中宣部副部长陈伯达认为该片有小资产阶级情调，提出了否定意见。但周恩来、陈毅、彭真等领导对该片给予了积极评价，使影片得以顺

---

[1] 李先慧：《青春之歌在世界的传播与接受》，硕士学位论文，2017 年。

利上映。这部影片获得了巨大成功，受到众多观众的喜爱。影片上映后，很多人通宵达旦排队买票，有的影院干脆二十四小时轮放该片。饰演女主人公林道静的谢芳，也从新人演员一炮而红，成为当时闪耀的电影新星。电影的热映也使得电影中的音乐和插曲广为流传。瞿希贤从《放下你的鞭子》中香姐唱的《高粱叶子青又青》中获取灵感，为《青春之歌》电影配乐，乐队由李德伦指挥。电影中渲染情绪的插曲大多是写于1935年至1937年之间的革命歌曲，如《松花江上》《救国军歌》《五月的鲜花》等，这些歌曲变得家喻户晓，众口传唱。影片不仅当年在《北京日报》等单位组织的影片评选活动中，被选为观众最喜爱的影片之一，而且不断上映，反复演出，赢得了一代又一代的观众喜爱。1995年该片获得中国电影"世纪奖"，被评为中国电影90周年十大优秀影片之一。

该片也同时在日本、朝鲜、越南等国引起轰动。如在日本，由于影片上映前日文版《青春之歌》已经在日本出版，日本观众对故事情节和人物角色并不陌生。1960年5月到7月，《青春之歌》在日本东京、仙台、札幌、大阪、京都、广岛、福冈、名古屋等地放映三十六场，受到日本青年的喜爱和热捧，林道静也成为日本青年选择事业和人生之路的榜样。电影在日本引起巨大反响，1961年，演员谢芳作为中国妇女代表团成员前往日本访问，蜂拥而来的影迷狂热地呼喊着，追着代表团的汽车请求谢芳签名留念。日本人和田曾指出，在日本放映的包括《祝福》《林则徐》《万水千山》等在内的十部影片中，"无论从上演次数和观众来看，都以《青春之歌》为最高，因此它的影响也最为深远"[1]。

（三）电视剧

20世纪90年代，随着红歌专辑《红太阳》的发行，市场上刮起了一阵"红色经典"的怀旧之风，部分红色经典小说被改编为同名电视剧。《青春之歌》也在此背景下被改编为电视剧。1999年，小说《青春之歌》改编的二十二集

---

[1] 和田：《放映中国影片运动的成就及其影响》，《光明日报》，1961年6月21日。

同名电视剧问世，由王进导演，演员陈炜、陈宝国、贾妮、李强等主演。此剧播出后产生了一定反响。2007年，另一部二十五集的电视连续剧《青春之歌》又一次进入观众的视野，由张晓光导演，演员童蕾、谢君豪、吕凉等主演。由于时代环境的变迁，这两部20世纪90年代以后发行的电视剧不可能像1959年的电影《青春之歌》那样轰动，但也吸引了新的历史时代中的观众。

1999年版电视剧以林道静的成长为主要线索，串联起余永泽、罗大方、卢嘉川、江华、王晓燕、白丽萍、许宁等在内的众多人物的人生故事。不同于小说中连贯而单一的线索，电视剧对一代青年的成长与经历、爱情与革命都进行了拓展性刻画，丰富了小说的人物形象和情节逻辑。电视剧里的人物更富有人情味，除了表现林道静勇于抗争、坚韧不拔的革命精神，电视剧也演出了胆小怕事的余永泽内心仍怀着"读书救国"的理想，冲动鲁莽的罗大方仍勇敢进行战斗等，人物刻画显得更为真实可信，也更接近观众心理。电视剧突破了对反面人物刻意丑化和脸谱化的创作弊病，让剧中青年们的追求、挣扎、困惑和选择都显得贴近现实，同时也吻合那个时代的特定环境，表达了充满革命理想的一代年轻人在救国道路上不断追求与探索的艰苦征程。

2007年版的电视剧为了保留原著人物的形象气质，大致遵循了原著中的经典情节和主要的人物关系，同时在体现时代韵味的基础上增强了故事的戏剧性与观赏性。导演张晓光认为，该剧加入了现代化的元素，青春靓丽的青年演员的加入也使全剧呈现出类似偶像剧的风格。相比1959年的电影和1999年版电视剧里宏大厚重的革命主题，2007年版电视剧的整体基调相对轻松，故事改编得也更加通俗易懂，同时注重"在主人公成长叙事中融入日常化和情感化的生活"[1]，显得更加真实自然，将成长中的知识分子选择人生道路这一思想主题融入青年们的日常生活中。同时剧中也增添了一些小说中没有的情节，如增加了林道静的父亲林伯唐、反面人物宋郁彬、女特务王凤娟等人的戏份，突出林道静和他们斗智斗勇的情节。再如电视剧增加了

---

[1] 李茂民：《历史题材电视剧与当代文化价值观建构》，人民出版社，2013年，第164页。

人民美术出版社1959—1960年出版的连环画《青春之歌》1—3

余永泽妻子去世后父母为他包办婚姻的情节，增加了林道静好友陈蔚如被迫出嫁的情节，进一步展现封建包办婚姻的危害，也突显出林道静反叛旧式婚姻的坚强勇敢，主人公的性格显得更加丰富、真实。这一版电视剧也因为选用了贴合当代人情感和审美的叙事方式，从而获得了观众的内心共鸣。

（四）连环画

借着1959年电影《青春之歌》的热映所掀起的风潮，同年12月，人民美术出版社出版了由林林编文、杨逸麟绘画、何志强设绘封面的连环画《青春之歌》第一册（148图）和第二册（152图）；1960年3月，又出版了第三册（180图）。根据连环画《青春之歌》的前言可知，整套连环画预计分四集出版，叙述了林道静的进步成长历程："第一集写主人公林道静不幸的身世，当时在万恶的社会环境中，走投无路，彷徨、苦闷，以至模模糊糊地感到需要改变现状；第二集写她受到党的地下工作者的启发和帮助，开始找到了人生道路，踏上了革命的征途；第三集写她两次被捕，在斗争中受到磨炼和考验，逐渐成为一个自觉的革命战士；第四集写她入党后，积极组织青年学生抗击敌人，投身于伟大的一二·九运动。"但这套连环画只出了前三册，第四册一直未能面世。杨逸麟绘制的这版连环画，采用了对比强烈的黑白明暗手法，构图新颖多变，用连环画的图文对照的方式，基本体现了原著小说的精神主题。

中国电影出版社 1981 年出版的连环画
《青春之歌》

中国电影出版社 1997 年出版的连环画《青
春之歌》

　　1959 年电影上映后，直到 1961 年同名电影版连环画才出版。
1961 年 4 月，中国电影出版社推出了由霍育杰、陈澈改编，焕之
设计封面的电影连环画《青春之歌》。这版连环画封面以林道静
的电影海报为主图，以电影结尾的游行剧照为背景。全本 60 开，
共 195 图。1964 年 11 月，又出版了第二版，由陈澈、霍毓（育）
杰改编，万庆设计封面。封面主图与 1959 年第 17 期《大众电影》
封面一样，选用了林道静入党宣誓的形象进行绘图设计。全本 60
开，共 207 图。这两版的连环画，选用的剧照图片清晰度都较好。

　　1981 年 9 月，中国电影出版社对 1964 年《青春之歌》第二
版进行重新印刷，由霍育杰、陈彻（澈）改编，封面则和 1961
年版相似，仍采用林道静剧照和电影结尾游行剧照合成设计。全
本共 207 图，画面清晰度与前相比倒稍差了些。1997 年 8 月，中
国电影出版社与广西美术出版社共同出版了被选入"爱国主义教
育连环画丛书·百部电影故事"的连环画《青春之歌》，由石森
改编，韦文荣选编图片，张达平、阿统设计封面。封面仍沿用林
道静与游行剧照的合成设计，全本 64 开，共 125 图。

　　2005 年 10 月，中国电影出版社出版了彩色版的连环画《青
春之歌》，作为"百年电影·百年收藏"之一推出，由赵云生、
刘凤禄主编，刘波设计封面。封面主图是用是全景式的电影结尾
游行剧照。全本 32 开，共 176 图，里面还有题为"电影背后的故事"
的背景资料介绍，彩色内页画面整体质量不错。2011 年 8 月，中

中国民主法制出版社 2015 年 6 月出版的连环画
《青春之歌》

中国电影出版社 2015 年 9 月出
版的连环画《青春之歌》

国电影出版社又出版了精装彩色版连环画《青春之歌》，作为"百年经典电影连环画丛书"之一推出。外封主图采用电影海报，内封为林道静剧照，里面附有相关背景资料介绍、电影和历史镜头的对照卡片和一小段电影胶卷等。全本 50 开，共 380 图，用原电影拷贝截图并加工修复，因此画面色彩还原到位，清晰度高。2015 年 9 月，中国电影出版社又推出了作为"中国红色教育电影连环画丛书"之一的连环画《青春之歌》，由刘凤禄主编，外封采用彩色电影剧照，内页则采用黑白设计。全本 16 开，共 98 页，画质也比较清晰。

此外还有 2013 年 11 月由中国民主法制出版社出版的《青春之歌》连环画彩色版，作为"中国革命史百年影视全纪录"之一推出，由赵刚主编。封面选用林道静入党宣誓剧照进行设计，内页采用 2005 年 32 开彩色版画面，调整改动了部分配图文字。全书小 16 开，共 176 图。2015 年 6 月中国民主法制出版社又出版了平装版连环画《青春之歌》，作为"红色经典系列"之一推出。封面仍用林道静入党宣誓剧照，除了变为 32 开，内容与体例和前版大致没有变化。

河北美术出版社 1982 年 10 月出版的
连环画《青春之歌》上

河北美术出版社 1984 年 12 月出版的
连环画《青春之歌》下

长江文艺出版社 1982 年 11 月出版的
连环画《林道静》

1982 年 10 月，河北美术出版社出版了连环画《青春之歌》
上册，由庚西、戈兵改编，谢志高、华其敏绘画，谢志高设计封
面。封面以画家手绘的林道静形象进行设计，内页也完全由两位
画家手绘完成，画面构图灵动，笔法大气，人物形象也颇为传神。
全本 64 开，共 174 图。1984 年 12 月，河北美术出版社出版连环
画《青春之歌》下册，由庚西、戈兵改编，谢志高、宋雅丽绘画，
谢志高设计封面。封面仍由画家手绘设计，内页画风基本与上册
保持一致。全本 64 开，共 166 图。这套由河北美术出版社出版
的上下两册的连环画，在近几年相继以"红旗颂""红色经典连
环画""人民英雄""中华红色教育连环画"等系列专题的形式，
发行过 50 开平装本、32 开平装本、50 开精装本、16 开平装本等
多个版本，再版的样式可谓纷繁齐全。

1993 年 5 月，云南的晨光出版社出版了"影响一代人成长的
文学名著（连环画）"系列丛书，第一辑中收录了《青春之歌》。
这版连环画由羽云改编，王小斌绘画，内页画面多采用素描笔法，
构图上则参考了电影的情节架构和人物场景。全本 32 开，共 188
图。

除此之外，还有以女主人公林道静命名的连环画：1982 年
11 月长江文艺出版社出版连环画《林道静》，由沙铁军改编，
关景宇、赵宝林绘画，高燕设计封面。封面以画家手绘的林道静

形象进行设计，展现其困境中的脆弱和大胆反叛的勇敢。内页画面构图明晰流畅，笔法精炼沉稳，人物刻画也颇为精准传神。全本 64 开，共 246 图。2010 年 4 月人民美术出版社再版时，改为 48 开精装本，由尤劲东重绘封面，突出林道静的面部表情。

2015 年北京连藏扑克设计工作室设计出品了一套限量珍藏版《青春之歌》连环画扑克牌，作为"中国优秀连环画系列扑克"之一推出，以秦龙的手绘板电影海报为封套设计，内部卡片画面为电影版剧照。该版采用连环画和扑克牌相结合的样式，每页卡片按顺序排列，合则为连环画，分则为扑克牌，新颖别致，限印 1000 副，配编号珍藏卡，有一定的收藏价值。

连环画作为普及性的趣味读物，老少皆宜，受众广泛，再加上电影《青春之歌》当年红极一时，也助推了连环画的阅读热潮，这些或由电影剧照采编、或手绘的各种样式的连环画，都颇受读者喜爱。中国电影出版社、河北美术出版社社等都不断进行改版重印，这也形成了《青春之歌》连环画版本、体例繁多的局面，出版的繁荣也为今天的读者提供了更加丰富多样的阅读体验。

（五）京剧、话剧等其他艺术传播样式

小说《青春之歌》出版后，也被改编为戏曲、歌舞剧、话剧等多种样式，在舞台上演出，《青春之歌》以多样的艺术形式不断吸引了越来越多的观众。

1959 年北京京剧团演出现代京剧《青春之歌》，由袁韵宜、黄秉德改编，袁韵宜导演，张雪峰担任舞台设计，唐吉担任音乐设计；由著名京剧表演艺术家李毓芳扮演林道静，马长礼扮演卢嘉川，谭元寿扮演江华。京剧《青春之歌》比起小说在剧情上有较大变化，如京剧里将小说中卢嘉川被捕后牺牲的情节改为被地下党组织成功营救，后来卢嘉川和林道静重逢，不仅亲手枪毙了叛徒戴愉，而且和江华一起领导了一二·九群众运动。京剧以林道静和卢嘉川的感情为主线，集中突出主要人物角色，这样的改动也较符合京剧紧凑的剧本结构和表演特点。作为一部现代京剧，《青春之歌》以唱工为主，其中马长礼的嗓音纯净挺拔，行腔圆润潇洒，具有很强的艺术魅力。李毓芳曾拜梅兰芳先生为师，得其悉心传授，深得梅派真传。她扮演的林道静扮相

宝文堂书店 1959 年 10 月出版的京剧《青春之歌》

干净利落，表演从容大气，行腔珠圆玉润、铿锵有力，给人留下了深刻印象。从整体看，剧情的改编虽在当时引起过一定的议论，但由于现代改编令人耳目一新，演员们大胆汲取传统戏曲艺术进行细致的人物塑造，使得这部京剧情节集中、人物性格鲜明，获得了观众的认可。后来这部京剧的表演剧本在 1959 年还由宝文堂书店出版，在戏迷中产生了较大的影响。

除此之外，安徽省京剧团 2001 年曾于 6 月 19 日—20 日在北京首都剧场演出现代京剧《青春之歌》，向建党 80 周年献礼。该剧历经三年研磨、五次论证、九易其稿，由尹洪波、谢德裕编剧，石玉昆导演，万惠明、董成、赵纯钢等主演。该剧以京剧的形式表现了以林道静、卢嘉川、余永泽为代表的几位青年所走的不同道路，在京剧现代化方面多有尝试，也受到了广泛好评。

除了京剧等戏曲艺术外，话剧版《青春之歌》的改编也非常丰富。小说出版后，北京人艺首先与《北京日报》取得联系，想将其改编成话剧。1959 年，周军任编剧的话剧版《青春之歌》由东风文艺出版社出版。此后，不论是专门性的剧场演出，还是学生的自排自演，话剧版《青春之歌》的演出一直层出不穷，即使进入新世纪也从未停止。如 2002 年，上海话剧艺术中心改编演出由吕凉监制的话剧《青春之歌》，最初在剧院演出，后来到各大高校巡回演出，受到大学生的欢迎。再如 2018 年北京联合大学制作出品的话剧《青春之歌》，由胡叠担任编剧，罗琦、韩青联合执导，吴苏宁担任音乐总监；北京人艺青年演员王欣雨饰演林道静，影视剧演员陈创、郭超、郑铮等分别饰演余永泽、卢嘉川和林红等人，此外还包括其他演员和北京联合大学部分师生。

该剧 2018 年 12 月 13—16 日在北京隆福剧场进行了五场营业性公演，受到广泛好评。

歌剧版的《青春之歌》也产生了不小的影响，尤其是近些年，演出在艺术形式上的创新更让人为之赞叹。2009 年，中国歌剧舞剧院与北京大学歌剧研究院联合编排现代歌剧《青春之歌》,2010 年 1 月在国家大剧院公演，由金曼、戴玉强、迟立明等优秀中青年表演艺术家主演。歌剧依托原著中的人物和故事，通过林道静、卢嘉川、余永泽等个性格鲜明的人物，集中反映了青年们不同的人生选择，以及动荡的大时代中他们各自的命运。同时该剧又进行了歌剧样式的艺术创造，将感染性强烈的咏叹调、心理投射强烈的宣叙调，与交响乐演奏、独唱、合唱等多种音乐形式结合，直接展现戏剧中的矛盾冲突和林道静的内心抉择等，从而带给观众以视觉和听觉的双重享受。2013 年，中国歌剧舞剧院独唱演员陈小朵凭借现代歌剧《青春之歌》里饰演的林道静，荣获中国戏剧梅花奖。

2017 年由浙江歌舞剧院有限公司、浙江交响乐团联合出品的民族歌剧《青春之歌》，作为"中国民族歌剧传承发展工程"重点扶持剧目，于 9 月—10 月先后在浙江音乐学院大剧院、浙江省人民大会堂演出，后又在江苏大剧院等剧场演出。该剧由张曼君导演，吴小平、潘磊作曲，赵玎玎编剧；青年歌唱家郑培钦扮演林道静，段永明扮演余永泽，严圣民扮演胡梦安，唐琳扮演王晓燕。该剧一方面借鉴了中国戏曲艺术精华，一方面又进行了民族歌剧的有益探索。浙江交响乐团的演奏感染力十足，配合着场景的变换，不断推动情节的发展，具有强烈的现场效果。

除了大大小小的各种正式演出之外，一段时间以来，全国各地中学、高校里的学生艺术社团，或者把《青春之歌》改编成话剧、小品等，或者进行朗诵、角色配音等，进行了多种表演实践。虽然这些艺术演出大多布景粗糙，服化简单，表演稍显稚嫩，但学生们热情不减，这也证明了这部作品长久的艺术魅力。

四　思想艺术评论

　　《青春之歌》作为一部经久不衰的红色经典长篇小说，对其解读也呈现出复杂性和多样性的特点。《青春之歌》初版诞生后，围绕着爱情书写、知识分子立场、与工农兵结合的革命路线等话题就已经展开了争论。此后随着日益收紧的文艺语境，对《青春之歌》的解读也逐渐吻合主流政治意识的价值评判。20 世纪 80 年代以来，伴随着"重读文学史""经典重释"等文化反思观点的提出，对红色经典长篇小说的价值重估形成热潮，对《青春之歌》的版本学和接受学研究也成为重点。此外心理分析、文化研究、女性主义等思潮也不同程度地影响了对《青春之歌》的解读。而随着历史语境的变迁，对《青春之歌》的思想和艺术解读也逐渐朝着多元化和个人化的方向演变。《青春之歌》作为"时代的产物"，显然打上了革命立场和政治话语的烙印，同时它也是杨沫个人的情感认识和人生经验的折射，所以又不可避免地带有个人立场的身份认同，《青春之歌》进而呈现出两者互相对立与统一的复杂样貌，其作品的思想内涵也带有了多重意味。

（一）《青春之歌》中的多重思想内涵

　　首先，《青春之歌》以真实可感的笔触写出了一位知识女性的成长历程。这种成长，不仅体现在由外在的经历和遭遇带来的主人公的命运发展轨迹上，也体现在主人公的精神成长和人生道路的选择上。

　　《青春之歌》的基本写作主题是以林道静为代表的一批知识青年的成长经历和人生道路选择，而外在的情节线索则围绕着"一个女人和三个男人"的感情纠葛展开，林道静的精神成长也和她的感情经历密切关联。当林道静第一次出现在读者视线之中时，她是一个抗婚离家出走的倔强、敏感、天真而善良的小资产阶级知识女性，不幸的身世让她遁逃到书籍和音乐中去寻找寄托，未知的前路让她既满怀期待又心生忧郁。她投亲不遇又走投无路之际遇到青年学生余永泽，余永泽的体贴和善、慷慨救助，加上他们对文学的共同热爱，这一切在林道静少女心扉的诗意想象中如同浪漫的"骑士爱情故事"般美好。接受了余永泽的林道静，度过了一段现世安稳的快乐时光，感情和生活的双重安定极大地安抚了林道静从小匮乏关爱和安全的内心，也满足了一个初恋少女对爱情的热切期待。但单调而琐碎的生活现实逐渐让她远离了青春理想，消耗着她的生命热情，余永泽思想的庸俗浅薄、自私自利也很快显露出来，让原先玫瑰色的爱情褪色，林道静陷入了苦闷。但不同于《伤逝》中的子君在被抛弃后的自我消殒，林道静在受到进步思想影响后开始了革命意识觉醒的人生第二阶段。

在这一阶段，她受到共产党员卢嘉川的帮助和引领，卢嘉川谈吐不凡，见解深刻，更有着坚定的党性觉悟和深沉的社会责任感。在卢嘉川的感召和影响下，林道静在课堂上积极宣传抗日、呼唤救亡，并为抗议校长的责难愤而辞职。林道静受到卢嘉川革命热情的感染，逐渐走出自己的小家庭，投身到革命斗争中来，两人也在共同的战斗和学习中互生情愫。虽然林道静和余永泽的情感挣扎以及残酷的革命斗争让双方隐忍克制，但林道静的情感天平已经开始了倾斜。随后卢嘉川的不幸被捕让林道静悲愤至极，也让她和自私狭隘的余永泽彻底决裂，更加勇敢地投身革命斗争，逐渐由一个小资产阶级知识女性成为一名革命者。

最初走上革命道路的林道静还不够成熟，还带着激进冒险的思想，也带着找不到正确方法的内心困惑。这时她遇到成熟老练的共产党员江华，在他的帮助下不断成长起来并加入中国共产党。共同的革命经历催生出她和江华志同道合的爱情，而残酷斗争现实的洗礼和忠贞无畏的革命同志的精神感染，也让林道静最终成长为勇敢坚定的共产主义战士。她投身于一二·九运动中，不仅和江华等人成功地组织了北平爱国学生的抗日游行，而且坚定地走在了队伍的最前列。至此林道静完成了成长的第三个阶段。

这三个阶段清晰勾勒出一个小资产阶级知识分子完成个人的精神蜕变，成长为共产党员的过程。围绕在林道静身边的知识青年们也走上各自的人生道路，其中有坚强勇敢、忠于党的事业的优秀共产党员卢嘉川、江华、林红等人，有在自身的苦闷中彷徨挣扎但最终投身革命运动的许宁、王晓燕等人，也有贪图享受而自我沉沦的白莉萍，堕落自私、叛变投敌的戴愉等人。小说在对知识青年群像的展现中深刻地揭示出知识分子要自觉地将个人的命运与国家的命运结合起来，通过社会的进步和解放来实现个人的理想与价值。这无疑深具鼓动和启迪的意义，为那些同样处于人生十字路口的青年们指明了方向，无怪乎《青春之歌》一问世就受到广大青年的普遍欢迎。

其次，小说将爱情主题和革命主题相交织，将自传性的个人抒怀和宏大的时代政治诉求相结合，将个体化的情感体验和广阔的社会现实场景统一于理想主义的叙述笔调中，从而实现了个体性与社会性、浪漫化与现实性的双重融合。《青春之歌》成功的关键在于在一定程度上突破了革命小说常见的过度崇高化的政治书写模式及宏大话语体系，而以独特的私人性、抒情性、人性化和浪漫化的书写，弥合了爱情题材和革命题材之间的裂缝，从而让小说的话语体系更加完整、统一。

一方面，《青春之歌》有着鲜明的自传色彩，杨沫自身的成长和教育经历和主人公林道静有着内在精神同构性。而其他人物形象也带着生活原型的痕迹，根据老鬼对母亲杨沫的回忆，小说中懦弱温情、自私狭隘的余永泽的原型是知识青年张中行，高大英俊、勇敢坚强的卢嘉川的原型是杨沫结识的抗日战友路扬[1]，成熟干练、智慧机敏的江华的原型是杨沫的丈夫马建民。除了经历的同构性，杨沫和林道静的精神意识都打上了五四新文化运动的启蒙思想的烙印：追求自由、平等、精神独立、个性解放等。在小说中，"启蒙"的思想主题主要变奏成"爱情"主题：林道静大胆反抗家庭包办婚姻、自力更生维持生计并追求平等自由的爱情等举动，正体现出五四文化的精神内涵。客观来说，《青春之歌》中的爱情情节并不新鲜，仍然带有传统小说里"英雄救美"的故事模式。"多情的骑士"余永泽在林道静绝望而跳向大海的时刻救下了她，有着机缘巧合下的浪漫情怀。而后来卢嘉川、江华引领

---

[1] 老鬼：《母亲杨沫》，长江文艺出版社，2005年，第65—72页。

着林道静走上革命道路，成为林道静的人生导师和精神导师，则可以看作是"英雄救美"模式的另一种演绎。杨沫将浪漫主义的爱情主题和理想主义的革命主题结合起来，使其合频共振，显然吻合"革命＋爱情"的左翼小说模式。但不同于革命爱情小说中常见的受制于革命理想的崇高召唤，将爱情书写得生硬空泛、缺乏生活气息和人性化的特点，杨沫以一位女作家对生活日常和心理情绪的敏锐把捉，将主人公对爱情理想的热切期待、纤巧细腻的情感抒怀、复杂多样的心路历程，曲折生动地书写出来，显得人物真实形象，内心丰富可感。

长江文艺出版社 2005 年出版的《母亲杨沫》

另一方面，《青春之歌》作为"时代的产物"，在写作主题、人物形象、艺术手法上都带着时代特色和政治化倾向。小说描写从九一八事变到一二·九运动中中国共产党领导的学生运动，勾勒出波澜壮阔的革命斗争图景，也广泛地反映了当时的社会现实：既有共产党人为民族理想的英勇战斗，也有知识分子在时代抉择和个人命运下的浮沉；既有国民党达官贵人的荒淫无耻，也有底层农民的贫穷苦难和反抗斗争。因此《青春之歌》对革命理想的探寻依然是庄严而崇高的，但可贵的是，杨沫并没有在"爱情"与"革命"中简单地取舍对立，而是巧妙地将"爱情"话语的个人性、抒情性自觉地融入"革命"话语的庄严崇高里，让个体的情感经历和精神探求在宏大的时代诉求中展览登场，在超越的革命抒情格调下实现对个体浪漫抒情的挽留。但维持"爱情"的柔性表达和"革命"的硬性诉求之间的平衡是不容易的，在"左"倾化的政治氛围中饱受批评的《青春之歌》几经修改，修改稿中弱化了"爱情"内容，强化了学生运动、农民抗争等"革命"内容，当然有着向主流政治意识妥协的意味，但杨沫自觉用革命意识来归拢、容留个人精神意识的努力却是一以贯之的，小说在"爱情"和"革命"上的主题变奏也有着一定的外部线索和内在逻辑可循。

再次，《青春之歌》写出了知识分子主体意识的浮沉。林道静知识分子的身份意识经历了一个不断弱化的过程，最终合流于坚定的无产阶级革命立场。而在后来的修改稿中，林道静的自我反思成分进一步加大，身份意识也更加萎缩变形。林道静最初是一个受到新思想影响的理想主义的知识分子，她追求个人的爱情和婚姻自由，对爱情有着天真热切的期待，对生活有着不切实际的幻想，身上带着明显的小资产阶级知识分子的浪漫情调。而共产主义的思想启蒙和长期革命斗争中的艰苦锻炼，让她摆脱了内心困惑，走上革命道路，成长为一名无产阶级革命者。由小资产阶级知识分子向无产阶级革命者的身份转变，虽然有着主流化的政治思想意味，但林道静的形象和人格是统一的，她前期的倔强和敏感、后期的坚定和沉着，都统一于执着寻找理想、热情报效祖国的知识分子自我身份定位中。因此杨沫有意弱化了林道静成长经历中对过往的不舍和投身革命的犹疑等，努力弥合"小资产阶级知识分子"和"无产阶级革命者"之间的身份意识的裂缝。从作品的广受好评来看，这一弥合是成功的，并不生硬突兀。

而"左"倾化的政治语境放大了对《青春之歌》的责难，面对"没有认真地实际地描写知识分子改造的过程，没有揭示人物灵魂深处的变化"[1]的质疑，杨沫在重印本中刻意加大了正面描写学生运动和知识分子与工农兵结合的内容，尤其在新增的农村七章里加入了很多林道静的内心自省，用来展示一位自觉进行思想改造的知识分子的转变。这种用知识分子自我改造的政治觉悟替代之前复杂幽微的心绪流露的做法，由于政治话语植入时并不特别贴合自然，也由于表达的刻意和直接，实际上并没有取得好的表达效果。重印本里进一步"按照国家意识形态的要求，对知识分子进行了重新叙述，

---

[1] 郭开：《略谈对林道静的描写中的缺点》，《中国青年》，1959 年第 2 期。

让林道静改掉了小资产阶级根性，实现了与工农的结合，找到了新的阶级归宿"[1]。林道静的知识分子身份进一步弱化，人物形象也不断被拔高，尤其是林道静和江华的关系，由男女之情转变为革命感情，江华这个人物形象也掉进了"高大全"式的政治化叙述陷阱。在"对知识分子思想改造"这一政治主题的彻底贯彻中，知识分子的身份意识彻底坍塌萎缩，其人格发展的统一性和连贯性遭到破坏。上世纪 80 年代以来兴起的对《青春之歌》不同版本的比较研究，乃至对之前一直饱受批评的余永泽形象的重新评价等，可以说是一种平衡性的接受回归。

（二）《青春之歌》的艺术特色

《青春之歌》在艺术上也呈现出自身的特点：一方面是在全知叙事视角的基础上杂糅了限知性的个人视角，显得自由灵活，便于在叙事和抒情、议论等多种表达方式间自然切换；另一方面，小说不仅通过出色的细节刻画和心理刻画等塑造了生动的人物形象，也通过诗意化的笔墨点染增强了小说的艺术气息和浪漫情怀。

1. 全知叙事与限知叙事相结合的叙事方式

《青春之歌》整体上采用一种全知叙事视角，即以第三人称口吻进行总览式观照。但对林道静的成长刻画，杨沫有时会将叙事视点有意局限在主人公身上，制造"限知叙事"下的个人化叙事效果，有时又会通过不同视点下的情境对比制造事件发展的不确定性，以此来增强表达效果，揭示事实或突出人物形象。

首先，《青春之歌》是用全知叙事视角来连缀成篇的。杨沫以第三人称的口吻，平静和缓地介绍人物，讲述事件，推进情节发展。叙事主体尽量保持着叙事的从容，不疾不缓地书写刻画。同时为了增强叙事的客观性，有时调用旁观视角对人物和事件进行不动声色的叙述。如林道静的出场，杨沫使用的就是相对节制的客观叙事的笔调：

---

[1] 金宏宇：《中国现代长篇小说名著版本校评》，人民文学出版社，2004 年，第 239 页。

不久人们的视线都集中到了一个小小的行李卷上，那上面插着用漂亮的白绸子包起来的南胡、萧、笛，旁边还放着整洁的琵琶、月琴、竹笙……这是贩卖乐器的吗，旅客们注意起这行李的主人来。不是商人，却是一个十七八岁的女学生，寂寞地守着这些幽雅的玩意儿。这女学生穿着白洋布短旗袍、白线袜、白运动鞋，手里捏着一条素白的手绢——浑身上下全是白色。她没有同伴，只一个人坐在车厢一角的硬木位子上，动也不动地凝望着车厢外边。她的脸略显苍白，两只大眼睛又黑又亮。这个朴素、孤单的美丽少女，立刻引起了车上旅客们的注意，尤其是男子们开始了交头接耳的议论。可是女学生却像什么人也没看见，什么也不觉得，她长久地沉入在一种麻木状态的冥想中。

这一段对林道静的介绍，借其他乘客的眼光对其进行打量，努力使叙事带有不露痕迹的客观化色彩。以周围人的惊异眼光、议论的举动侧面写出了一身白衣、行李里满是乐器的林道静与周围的格格不入，也反映出其涉世未深、性格忧郁内敛、对人生的想象里还带着浪漫化倾向和在坚持自身爱好理想方面呈现出倔强的特点。叙事主体基本上保持了平直的叙事语调，不动声色地将他人眼里的林道静客观叙述出来。这样的全知性客观叙述的例子在作品中比比皆是。

其次，杨沫有时又会在整体性的全知叙事之外，穿插一定的限知叙事成分，让作品的叙事方式更加丰富。这种限知叙事有时体现在叙事视角的有限性上，有时体现在叙事视角的多重性上。如杨沫有时故意将视点局限在主人公林道静身上，进行有选择的限知叙事，这种使用第三人称的限知叙事形成了一种独特的叙事效果。一方面第三人称叙事口吻表面上制造了客观的叙事印象，仿佛叙事主体的指陈不慌不忙、冷静从容，但另一方面有节制的叙事视角又会使人物的命运、故事的发展呈现出一定的不透明性和未知性，更加接近读者的接受心理，也更有利于表现人物的性格与命运。如书中写林道静访表哥不遇，正不知如何是好时，又遇到了行为态度颇为可疑的余校长，叙事主体在这里却故意不展开叙述，只让视点追随着林道静的行踪和心理进行限知书写，直到因为一次偶然的晚归避雨躲错了屋檐，才让林道静听到余校长等人打麻将时的秽语调侃，并了解到对方包藏的祸心。小说里这样写林道静在了解真相后的心境：

> 道静不知道自己是怎样在黑夜的大雨中跑回她的住屋去的。屋里黑漆漆，她穿着湿透的单衣，像受了重伤，蜷伏在板床上。许久许久，她不动、不响，而且什么也不想。
>
> 大雨在窗外倾泻着，海涛惊人地吼叫着，天宇充满了激昂的叫嚣。但是道静什么也不知道。

主人公和读者在开始时一起被蒙在鼓里，直到后来真相大白，这种节制性的叙事反而能让读者更贴近主人公内心，并伴随着事实的最终揭示而对林道静的悲伤无助感同身受，也更能理解其走投无路和悲愤交加之下跳入大海的举动。

另外，小说也通过多重叙事视角的并列，尤其是有认知差异或对比性的人物视角的转换，来对人物和故事进行补充叙事。如当林道静最初在杨庄见到大海时，她停下来观赏大海的感受，是直观地觉得大海"多好看"，并对同行的脚夫说："你住在这儿多好，这地方多美呵。"但面对同样的大海，脚夫的回答是："好什么？打不上鱼来吃不上饭。我们可没觉出来美不美……"之前从未见过大海、还有着小资产阶级思想的林道静看到的是大海那令人激动的美好、壮丽的景色，而在为生计奔波的脚夫眼中，这片大海却是他们勉力挣扎、艰难求生之地，简单的对话里体现的正是两种不同视角的对大海的观察。这两种视角形成了鲜明的对比，也正是由于双重视角的存在，读者更能从中体会出林道静的不谙世事、对现实社会里生存的艰难和残酷一无所知，也能看出她对底层百姓的生活处境并不了解。这也与林道静后来在江华等人的影响下和农民一起抢收麦子的行为形成了对比，让林道静的前后经历和精神成长更加具有说服力。

2. 出色的心理描写和细节描写

《青春之歌》塑造了一群生动的人物形象，这些人物塑造的一个鲜明的特点，是杨沫以一位女作家对生活事件和人物心理的用心观察，将细腻贴切的心理描写和精准传神的细节刻画结合起来，让笔下的人物有血有肉、真切生动。

小说中有很多出色的人物描写片段，尤其是心理描写尤为精彩。如余永泽清晨醒来发现林道静违背他的意愿偷偷去参加"三一八"纪念大会后的反应描写。杨沫先进行了一连串的动作刻画：他"仔细地听了听"周围有没有林道静的动静，然后"赶快跳下床来打开一条门缝向外一望"，确认林道静已经离开后，接着"把屋门用力一关"，发泄内心的怨气，在失望和伤感中不禁"懒洋洋地又向床上一倒合起了眼睛"并开始自言自语地喃喃哀叹："完啦——完啦——为他人作嫁衣裳而自谓得意……"这些动作非常具有情境感，也吻合余永泽的内心感受。哀叹之余，小说也细腻地写出了他接下来的行为和心理："他瘦窄的面孔抽搐着一种从未体验过的好像一切都失败了的痛苦深深折磨着他。"林道静不顾劝阻执意前往"刺伤了他的自尊心使得他又恼怒又伤心"，接着想到"情敌"卢嘉川微笑的面孔，他便怒不可遏地离开家，来到图书馆。但窗外传来的悲壮的口号声又让他不能安坐，想到去参加活动的林道静，内心不免忧虑挂念起来。响起来的枪声让他惊悸不安，对林道静的担心让他生出"不行！要去找她"的冲动，但警察和学生厮打的混乱场面又让他"愈不安脚就愈不能动"，并由此生出一些惭愧和负疚的感觉："这多人都不怕她都不怕我怕什么呢？"他想冲上去在人群中救出林道静，就像以前在北戴河杨庄的海边救出她一样，但出于世故的敏感，他选择了不去冒险。同时从头顶呼啸而过的子弹吓坏了他，让他再也顾不得想林道静，拔脚往回跑。最后，回到家的余永泽面对冷清凌乱的房间，不禁再次哀叹："没有女人真不像个家。亲爱的，你快回来吧！"这一番描写曲折幽微、惟妙惟肖地将余永泽怯懦的忧虑、自私的眷恋等多种情绪写了出来，人物外在的语言、行动和内在的心理描写结合在一起，使读者既能够通过人物的外在表现来感知人物形象，又能通过人物的心理活动来洞察人物内心。

小说中的细节描写同样使用得精确可信，常常能够抓住关键，展现人物复杂的情绪感受，极大地丰富了人物形象。如王晓燕听信了戴愉的欺骗和挑拨，对好友林道静产生了很深的误解，因此在两人见面时，面对久未相见、关心和想念着她的林道静，她的反应是："晓燕正埋头在桌上写东西，一见道静走进屋来，好像见了什么妖怪似的陡然一惊，接着立刻满脸通红。她头也不抬，冷淡得好像对陌生人讲话一样。""陡然一惊""满脸通红"等细节刻画出王晓燕此刻惊讶、慌乱、尴尬、气愤等复杂的心理感受。面对朋友的冷淡反应，林道静终于忍不住询问她是否受人挑拨时，"晓燕慢慢抬起头来直视着道静。从那双悲伤的黑色的圆眼睛里，道静看出了它是怎样被痛苦和恐惧缠绕着。终于又从这双善良的圆眼睛里簌簌地滚下了大粒的泪珠——王晓燕坐在桌旁捂着脸哭了"，这个"捂着脸哭"的细节也生动地传达出王晓燕面对好友时的心理冲突：既有对多年友谊的珍视和留恋，又有因误解而生出的伤心和气愤。这个举动也成功瓦解了前面故作冷淡的心理防御，让王晓燕的善良、单纯的性格得到了很好的体现。而当王晓燕终于发现戴愉的特务身份时，小说又极力刻画她"麻木""像个木头人"的心理和举动，把她因轻信他人、惨遭背叛而悲愤、绝望的心境写得真实传神。

3.浓郁的抒情笔调和诗意的笔墨点染

由于《青春之歌》带有明显的自传色彩，加上杨沫感性、细腻的写作特点，让作品带有浓郁的抒情笔调。除了深入丰富的情绪书写和心理刻画之外，小说的抒情笔调也体现在作者富有诗意的笔墨点染上。这些交融着情感的优美的景色描写、折射着特定场景的诗意抒情片段，一方面让人物内部的情感表现更加优美丰富，另一方面这些散落的诗意化的描写又对全书整体激昂奋进的政治化语调进行了柔性的调整和补充，让个体抒情和整体叙述融合起来，也让人物事件的发展、政治观点的传达更加容易被读者接受。

如小说中写林道静参加农民的麦收运动，看到农民们为夺回自己的麦子，和地主展开了激烈的斗争：

> 当她站在房上向四外望去时，啊，一种美妙的好像海市蜃楼的奇异景象立刻使得道静眼花缭乱了！那是什么？在黑黝黝的原野里，四面八方全闪起了万点灯火，正像美丽的星星在灰色的天幕上眨动着她们动人的大眼睛。在不甚明亮的闪闪灯光中，有无数黑点在浮动。这不是幽灵，也不是萤火虫在夜风草莽中飞舞，而是觉醒了的农民像海燕一样正在暴风雨的海上搏斗……她太高兴了，她激动得几乎想大喊："啊，党，你是多么伟大啊！"

这一段诗意化的书写，既写出了万点灯火的热烈、生动的实际场景，又有意用虚化和抒情化的笔调将之象征化，在林道静的心中，"不甚明亮的闪闪灯光""无数黑点"的浮动都带有对现实象喻的意味，于是接下来将农民比作海燕的联想，以及那句直抒胸臆的政治抒情才显得合乎情理。农民的英勇反抗、对党的无限深情，这些明显有着宏大政治话语痕迹的表达，在优美而富有诗意的个人抒情笔调中得到了很好的对接与融合。

同样，诗意的笔墨点染增强了小说的浪漫色彩，也强化了与之形成对比的现实意味。小说中的景色描写很少单独存在，常常有着一定的表情达意的具体指向，在景色的铺展中或表现人物内心，或折射社会现实，或暗示人物和事件的命运等。如小说写林道静初到北戴河的海边看到的景象，一面是壮阔优美的海边风景，那里有雄伟的浪涛声、各色美丽的贝壳，富人的海滨区如世外桃源的仙境，另一面又是穷人们截然不同的生活场景，有别墅跟前"华人与狗不得通过"的木牌，瘦弱的没有奶水的母亲，饥饿的像小柴棍一样的孩子等。用清新欢快的笔调写美丽壮阔的海边风景，正吻合年轻的、对人生充满幻想的林道静的心境，体现其单纯、理想化的性格，增强了小说浪漫抒情的氛围。而浪漫心境下无法忽视的残酷生存图景，又让天真的幻想蒙上了阴影，预示着林道静在现实生活中即将迎接的生活困境，也为略显空疏的浪漫调性增添了现实维度下的真实感。

除此之外，《青春之歌》的结构完整有序，表现宏大的社会斗争，表现众多人物的生活场景，却能有条不紊地将主线集中在林道静的成长经历上，显得章法分明、布局清晰。通过个体性的视角和抒情笔调，又很容易引起读者的情感共鸣，获得阅读的审美满足。

（三）《青春之歌》的经典价值

陶东风先生曾指出："对经典的接受态度并不是孤立的，而是反映了一种文化价值取向。中国古代的崇经态度反映了中国社会文化的稳定性，反映了传统取向的文化价值导向。"而近现代中国知识界对于经典的批判"无疑是源于中国知识分子内心深处真诚的变革愿望与启蒙救亡的神圣使命感"。"然而当历史的车轮进入 20 世纪 80 年代后期以后，中国大陆文化界出现了文化经典消费化、商品化的现象。"[1] 的确，由于历史语境的变迁和时代风潮的转变，在上世纪影响过一代读者的红色经典长篇小说貌似正逐渐被"消解"，丢失其在"变革""救亡"年代阅读接收的迫切性和应景性。但其实正如前面对《青春之歌》传播历程的梳理，《青春之歌》在不同时期涌现出种类繁多的版本，多次重印且长销不衰，改编为其他艺术形式后，仍受到人们的欢迎。由此可见，以《青春之歌》为代表的这些红色经典并没有随着时代的发展而被尘封，不仅在当下仍被不断观看和解读，而且变成文艺再次创造的资源，一再被重写、改编、另造成不同的艺术样式，长久地发挥着自身的魅力与价值。我们可以从以下几个方面考察其当下价值：

《青春之歌》以饱满的人物形象，刻画出革命和战争时期一代青年道路选择、理想熔铸、信仰建立的豪迈历程，对当下的青年仍富有感染力和精神启迪。《青春之歌》里的主要人物，不论是从天真理想成长坚定起来的林道静，还是英勇顽强、机智坚毅的卢嘉川，成熟理性、老练果敢的江华，大多都具有火热的革命热情和坚执的理想探寻，他们无私忘我的身影既真实感人

---

[1] 陶东风：《文化经典在百年中国的命运》，《文艺理论研究》，1995 年第 3 期，第 35—36 页。

又可歌可泣。他们有着自己的情感挣扎和精神困惑，也有着自身的理想信念。他们身上有着青年们最宝贵的品质：纯洁、热情、勇敢、真诚、善良，同时又有着战火纷争里磨炼出来的坚韧心性和革命信仰。他们将个人解放与社会解放结合起来，自觉将个人命运汇入国家民族的前途中，在面对个人利益与理想信念冲突的困难时刻善于隐忍、勇于担当、敢于奉献，带着英雄主义的悲壮，又有着理想主义的昂扬。他们的风采既属于那个火热的时代，又带着超越时代的永恒性。《青春之歌》里所激荡的奋斗历程和青春礼赞、所书写的一代青年的梦想追寻和使命担当，对于当下的青年仍具有强大的感染力。那些在理想与现实之间、个人实现与社会价值之间苦苦思索的当代青年很容易从与《青春之歌》相似的探寻主题里找到心灵共鸣，并获得启迪与力量。

《青春之歌》中的革命精神和家国情怀，不仅积淀成民族的文化记忆，而且构成了当下民族文化精神的内在力量。《青春之歌》写出了中华儿女投身于火热的革命斗争中，为了实现民族解放与自强血与火的奋斗历程，这一伟大的历史变革中所涌现出来的精神品格正不断勾连并发展着我们的民族文化记忆。千百年来中国古代士大夫阶层精神风骨中的那些上下求索的发奋勤勉、舍生取义的气节操守、知行合一的人格范式、家国天下的理想抱负，在林道静等人的身上都能看到其影响和传承。同样，我们也能在《青春之歌》中看到近代社会以来我们民族精神中滋生的穷则思变、大胆反叛与创新的意识、救亡图存的急迫诉求、富国强民的社会理想等。可以说，作为影响力巨大的红色经典小说，《青春之歌》承载了几代人的青春热情和理想希望，并在一定程度上塑造了时代精神。它表现出的革命者反抗压迫的伟大斗争精神，艰苦奋斗、自强不息的拼搏精神，革命乐观主义精神和大无畏的英勇气概等，都给人以巨大的精神鼓舞。而坚守信仰、追求美好生活、建立合理的社会制度等共通的人类价值理想，又把《青春之歌》里体现的时代精神与当下的民族精神建设连通起来。《青春之歌》里那些在苦难中展现出来的精神品质也融入当下的民族文化的建设中，成为内在和核心的精神力量。

《青春之歌》以宏大的革命叙事视野，展示出广阔的社会历史图景，成为记录变革年代民族自强、破旧立新的精神档案，也为当下的文学创作提供了有益的写作借鉴。杨沫作为革命和战争的亲历者，有着丰厚的生活积累和个人的情感体验，同时也有着强烈的社会责任感和历史使命感。她在艰难的处境中不顾病痛坚持写作，后来又反复修改、几易其稿，怀揣热情和真诚为自身心悦诚服的革命事业写作，这种认真勤勉、精益求精写作长篇的创作态度在"十七年"作家中并不少见。同时，《青春之歌》描写了从"九一八"到"一二·九"这一历史时期共产党人艰苦卓绝的地下斗争、学生和民众不断开展的抗日救亡运动。小说场景宏大，人物众多，在波澜壮阔的历史画卷中，以磅礴的气势刻画出困厄中的民族奋斗历程，这正吻合了那个疾风暴雨的革命年代的精神主题。如今我们虽远离战争年代，但仍处于中华民族伟大复兴的历史时期，中国经济在平稳高速增长的同时，也面临着经济和社会转型的压力，面临新形势下的种种复杂挑战。我们的时代同样为当下的文学创作提供了丰富的写作资源，人们在这个历史转折时期的思想观念的碰撞、心灵的探寻与震荡并不亚于革命年代，这就激励着当代的写作者以《青春之歌》等红色经典为榜样，创作出同样能够记录、反映新的时代主题、壮阔社会画卷的恢宏长篇。不仅如此，《青春之歌》里体现出来的超越品格和崇高美学、集体主义的思想情感、革命浪漫主义的审美方式，以及在语言和修辞上的独特格调等，所获得的文学经验和成果已经构成了当下文学创作的传统与遗产，也成为当代文艺的创作养料。从这个意义上看，《青春之歌》等红色经典仍在以各种方式影响、参与着当下的文艺创作和文学建成。

作者简介:

    欧阳山（1908—2000），湖北江陵人，原名杨凤歧。中国现当代文学史上重要的作家之一，华南文学的领军人物。20世纪30年代参加左联，并于1932年组织左联广州分会，曾担任广东省作协主席、中国作协副主席等职务。著有长篇小说《一代风流》《高干大》，短篇小说集《七年忌》等。刘白羽这样称赞欧阳山及其艺术创作："欧阳山的一生是革命者争斗的一生，也是在艺术创作上艰苦奋斗的一生。"

《三家巷》：爱情与革命的变奏

杨海燕

20 世纪 20 年代的中国面临内忧外患。在中国共产党的努力下，国共两党于 1924 年实现第一次合作，建立革命统一战线。后因国民党右派发动"四一二"和"七一五"反革命政变，致使国共关系破裂。《三家巷》中故事发生的地点便是革命战争的策源地——广州，也就是一系列斗争最尖锐、最激烈的城市之一。小说真实地还原了中国共产党的丰功伟业、帝国主义与国民党反动派的残暴与丑恶，刻画了心怀革命理想、不怕牺牲、英勇无畏的青年形象，为我们展现了广州革命群众艰苦、光荣的战斗历程。

一　故事梗概

20 世纪 20 年代，广州的三家巷里住着有姻亲关系的三户人家：贫苦工人阶级周家、买办资产阶级陈家和官僚地主阶级何家。

这三个家庭儿女众多。周家有周金、周榕、周炳三个儿子，还有一个名叫周泉的女儿；同住在三家巷的陈万利（即周炳的大姨夫）家有一个儿子陈文雄及陈文英、陈文娣、陈文婕、陈文婷四个女儿；何应元家则有两个儿子何守仁、何守义及一个女儿何守礼。另外，小说也涉及了区家和杨家。区家（即周炳的三姨夫家）有区苏和区桃两个女孩、区细和区卓两个男孩；杨家

（即周炳的舅舅家）则有杨承辉、杨承荣两个男孩。

周炳的爷爷和爸爸两代人都在一间旗人开的剪刀铺子里当伙计。后来，周炳也在剪刀铺当学徒，但在收账途中因迷恋看戏，在三姨家玩耍，耽误了正事，被正岐利剪刀铺的老板打发回家。后周炳被姨夫陈万利认作干儿子，但又因他同情陈家使妈阿财凄凉苦楚的处境，当着众多亲戚的面揭发了陈万利的丑陋行为，最终被陈家撵出来。天无绝人之路，周炳又到了南关珠光里皮匠铺区华家里当学徒，但他看不惯青云鞋铺的少东家林开泰飞扬跋扈，对表姐区桃动手动脚、极不规矩的行为，一怒之下用铁锤打了林开泰的胳膊。于是，因得罪林开泰，周炳无奈收拾包袱再一次回家。之后，周炳在舅舅的介绍下到河南济群草药铺子当伙计。因小伙计郭标的栽赃陷害，周炳被掌柜误会偷拿药材和银钱，于是，他再一次被打发回家。这次事件过后，周炳在何家大儿子何守仁的推荐下，到乡下震南村给何家放牛。在放牛的日子里，周炳结识了胡源一家。胡源家生活困难，常常吃了上顿没下顿，周炳便常常偷拿粮食接济胡源一家，后被何不周发现，周炳再次被轰走。

周炳的哥哥姐姐，如陈文雄、周榕、何守仁、陈文娣等人，都受过学校教育，并在五四运动的引领下，热烈地追求自由恋爱，渴望幸福生活，立志救民于水火之中，挽救国家危亡。参加完毕业欢送会的那个晚上，以陈文雄、周榕、何守仁等为首的七八个青年人，每个人的心里都充满了幸福、喜悦，感觉未来有一个五彩缤纷的世界在等待自己。在三家巷中，他们指点江山，挥斥方遒。对于如何着手救国强国一事，大家却意见相左。何守仁主张大家致力仕途，发抒伟业，掌握政府实权；陈文雄力荐振兴实业，与世界各国进行商战才是光明大道；而周榕则同情当下劳工的苦难生活，且看到了工人身上的力量，认为工会是一个强大的堡垒。而后，大家在何守仁的提议下换帖，结为异姓金兰，以便将来可在社会上彼此提携，施展抱负。

时间转眼之间过去四年，区家和周家都有了不大不小的变动。区苏成了一名熟练的手电筒厂女工。区桃今年十八岁，在电话局里当接线生，因为长相美丽，大家都称她为"美人儿"。周金右手的大拇指被机器轧扁了，周榕当上了小学教师，周泉中学毕业以后，在家闲住，周炳如今也已中学毕业。五家的孩子渐渐长大，褪去了年少的青涩。从1925年的除夕到正月十五短短的十几天之间，青年们之间的爱情愈加明晰、确定。1925年的除夕之夜，陈文雄与周泉相约，共同创造一个新式家庭。然而在三家巷陈家的客厅里，陈文娣拒绝了对她爱慕已久的陈守仁，并与周榕商量结婚的事情，坚持做一个新女性，追求爱和自由。周炳与区桃本是青梅竹马、两小无猜，随着岁月的流逝，二人春心萌动，爱意朦胧。在人日后三天的恳亲会上，他们在主演的白话戏《孔雀东南飞》中，将焦仲卿、刘兰芝的故事表演得情真意切、缠缠绵绵，得到了观众的热烈好评，他们的感情也由此达到了高潮。周炳在渐渐明确了对区桃的感情后，向她吐露了爱慕之情，且坚信在革命成功，打倒军阀、帝国主义之后，他们将是最幸福的一代，他和区桃的生活必将美满得不能再美满。

青年们的爱情始终与中国革命初期错综复杂的社会现实相互交织。在历史风云的变幻中，每个人对中国的政治局势有了不同的见解和更多基于自身成长环境的判断选择。人日那天，周家、陈家、何家、区家、杨家的几位青年又重新聚在一起，到郊外短足旅行。郊游的途中，小伙子们为是主张段祺瑞提倡的善后会议还是共产党和国民党坚持的国民会议争执不下；姑娘们则讨论起"工农兵学商"的排序问题，并引发了陈家姐妹与区家姐妹激烈的争论。争论中，周炳也发表了自己的看法，认为商人和学生无法战胜帝国主义和军阀，并对工人身上所蕴含的力量有了更加清晰的认识。在愉悦和谐的郊游氛围中，在剑拔弩张的讨论里，这些青年的阶级意识和阶级观念已然开始分化，而周炳的思想也在一次次的社会历练和个人成长中慢慢提升。

1925年，上海的学生由于散发传单、发表演说，对日本纱厂镇压工人大罢工并打死工人顾正红一事表示抗议，被英国巡捕逮捕。万余群众对英国帝国主义的行为再次表示抗议，高呼"打倒帝国主义"，被英国巡捕开枪射击，这就是震惊中外的五卅惨案。五卅惨案的消息传到全国各地后，同年6月，广州工人为声援上海工人，抗议日、英帝国主义的暴行，在6月23日组织了十万人的示威游行。游行队伍中有参加香港罢工回来的工人和本市的工人，也有农民、学生、爱国市民等等，区桃、周炳、陈文婕、陈文婷也都在这支队伍之中。周炳、区桃在这支十万余人的队伍中，更是亲身感受到了一种宏大力量的召唤及革命的庄严与神圣，他们深信一定能让帝国主义者向中国人民屈服。在这次游行示威中，区桃与周炳的爱情得到了升华，他们不仅是两情相悦，更重要的是怀揣同样的理想，奔向同一感召。当区桃所在的游行队伍经过沙面时，外国士兵突然对着游行队伍扫射。面对端着枪瞄向她的外国士兵，区桃毫不胆怯，高呼"打倒帝国主义"，英勇无畏地冲上前去。在这场卑鄙无耻的血腥谋杀公案中，区桃不幸牺牲，而她的牺牲也成为周炳日后走向革命的重要契机。同时，这样一个美丽、单纯又富有战斗精神和革命理想的姑娘的牺牲，也映照出了买办资产阶级陈万利以及官僚地主阶级何守元的丑恶（二人都曾因为区桃的美貌，想将她占为己有）。

周炳知道区桃牺牲的消息后，一度悲痛欲绝、意志消沉，感觉人生没有了意义和价值，一切都是梦幻和虚妄。后来在大哥周金等人的劝导下，他从悲伤中抽离出来，并认识到区桃是被帝国主义杀害的，他要勇敢地去打敌人，打倒帝国主义，摧毁整个旧社会，为区桃报仇。于是，周炳开始积极投身省港大罢工的行列之中。他参与到罢工委员会的工作中，并与陈文婷一起接受了排练演出《雨过天青》的任务，宣传革命的思想，并取得了一定的成功，开始认识到摧毁旧社会、创造新的生活，人生就有了意义。但这个时期政治局势开始发生变化，廖仲恺先生被人暗杀，国共合作关系破裂，罢工阵营中的人员开始分化。曾经由于参加沙面大罢工，在三家巷里成为众多青年心中的英雄人物、民族良心的陈文雄，此时却认为革命前景一片黑暗，思想发生动摇，与何守仁等地主官僚阶级、资产阶级青年退出了罢工队伍。周炳对问题的看法却越来越成熟。

1927年4月12日，以蒋介石为首的国民党新右派发动了"四一二"政变，大肆屠杀中国共产党员、国民党左派和革命群众。白色恐怖蔓延到广州，周家三兄弟受局势所累，到乡下暂避风头。与此同时，用心险恶的何守仁等人以卑鄙的手段陷害周家兄弟，致使周金在敌人的追捕中不幸牺牲。

三家巷的青年身处复杂的政治风云中，他们之间的爱情也发生了很大的变化。曾经将自己标榜为五四新女性，热烈地拥抱自由、追求幸福，勇敢地与爱人周榕私奔的陈文娣选择与周榕离婚，另嫁何守仁。陈文婷对周炳的心意也不复从前。陈文婷是一个在资产阶级家庭中成长起来的女孩，一方面她敢爱敢恨，另一方面她的性格中又有点大小姐的蛮横。她自小便对周炳痴心专情，在周炳处处不顺时，她愿意拿出零花钱帮助周炳返校读书。区桃不幸牺牲后，陈文婷向周炳表示，她愿意代替区桃完成未竟的革命事业。当自己的家庭与周炳之间产生难以调和的阶级矛盾和冲突时，她坚定地站在周炳的身旁，理解、鼓励他。随着相处时间的增加，周炳也渐渐在心中生出对陈文婷的爱意，认为陈家所有人都是卑鄙龌龊的，但陈文婷却与别人不同。而如今，在周炳暂避危险，三番五次约陈文婷见面时，陈文婷却从未如约而至。最终，陈文婷另嫁达官显贵。在躲藏的日子里，在与陈文婷结束的爱情中，在残酷的社会现实面前，周炳意识到了不同阶级之间矛盾的不可调和性，对阶级、革命的问题有了本质而深刻的认识，并且意识到，只有革命才能有所出路。

周炳对革命、阶级问题有了更加清晰的认知后，毅然决然地加入广州武装起义的队伍中，为推翻旧世界、建立新世界英勇抗争。这次起义中，战士们占领了反革命的政治、军事中心——广州公安局。起义爆发后，三家巷中的陈、何两家收拾行囊逃至香港。国民党广东省政府主席陈公博，广州卫戍司令、第四军军长黄琪翔，国民党广东省临时军事委员会主席张发奎等仓皇逃至河南第五军军长李福林处，后动员了李福林军队、机器工会的反动武装、密探、工贼等一切反革命分子，集中了"宝璧""江大"两艘军舰，以及美国、英国、日本、法国等国军舰，预备从东、西、南三面向起义军发起猛烈的反扑。

晚上九点钟，周炳所在的赤卫队第一百三十小队与武器精良的日本海军陆战队在长堤展开了阻击战。随后，工农代表大会召开。会议中，张太雷同志报告了目前的革命形势，指出了未来的革命前途，提出了工农民主政府的施政纲领，宣布工农民主政府正式成立。在这几天的浴血奋战中，周炳目睹了像表哥杨承辉这样的人在战争中流血牺牲，看见了像张太雷这样的同志在危险面前视死如归，他认识到了为革命事业的胜利而不懈努力战斗、不怕流血牺牲之人的伟大与崇高。这些事情给了他精神上的引导和鼓励，他下定决心，要以他们为学习榜样，死得其所。之后，周炳所在的第一百三十小队布防在观音山山顶"五层楼"旁边，与敌人展开了防御战。虽然起义军在军事武器精良程度、作战人员数量上与敌人相差悬殊，但大家仍然无所畏惧，一次又一次与敌人展开生死较量，击退了敌人的进攻。在严峻的局势面前，组织上认识到攻占大城市的时机还不成熟，便下达命令撤出广州，保存革命力量。而后，周炳只身前往上海，在茫茫大海上，他渐渐明白了革命道路的长远和艰巨。革命事业并不能一蹴而就，但他找到了新的希望和信念，并决定继续坚定地加入到革命中来，为革命的最终胜利坚持不懈地奋斗下去。

二　出版情况

《三家巷》这部小说，欧阳山自延安时期便开始酝酿，于1957年2月14日正式动笔。小说起初在《羊城晚报》的副刊"花地"上进行连载，受到广州乃至全国读者的喜爱，因此又由广东人民出版社在1959年9月出版，并于1959年年末再版；香港版《三家巷》在1959年11月由生活·读书·新知三联书店出版。

小说发表后，不仅在读者中引起了热烈的反响，在文学界也引起了极大的轰动。如金钦俊等认为《三家巷》是广州人民群众革命历史的记录。王起在《我们以在文学上出现区桃、周炳这样的英雄人物而自豪》中指出了《三家巷》在细节描写、人物处理上的优点，并认为小说继承了我国古典小说的优秀传统，且具有浓厚的民族风格。"当时任中共广东省委第一书记的陶铸同志，也在广东作家协会的作家集会上公开表扬了欧阳山，说《三家巷》是一部好小说。1960年4月，欧阳山任广东代表团副团长，出席在北京举行的全国先进文化工作者会议。在闭幕宴会上，周恩来总理到广东代表团祝酒，特地对欧阳山说，感谢你写了一部好作品《三家巷》。1960年7月，第三届中国文艺工作者代表大会和第三届中国作家协会理事（扩大）会在北京召开，周扬在题为《我国社会主义文学艺术道路》的报告中，将《三家巷》列为优秀的长篇小说创作之一（当时《苦斗》尚未写完出版）。"[1] 据统计，从1959年到1964年7月上旬，全国的各种报纸、杂志针对《三家巷》发表的评论、读者座谈的报道有五十余篇。[2] 基于《三家巷》在全国掀起的热潮，多家出版社对该作进行了出版。作家出版社1961年1月

广东人民出版社1959年9月出版的《三家巷》

出版《三家巷》，并先后在1962年等年份再版；人民文学出版社也在1960年1月出版该书。

　　1963年12月12日，毛泽东将《文艺情况汇报》上刊登的《柯庆施同志抓曲艺工作》一文批给了彭真和刘仁，批语指出，各种艺术的问题很多，社会主义的改造在很多部门中，至今收效甚微，"许多共产党人热心提倡封建主义和资本主义的艺术，却不热心社会主义的艺术，岂非咄咄怪事"。毛泽东做出了关于文艺界的第一个批示，由此文艺界展开整风运动。1964年6月27日，毛泽东做出了关于文艺界的第二个批示，全国性的文艺大批判开始。在这场大批判中，欧阳山的小说《三家巷》《苦斗》受到公开点名批判。在此政治形势下，许多评论家和学者也投入到对《三家

[1] 黄伟宗：《欧阳山创作浮沉——〈欧阳山评传〉之一章》，《广东民族学院学报（社会科学版）》，1990年第1期。

[2] 熊坤静、刘兰君：《长篇小说〈三家巷〉创作的前前后后》，《党史博采（纪实）》，2013年第12期。

作家出版社1964年1月出版的《三家巷》

巷》的批判之中，并渐渐从文学层面的批评上升到政治层面的批判。陆一帆在《〈三家巷〉和〈苦斗〉中的错误思想倾向——兼与缪俊杰、卢祖品、周修强三同志商榷》一文中，认为《三家巷》是一部从思想感情到立场观点都存在严重错误的作品，小说不仅通过周炳这一人物形象宣传和歌颂了小资产阶级的思想感情，而且还利用亲戚关系和超阶级的爱来散布阶级调和思想。而后，他们还对周炳这一中心人物的革命性和爱情生活提出了强烈的质疑。在萧新如的《一部歪曲革命历史、抹杀阶级斗争、宣扬资产阶级思想的作品——批判〈三家巷〉〈苦斗〉》中，也表示了类似的看法："这两本书的错误是多方面的，其中最主要的是它歪曲了中国革命的历史，抹杀了阶级斗争，把未经改造的充满资产阶级思想的小资产阶级分子当作英雄来歌颂，从而大力宣扬了资产阶级思想。"[1]欧阳山在批判的浪潮中被打成"走资本主义道路当权派"，写过的文章成了他作为"反革命反党分子"的证据。而后，学界对欧阳山及小说《三家巷》的批判愈演愈烈。《欧阳山是周扬文艺黑线的一员悍将》《彻底清算欧阳山的反党罪行》等批判文章的出现，致使作家在"文革"期间遭受了精神和身体上的双重折磨。在此期间，《三家巷》的出版命运可想而知。

"四人帮"被粉碎后，欧阳山正式恢复了中国共产党党员的身份，《三家巷》也得以重新受到读者和学界的公正对待，并被多家出版社重新出版。其中人民文学出版社自1960年以后，又

---

[1] 萧新如：《一部歪曲革命历史、抹杀阶级斗争、宣扬资产阶级思想的作品——批判〈三家巷〉〈苦斗〉》，《吉林师大学报》，1965年第1期。

人民文学出版社 1983 年 1 月出版的《三家巷》

人民文学出版社 1994 年出版、北方文艺出版社重印的《三家巷》

人民文学出版社 1994 年 8 月出版的《三家巷》

人民文学出版社 1999 年 7 月出版的《三家巷》

人民文学出版社 2005 年 1 月出版的《三家巷》

人民文学出版社 2005 年 12 月出版的《三家巷》

人民文学出版社 2009 年 7 月出版的《三家巷》

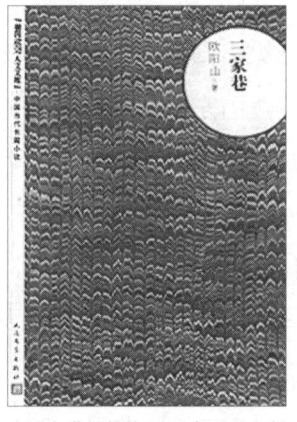

人民文学出版社 2013 年 3 月出版的《三家巷》

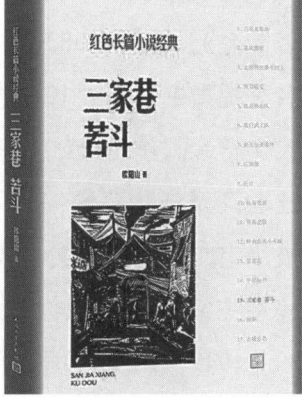

人民文学出版社 2018 年 11 月出版的《三家巷 苦斗》

多次出版或再版：1979 年、1983 年、1994 年将《三家巷》收入"中国当代文学名著精选"；1997 年 2 月、1999 年 7 月、2005 年将其收入"中国当代长篇小说藏本"；2009 年将其收入"新中国 60 年长篇小说典藏"；2013 年、2018 年将其收入"红色长篇小说经典"。

广东人民出版社也在 2009 年 12 月将《三家巷》收入"新中国 60 年广东文学精选丛书"出版。

除此之外，新疆人民出版社于 1983 年出版了维吾尔文版的《三家巷》，新疆大学出版社也于 2004 年出版了《三家巷》。

1994 年 8 月，《三家巷》作为"中国当代文学名著精选"之一在中国青年出版社出版，并于 2012 年 11 月再版。

1995 年 5 月，《三家巷》作为"共和国长篇小说经典丛书"之一在花山文艺出版社出版。北岳文艺出版社也于 2001 年出版《三家巷》。

"文化大革命"结束后，由于学界开始对《三家巷》重新进行审视和价值评估，使得《三家巷》的文学价值和思想价值再次浮出历史地表，因此《三家巷》也不断地被众多文学作品选收录。1979 年，《三家巷》被扬州师范学院南通分院中文系编的《现代作家和作品（下）》收录。20 世纪 80 年代，《三家巷》在学界的影响更加广泛和深入：1980 年，被李润新及阎纯德编的《中国新文学作品选·第五册》、徐波和李惠文及雷家桓等编写的《中外文学名著简介》收录；1982 年，被沈阳师范学院学报编辑部编辑的《中国新文学名著提要》收录；1984 年，被山东大学等二十二院校编写组编的《中国当代文学参阅作品选》、马德俊等主编的《中国当代文学作品选评（下）》、汪名凡及汪华藻等编写的《中国当代文学作品选（上）》收录；1985 年，被华南四学院现代文学教研室编的《中国当代文学作品选析》、杨润德与黄梓荣主编的《中国当代文学中长篇名著提要》收录；1986 年，被鲍昌主编的《1949—1985 中国当代文学作品选评（上）》收录；1988 年，被漓江出版社的《青少年长篇小说导读（二）》收录。20 世纪 90 年代，《三家巷》被作品选收录的热度不减，学界依然对其保持浓厚的兴趣：1990 年，被牛

新疆人民出版社1983年1月出版
的维吾尔文版《三家巷》

花山文艺出版社1995年5月出版
的《三家巷》

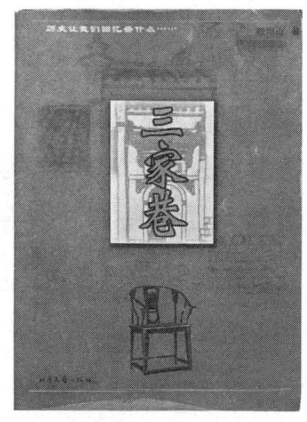

北岳文艺出版社2001年4出版的
《三家巷》

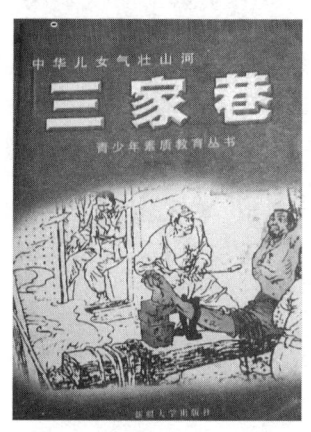

新疆大学出版社2004年11月出版
的《三家巷》

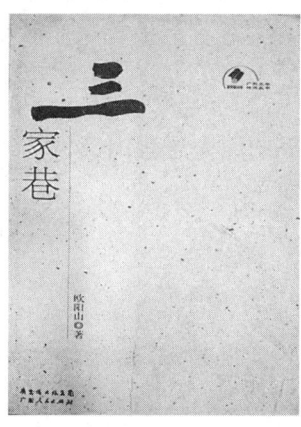

广东人民出版社2009年12月出版
的《三家巷》

中国青年出版社2012年11月出版
的《三家巷》

运清主编的《长篇小说研究专集·中》收录；1993年，被金汉主编的《新编中国当代文学作品选评》收录；1994年，被姜洪海主编的《古今中外文学经典》收录；1998年，被瞿洪斌等编的《名家名著通鉴》收录；1999年，被傅之悦和张文槐主编的《现当代小说名篇赏析3》、王庆生主编的《中国当代文学作品选（第二卷）》收录。时至21世纪，即使距离《三家巷》的背景年代越来越遥远，但是作品中的艺术和思想魅力依然能洞穿时光，在历史的长河中经久不衰。2000年，被许道明及朱文华主编的《新编中国当代文学作品选（上）》、冯银江及孙凤珍编著的《文学名著精华》、陈卫等编著的《中国文学名著导读本》，蔡茂友主编的《中外文学名著速读全书4》、周忠厚和姚梅屏主编的《中外文学名著梗概与赏析·中国小说卷》收录；2001年，被黄伟宗和朱慧玲选编的《当代中国文学名篇选读》收录；2002年，被洪子诚主编的《中国当代文学史·作品选1949—1976》、房福贤主编的《现代中国文学作品导读1950》收录；2004年，被魏建主编的《当代中国文学读本》收录；2009年，被王泽龙、李遇春主编的《中国当代文学经典作品选讲》收录；2011年，被曾少薇主编的《革命经典小说导读》收录；2016年，被杨剑主编的《红色文学经典导读》收录。

现在所做的梳理也只是《三家巷》出版、再版、收录、获奖情况中的冰山一角，小说中所呈现出来的巨大思想内蕴及艺术上的独特构思，依然是有待深挖的宝库。在岁月沧桑和历史浮沉中，《三家巷》作为上个世纪60年代的经典，其本色依然历久弥新。

三 其他形式的传播及意义

（一）连环画

《三家巷》自出版以来，先后被改编成连环画、电影、戏剧、电视剧、舞剧、粤剧等多种艺术形式。

梅汉珍、纹川将小说《三家巷》绘制成连环长卷，并由岭南美术出版社在1982年10月出版发行。1984年，岭南美术出版社编的《岭南连环画封面选》中对《三家巷》这样评价道："书中有个震撼人心的情节：年轻的区桃随同恋人周炳，刚刚踏上革命征途，第一次参加大游行，便被罪恶的子弹夺去了生命。作者抓住了她牺牲的刹那间构思画面，主题是一身洁白的区桃猝然躺倒在周炳的怀里，同火焰般的战旗、鲜红的血，以及底下深蓝的色调，形成显明的对比。背景是呼应着向前奔突的群众，在这股不可阻挡的革命斗争洪流烘托下，周炳凝聚着仇恨的眼睛，显得益发炯炯有神，具有一往无前的气概。

岭南美术出版社1982年10月出版的连环画《三家巷》

上海人民美术出版社1985年出版的连环画《三家巷》1—3

主体人物静中见动，整个画面饱含怒不可遏的感情，感人至深。"字里行间洋溢着对梅汉珍、纹川绘制的《三家巷》连环画的赞赏之情。

后来，《三家巷》再次被改编成连环画，由庄宏安改编，冯正梁、赵延平绘。小说被分解成名为《盟誓》《热血》《夜深沉》的三集连环画，由上海人民美术出版社于1985年12月出版，并在1986年第三届全国连环画评奖中获三等奖。"《三家巷》毛笔勾勒绘制，用笔纤细、坚韧、灵秀，有铁笔线描之韵味。看一幅幅精致的作品，通过画家对线或疏、或密，在抑、扬、顿、挫中呈现出中国传统勾线特有的韵律美感，也展示了主人公的革命斗争精神和时代脉搏的跃动。" [1]《三家巷》的连环画版本不仅在艺术上体现了中国传统绘画的神韵，同时也将小说的主题思想融入其中。

（二）电影

1963年，小说《三家巷》出版后，珠江电影制片厂的导演王为一和编剧曾炜就在欧阳山的委托下，写出了《三家巷》的电影

---

[1] 段锡编著：《中国获奖连环画鉴赏》，云南美术出版社，2002年。

电影《三家巷》剧照：周炳和区桃

文学剧本。但因政治原因，小说命途多舛，于是，将小说拍摄成电影的计划就被搁置了约二十年之久。1980年初，王为一导演等人将《三家巷》拍摄电影的构思计划付诸实践。经过两年的筹备、拍摄工作，由孙启新、叶雅谊等出演的电影《三家巷》于1982年上映。电影以沙基惨案、省港大罢工、广州起义为背景，着重讲述了1925年到1927年的一段故事。由小说到电影，也就是从文学形象到视觉形象的再创造。面对这样一部体量庞大的小说，导演王为一根据电影的特点，在改编和导演上本着忠于原著的原则，但在此基础之上做了一些与原著小说不同的处理方式，"在一部长篇小说中可以分别展开这三家人各自的经历，然而一部影片就不可能有那样大的容量；于是我们就着重描写周炳一家，以周家来带何、陈两家。周炳同陈文婷的革命和恋爱的纠葛和曲折经历是我们这部影片的主线，陈文雄同周家的婚姻和周榕、何守仁同陈文娣的三角恋爱是两条副线，他们都对周炳有巨大影响，这样，三家的关系就纠葛在一起了。我们的笔墨着重放在三家的年轻一代身上，写他们由合到分——在大革命时期都抱着救国救民的思想拥护革命，结拜为兄弟，可随着年龄的增长，一进入社会，触及各人的利害关系，阶级的本质就使他们产生了分化；着重表现他们对待革命的这些不同态度。"[1] 王为一导演除了本着忠于原著的原则，还将电影在艺术上的大方向定为必须是民族风格的，因此，电影的布景、演员的选取、道具、服装、语言方面，都充满了浓厚的地方色彩，

---

[1] 士心：《夜话〈三家巷〉——访〈三家巷〉的导演王为一同志》，《电影评介》，1982年第9期。

这也是该电影的一大亮点。然而这个亮点也是电影拍摄前整个剧组所遭遇的难点,"编导们花了好几个月时间,跑遍了广东省的许多市、地、县一级的专业和业余文艺单位,看过话剧、戏曲、歌舞,甚至连在街上贴广告的艺术训练班也走访过,好不容易才从几千封毛遂自荐和热心推荐的'周炳''区桃''陈文婷'中物色到恰当的人选。这些主要演员多是新手,里面有话剧演员、魔术演员、杂技演员,也有业余演员"[1]。历经曲折,电影拍摄完成后,分为普通话和粤语两种版本拷贝发行,反响热烈。

此后,索立又将小说《三家巷》改编成电影连环画,并由中国电影出版社于1983年5月出版。

(三)戏剧

20世纪80年代,曾炜同志还将小说《三家巷》改编成戏剧。李门目睹了曾炜辛苦的改编过程之后曾说,"对原著的钻研,对历史生活的再认识,在浩繁的篇章中善于摘取适于上舞台的材料,这些都是重要的。我现在只想说一点,就是改编者结合话剧创作的规律,运用了多场景的表现形式(一共三十六场),由解说人补叙剧情、介绍人物,确是一种很聪明的手法。"曾炜在对《三家巷》的改编中,将布莱希特史诗剧编剧理论运用其中,在羊城舞台上连续演出了五十多场,在戏剧界引起了极大的轰动。郁华认为,曾炜改编的戏剧《三家巷》之所以成功,原因就在于对德国剧作家布莱希特的戏剧理论的借鉴及多场景的运用。同时,郁华注意到,戏剧《三家巷》的不足之处在于过多地流露出原著的痕迹,不是特别符合目前观众的观赏习惯,并建议在故事的讲述上可以重新设计几个更为典型的环境,使得人物在特定环境中的情绪更加饱满,增加戏剧的悬念和跌宕。

(四)电视剧

2005年,以《三家巷》为底本改编成的四十集历史情感剧《风雨西关》在多家电视台播出。该剧由徐耿导演,孙俪、陈坤、高云翔、谢娜等知名影

---

[1] 林海:《〈三家巷〉从小说到电影》,《电影评介》,1982年第2期。

2005 年电视剧《风雨西关》海报

视演员主演，由广东润视影音、湖北电视台出品，并由演员袁泉演唱了片尾曲《一梦千寻》。著名影视演员的加入使得这部电视剧红极一时，引起了非常大的轰动。孙先科评论道："20 世纪 80 年代初，在'新启蒙'的背景下，《三家巷》丰厚的人性因素、五四个性主义的话语成为同名影视剧改编中突出的要点。而在 21 世纪初，城市、资产阶级、世俗性、欲望化成为文化消费的热点，根据《三家巷》改编的电视剧《风雨西关》于此用力甚巨，甚至煞费苦心地添加进某些欲望化的因素。"[1] 这也在一定程度上说明，《三家巷》是一部意蕴丰厚、场域复杂的小说，可从多个维度、不同时期进行文化上的对话与争论。

（五）粤剧

2008 年，胡应明、章耀明根据小说改编现代粤剧《三家巷》，同年由中共广州市委宣传部、广州市文化局出品，广州粤剧团首演。该剧由张曼君导演，胡应明编剧，倪慧英、黎骏声、崔玉梅、陆敏渭等主演。小说《三家巷》中本就带有浓厚的岭南风情和西关特色，因此粤剧《三家巷》的第一个突出的亮点就是"借岭南文化的地域特色，将广州风情和西关特色贯穿全剧，不仅给人以西关风俗、风情的展示，还将西关人文景观淋漓尽致地展现在舞台上"[2]。粤剧《三家巷》呈现给观众的不仅是岭南的民谣、鸡公榄、乞巧，还有岭南的绿树、骑楼店铺、老屋石巷……其次，

---

[1] 孙先科：《〈三家巷〉：一个复杂的话语场》，《信阳师范学院学报（哲学社会科学版）》，2008 年第 4 期。

[2] 福生：《追梦三家巷 激情广州人：大型粤剧〈三家巷〉粤剧节首演》，《南国红豆》，2008 年第 6 期。

粤剧《三家巷》剧照

粤剧《三家巷》另一个鲜明的特色则是新的视角，即对青春元素的挖掘和开拓。倪惠英团长强调说："粤剧《三家巷》是一部充满青春气息的史诗剧；是青春的呐喊；是一种既遥远又亲切的记忆；是一出充满泥土芳香的众生相剧。"[1] 粤剧《三家巷》的演员大部分是青年演员，旨在还原和表现出小说中那一群青年的热血、激情、理想。其三则是对人性的体恤和情感的发现："《三家巷》的这一群年轻人，都有重新发现人性、展现人性、审美人性的极大空间，都有在特定时期、特定阶段里，人作为人的自我保护性、幻想性和攻击性，都有带着鲜明特质的青春色彩的激情甚至某种偏激。这些人们可以理解的人性的弱点和选择，正是主创人员这次对经典名著艺术创造的又一重点。"[2] 即突出青年们在风云变幻的革命背景下的爱情纠葛，并以此为突破口深入剖析人物性格的丰富性与复杂性。同时，在人物之间感情张力的较量中，也更好地发挥了戏剧善于抒情的特点。

该剧在 2008 年 9 月开始全面排练，11 月面向全球的粤剧观众进行首场演出。同时，粤剧《三家巷》也是广州市参加广东艺

[1] 福生：《追梦三家巷 激情广州人：大型粤剧〈三家巷〉粤剧节首演》，《南国红豆》，2008 年第 6 期。

[2] 福生：《追梦三家巷 激情广州人：大型粤剧〈三家巷〉粤剧节首演》，《南国红豆》，2008 年第 6 期。

术节和第九届中国艺术节的重点剧目。2001年6月，粤剧《三家巷》作为"文化广州中国行"的优秀剧目在上海东方艺术中心上演。该剧凭借高水准、高质量的艺术水平，屡屡斩获大奖，"曾获第三届全国地方戏优秀剧目展演'参演剧目奖'，广东省第七届精神文明建设'五个一工程'优秀作品奖，第十届广东省艺术节戏剧一等奖，第八届广东省'鲁迅文学艺术奖'"[1]。粤剧《三家巷》还作为第五届羊城国际粤剧节的开幕剧目，荣获第五届羊城国际粤剧节"精彩粤韵"优秀粤剧剧目展演特别奖。

（六）舞剧

小说《三家巷》除了被改编成连环画、电影、电视剧、戏剧、粤剧等，还被广州军区政治部文工团改编成舞剧，并作为广州军区重点剧目晋京向中国共产党九十华诞献礼，在业界及社会上引起了强烈反响。该剧由著名剧作家唐栋任编剧，杜鸣任艺术总监并作曲，邢时苗担任艺术指导，由荷花奖金奖得孙秋月、门大成、刘舒、高健等主演，可谓阵容强大。该剧由五场戏组成，带有明显的广东色彩，比如新年花市、街道房屋等场景。在"七夕乞巧"的场景中，演员们的服饰采用了"广绣"的刺绣工艺，且在这个场景中，区桃的一段单人舞就来自广东民间"乞巧"的舞段；此外，舞剧《三家巷》中人物的服装也大有讲究。服装设计者说："为芸芸市井形象饰以土黄色，游行队伍中的革命者采用蓝、灰、白过渡色系，以此构成了全剧丰富的色彩。特别是几款群舞的服装，色彩采用由浓及淡的水墨般晕色效果处理，以烘托气氛，暗喻在白色恐怖下，民众凝聚成的恢宏力量将冲破黑暗中的重重阴霾，迎来云开雾散后的清新与明朗。他们在凝重与缥缈的色彩对比中，如水墨画般晕染开来，在舞台空间形成了一道道诗意的风景。"[2] 除了在场景的布置和演员服饰上的精心设计外，该舞剧在编排和演绎上更是与时俱进，为当今的年轻人和潮流趋势所接受。如在舞剧中加入了现代舞的手法，在人数众

---

[1] 《戏脉流芳》编辑委员会编：《戏脉流芳：广州粤剧团六十年剧本选·第七辑》，广州出版社，2012年11月。

[2] 程钧：《舞剧〈三家巷〉服装设计创作谈》，《演艺科技》，2013年第12期。

多的大场面情节的处理上，加入了"映象派"的大群舞。此外，片尾曲采用通俗歌曲的形式演绎。"舞剧《三家巷》是一部很有'戏'也有'好戏'的舞剧，人物关系的有机纠葛与人物性格的鲜明定位奠定了这部'好戏'的基础"[1]，在舞蹈语言、舞蹈叙述、舞蹈结构上也是可圈可点。"舞蹈语言实现了性格化并且是个性化。军旅舞蹈的创作，历来以高技巧性和'非风格化'见长，对于性格化乃至个性化语言的创造，这是一个有利的条件，但也容易由'非风格化'

舞剧《三家巷》剧照

滑向'无性格化'。舞剧《三家巷》不仅人物性格定位准确，而且找到了对其准确呈现的性格动态……舞蹈叙述实现了本体化并且是本色化。所谓'本体化'指的是舞剧《三家巷》避免了'哑剧式'交代剧情的叙述，剧情清晰地演进靠的是舞蹈流畅地展开"[2]；本色化则是指舞蹈演员用精湛的舞蹈动作为叙述语言，完美地诠释了人物的性格特点和人物本色。在舞蹈结构上，《三家巷》不仅实现了诗意化而且是"剧诗化"的。"《三家巷》是一部有'戏'有'好戏'的舞剧，还在于它的结构是真正'舞蹈化'的结构，它不是'糖葫芦式'的在'戏'的串签上串着'舞'的鲜果，也不是'肉包子式'的在'戏'的肉馅外包着'舞'的面皮，而是在舞蹈语言中有'戏'的意蕴，在舞蹈叙述中有'戏'的冲突，

[1] 于平：《"舞"起来的"戏"——大型舞剧〈三家巷〉观后》，《文艺报》，2011 第 6 期。

[2] 于平：《"舞"起来的"戏"——大型舞剧〈三家巷〉观后》，《文艺报》，2011 第 6 期。

在舞蹈结构中有'戏'的张力。"[1]该舞剧在对作品的处理、对主题的表现、对艺术的呈现上，都表现出了精湛的水准和高度的专业水平。舞剧《三家巷》还获得了舞动长宁·第八届中国舞蹈"荷花奖"舞剧、舞蹈诗比赛的作品金奖，可以说，该剧的编排和上演为中国舞剧事业的发展增添了华丽的一笔。

四 思想艺术评论

（一）主题思想

早在1942年延安整风运动后，欧阳山就有了创作《三家巷》的想法。"经过这次整风，我对中国革命的来龙去脉有了一个比较明确的认识，于是想到写一部小说反映这个问题。当时我把这个打算和在一起学习的周而复同志谈过，他也很赞成我的想法，我们甚至给这本还未着一字的小说起了一个名字叫作《革命与反革命》。这个主题可以说一直酝酿十七年。直到1957年2月14日才开始动笔写第一部。其间除因病停止了八个月，下放到社会当县委书记四个月外，其余时间我都集中精力写作，今年7月1日才正式脱稿。"[2]这便是他的创作初衷。

中国共产党领导的革命斗争，始终是中国现代文学史上一个重要的书写主题。从欧阳山的构思来看，他是想通过文学完整地展示中国革命的历史风云，不断探索个体与社会历史之间的关系。《三家巷》作为《一代风流》的第一卷，以20世纪20年代发生在广州的沙基惨案、省港大罢工、广州起义等历史事件为背景，主要讲述了住在广州三家巷、有姻亲关系的三户人家——贫苦工人阶级周家、买办资产阶级陈家和官僚地主阶级何家之间的家族兴衰浮沉和日常生活纠葛。三家的青年受五四运动的影响，向往自由恋爱，立志为祖国的富强而献身。但在革命初期错综复杂的政治局势下，他们选择了不

---

[1] 于平：《"舞"起来的"戏"——大型舞剧〈三家巷〉观后》，《文艺报》，2011第6期。
[2] 易征、张绰：《谈谈〈三家巷〉》，上海文艺出版社，1961年。

同的政治立场,最终分道扬镳。在众多青年的故事中,小说又着重以周家的小儿子周炳为中心,在革命与爱情的双线叙事交织中,讲述了贫苦青年周炳成长为一名革命战士的历程。周炳年少时期因迷恋看戏,在三姨家玩耍,被正岐利剪刀铺的老板打发回家;因同情陈家使妈处境,他揭发陈万利的丑陋行为;因看不惯青云鞋铺的少东家林开泰飞扬跋扈的姿态,他一怒之下用铁锤打了林开泰的胳膊;在放牛的日子里,他偷拿粮食接济胡源一家……周炳目睹了农民和工人被欺辱,理解并同情他们的生活困境。在这些事件中,他与工人、农民结下了深厚的友谊。"这就决定了他在中国共产党领导下的革命实践中将逐渐磨炼成坚强战士的阶级基础。但同时他又是个知识分子,虽然没有接受过系统完整的资产阶级教育,却从小在一批青年知识分子哥哥姐姐的温柔爱护下,几乎是本能地接受了小资产阶级的思想感情,这也注定了他在参加严酷的阶级斗争过程中必将接受严峻甚至痛苦的考验。"[1] 区桃的不幸牺牲,使他心灰意冷,觉得人生了无乐趣。"这样看来,咱们大家不过在命运的簸弄之下过着可笑的生活,谁也不能幸免。一切都是虚妄,一切都是假象,一切都是幻梦!"[2] 在周金等人的劝导下,周炳开始积极投身省港大罢工的行列之中,但此刻他的革命信念几乎全部来源于为区桃报仇这一狂热偏执的动机。而后,国共两党的第一次合作以失败告终,白色恐怖蔓延到广州时,周炳与哥哥离家躲藏。在躲避的日子里,周炳读到了《共产党宣言》,并经历了哥哥周榕与陈文婷之间婚姻的破裂,他与陈文婷恋爱关系的终结,以及与何守仁、陈文雄等人的阶级分化……这些事件的发生都使周炳对革命、阶级的问题有了更加清晰的认知。后来,他毅然决然地加入广州武装起义的队伍,认识到了为推翻这个旧世界、建立一个新世界而做出牺牲的人的伟大与崇高。同时,他也意识到了革命的艰巨性和持久性,明白了革命并不能一蹴而就。最后,周炳坚定了革命信念,决心英勇抗争。

---

[1] 陈思和主编:《中国当代文学史教程》,复旦大学出版社,2006年。

[2] 欧阳山:《三家巷》,人民文学出版社,2006年。

刘白羽曾经这样高度评价："《一代风流》（《三家巷》最初出版时曾用此名）是我们社会主义文学中一部大书。作者通过人物的命运，涉及从广州到重庆、到延安、到晋冀鲁豫尔后最终回到广州的种种坎坷斗争，概括了从 20 年代初中国共产党诞生之日起，经历了广州起义、延安整风、土地改革到新中国的建立。这一幅中国人民在中国共产党领导下，粉碎一个旧世界创造一个新世界的雄伟神圣的画卷，有若《战争与和平》的广阔，有若《红楼梦》的旖旎。这时，欧阳山同志对人生阅历更深、剖析更深，因而显示他的大手笔是如何不凡；他对现实主义做了大胆的尝试与发掘，在更广阔幅度上、在更深刻的内涵上，把历史创造了人物、人物创造了历史两者紧密结合，随着社会阶级斗争的发展和变幻，写出人物的成长、成熟，从而瞩目于创造既有中国革命特征、而又不是千篇一律的有血有肉的人物形象。"[1] 欧阳山通过宏大的历史背景，铺陈了周炳的成长过程，向我们真实地展示了一个知识青年思想上是如何觉悟，并有了坚定的革命理想，成为一名无产阶级革命战士的过程。而从周炳的成长历程中，我们也看到了旧社会的黑暗，以及革命前辈们为创造一个平等、和谐的新社会所做出的奋斗和牺牲。对于我们当代青年来说，在感受到当今生活的来之不易与美好的同时，也应为早日实现伟大的中国梦而不懈奋斗！

（二）艺术特色

首先，小说具有浓厚的岭南风情。欧阳山曾在《关于文学语言》中主张，"使用什么语言是由对象决定的。给什么人看，就用什么语言……单单提出如何使语言生动活泼、丰富多彩，是无法解决的。至于谈到语言本身，谈到语言的学习和修养，我认为，是不是可以提这样两句话，学习语言要采用一个'古今中外法，东西南北调'。……如果我们能够'古今中外东西南北'四面八方地吸收语言，把这些精华糅合起来，造成一种丰富多彩的、使群众喜闻乐

---

[1] 欧阳代娜、田海蓝：《欧阳山的文学之路与〈一代风流〉的创作》，《文艺报》，2015 年 2 月 27 日。

见的现代文学语言，不是比只用普通话或只用一种方言更好些么？"[1]从形式方面说，《三家巷》中的语言可谓欧阳山对文学语言主张的成功实践。

《三家巷》的语言是非常富有地域色彩的。比如：

> 恰巧官塘街三家巷有一个旗下的大烟精要卖房子，他同族的人怕跟首尾，宁愿卖给外姓。

> 于是周炳又回到三家巷自己家里来了。左邻右里都说，周炳真是一条"秃尾龙"。在广州，每年清明前后，都要刮一场风，人们把那场风叫作"秃尾龙拜山"，意思是说"秃尾龙"回家扫墓，因此就有风灾。"秃尾龙"本身就代表着造反、叛逆、破坏、灾难。

> 李民天最后说："我看总想得出一个办法，既能实行共产党的主张，又能使国民党的大老们满意的！"

作者并非刻意挑选佶屈聱牙的地方方言，营造出雕饰的地域氛围，而是以简洁的普通话为主，将方言色彩随意穿插其中，不显生硬突兀、晦涩难懂，扑面而来的是一种自然而然的广东生活气息。

如果说广东方言俚语的加入构成了小说中浓厚岭南风情的骨架，那么小说中对当地节日民俗、饮食文化、建筑风貌的描写，则使得岭南风情更具血肉。

比如对七月初六晚上乞巧的描写：

> 到天黑掌灯的时候，八仙桌上的禾苗盘子也点上了小油盏，掩映通明。区桃把她的细巧供物一件件摆出来。有丁方不到一寸的钉金绣花裙

---

[1] 黄伟宗：《欧阳山创作浮沉——〈欧阳山评传〉之一章》，《广东民族学院学报（社会科学版）》，1990 年第 1 期。

褂，有一粒谷子般大小的各种绣花软缎高底鞋、平底鞋、木底鞋、拖鞋、凉鞋和五颜六色的袜子，有玲珑轻飘的罗帐、被单、窗帘、桌围，有指甲般大小的各种扇子、手帕，还有式样齐全的梳妆用具、胭脂水粉，真是看得大家眼花缭乱，赞不绝口。此外又有四盆香花，更加珍贵。那四盆花都只有酒杯大小，一盆莲花，一盆茉莉，一盆玫瑰，一盆夜合，每盆有花两朵，清香四溢。区桃告诉大家，每盆之中，都有一朵真的，一朵假的。可是任凭大家尽看尽猜，也分不出哪朵是真的，哪朵是假的。只见区桃穿了雪白布衫，衬着那窄窄的眼眉，乌黑的头发，在这些供物中间飘来飘去，好像她本人就是下凡的织女。摆设停当，那看乞巧的人就来了。依照广州的风俗，这天晚上姑娘们摆出巧物来，就得任人观赏，任人品评。哪家看的人多，哪家的姑娘就体面。

区桃精心裁剪制作的细巧供物，让人眼花缭乱、目眩神迷；真花、假花难辨真假，只闻淡淡的清香，沁人心脾。而"美人儿"区桃一头乌黑的头发，窄窄的眉眼，身穿雪白布衫，像极了从天上下凡的仙女，真是让人在这岭南的风俗民情里如痴如醉，深陷其中。

小说中富有的地域生活色彩和生活韵味，让我们在不经意间就被作者的笔触带入其中，紧随这幅民俗画卷中人物的行踪。这里没有政治口号的堆积，也没有政治理念的强硬灌输，但却让读者在潜移默化中深受影响，慢慢思考。

其次，在叙事结构上，小说采用了编年史式的姻亲家族故事＋革命历史小说的双重叙事逻辑。夏志清曾将《三家巷》定义为一段编年史式的姻亲家族故事，并将其归类为"怀旧"作品中非常优秀的一本。"《三家巷》是一部编年史式的姻亲家族故事，时间由晚清末年开始到1927年的'革命挫败'止。在形式上，它与巴金的《激流三部曲》和其他同类的作品相似，但在地方色彩（广州）和时代感的表现上，它比这类作品高明多了。事实上，欧阳山似乎着力于摹效《红楼梦》的模式。英俊潇洒的周炳，就是无产阶级的贾宝玉，聪慧率直而有几分呆气，害得两个迷恋他的漂亮表姐妹终日昏头昏脑。

表姐区桃，也是无产阶级出身，堪与晴雯比拟。"[1] 这样说是非常有道理的。小说中的主人公周炳并不是我们所熟悉的青年革命者的形象，相反他有着贾宝玉似的痴傻、俊俏，深受姑娘们的喜爱，而且小说也确实对有着姻亲关系的家族中发生的爱恨纠葛泼墨较多。也就是说，欧阳山并没有将革命与爱情这两者之间的关系处理成二元对立的结构，而且着重将青年恋爱时心理的曲折绵密写得极尽细致。比如在周炳为区桃画像时，欧阳山将流转在二人之间的娇羞、试探、喜悦、幸福的情绪写得极尽真实；区桃死后，周炳陷入了一种虚无主义的状态中，觉得人生毫无意义，一切都是虚妄，一切都是梦幻，作者又将周炳此刻的心境处理得曲婉动人。再如，陈文婷夹在家庭与周炳之间，从一开始的坚定不移，到随着革命形势的恶化，开始变得矛盾、犹疑和摇摆不定的心理，被欧阳山写得细致入微。欧阳山在写作时，并非从正面对宏大的革命历史进行主要的叙述，而是将其淡化为背景，在纷杂的革命之中另辟蹊径，选取了远离政治革命中心的"三家巷"，描写了三户有着姻亲关系的家庭的日常生活，展示父辈以及青年之间基于政治局势、利害冲突、人情事理而展开的复杂关系。无疑，对"编年史式的姻亲家族故事"的讲述，是小说中的一条叙事线索。

细细深究，《三家巷》这部小说并非仅仅如夏志清所说，是一部怀旧之作，抑或对中国古典小说《红楼梦》的致敬。前文已介绍，欧阳山写这部小说的初衷在于描写中国革命的来龙去脉，因此在周炳与区桃、陈文婷之于贾宝玉与晴雯、袭人的爱情纠葛背后隐藏的不仅是几个家族的故事，而且是革命中国的故事。周家、陈家、何家是三个明显具有不同阶级属性的家庭，周家是无产阶级的代表，陈家是买办资产阶级的代表，何家是官僚资本阶级的代表，生长在这三个不同家庭中的青年必然会带有自身家庭的阶级属性。青年们之间的道路分歧、阶级分化，历时性上三个家庭的兴盛衰败，在一定程度上恰恰隐喻了中国革命的性质。从这个角度来说，"三家巷"堪称中国革命的缩

---

[1] 李杨：《贾宝玉闹革命——〈三家巷〉中的"爱欲"与"政治"》，《学术研究》，2015 年第 2 期。

影。无疑，《三家巷》承袭了革命历史小说的写作范式。"作家精心编织出一个以血缘关系、婚姻关系和社会关系为主的人物关系网，通过周、陈、何三家以及他们的各种社会关系，表现革命运动对他们的影响以及他们对革命运动的态度，并通过革命运动的深化使各种阶级力量发生分化。"[1]

我们需要正视的是，编年史式的姻亲家族故事＋革命历史小说的双重范式的杂糅是《三家巷》叙事的内在逻辑，而可喜的是，作者借助了革命历史小说的叙事范式，从姻亲家族故事中跳脱出来，并未将小说仅仅定位在"怀旧"、家长里短、儿女情长的勾勒上，因而没有缩小小说的格局。同时，作者虽然遵循了革命历史小说的叙事逻辑，但编年史式的姻亲家族叙事元素的加入必然又使作者感同身受小说中的人物，致力于对小说中人物形象的塑造、对人性的深入发掘，因此避免了将小说人物简单化、脸谱化、程式化，对人物关系的分析也并未落入窠臼。

（三）当代价值

重温红色经典的意义在于让我们重回那个炮火连天的年代，感受中国共产党领导下的革命的光辉岁月，致敬为打倒旧社会、创造新社会而流血牺牲的先辈们的崇高和伟大。和平发展的年代，我们的青年一代依然需要在《三家巷》这样伟大的红色经典中感受积极向上的力量。

首先，重读《三家巷》这样的红色经典有利于加强对青年人的爱国主义教育。《三家巷》主要描述的故事发生在我国20世纪20年代初，通过沙基惨案、省港大罢工、广州起义等历史事件，向青年一代展现了革命的宏伟画卷，写出了人民从遭受压迫到反抗的过程。大家只有团结协作、自强不息，艰苦奋斗，才能建立一个幸福、美好、富强的国家，并且只有在此基础上才能实现个人的自由和平等。《三家巷》让我们认识到在中国共产党的领导下，革命的合法性和正确性，有利于激发新一代青年的爱国主义情感，鼓舞青年一代加入到当今中国政治、经济、文化、军事、科技等多个方面和领域的建设中来。

---

[1] 陈思和主编：《中国当代文学史教程》，复旦大学出版社，2006年。

其次，《三家巷》这样的红色经典是青年一代的人生典范。2017年10月18日，习近平在中国共产党第十九次全国代表大会上的报告中说："青年兴则国家兴，青年强则国家强。青年一代有理想、有本领、有担当，国家就有前途，民族就有希望。中国梦是历史的、现实的，也是未来的；是我们这一代的，更是青年一代的。中华民族伟大复兴的中国梦终将在一代代青年的接力奋斗中变为现实。"2018年5月2日，习近平在北京大学师生座谈会上的讲话中又谈到："广大青年既是追梦者，也是圆梦人。追梦需要激情和理想，圆梦需要奋斗和奉献。广大青年应该在奋斗中释放青春激情、追逐青春理想，以青春之我、奋斗之我，为民族复兴铺路架桥，为祖国建设添砖加瓦。"《三家巷》中，区桃面对敌人时毫不退缩，英勇无畏；周炳坚定地加入革命的队伍，不畏惧牺牲，不畏惧流血，愿将毕生献给革命事业，为打倒帝国主义、实现民族的独立富强而奋斗。当今的青年一代依然需要发挥革命者的精神，以他们为榜样，在国家富强、民族复兴的征程中，挥洒青春热血，书写青春赞歌。

再次，像《三家巷》这样的红色经典对国家、民族来说，有着培根铸魂的意义。2019年3月4日，习近平看望参加政协会议的文艺界社科界委员时指出："一个国家、一个民族不能没有灵魂。文化文艺工作、哲学社会科学工作就属于培根铸魂的工作，在党和国家全局工作中居于十分重要的地位，在新时代坚持和发展中国特色社会主义中具有十分重要的作用。"《三家巷》这样的红色经典，帮助我们从当今浮躁的社会中剥离出来，能让我们知晓我们从哪里来、我们究竟往哪里去的问题。但新一代青年不仅要能回答这个关乎自身的问题，而且要将红色经典中的精神延续下去，回答国家如何发展、新一代青年能为国家的发展做什么的问题。更重要的是，在以《三家巷》为代表的红色经典中，我们能深刻感受在中国革命过程中孕育的革命文化，并在对革命文化的继承和发展中，夯实文化建设的根基，树立民族文化自信心。

作者简介:

　　柳青（1916—1978），原名刘蕴华，字东园，陕西省吴堡县人。"柳青"

是 1935 年在上海开明书店出版的《中学生文艺季刊》秋季号发表散文《待车》

时开始使用的笔名。20 世纪 30 年代后期开始文学创作。解放战争初期任《中

国青年报》编委、副刊主编，曾担任中国作家协会理事会理事、西安分会副

主席等职。主要作品有短篇小说集《地雷》《牺牲者》，中篇小说《狼透铁》，

长篇小说《种谷记》《铜墙铁壁》《创业史》，散文特写集《皇甫村的三年》

和《柳青小说散文集》等。长篇小说《创业史》被誉为"中国农村社会主义

革命的史诗"。

《创业史》：为人民书写的史诗之作

赵丽凤

"你知道啥是幸福吗？幸福就是一辈子能做自己想做的事，然后把灵魂安放在最适合的位置。皇甫村的这片土地，就是我的位置。"话剧《柳青》中的这句台词，折射出作家柳青一生的精神追求：始终实事求是，坚持探求真理，不跟风盲从，不人云亦云，不妥协低头。只有懂得柳青的高尚、纯粹，才会理解他为何离开条件优渥的北京，扎根皇甫村长达十四年；才会了解他为何辞去县委副书记职务，成为一个地道农民打扮的人，以至于当地百姓都问他是哪个村的；才会明白他为何捐出《创业史》全部稿费，却不允许宣传报道。时间回溯到 1953 年秋，当柳青听人说到王家斌的事迹，想起自己曾见过这个小伙子并且对他印象深刻，便放下正在写的《恨透铁》书稿，立刻就去找王家斌。经过细致交谈、深入了解，以及长期持续的跟踪观察，柳青以王家斌为原型，在长篇小说《创业史》里塑造出了梁生宝这一典型的时代新人形象。对柳青来说，"深入生活，扎根人民"绝不是吸引眼球的口号，不是博取名利的手段，不是哗众取宠的方式，而是他经过深思熟虑后响应时代号召的自主选择。柳青心怀大爱，情系人民，蹲点皇甫村，从行为到情感都与农民融为一体，与他们同悲共喜。因为柳青的根向下扎得很深，所以他创作的《创业史》充满向光的力量。

一 故事梗概

第一部上卷

梁三是陕西"蛤蟆滩"上的庄稼人，同旧中国所有农人一样，他一心想创立自己的家业。梁三的父亲曾是下堡村最大财东的"佃户"，在租种的土地上不惜力气地辛勤耕耘，终于在草棚屋旁盖起三间正房，为梁三娶妻成家。可梁三没能实现父亲的遗愿——创立家业。在经历死牛、丧妻等一连串的意外打击后，他不仅租不到土地，反而只能拆房卖料又住回爷爷留下的草棚屋。1929年，陕西闹饥荒，四十岁上下的梁三又娶了带着四岁孩子的饥民为妻，这使他再次燃起创业的斗志。十年过去了，曾经的讨饭娃宝娃已长成了壮实的少年，可梁三一家仍然住在草棚屋里。时光如梭，曾给财东家做长工的梁生宝也开始租种土地。为了创立家业，梁生宝和梁三拼尽全力，除了又搭起两间稻草棚，梁三拿小闺女定亲的财礼给生宝买了个童养媳，天灾人祸的阴云下再看不到一丝创业的光芒。1949年，穷小子梁生宝成为民兵队长。土地改革后，梁三家分到十多亩稻地，早就被生活打击得灰头土脸的梁三老汉重又燃起创立家业的希望。但此时的梁生宝同梁三老汉的追求并不一致，他对自家的农活不像老汉那么在意，总是先公后私，把集体的事情看得比自家的事情重要。后来梁生宝加入了中国共产党，更是一门心思投入到互助组的工作中。

梁生宝一心扑在互助组的行为与梁三老汉创立自己家业的努力形成鲜明对比，因此两人之间的矛盾急剧加深。不同的观念不仅使梁生宝的家庭内部爆发激烈冲突，梁三老汉趁生宝外出时寻衅与老婆大吵大闹，还在村里造成重大影响。富农、富裕中农等各个阶层的人们大多不看好梁生宝的互助组，到处都充斥着嘲讽之声。

正在读三年级的徐改霞，已是二十一岁的女青年团员。这个抗婚三年才得以解除婚约的俏女子，站在人生选择的重大路口犹豫不决：是留在农村和心上人梁生宝一起搞互助组，还是进工厂支援城市建设？

　　1953 年春，互助组和蛤蟆滩都面临考验：一方面要度春荒，一方面要为新一年的生产做准备。下堡村代表主任郭振山想通过活跃借贷[1]来摆脱困境，于是召集众人来自己家开会。在郭振山做了大量动员工作后，曾经借出过粮食的富裕中农郭世富还是拒绝借贷。眼看借贷工作难以开展，颇有办法的蛤蟆滩"强人"郭振山深感苦恼。

　　富农姚世杰抗拒活跃借贷，为谋得高利息，他趁天黑将粮食转移到外村，他的邻居穷庄稼人高增福发现并密切关注着他的一举一动。当高增福将事情报告给郭振山，想请他制止批评姚世杰时，郭振山却认为没有可以依据的相关政策规定，拒绝了高增福的提议。

　　外出为互助组买稻种的梁生宝舍不得住旅馆，顾不得等雨停，一路风餐露宿。改霞偶遇买稻种归来的生宝，决定找机会好好和他谈一谈两人感情的事。梁生宝新买回的稻种"百日黄"引起蛤蟆滩人的广泛兴趣，他本着先人后己的原则给大家分稻种，结果导致自家稻种不够用，这又引起梁三老汉的极大不满和抱怨。于是梁生宝运用学到的理论，深入浅出地给梁三老汉讲述自发道路和大家富裕的不同，但相信眼见为实的梁三老汉并不为所动。

　　梁生宝打定主意走互助合作的道路，决心找机会和改霞谈谈，听听她的想法。当梁生宝忘我地投入互助生产时，郭振山仍寄希望于活跃借贷。眼看活跃借贷的希望破灭，生活困难的穷庄稼人提出加入梁生宝进山割竹子、运扫帚的队伍。生宝不忍让那些充满渴望的朴实面庞失望，想出预支扫帚款的办法来帮助大家。

　　公开抗拒活跃借贷的富农姚世杰私下里故意把粮食借给找他借粮的人，以此来拉拢人心，乘机攻击新社会。经过公心与私利自我斗争后的郭振山，暗自决定对互助组的工作冷眼旁观。明面上他吸收改霞一家加入自己的互助

---

[1] 活跃借贷是土地改革以后在农村实行的一种互济方式，发动有余粮的用户低利借给困难户粮食，防止高利贷剥削。每年春借秋还。

组，借此掩人耳目，实际上一心埋头发家创业。对互助工作淡漠的郭振山失去了以往的影响力，热心互助工作的梁生宝逐渐成为贫雇农依靠的中心。在梁生宝的互助组热火朝天地准备开展生产活动时，高增福的互助组遇到重大打击，组里的人都退组了。

改霞和梁生宝谈话后，生宝听闻改霞有进工厂的想法，爱情失意的他断然不再考虑自己的婚姻问题，全身心地投入互助组的工作，为进山割竹子做着准备。

第一部下卷

瞎眼老汉王二的独子拴拴跟随梁生宝进山割竹子后，拴拴媳妇素芳听了公公的话，去富农姚世杰家里帮忙伺候月子，结果被堂姑父姚世杰凌辱，身心再次受到重创。梁生宝的妹妹梁秀兰并不嫌弃在朝鲜战场上烧伤脸颊的未婚夫，反而被他英勇战斗的事迹所打动，还没结婚便同意去照看病中的婆婆。指导新式稻田的农技员还没来，梁生禄家不愿等着互助组一起种秧苗，按老方法先下了秧子。欢喜终于等来了农技员韩培生，刚到此地的韩培生对互助工作非常热心，耐心地给大家讲解如何种植"扁蒲秧"，结果因种植方法复杂不被大家接受。

梁生宝领导众人在山里割竹子，拴拴不小心被旧竹茬扎伤了脚，生宝背他下山医治，并精心照顾。高增福趁捐扫帚歇息时，给贫雇农们宣讲互助合作的道理。

1953年春，改霞到县城报考国棉三厂，听到青年团县委王亚梅对报考工厂情况的分析，明白了许多农村青年报考工厂的动机不纯粹，这种报考行为并不光荣，于是决定不考工厂了。初夏的一个夜晚，改霞终于找到机会主动向生宝表明自己的爱意，但生宝一心扑在互助工作上，对此并不热心，让她等到秋后再考虑个人问题。

郭世富在粮食市场上以次充好卖掉了部分陈麦，为给政府增加困难，他还趁市场上粮食紧张时，大量购入小麦。农技员韩培生逐渐对蛤蟆滩众人有了深入的了解和认识，他同庄稼人一样吃饭一样劳动，不搞特殊，因而也受到了庄稼人的喜爱。韩培生与从山里归来的梁生宝见面后，对中国共产党有了最直观最真切的感悟，要求入党的决心更加坚定。瞎老汉王二听闻儿子拴拴在山里出了事，就到梁三老汉家里大闹一场，并宣布退出互助组。一直想退组的梁大也趁机退出。互助组在梁生宝进山的时候出现了分裂，组里其他农户也开始动摇，富农姚世杰对此非常得意。面对分裂局面，从山里割竹归来的梁生宝并未慌张，他向坚决退组的拴拴家讲明政策，表示随时向他们敞开入组的大门。生宝还耐心地打消任老四的顾虑，让他按照互助组的计划进行种植，并热烈欢迎高增福加入自己的互助组，又妥善处理了和郭振山的关系，同时多方面做工作，吸收白占魁加入互助组。

梁生宝领导的互助组丰产丰收，互助组得到了大伙的拥护，这也提高了生宝的个人威信。在贫雇农的大力支持下，郭振山充分展现了自己的组织领导力，使得蛤蟆滩的粮食统购统销工作走在了全县的前列，他开始积极整顿自己所在的官渠岸互助组。梁生宝、冯有万和任志光到渭原县参加互助合作训练班学习，梁秀兰婚后跟随丈夫去了东北驻地，徐改霞被推荐去北京铁路机车厂当了学徒。因梁生宝而受人敬重的梁三老汉，激动地流下了热泪。

第二部上卷

1954 年新年来临了，蛤蟆滩一片敲锣打鼓的喜庆气氛。此时灯塔社全员上下正热火朝天地忙着建社。心疼统购粮的富裕中农郭世富暗地里盼望着灯塔社垮台，富农姚士杰则在痛苦中煎熬着。

视土地为命根子的梁三老汉把自己家的土地证交给了社里，但他对生禄家不上交土地证很有意见。除了仅有的三两户中农持观望态度没交土地证，灯塔社大多数社员都将土地证上交给社里统一保管。为给灯塔社建饲养室，高增福和冯有万干劲十足，整夜不睡，积极劳动。在主任梁生宝的介绍下，高增福和冯有万以他们对党朴素而真挚的感情、对自我缺点的坦诚剖析，打动了其他党员，成功加入了中国共产党。

瞎老汉王二去世，灯塔社社员帮忙操办丧事。儿媳妇素芳哭得直不起腰来，其实她是在为娘家爹的可怜遭遇和自己的悲惨身世痛哭。参会学习后的素芳告别了不堪回首的过往，决心在灯塔社好好劳动。

有万的丈母娘将自己的娘家侄女刘淑良介绍给梁生宝做媳妇。刘淑良小时候，她爹被财东欺辱，被逼无奈只好去打官司，懂事的刘淑良既想给爹做伴儿，又不想让爹担心，就悄悄跟在他身后。后来刘淑良的爹将她嫁给范村一个读中学的学生范洪信，不但不要彩礼，还贴补读书钱。范洪信读大学后，与只读了两年小学的刘淑良缺少共同语言，对她日渐淡漠，刘淑良不哭不闹，主动提出离婚，回到了竹园村。刘淑良主动来到蛤蟆滩相亲，结果没能见到相亲对象梁生宝。这个刚强的女青年团员并没对忙于工作的梁生宝心生不满，反而更加喜爱公道、能干的青年梁生宝。

在杨加喜和孙志明的带领下，官渠岸的互助联组敲锣打鼓去黄堡区要求办合作社。下堡乡党支部书记卢明昌非常恼火，去蛤蟆滩找郭振山谈话。郭振山振振有词，说他在帮灯塔社划分自留地，对去区上申请办社的事毫不知情，将责任推得一干二净。

渭原县委陶书记听闻灯塔社建社组长魏奋反映灯塔社建社基础薄弱、骨干力量梁生宝等人不强，让分管这项工作的县委副书记杨国华去蛤蟆滩调查。杨国华认为魏奋没在汇报会上谈这些情况，却单独给陶书记汇报，这种方式并不合适。他步行七十五里赶到下堡村去了解情况，魏奋说明了自己对梁生宝的误解，杨国华批评魏奋不尊重党的组织。第二天一早杨国华又赶去灯塔社，路上遇到特意来迎接他的郭振山。两人一起来到梁生宝家的草棚屋，梁生宝去饲养室准备牲口合槽的事了，杨国华边帮梁三老汉剥玉米粒，边听老汉诉说对牲口的深厚感情。县委副书记的到来，极大地鼓舞了灯塔社社员，在牲口合槽当天，举办了隆重、庄严的仪式，正式宣告成立。

第二部下卷

富农姚世杰对统购统销和灯塔社的成立敌意重重，想方设法搞破坏。灯塔社成立后，梁生宝终于抽空与相亲对象刘淑良见了一面，觉得她庄重精明，说话有分寸，但他并没向女方明确表态就又忙着去下堡乡开会了。梁生宝在县里开互助合作代表会期间，碰巧遇到也来开会的刘淑良，听了区干部牛刚对刘淑良的深入介绍，对她很有好感，于是主动去约刘淑良，向她表明了自己的心意。

郭振山为显示自己领导水平比梁生宝高，借互助联组的副业成果来突显个人能力，指挥互助联组一回杀死三头肥猪，平价卖给了村里各户。郭振山提着猪头来到改霞家，改霞妈非常后悔同意改霞进工厂，她对鼓励自己闺女进工厂的郭振山抱有怨念，因此对他非常冷淡。

梁大老汉不愿入社，听说有工作组要来帮助办社时，急忙写信给在兰州军区当军官的儿子梁生荣，询问是否可以先不入社，共产党员梁生荣回信坚决让梁大老汉入社。入社后，梁大老汉失去积攒家业的动力，想去甘肃投奔儿子；梁生禄也消极怠工，发牢骚混日子。梁生禄听了郭世富的主意，劝梁大老汉先不去甘肃，等着看灯塔社办不下去。

正月里，附近众多庄稼人来参观灯塔社的饲养室，灯塔社干部忙着招呼参观的人，回答他们提出的各种问题。梁生宝到县里开互助合作代表会，经过反复思量，改变了向上级要求多贷款的想法，决心自力更生。其他农业社的主任提出了耕畜贷款的要求，杨国华找陶书记商量，陶书记认为这只是像灯塔社这样个别社的情况，要严格按照文件规定办事，不同意贷款给农业社。

白占魁没当上社干部，心生不满，想趁着梁生宝在外开会，找机会为难高增福。他偶然间听到社里要派人吆车到镇上拉黄豆，于是突然气冲冲地提出要吆车。高增福等人毫无防备，为安抚满腹怨念的白占魁，就勉强同意了。白占魁得意地赶着梁生禄家的大黑马，从镇上运了五百斤黄豆回蛤蟆滩，自己坐在车上唱着秦腔，过大桥上坡时也没下车。这件事在蛤蟆滩造成恶劣影响，众人对此议论纷纷，有人借机传播攻击灯塔社的言论。专门等着灯塔社垮台的梁大老汉听闻白占魁不爱惜他家的大黑马，心疼地到饲养室寻衅，把马牵走了。当有万跑到镇上追回大黑马时，梁大老汉倒地不起，还到区公所闹事，被众人围观，后来总算被生禄劝回。高增福在蛤蟆滩召开社员大会，严厉批判了白占魁的恶劣行径，白占魁坦白自己热衷表现是因为想当干部，承认了错误。但这一事件传到了渭源县城，接到黄堡区来的汇报电话后，县委陶书记惊慌不安，正在县里参会的干部也对灯塔社和梁生宝议论纷纷，郭振山借机不动声色地贬低梁生宝，抬高自己。蛤蟆滩的故事还在继续……

二　出版情况

1952 年到 1966 年，是柳青扎根长安县深入生活的十四年，也是他积蓄力量写《创业史》的十四年。依据参加农村基层党组织整顿工作时发现的《创业史》中梁生宝的原型王家斌，1954 年春，柳青开始了《创业史》的创作。柳青原计划写作四部《创业史》："第一部写互助组阶段；第二部写农业生产合作社的巩固和发展；第三部写合作化运动高潮；第四部写全民整风和大跃进，至农村人民公社建立。"[1] "文革"的发生，使作者的写作计划被迫中断。"文革"结束后，重病的柳青预感到自己的身体状况无法完成原定四部的计划，便把第三、四部中的某些重要思想提前在第二部下卷中表现出来。柳青以顽强的意志和超越常人的毅力，在病床上坚持完成了第二部上卷和下卷前四章（十四章至十七章）的修改工作。令人遗憾的是，十八章至二十八章还未来得及修改润色，柳青就溘然长逝，《创业史》最终只完成了两部。

1954 年柳青开始写作《创业史》，1959 年《创业史》第一部在《延河》杂志 4 月号—11 月号连载。在 1959 年《延河》杂志 4 月号初载时，题目叫《稻地风波》（《〈创业史〉》第一部）。连载过程中，柳青根据读者建议，从第 8 期开始，去掉了"稻地风波"四个字，题目改为《创业史》第一部。因为"稻地风波"虽让读者对作品的故事内容有更直观的印象，但却无法突显小说着力描绘的梁三老汉发"小家"、创"小业"与梁生宝发"大家"、创"大业"的时代冲突。而"创业史"这一标题却包蕴丰富的时代内涵和宏大的历史张

---

[1] 柳青：《出版说明》，《创业史（第一部）》，中国青年出版社，1960 年。

1959年《创业史》第一部在《延河》　　《延河》1959年8月号
杂志连载

力，能更好地建构起小说的史诗性。[1]《创业史》第一部刊发后，引发了热烈讨论，读者们纷纷给杂志社或柳青写信，表示他们对作品的关注。《延河》杂志还刊发过《〈创业史〉读者意见综述》[2]和柳青的回信——《关于〈创业史〉复读者的两封信》。[3]柳青将《创业史》第一部略做修改后，1959年11月，《创业史》第一部在《收获》杂志第6期全载，这是再刊本。《创业史》第一部初刊和再刊后，不少批评者撰文给予高度评价，如郑伯奇的《〈创业史〉读后随感》、冯牧的《初读〈创业史〉》、李希凡的《漫谈〈创业史〉的思想和艺术》等。

《创业史》第一部再次修改后，1960年6月，由中国青年出版社出版，第一版第一次印刷十万册。中国青年出版社同时出版了精装本，包括布面精装和纸面精装。《创业史》第一部一出版，便洛阳纸贵。出版社曾整理了一份资料，资料中说："出版社办公室每天都要接到好几起来自不同单位或个人的电话和来信，要

[1] 罗先海、金宏宇：《版本视域下的"十七年"长篇小说》，《中国现代文学研究丛刊》，2018年第2期。

[2] 曹树成：《〈创业史〉读者意见综述》，《延河》，1960年1月号。

[3] 柳青：《关于〈创业史〉复读者的两封信》，《延河》，1962年3月号。

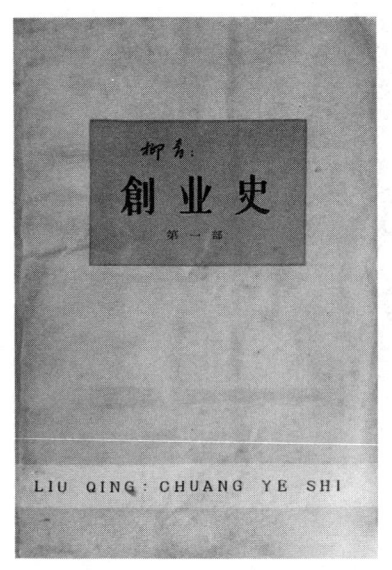

中国青年出版社1960年6月出版的《创业史》
第一部

求额外供应这本书。有的直接和办公室打交道，有的通过领导来要，有的通过有关部门来要，某机关财务科的通过我社财务科要，某机关的通讯员通过我社的通讯员来要，人民文学出版社样本组有一位同志再三要求我社样本组的同志，无论如何要挤出一本给他，并说，这回你们答应我们的要求，将来我们也可答应你们的要求。"[1]《创业史》一书难求，由此可见一斑。

1960年7月22日第三次文代会召开，周扬等人对《创业史》第一部给予充分肯定。周扬对如何阐释这部经典指定了方向、划分了范围，他认为："《创业史》深刻地描写了农村合作化过程中激烈的阶级斗争和农村各个阶层人物的不同面貌，塑造了一个坚决走社会主义道路的青年革命农民梁生宝的真实形象。"[2]随后掀起一阵巨大的评论热潮。1964年《北京大学学报》发表了《中文系举行关于梁生宝形象的学术讨论会》，可见《创业史》当时的文学地位之高。

1973年柳青又修改过《创业史》第一部，1977年再次修改，并于同年12月由中国青年出版社再版。[3]另外，《创业史》第一部第二十二章在再刊本之后、初版之前，曾以《深山一家人》为题，在《延河》杂志1960年3月号上第三次刊载。[4]

[1] 李光泽：《〈创业史〉第一部出版的台前幕后》，《光明日报》，2016年7月8日。

[2] 周扬：《我国社会主义文学艺术的道路》，《文艺报》，1960年13—14期合刊。

[3] 金宏宇：《〈创业史〉：修改意向和版本本性》，《三峡大学学报（人文社会科学版）》，2003年第3期。

[4] 刘芳芳：《〈创业史〉汇校本说明》，《现代中文学刊》，2018年第2期。

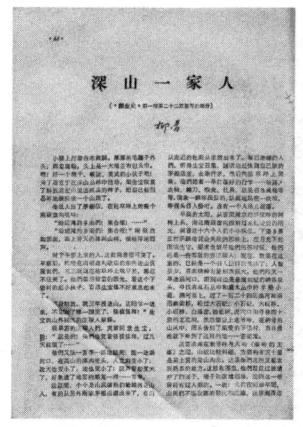 

《延河》杂志 1960 年 3 月号刊登　　中国青年出版社 1977 年 6 月出版的
的《深山一家人》　　　　　　　　《创业史》第二部上卷

　　《创业史》第二部的初刊本，持续刊登于《延河》杂志 1960
年 10 月号至 1979 年 3 月号；初版即修订版，由中国青年出版社
分别于 1977 年 6 月出版第二部上卷，1979 年 6 月出版第二部下卷。
另外，《延河》杂志 1961 年 1 月号刊载的《创业史》第二部第
三章实为再刊，初刊以《入党》为题，刊于《上海文学》1960 年
12 月号；初刊本无第八章至第十三章，对应初版本的第十章至第
十三章；第二部下卷（第十四至二十八章）中的第十四到第十七章，
在初刊发表时就已经修改过，故初版的变动不多；柳青未及修改
第十八到第二十八章，初版同样变动不多。[1]

　　1991 年，陕西人民出版社出版的丛书《柳青文集》收录了《创
业史》。因为《创业史》在当代文学中的经典地位和持久影响，
21 世纪以来，《创业史》被多次出版或再版。2000 年 7 月中国
青年出版社在"百年百种优秀中国文学图书"系列收录了《创业史》
第一部。2002 年 4 月中国青年出版社再版了《创业史》第一部。
2005 年 1 月中国青年出版社将其作为"中国文库"丛书之一出版；
同年，《创业史》全二册被收入"中国当代长篇小说藏本"系列，

---

[1] 刘芳芳：《〈创业史〉汇校本说明》，《现代中文学刊》，2018 年第 2 期。

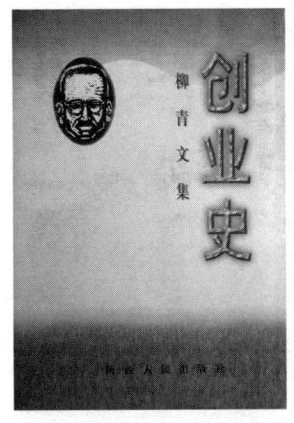

陕西人民出版社 1991 年 5 月出版
的《柳青文集·创业史》

中国青年出版社 2009 年 8 月出版的
《创业史》

人民文学出版社 2005 年 1 月出版
的"中国当代长篇小说藏本"《创
业史》第一部

人民文学出版社 2005 年 1 月出版的
"中国当代长篇小说藏本"《创业史》
第二部

由人民文学出版社出版。2009 年 1 月中国青年出版社在"典藏名
著丛书·经典系列"中收入了《创业史》的锁线精装插图版；同
年 8 月中国青年出版社出版了平装的《创业史》。2016 年 10 月
黑龙江朝鲜民族出版社出版了朴莲淑翻译的朝鲜文版《创业史》
全二部。2018 年 1 月中国青年出版社在"中青社三红一创"套装
书系列中收入了《创业史》。

　　自从 20 世纪五六十年代日本出版柳青的《创业史》以后，《创
业史》还作为经典被翻译成英、德、西班牙、缅甸等多种文字在

海外广为流传，成为中国文学成就的象征与标志。[1]

《创业史》第一部初刊本、再刊本、初版本、再版本的文本变化，既涉及形式方面，更涉及作品内涵，这使它成为新中国长篇小说中颇具代表性的文本修改案例。除了政治动因，各个时段长篇小说的不同版本是多种因素综合作用的产物。"就每一部具体作品来说，其修改动因往往不是单一的，可能是多种动因搅和在一起。"[2]因《创业史》第一部多次修改产生了不同版本，所以对其不同版本的评价问题，是学者关注的重点之一。

阎纲的《新版〈创业史〉的修改情况》是较早地将《创业史》第一部的初版本和再版本进行对校的文章，文中将修改内容分为"关于爱情的描写""关于素芳受侮辱的描写""作家议论等部分"以及"所谓'重要修改'"四个主要方面。阎纲认为，柳青在病痛中的修改提高了《创业史》第一部的质量。[3]

夏家善在《〈创业史〉几种版本修改的比较》中认为，1977 年中国青年出版社出版的《创业史》第一部删改了以前版本中人物表现不一致的地方，同时删改了一些"露而不藏""没有明确针对性""纯属说教"的议论和描绘，并认为作家一次次的修改使文本从思想内容到创作技巧都有了飞跃。[4]

陈国和在《文学与政治之间——关于〈创业史〉的修改》中将修改内容分为"结构和题头的重新安排""情爱描写的删改"和"配合政治形式所作的'重大修改'"三个方面，认为"艺术上的成功修改较少，政治内容上的纠错和矫正多"。[5]

王鹏程在《"创业"叙事的修辞与政治——农业合作化小说修改研究》中将修改内容分为四方面，分别是"徐改霞和梁生宝的爱情描写""梁生宝

[1] 施建业：《中国文学在世界的传播与影响》，黄河出版社，1993 年。

[2] 金宏宇：《中国现代长篇小说名著版本校评》，人民文学出版社，2004 年。

[3] 阎纲：《新版〈创业史〉的修改情况》，《新文学史料》，1987 年第 2 期。

[4] 夏家善：《〈创业史〉几种版本修改的比较》，《天津教育学院学报（社会科学版）》，1998年第 1 期。

[5] 陈国和：《文学与政治之间——关于〈创业史〉的修改》，《广西社会科学》，2007 年第 10 期。

成长故事的删节""反面人物性心理描写的修改"和"对小说中议论的删节修改",认为作家对前两方面的修改有成功也有"得不偿失"之处,进而使文本"失去了原来的神采"。[1]

王福湘在《几部经典文本的修改与当代文学的版本问题》中认为,1977年版《创业史》"重要修改"点明了"路线斗争"的主题,却使修改本不如初版本。[2]

金宏宇的《〈创业史〉:修改意向和版本本性》认为:"当我们考察了《创业史》第一部版本变迁中的一些重要修改内容,我们看到:追求文本的教育价值或教育功能是贯穿其版本变迁也即版本修改的基本宗旨。在整个修改过程中,文本艺术上的修改少而内容上的改错和矫正多。从初刊本到初版本到再版本,思想内容越来越进步,而艺术质量则未必越来越提高,甚至在下降在丧失。"[3]

学者何吉贤梳理过《创业史》几十年以来的评价变化:第一阶段,上世纪60年代第一部刚面世便获得很高评价;第二阶段,"文革"时期,它与大多"十七年文学"作品一同被否定;第三阶段,新时期,农业政策、文学观念发生巨变,但相比于其他"红色作家""十七年文学",《创业史》并不是被否定得最厉害的;第四阶段,20世纪80年代中期以后,现代派兴起,柳青所代表的现实主义传统自然被边缘化;第五阶段,随着20世纪90年代初的"陕军东征",柳青传统作为一个文学影响的脉络一直时断时续地被人提起。

1962年出版的《中国当代文学史稿》给予《创业史》高度评价。在这部"中

---

[1] 王鹏程:《"创业"叙事的修辞与政治——农业合作化小说修改研究》,《中国现当代文学丛刊》,2011年第3期。

[2] 王福湘:《几部经典文本的修改与当代文学的版本问题》,《海南师范大学学报(社会科学版)》,1998年第2期。

[3] 金宏宇:《〈创业史〉:修改意向和版本本性》,《三峡大学学报(人文社会科学版)》,2003年第3期。

国公开出版的第一部新中国头十年文学史"[1]中，编者说，《创业史》"这部作品不仅标志着作者在创作道路上所达到的新的高峰，而且是我国社会主义文学艺术的一个重要收获"，"柳青在新作中运用革命现实主义和革命浪漫主义相结合的艺术方法，写出了这部史诗式的作品"[2]。

1979年，山东大学中文系编的内部参考用书《中国当代文学研究资料·柳青卷》印刷。1980年，西北大学中文系现代文学教研室编的《〈创业史〉评论集》出版。1980年，郭志刚、董健、曲本陆、陈美兰的《中国当代文学史初稿》对《创业史》的主题、人物、艺术特色等进行了细致解读。1981年，阎纲的《〈创业史〉与小说艺术》出版，在其《前言》中指出："《创业史》不愧是第一流的文学瑰宝，柳青不愧是当代中国杰出的作家。他和其他同时代的作家一样，都被时代打上了某些不幸的烙印，但是，他在反映这个时代时所达到的高度，却超出了同时代一般的作家。"同年，刘建军、蒙万夫、张长仓先生合著的《论柳青的艺术观》出版。1982年，孟广来、牛运青编写的《中国当代文学研究资料·柳青专集》出版。1983年，徐文斗、孔范今的《柳青创作论》出版，认为"柳青的《创业史》，达到了'十七年'中所能达到的最高水平，它是'十七年'中长篇小说创作的高峰"。1985年，周天的《论〈创业史〉的艺术构思》出版，其《序言》中提出："他（柳青）不论是在人品上还是创作上，都是处在文学界的高峰地位的。"同年，蒙万夫、王晓鹏、段夏安、邰持文编写的《柳青写作生涯》出版。透过密集出版的研究《创业史》的论著，我们可以感受到该作在中国当代文学中的分量。

1980年，张钟、洪子诚、佘树森、赵祖谟、江景寿的《当代文学概观》出版。《当代文学概观》全书分为五编，在长篇小说创作这一编中总共有十五章，能够单独列为一章作家研究的只有四章，这其中就包括对柳青的研究。《当代文学概观》高度赞扬了柳青和《创业史》："柳青是当代文学史上的一位

[1] 潘旭澜：《新中国文学词典》，江苏文艺出版社，1993年。
[2] 华中师范学院中国语言文学系编著：《中国当代文学史稿》，科学出版社，1962年。

杰出的作家，他的长篇巨著《创业史》是反映我国农村社会主义革命的史诗性的著作，连同他的长篇《种谷记》《铜墙铁壁》等作品，为我国现代和当代文学宝库增添了光彩。他的创作和生活道路也为社会主义文学创作提供了极其宝贵的经验。”“《创业史》是一部纪念碑式的作品。”“《创业史》的出现，不仅使作家达到了艺术成熟阶段，也使当代长篇小说创作达到了一个新水平。”在20世纪80年代初期，《创业史》的节选《梁生宝买稻种》还被编入中学语文教材。1992年出版的《剑桥中华人民共和国史（下卷）：中国革命内部的革命（1966—1982）》认为，“在所有那些力图反映中国新型的共产主义社会伦理的小说中，柳青写于1959年的《创业史》最具可信度”[1]。1999年出版的洪子诚编写的《中国当代文学史》，用了七个章节专论“十七年文学”中小说的作家作品，第七章第四节就是“柳青的《创业史》”。同年出版的王庆生主编的“国家教育部重点推荐高校中文专业教材”《中国当代文学》（上下卷）主要介绍“十七年文学”和“‘文革’时期的文学”。其中，柳青及其作品研究被单独列为一个章节。编者认为，柳青的《创业史》“标志着他思想和艺术的全面成熟，也标志着我国社会主义文学的成就”。虽然有明显失误，但“《创业史》仍属‘十七年’中最具史诗风范的作品，其总体思想艺术水平在五六十年代长篇小说中居于前列，无愧为‘一部形象的历史，我国农村社会主义革命的一面镜子’”。朱栋霖、丁帆、朱晓进合编的“面向21世纪课程教材”《中国现代文学史1917—1997》是受教育部委托编著的，由教育部直属高等教育出版社出版。这部文学史较详细地介绍了《创业史》的思想内容、人物形象、艺术手法等。2002年吴秀明的《中国当代文学史写真》选取了对《创业史》进行不同评价的文章。2006年出版的王万森、吴义勤、房福贤主编的《中国当代文学50年》（修订版）认为：“《创业史》是柳青创作道路上的里程碑，是他走向全面成熟的标志。”“尽管《创业史》受

---

[1]【美】R.麦克法夸尔、费正清编：《剑桥中华人民共和国史（下卷）：中国革命内部的革命（1966—1982）》，中国社会科学出版社，1992年。

当时时代政治思想的影响，留下了许多无法弥补的缺憾，但仍不失为一部优秀的文学作品。”[1]

三　其他形式的传播及意义

《创业史》自出版以来，也被改编为连环画和话剧等其他艺术形式。

由陈铁英改编、板乔（张卓）绘的连环画《创业史》（1—4）由天津人民美术出版社出版，四册分别为《蛤蟆滩的曙光》《在斗争的波浪里》《晨雾》《山里山外》。《蛤蟆滩的曙光》和《在斗争的波浪里》分别出版于1961年7月和11月，两年后，在1963年首届全国连环画评奖活动中，荣获绘画二等奖。1964年6月出版了《晨雾》和《山里山外》。《蛤蟆滩的曙光》通过梁三老汉一家解放前后不同的境遇和变化，反映了我国陕西渭河沿岸广大农民渴望摆脱贫困、过上富裕日子的朴素思想和美好愿望；高度赞扬了以梁生宝为代表的先进农民在共产党的领导下，冲破封建旧思想的束缚，积极组织起来，克服重重困难，艰苦创业，成立互助组，走上共同富裕的道路。同时，蛤蟆滩的曙光也展示了农村阶级斗争的复杂性和尖锐性，农民要想创业成功，任重道远。《在斗争的波浪里》讲述的是梁生宝千辛万苦地买来“百日黄”稻种，分给了互助组，要在蛤蟆滩搞水稻丰产。富农分子利用农民暂时的困难，趁机破坏；富裕中农和资本主义自发势力也要和互助组较量一番。新的斗争开始了……为了解决农民的生活困难和发展生产资金短缺的问题，梁生宝决定带领群众上山捐扫帚，克服生产和生活的困难，并以互助组的名义与供销社订立了长期合作的合同，从而显示了组织起来的优越性。《晨雾》讲述了为解决发展生产的资金，帮助困难群众度过春荒，梁生宝带领互助组组员们进山砍竹，得到了党和政府的支持。可是他走后，富裕中农也买了“百日黄”稻种要和互助组比个高低。政府派来了农业技术员，先进的耕作技术

---

[1] 王万森、吴义勤、房福贤主编：《中国当代文学50年》（修订版），中国海洋大学出版社，2006年。

天津人民美术出版社1961年7月出版的
连环画《创业史·蛤蟆滩的曙光》

吸引着广大群众，可是另一场斗争正在酝酿着、进行着。《山里山外》讲述了梁生宝为帮助互助组员度过春荒，解决春耕播种资金，率领组员钻进了罕无人迹的深山，割竹子扎扫帚卖，战胜了种种困难，终于胜利地完成了任务。而村里的富农、富裕中农以及资本主义自发势力却千方百计地破坏合作化道路。富裕中农郭世富破坏粮食统购统销政策，富农姚士杰拉着王瞎子离开了互助组，梁大老汉也借故退组了。尽管如此，梁生宝走互助合作化道路的信心和决心并没有动摇。他坚定地依靠党的领导，吃苦在前，享受在后，克服重重困难，终于取得了互助合作的初步胜利。

天津人民美术出版社后来又于2011年5月、2016年12月、2018年4月重新出版过这一版的连环画《创业史》。

此外，1982年9月，刘四成改编、庞先健绘画的《创业史》（上下）由上海人民美术出版社出版。

西安话剧院制作了现实主义题材话剧《柳青》，由国家一级编剧唐栋执笔，国家一级导演傅勇凡执导，国家一级舞美设计师秦立运担任舞美设计，著名作曲家石松担任作曲。"全剧以长篇小说《创业史》为镜子，反向映照出柳青与农村现实生活的接触、碰撞和相斥相融，跨越了他在皇甫村十四年的艰难与欢乐、陌生与亲近、自信与困惑、内疚与坦荡、烦恼与坚定的心路历程。从穿背带裤引起被采访农民王三老汉的厌恶，到一声猎枪响，导致邻居雪娥家的母鸡下软蛋，人家找上门来索赔……及至他竟然将全家含辛茹苦陪伴他写成的《创业史》第一部的稿费全部捐赠给了生产队，也就是把自己的心交给了农民。他完成了从'走近'

到'走进'农民生活的艰巨过程。"[1] 话剧《柳青》中的许多台词都质朴生动，突显了柳青的精神特质。说到被打成"黑作家"时，剧中的柳青说："我为了不让人整，小心翼翼的，就像提着一篮鸡蛋赶集，人家敢碰我，我不敢碰人家，生怕把鸡蛋打了。可是到头来这篮鸡蛋还是打了，为啥呢？我后来明白了：你要苟且偷生，这鸡蛋就不会打；你要接近真理、实事求是，就得承受打鸡蛋的痛苦。""一个作家，最忌讳的就是迷恋宦海升迁、跪求金钱富贵。如若这样，一定会沦落为媚俗下作的马屁精和谎言编造者，而绝对成不了人民的作家。"

话剧《柳青》是陕西省 2018 年重点现实题材创作剧目之一，2018 年 2 月，被文化和旅游部列入"2018 年全国舞台艺术现实题材创作作品计划"。2018 年 9 月 11 日晚，《柳青》在西安话剧院新城剧场首演。

2018 年 10 月 8 日，第五届丝绸之路国际电影节在西安盛大开幕，本次电影节以"新时代、新丝路、新视界"为主题。受本届电影节组委会之邀，现实主义大戏话剧《柳青》又在西安新城剧场隆重上演，大受好评。

2019 年 3 月 15 日，话剧《柳青》开启了首轮全国巡演，在巡演的五十五天期间，西安话剧《柳青》在北京、邯郸、济南、南京、宁波、德州、石家庄等九城进行了十九场演出。

至今为止，虽然没在大屏幕上看到《创业史》，但围绕着《创业史》改编电影一事却发生了很多故事。对此，杨庆华在《作家柳青、导演水华和〈创业史〉》[2] 中有详细介绍。早在 1962 年夏天，北京电影制片厂导演水华就在酝酿改编《创业史》。其他电影厂的编导也找过柳青，提出改编《创业史》，柳青没有同意，原因是他认为《创业史》全书还没有写完，还看不出人物的完整形象，不适合改编电影。柳青在和西北大学中文系学生的一次对话中，曾经提到改编电影的问题："他们不完全理解我的意图。如果电影上演了，

---

[1] 欧阳逸冰：《塑造走进观众心里的人物形象》，《光明日报》，2019 年 1 月 16 日。
[2] 杨庆华：《作家柳青、导演水华和〈创业史〉》，《北京晚报》，2019 年 3 月 8 日。

势必变成了梁生宝和徐改霞的恋爱故事。"1977年，水华再次酝酿将《创业史》改编成电影。他带着助手马秉煜来到西安，和柳青一起研究改编剧本。1977年夏天，水华向电影局和北京电影制片厂的领导以及电影厂编辑部门的同志谈了改编《创业史》的设想。《创业史》改编电影的酝酿时间长，一是因为水华是电影界出名的"水磨工"，慢工出细活；二是因为水华一直想等柳青写完《创业史》第二部的下卷。据马秉煜回忆："水华将反复修改的剧本送给汪洋看（汪洋：时任北京电影制片厂厂长），汪洋把我叫去，说别让水华再挖主题了，再挖就透了……"1978年6月13日，柳青病逝，《创业史》的全部创作计划未能如愿完成。同年，北京电影制片厂成立《创业史》摄制组，到陕西深入生活。后因种种问题，电影《创业史》最终未能投入拍摄。马秉煜曾说："水华对《创业史》有很深的感情，一直割舍不下。电影未能拍摄，是一大憾事。"

四　思想艺术评论

（一）主题思想

《创业史》是一部描写中国农村社会主义革命的长篇小说。作品以梁生宝互助组的发展历史为线索，全景式表现了中国农业社会主义改造进程中社会思想风貌和各阶层农民心理情感的变化，具有思想的"深刻性"和矛盾斗争的"尖锐性"，被誉为农村社会主义革命的史诗，是中国当代文学的红色经典之一。关于《创业史》的主题思想，正如柳青所说："这部小说要向读者回答的是：中国农村为什么会发生社会主义革命和这次革命是怎样进行的。回答要通过一个村庄的各个阶级人物在合作化运动中的行为、思想和心理的变化过程表现出来。"[1] 洪子诚认为，"柳青是带着虔诚、带着热情写作《创

---

[1] 柳青：《提出几个问题来讨论》，《延河》，1963年第8期。

业史》的"[1]。

《创业史》是围绕农业社会主义改造即农业合作化运动展开的，要想深入理解其深刻的主题思想，就必须对农业合作化运动发生的历史背景有所了解。1953 年春，中国土地改革基本完成，获得土地的农民有着极大的生产积极性，但分散、脆弱的农业个体经济既不能满足工业发展对农产品的需求，又有两极分化的危险。中国共产党当时认为只有组织起来互助合作，才能发展生产，实现共同富裕。1953 年，中共中央先后公布了《关于农业生产互助合作的决议》和《关于发展农业生产合作社的决议》，中国农村开始了互助合作运动。中国共产党引导农民参加农业生产合作社，走集体化和共同富裕的社会主义道路。农业合作化运动共有三个阶段，第一阶段是 1949 年 10 月至 1953 年，第二阶段是 1954 年至 1955 年上半年，第三阶段是 1955 年下半年至 1956 年底。《创业史》中写到的农业合作化恰好处在第一、二阶段。到 1956 年底，农业社会主义改造在经历了互助组、初级社、高级社三个阶段后基本完成，基本实现了农业合作化。

柳青通过长篇小说《创业史》来呈现农业合作化运动中各阶层农民的心理和情感变化，试图为中国农村当时实行的政策和制度做出文学注释："我们这个制度，是人类历史上最先进的社会制度……我写这本书就是写这个制度的新生活，《创业史》就是写这个制度诞生的。"[2] 为了全景式展现农村社会主义改造这一宏大主题，从《创业史》中我们可以清晰地看到当时许多关于农村的政策落实到基层后不同阶层群众的反应，如《农业合作化必须依靠党员团员和贫农下中农》《关于农业合作化问题》《关于农业互助合作的两次谈话》《农业合作化的一场辩论和当前的阶级斗争》等等。

冯牧认为，《创业史》第一部"是一部深刻而完整地反映了我国广大农民的历史命运和生活道路的作品，是一部真实地记录了我国广大农村在土地

---

[1] 洪子诚：《中国当代文学史》，北京大学出版社，1999 年。
[2] 柳青：《在陕西省出版局召开的业余作者创作座谈会上的讲话》，《延河》，1979 年第 6 期。

改革和消灭封建所有制以后所发生的一场无比深刻、无比尖锐的社会主义革命运动的作品"[1]。朱寨"读过《创业史》之后，留下了一个总的突出的印象，就是作品的高度思想性和对生活反映的深刻性。而这又突出地集中在一点上，就是作者因为用毛泽东思想探照生活的结果"[2]。严家炎认为："当我们说这部作品揭示土改后农村阶级关系十分深刻的时候，这并不是指作品写好了某一阶层的个别人物，而是指它在反映阶级关系整体上的深刻性。"[3]

新时期以来，关于《创业史》的主题，也有不同的声音。1982 年 5 月 18 日，《人民日报》上刊载的一篇题为《〈创业史〉写作基地为何由富变穷？》的文章，拉开了质疑农业合作化合法性和意义的序幕。在 1988 年 "重写文学史"的影响下，众多研究者开始多角度地对《创业史》的主题进行重解。跨入新世纪后，研究者们以更宽阔的视域、更多元的视角解读《创业史》的主题意蕴。如刘清生以徐改霞的形象作为切入口，认为柳青写她 "从追求自由婚恋到进入城市去实现人生理想的心路历程，揭示了在国家工业化建设中关涉农民的精神追求和城市梦想" 的蕴意，同时也反映了柳青 "在对农民城市梦想的书写中潜隐着作家的一种现代意识"。此外，也有论者借分析《创业史》的故事类型，认为过去以 "政治故事""历史故事"或 "社会故事"来概括小说的主题并不准确，事实上，柳青主要通过讲述一个由 "贫困史"和 "抗争史" 构成的 "生活故事" 来探讨"人情和人性的问题"。

着重表现中国农村社会主义革命中"社会的、思想的和心理的变化过程"的《创业史》，主题深刻，意蕴丰厚。而今轰轰烈烈的农业社会主义改造即农业合作化运动虽渐行渐远，拨开历史迷雾，对政治活动的评价也日趋理性，随着历史的推移，人们解读《创业史》的视角也更加多元，但深入展现那段变革历史的《创业史》的价值却未消逝。它真实地反映社会生活，真诚地表现历史片段，勾勒并描绘出历史变革时期各阶层人们的心理变动轨迹，以深

---

[1] 冯牧：《初读创业史》，《文艺报》，1960 年第 1 期。

[2] 朱寨：《读创业史》，《延河》，1960 年第 4 期。

[3] 严家炎：《创业史第一部的突出成就》，《北京大学学报（人文科学版）》，1963 年第 3 期。

刻的主题思想和宏大的题材共同架构起了作品的史诗品质。

（二）艺术特色

《创业史》是描写新中国社会变革运动的现实主义力作，从1959年在《延河》杂志开始连载至今，已逾六十年。六十多年来，社会发展日新月异，农业合作化运动已远去，家庭联产承包责任制也已实施，但《创业史》的价值并未因它所描写的热火朝天的年代的远去而消失，这与其较高的艺术水准密不可分。

首先，以人物为中心的叙事手法。1973年，柳青说："人物是你小说构思的中心，也是结构的轴承。没有人是不行的……一般都是先想好故事，再找人物来说明故事，人物出来为故事服务……我们要逐步做到让故事为人物服务，以人物为转移。作品不是故事发展的过程，不是事件的发展过程，不是工作和生产过程，而是人物发展的过程，是人物思想感情的变化过程，是作品中要胜利的人物和要失败的人物他们的关系的变化过程。"[1]《创业史》通过不同人物的视角来展开叙事，着重对人物的心理进行刻画，塑造了一批具有生活温度和历史深度的人物形象。梁生宝、梁三老汉、郭振山、姚士杰、郭世富、白占魁、徐改霞……这些个性鲜明的人物形象经过时间的洗礼依旧生动鲜活，并未沦为图解政策的传声筒，陷入昙花一现的泥淖。

《创业史》中的人物仿佛可触可感，具有生活和艺术的双重真实。晓扬的《人群之中找原型》谈到《创业史》里的人物形象与现实生活中的人物原型时说道："在《创业史》里，细心的人和了解柳青的人，都会在书里找到梁生宝、冯有万、姚士杰、任老四的模特，他们的生活原型就是皇甫村的人，西王莽的人，王曲镇的人。"相信眼见为实的梁三老汉对明显超出自己认知范围的农业合作化运动疑虑重重，对一心扑在互助组、农业社上的儿子梁生宝意见很大。但就是这个想创立自己家业的倔老汉，听闻生宝要领人进山砍竹子时的表现，充分流露出一位虽然不理解儿子所作所为却无时无刻不为儿

---

[1] 孟广来、牛运清：《中国当代文学研究资料·柳青专集》，福建人民出版社，1982年。

子操心担忧的老父亲的慈爱。

　　生宝要进马棚去看看爹。妈拉住他的夹袄袖子。

　　"你甭去。"

　　"怎？"

　　"他难受。你要离家一个月，他替你担一份心。他嘱咐俺：等你回来告诉你，甭惊动他。他说：他独独在马棚里睡到天明，你已经不在家了。他说，他看见你要走，心里说不出的滋味。你就甭惹他难受吧！你忙你的事情去，俺娘俩招呼了他哩！"

　　多么令人心动的父子感情啊！生宝不听妈的话，他一定要进去看看他爹。他要对老人说些孝敬的话，说些有政治思想意义的话，使老人不要替他担心。

　　生宝强走进马棚，秀兰在马棚门口看着。

　　老人睡在小炕上，脸朝着泥墙。生宝走近小炕边，轻轻叫了两声："爹！爹！"

　　老人不作声。

　　"爹！爹！"生宝又叫，轻轻推了推。

　　老人扭过皱纹脸来，睁开眼睛。灵活的眼神表明：他并没睡觉。

　　"领得进山证哩？"

　　"领得哩。"

　　"啥啥都预备好哩？"

　　"都预备好哩。"

　　"那么你去，我不阻挡你。你活你的大人，我胆小庄稼人不挡路。但愿你把人手，都欢溜溜地领出山来，谢天谢地。就是这话！"

　　"爹！你起来，我想和你说几句家务话哩。"

　　"和你妈说去。我心里头烦，听不进去。就是这话！"

　　生宝知道他爹的执拗性子，放弃了谈话的意图，心情很愉快地退了出来。

其次，宏大叙事与细腻描摹相结合。《创业史》选取农业合作化这一重大题材作为故事背景，题材的厚重和反映现实的深度使其具有宏大叙事的特点。《创业史》开篇就引用毛泽东《中国农村的社会主义高潮》里的按语："社会主义这样一个新事物，它的出生，是要经过同旧事物的严重斗争才能实现的。社会上一部分人，在一个时期内，是那样顽固地要走他们的老路。在另一个时期内，这些同样的人又可以改变态度表示赞成新事物。"这为《创业史》奠定了一个宏大的基调。尽管是为当时的农业合作化运动而创作，有革命浪漫主义的手法，《创业史》还是保持了现实主义的立场，有对重大问题的深入思考。如县委副书记杨国华对县委陶书记工作方法的看法：

> 杨国华暗自在心里头惋惜：一个县的总领导人，这样严重的革命斗争，既不亲自下去走走，甚至于自己院子里开会，也不来听听，只靠坐在办公室里看文件、听汇报"掌握全面"。他脑子里有个什么成见，别人说什么，也听不进去啊！

《创业史》围绕国家建设展开的同时，也对个人情感心理进行细致描摹。如淑良对结婚对象的思考：

> 还在范村的时候，人们给她提过亲的那些对象——精明的不忠厚，忠厚的不能干，能干的思想不好。精明、忠厚、能干、思想好的男人，又要没结过婚，这样的对象上哪里去找呢？确实，她要一个随便什么男人做啥呢？或者糊涂、或者狡猾、或者窝囊、或者思想落后，她怎么能有做这号人的媳妇的那种感情呢？要是没有那种感情，而硬要做一个人的媳妇，那简直太寒伧了！她情愿和范洪信痛痛快快地离婚，就是因为她再也没有做范洪信的媳妇的感情了。难道她离了范洪信活不成吗？她

不会下地劳动吗？她不会上集买卖东西吗？她不会响应党的号召在村里工作吗？

（三）当代价值

轰轰烈烈的农村社会主义改造渐行渐远，但柳青的《创业史》在中国当代文学的长河中依然熠熠生辉，是中国当代现实主义文学版图中不可或缺的存在。如何创作出经得起时间检验的现实主义精品力作，是柳青和他的《创业史》留给我们的重要财富。

1．淡泊高远的人生追求

身为党的高级干部（行政十级）的柳青，自觉实践毛泽东《在延安文艺座谈会上的讲话》精神，主动从北京回到西安，最后选定长安县作为生活和写作的根据地。柳青不但说服了妻子马葳，将《创业史》第一部的全部稿酬捐献给他所在的王曲人民公社，并且对公社特别强调，这件事除了负责干部知道外，不要在群众中间宣布，也不要做任何文字或口头的宣扬。柳青还说，如果有人这样做，他认为是错误的。[1] 初到皇甫村扎根的柳青给自己定了三条规矩：一、不谈经验；二、不拍照；三、不接见记者。1961 年，中央新闻纪录电影制片厂摄制组来到皇甫村，要给柳青拍深入农村的纪录片，被柳青拒绝，省委和作协西安分会机关领导多次做工作后，柳青才勉强答应。[2] 1977 年 11 月，柳青对看望他的文学评论家阎纲说过："任何作品，假若是优秀的，那么，它必定是为群众所公认的，在群众中享有最高威信的作品。这种作品是少数。""不要给《创业史》估价，它还要经受考验；就是合作化运动，也还要经受历史的考验。一部作品，评价很高，但不在读者群众中间考验，再过五十年就没有人点头。"[3] 柳青在给《创业史》的老

---

[1] 李光泽：《〈创业史〉第一部出版的台前幕后》，《光明日报》，2016 年 7 月 8 日。

[2] 邢小利、邢之美：《柳青年谱》，人民文学出版社，2016 年，第 66 页。

[3] 阎纲：《四访柳青》，《中国当代文学研究资料·柳青专集》，福建人民出版社，1982 年，第 93—94 页。

编辑王维玲的信里说，"七十余万册也不少了，至于书的寿命，确实只取决于它内在的思想力量和艺术功夫，某个时期的评价、销数和其他，随着时过境迁，肯定会失去影响，我已经不是一个青年，懂得一些道理。短暂的名利是一条无情的绊马索。许多有才能的作家被它摔倒了。革命家只有抓住真理，站稳立场，认清方向，一心一意地走下去就对了。"[1]柳青淡泊名利，志存高远，一心一意地写作，希望《创业史》能经得起时间的检验。"任何一部优秀作品、传世之作，绝不是专家、编辑和作家个人自封的，至少要经过五十年的考验，才能看出个结果。"[2]

2.深入生活的创作方法

习近平曾两次公开谈到《创业史》。在 2014 年 10 月 15 日文艺工作座谈会上，习近平提到："柳青为了深入农民生活，1952 年曾经任陕西长安县县委副书记，后来辞去了县委副书记职务、保留常委职务，并定居在那儿的皇甫村，蹲点十四年，集中精力创作《创业史》。因为他对陕西关中农民生活有深入了解，所以笔下的人物才那样栩栩如生。柳青熟知乡亲们的喜怒哀乐，中央出台一项涉及农村农民的政策，他脑子里立即就能想象出农民群众是高兴还是不高兴。"2017 年 10 月 19 日参加党的十九大贵州省代表团讨论时，习近平提到党政干部要学柳青，接地气。习近平说："'党中央制定的政策好不好，要看乡亲们是哭还是笑。'这句话我是听我们的人民作家柳青说的。人们说，如果你去农民里面找到他，分不清，你不知道谁是柳青，都一样。（他）就跟关中老百姓一样，穿着啊、打扮啊，连容颜都一样。他就是长期在农民里面，对他们非常了解。中央的文件下来了，他就知道他的房东老大娘是该哭还是该笑，他很了解老百姓的想法。党政干部也要学柳青，像他那么接地气，那么能够跟老百姓融入在一起。"深入生活，需要超出世俗的胆识。韦昕的《两个"尖端武器"》里谈到 1959 年去皇甫村看望柳青时，说到一

---

[1] 程光炜：《柳青、皇甫村与 20 世纪 80 年代》，《文学评论》，2018 年第 2 期。
[2] 王维玲：《追忆往事》，《大写的人》，中国青年出版社，1982 年。

些人对柳青"自动下放"的不理解，柳青回答："作为一个作家，深入生活，研究生活，仍是第一位的工作。"深入生活，需要长期扎根的毅力。柳青曾说："到处去看看，我不反对，但最好是在生活中扎下根去，深入生活，解剖麻雀，一个生产大队就是一个社会嘛。"不是浮光掠影，不是走马观花，扎根生活的柳青真正融入了关中大地土生土长的人们，从"穿的是背带裤，戴的是黑礼帽，还时常肩挎猎枪"，到"光头、黑袄、肥裤，甚至钻进牲口市场与人在袖口捏指讨价"[1]。深入生活，需要坚定的理想信念。李若冰在《柳青是个大写的人》一文里指出："无论是在革命战争年代，还是在和平建设时期，他（柳青）都是自觉地到人民中间去生活，直接参加人民的斗争实践。"徐民和、谢式丘的《在人民中生根》，关于柳青在皇甫村是这样描述的："在皇甫村，柳青过着和普通农民一样的生活，他和村里的共产党员在一个支部里过组织生活，和普通农民一起参加合作化运动，每逢集日，柳青也挎着篮子，放上几个油瓶，和农民们边走边谈。"深入生活，需要实事求是的态度。柳青蹲点皇甫村，是为了写作需要而深思熟虑的选择，不是跟风式的冲动之举，也不是博人眼球的故作姿态。柳青曾说："我的生活方式不是唯一正确的方式。作家生活方式应当是多种多样的。但是我的生活方式也不是错误的方式。它是唯一适合我这个具体的人的生活方式。我走过的道路、我的写作计划、我的身体和家庭条件等等，我都经过长期反复仔细的考虑。我的态度是这样的：一方面在这种生活方式的怀疑面前绝不动摇，以免丧失信心；另一方面坚决不宣传我的这种生活方式，拒绝《人民画报》和新华社拍照，以免经验不足的青年作家同志机械地效仿。"[2]

3. 精益求精的创作要求

柳青特别注重打磨作品，"写作很慢，一天不过千把字，有时只有几百字"。一遍又一遍地修改作品，对柳青来说是常事。"柳青同志写每一章以前，总

---

[1] 阿莹：《高山之巅》，《人民日报》，2015 年 05 月 21 日。

[2] 邢小利、邢之美：《柳青年谱》，人民文学出版社，2016 年，第 78 页。

要构思很长时间，甚至个把月，为的是像演员一样进入角色。以后他又作反复的修改。这已经成为他写作的习惯了。"在普遍追求高速发展的社会进程中，柳青依然坚守对作品的品质要求，精益求精，实属不易。1958 年，中国青年出版社拟将柳青的长篇小说作为国庆 10 周年献礼的重点之一，列入了 1959 年的出版计划。当时柳青正准备重写小说的部分章节，就给出版社写信："如果第一部草率从事，出版后遗憾很多，就很难写好以后的主要部分，这样对读者也是不负责任的，不尊重的。至于'献礼'，在刊物上发表就够了。"最终，《创业史》第一部在 1960 年出版。不脱离实际地追求所谓的"高效"，不人云亦云地盲目迎合市场，柳青对文学作品精益求精的坚守、一丝不苟的态度，与今天倡导的匠心精神不谋而合。偷工减料可能蒙混一时，但终会湮灭在历史的尘埃里；急功近利跟风创作或许会谋得流星划过天际时的闪耀，但终难取得璀璨的永恒荣光。只有以近乎严苛的标准要求自己，以对读者高度负责的态度进行创作，扛住压力耐住寂寞，甘愿在长满荆棘的文学道路上长途跋涉，才能创作出经得起时间检验的经典著作。

作者简介:

罗广斌(1924—1967),四川成都人,20世纪40年代到云南求学并参加革命,1948年加入中国共产党。曾亲身经历过被关押在白公馆中的苦难岁月,也是重庆"11.27"大屠杀幸存者,与杨益言合著《圣洁的血花》《在烈火中永生》等作品。新中国成立后曾任"烈士资格审查委员会"委员、共青团重庆市常委兼统战部部长。在"文化大革命"中,《红岩》被诬蔑为"叛徒文学",成为禁书,他也因此被逮捕,由于不堪忍受精神折磨,在关押地跳楼身亡,时年43岁。

杨益言(1925—2017),四川武胜人,1944年入同济大学,1948年被捕,囚禁于渣滓洞监狱。1950年起在重庆新民主主义青年团市委工作,1963年加入中国作家协会,1979年当选为中国文学艺术界联合会委员,1980年当选为中国作家协会四川分会副主席。2017年逝世,享年92岁。

《红岩》：红色精神在烈火中永生

张鹤腾

　　"母亲只生了我的身，党的光辉照我心。"党就像太阳一般照亮和指引我们前进的方向，《红岩》就是一部散发着党性光辉的红色经典作品，是一部以共产党人为争取中国人民解放而进行的壮烈斗争为题材的优秀长篇小说。这样一部作品的诞生和出版背后凝结着多少人的心血，承载着多少人的期待，经历过多少次的争论，最终才得以呈现并成为经典，作为读者的我们也应了解作品背后的故事。《红岩》的作者罗广斌、杨益言都曾被关押在"中美特种技术合作所"的集中营里，面对敌人的种种野蛮暴行，他们展现了共产党人不屈不挠的斗争精神。

　　1957年，作为幸存者和最直接的见证人，这两位作者为了铭记历史和教育一代又一代中华儿女而创作了革命回忆录《圣洁的血花》与《在烈火中永生》，并在共青团中央和中国青年出版社的建议下进一步搜集整理先烈们的斗争事迹，其中包括中央革命博物馆筹备处编辑的《美帝蒋匪重庆集中营罪行实录》，罗广斌、刘德彬整理的《如此中美特种技术合作所——蒋美特务重庆大屠杀之血录》，杨益言的《我从集中营出来——磁器口集中营生活回忆》，王国源的《逃出白公馆》，任可风的《血的实录——记一一二七磁器口大屠杀》，钟林的《我从渣滓洞逃了出来》等一些原始资料，加以集中、提炼和艺术再创造，以长篇小说的形式表现出来，最终在1961年底完成了《红岩》（前身为报告文学《锢禁的世界》）这部气势恢宏的作品，并由中国青年出版社出版。

小说将宏阔的历史背景铺陈在故事之下，将人民当时的生活场景穿插在故事之中，把时间拉回到1948年—1949年新中国即将成立之时，地点设置在国民党统治的重庆地区。1948年，解放战争即将胜利，在国民党的统治下，中国处在黎明前最黑暗的时刻。在渣滓洞和白公馆这两座魔窟里，共产党人与美蒋反动派进行了殊死博弈。小说以正义的立场刻画了共产党人面对斗争时的沉着冷静、坚贞不屈以及反动派的阴险狡诈、怙恶不悛，两者形成了鲜明的对比。《红岩》为我们记录了那段历史，也时刻提醒着我们铭记历史，对抗遗忘。

一　故事梗概

1948年的重庆山城依旧笼罩在灰暗的迷雾之中，时局动荡不安，美蒋反动派盘踞在这里做最后的挣扎。东方的晨光即将冲破浓雾的封锁，这是黎明前最后的黑暗。党领导的解放大军正以不可阻挡之势向川地进发，反动派已无藏身之处，重庆以及全国即将云开雾散、阳光普照，解放战争胜利的曙光即将照耀在每个革命者心间。长江兵工厂的工人运动和重庆大学的学生罢课运动正在蓬勃发展，国民党反动派意识到大势已去，破罐破摔地进行了疯狂反噬。

军统特务纵火烧毁了长江兵工厂工人居住的棚屋，余新江带领工人要求国民党当局追究纵火特务的责任，并要他们赔偿工人的全部损失，敌我斗争正处在短兵相接的白热化时刻。中共重庆市委委员许云峰联络伪装成兵工厂厂长的地下党员成岗以及伪装成有钱人家阔太太的江雪琴，他们结合实际情况，决定出版一种群众性的宣传刊物，取名《挺进报》。与此同时，许云峰还领导甫志高建立了沙坪书店，作为地下党的备用联络站。《挺进报》着重报道解放战争的胜利消息，评价时局和宣传党的政策法令，作为团结和教育

学生举行反内战、争民主游行

陈然（成岗的原型人物）印刷《挺进报》时曾住过的地方

广大群众的有力思想武器，由成岗负责秘密印刷。

《挺进报》一出刊就受到学生、工人以及进步人士的热切关注，深得人心，广为流传。有时也通过沙坪书店向工人学生中传送，因而非常容易引起国民党特务的注意，这就要求参与其中的革命者必须要严格遵守秘密工作原则，尽量减少和朋友们的来往，停止一切群众工作。革命斗争是复杂多变的，在胜利的最后关头，革命者的行动需要更加小心谨慎，才能保护组织和更多同志的安全。

因工作需要，江姐被调到川北华蓥山游击队工作，《挺进报》的制版工作也交由成岗负责，有关《挺进报》的工作变为由区委书记李敬原同志直接领导。甫志高到码头为江姐送行，江姐嘱咐他要注意隐蔽，他却打着自己的算盘。华蓥山整个县城笼罩在白色恐怖之中，江姐出站时遭遇了严格的检查。在城门口，她发现城门上悬挂着自己丈夫——华蓥山纵队政委彭松涛的头颅，他被敌人残忍地杀害了。为了保住箱子里的急需药品，保护同志们和组织不被暴露，江姐忍住这巨大的悲痛，沉着冷静地决定绕路而行。一路上，她不断地调整自己的情绪，把揪心的痛苦和彻骨的仇恨深埋在心底，带着一种超越内心痛苦的力量，坚毅地向游击队驻地走去。

在山上的一座院落里，他们见到了华为的母亲，即领导游击队的双枪老太婆。老人为了不让江姐难过，热情地招待了她并好心地隐瞒了彭松涛牺牲的消息，可没承想江姐早已在山下亲眼看到了那令人悲痛的场景。江姐终于知道，自己的丈夫是在抗丁抗粮群众大会上为了保护群众而牺牲的。她所期盼的团圆被敌人无情地打破，她强忍住泪水，默默地吞下了无限的爱与恨，更加明确了为胜利而斗争的目标，坚定了她走在先烈们用鲜血铺就的革命道路上的信念。

重庆老街 32 号，是国民党西南长官公署第二处所在地，它就像一头狰狞的巨大野兽，潜伏在暗处，随时准备猛扑出来伤人。它名为"慈居"，实际上是用这个名字掩人耳目伪装起来的杀人魔窟。新任处长徐鹏飞是能指挥军、警、宪、特人员的老牌特务，心狠手辣。整个国民党系统看似坚固如堡垒，实则满是缝隙四处漏风，毛人凤、严醉、徐鹏飞等特务头子为了自己的利益相互倾轧，彼此之间充满着尔虞我诈的内部斗争。在共产党人严丝合缝的配合和深度的隐藏下，徐鹏飞的特务工作毫无进展，想要超越内部对手严醉的急切心情、来自上级"限期破案"的压力以及自己高升的野心让他下定决心"搞出点名堂"来。他伸出魔爪，从《挺进报》入手，想要把重庆的共产党地下组织一网打尽。他迫使严醉的手下黎纪纲交出情报，得到了关于甫志高和沙坪书店的信息，于是便确定，首先打击的目标就是沙坪书店。

甫志高的资产阶级思想使他不满足长期宁静的生活，渴望着参加更多的斗争，从而开始暴露行事莽撞的弱点，丢失了革命者应有的严谨踏实的优良作风。他不顾许云峰的嘱托，用花言巧语迷惑了在他手下工作的陈松林，告诉他要广泛地联系群众，尽一切可能扩大革命力量，不要束缚在自己的小圈子里。但他的这种思想完全是错误的，使得国民党特务黎纪纲和郑克昌有了可乘之机。他们伪装成重庆大学的进步学生和失业青年，不惜用苦肉计接近并取得陈松林和甫志高的信任，在沙坪书店窃取了大量秘密情报，所有革命同志的人身安全和整个地下党组织都因此陷于危险的境地。

这一切都是甫志高不满足现状、为了自己立功不顾群体安危的利己主义思想作祟，他所做的这一切，出发点不是保障革命工作的安全开展和减少革命同志不必要的流血牺牲，而是能在胜利之后"混"到个游击队司令员的位置。他不顾许云峰对联络站保密性质的一再提醒，对形势做了错误估计，未经许云峰的同意擅自扩大书店规模，创办文艺刊物，吸收了来路不明的国统特务郑克昌作为新的店员。这对党的工作和革命同志的安全产生了巨大的威胁，许云峰敏锐地感受到一种危险，多年的斗争经验使他对甫志高的行为产生了警觉，于是他通知所有人员立刻转移。

甫志高无视许云峰的提醒和教育，也没有通知刘思扬等人转移，而是自作主张，违反纪律私自回家，结果被特务们绑架。甫志高没有抵挡住国民党的恐吓和诱惑，叛变为可耻的叛徒，出卖了自己的同志。由于他的叛变，《挺进报》暴露了，许云峰、成岗、刘思扬和余新江等人很快相继被捕。成岗在被捕之前将一把扫帚挂到窗口外面的钉子上发出危险暗号，没有让其他来找他的同志被捕，保护了党组织。

偶然的"胜利"刺激了徐鹏飞的神经，得意忘形的野心使他想要迅速打开缺口，妄图将重庆地下党员一网打尽。为了用迅雷不及掩耳的手段摇撼许云峰的意志，摧毁他那颗镇定的心，徐鹏飞当夜即开始审讯。面对镇静而又威严的许云峰，徐鹏飞虚张声势的神情和动作里，透露出的是内心的空虚和迷茫。然而不管敌人用什么样的策略，不论轻声细语还是威胁利诱，许云峰都凛然不为所动。

而在此时，刑讯室中一个被重刑折磨得血肉模糊的人触动了许云峰的心，那便是成岗，他在这魔窟之中日夜受着非人的摧残。即便如此，他们也决不会因个人痛苦透露任何秘密，绝不向敌人低头，不肯吐出一个字的有用信息，"头可断，血可流，共产党人壮志不屈"。为了保护党的组织和李敬原的安全，许云峰将徐鹏飞引向"是他在领导《挺进报》工作"的错误判断，将敌人的全部注意力都引到了自己身上。

徐鹏飞举办舞会，宴请特区局长毛人凤以及美国特别顾问，宴会上充满明争暗斗的心思和把戏。同时宴请名单上还有一个对他们来说意义更加重大的人物——许云峰。但这明显是一次"鸿门宴"，国民党想拿他们跟许云峰碰杯言欢的照片向外宣传以迷惑民众、捏造事实，宣称许云峰已经"欣然"

渣滓洞

渣滓洞刑讯室

与国民党合作，达到混淆视听、公开污蔑共产党和迫使许云峰低头的目的。但许云峰早已看穿了他们的把戏，他们得到的只是许云峰的白眼相向与厉声斥责，黔驴技穷的徐鹏飞只好对许云峰施以重刑，又将其关进渣滓洞里。

渣滓洞内，负责《挺进报》收听工作的资产阶级少爷刘思扬面对敌人的百般引诱和软化计策，毫不动摇自己的思想立场，与敌人针锋相对，心里默默地立下了"永不叛党"的誓言。残暴的敌人为了得到口供，以各种手段疯狂地折磨关在狱中的政治犯，不仅用酷刑对他们进行肉体上的折磨，而且还要挑战人的生理极限，在炎热的夏天限制饮水量，妄图用炎热、蚊虫、饥饿和干渴动摇革命者的意志。狱中的饮用水储存在一只小铁皮罐子里，虽然忍受着干渴的折磨，但大家都不肯动它，总想把水留给更需要的人。

为了粉碎敌人的阴谋，破坏故意断水的迫害活动，争取更加长久的斗争，狱友丁长发、龙光华、孙明霞等趁放风时轮流在墙角挖出一眼泉水。在保护泉水的斗争中，龙光华被特务打得遍体鳞伤，最后因为伤势过重，在解放军冲锋的炮声响起的幻觉中不幸牺牲。全体狱友绝食抗议敌人的虐待暴行，要求敌人接受为龙光华举行追悼会、改善政治犯生活待遇等条件。共同的对敌斗争使他们更为团结、坚强，这种团结起来的力量比暴动和怒吼更加有力，渣滓洞所长"猩猩"迫于压力不得不接受条件，妥协让步。

　　"江姐，我找了你好久。"谄媚的问候背后是一颗虎狼之心。甫志高在变节之后又带领特务到华蓥山联络站企图诱捕江姐。此时的江姐还不知道甫志高已经叛变，但在三言两语的问话中他就露出了狐狸尾巴。江姐明白了自己的危险处境，但仍然怒斥叛徒，对准他那副肮脏的面孔，赏了一记清脆的耳光。双枪老太婆带领游击队计划在押走江姐之前将她救出来，可狡猾的特务临时改变了计划，行动提前了一天，游击队因此错过了将江姐解救出来的机会。但他们抓住了特务甫志高和魏吉伯，由华为亲手处决，为被抓捕的同志们报了血海深仇。

　　又是一个深沉的暗夜降临在渣滓洞集中营，里面不时传来特务恐怖的狞笑。徐鹏飞又一次提审已多次经受毒刑拷打、几次昏迷过去的江姐。面对丧心病狂的敌人和残忍的暴行，江姐依然刚毅沉静，"你们休想从我口中得到任何材料！"是她对敌人唯一的回答。她微笑着，充满胜利的信心，这令敌人束手无策，又怕又恨。竹签钉进了她的手指，鲜血不断地滴落下来。江姐的遭遇让狱友们痛心，她的坚强不屈唤起他们最为崇高的敬意。狱友们不断送来慰问信和诗篇，她的精神深深地影响了狱中的所有成员。"毒刑拷打是太小的考验，竹签子是竹做的，共产党员的意志是钢铁。"真正的共产党人不会被打垮！

　　秋去冬来，转眼到了年底。1949 年元旦前夕，辽沈战役、淮海战役相继胜利，国民党重新要求和谈，人民解放军马上就要进抵长江北岸，渡江解放全国。消息传到狱中，这黑暗的魔窟沸腾了，难友们准备在狱中举办一场别开生面的联欢会，庆祝解放战争的节节胜利。这天，狱友们穿戴整齐，互相拜年，赠礼物，写对联，扭秧歌，叠罗汉，到处欢歌笑语，洋溢着革命的乐观精神，充满了对未来生活的希望和信心。令人高兴的是，地下党的同志们在这一天也相互取得了联系，讨论了敌人放出和平空气作为缓兵之计的阴谋。但就在当天晚上，老许被押送转移至白公馆。敌人究竟还有什么阴谋诡计？刘思扬和余新江的心再一次悬了起来。

国民党放出和平空气，假意和谈实则缓兵，此时举行记者招待会，却暴露了他们的丑恶嘴脸。《中央日报》等官方报纸作为国民党政府的走狗，对国民党政府完全拥护，而来自《蜀光日报》的年轻女记者陈静向新闻处长和徐鹏飞抛出了关于杨虎城将军的羁押以及释放政治犯等各种尖锐的问题。这位倔强勇敢的女记者正是成岗的妹妹成瑶。当年那个在特务眼皮底下冒险运送《挺进报》的小姑娘，像一只在海上展翅高飞的海燕一样，经过了斗争风暴的锻炼，已经成长为一名严守党纪、顾全大局的优秀革命战士。

在革命胜利消息的鼓舞下，学生与工人运动的热情更加高涨。学生的请愿游行活动此起彼伏，全市工人酝酿罢工，并且发表了告全市同胞书，向全市人民揭发了国民政府和谈期间仍日夜加紧军火生产，利用和谈作为缓兵之计的阴谋。成瑶将告全市同胞书刊登在报纸上，徐鹏飞阵脚大乱，下令追踪陈静的踪迹，但成瑶早已安全撤离，再也不用"陈静"的名字活动，在敌人的眼皮底下消失得无影无踪。

敌人为了表示和谈的"诚意"，假意释放了刘思扬，实则将他软禁在家，他成了敌人欺骗人民的工具。在他被送回刘公馆的第二天夜里，一个自称姓朱的人潜入刘家，说他受区委书记李敬原的委派，前来审查刘思扬对党忠诚与否，了解他在狱中的表现，并要他详细汇报狱中地下党的情况。刘思扬对其打探狱中地下党情报的行为非常警觉，他知道这种机密情报只能口头向李敬原同志本人报告，不能写成文字交给来联络的同志。正当刘思扬对此人怀疑时，李敬原派人送来情报，揭穿了"老朱"的真面目——他其实是特务郑克昌，是一条化了装的毒蛇！

刘思扬来不及转移，没有逃出敌人的魔掌，再次被抓进白公馆。白公馆比渣滓洞更为阴森可怖，这里没有渣滓洞那样活跃的对敌斗争，里面关押的是军统认为"案情"更加严重的政治犯，不仅有成岗、刘思扬、齐晓轩这样坚贞不屈的共产党员，还有以"三民主义"为崇高信仰，不与分裂国家的反动派为伍的正直国民党将士杨虎城、黄以声、宋绮云夫妇和他们的孩子"小萝卜头"宋振中等人。成岗在白公馆里不仅承受了敌人的酷刑，还要被注射来自美国的一种能够迷惑、控制人思想的"诚实注射剂"，这需要顽强的意念来抵抗神经末梢的迷走，是对人意志的极大考验，但他从来没有向敌人透露过任何信息。

在白公馆中，经常可以看到一个满头白发的老头，疯疯癫癫，每天风雨无阻地练长跑。他叫华子良，原是华蓥山根据地党委书记。十五年前，他和省委书记罗世文、车耀先等人同时被捕，因为敌人没抓到证据，他一直被当作不重要的嫌疑犯看管。1946年罗世文等人被害，他是陪杀场的。他接受罗世文的指示，枪声一响，便假装疯癫，之后长期隐蔽下来，不到万不得已，绝不和别人讲话。现在处于紧急关头，必须要建立起渣滓洞和白公馆地下党的联系，于是华子良开始做交通，为狱中党组织和重庆市委取得联系。

诱骗刘思扬失败后，郑克昌又伪装成同情革命的记者高邦晋打入渣滓洞，妄图通过苦肉计刺探狱中地下党的秘密。余新江等人识破了他的伪装，并借敌人之手除掉了这个阴险的"红旗特务"。

许云峰被关在秘密地窖中，阴暗湿冷不见天日，但他发现了一处石板接缝较宽的地方，决心掘开一条通向外面的道路。许多日子过去了，他用早已磨破的双手坚持着这场特殊的战斗，为更多的同志开辟出一条生命通道。这时，中国人民解放军正在挺进大西南，重庆解放指日可待，但敌人也加紧了对革命的大规模破坏。重庆地下党组织领导工人开展护厂斗争，组织游击队和狱中革命者里应外合，进行敌人大屠杀前的越狱准备。中华人民共和国成立的消息传到狱中，狱友们群情激奋。

就在这欢庆胜利的时刻，江姐被特务叫了出去。她知道自己要和人间永别了，但心情异常宁静，没有恐惧和悲戚。她梳好头发，换好衣服，深情地告别了同志们和在狱中降生的"监狱之花"，毅然迈步向前，再也没有回头。末日将临，徐鹏飞露出了狰狞的面目，他狞笑着问即将就义的许云峰看不到胜利是何心情，许云峰从容地笑道："人生自古谁无死？可是一个人的生命和无产阶级永葆青春的革命事业联系在一起，那是无上的光荣！"

人民解放军兵临城下，解放山城的炮火声传到了狱中，胜利的时刻就要到了。狱中的同志计划好要在敌人大开杀戒之前逃出去，为新中国留住火种。狱友们在齐晓轩的领导下，有计划有秩序地沿着许云峰打通的地道往外走。为了让更多的战友逃脱虎口，齐晓轩毅然屹立在红岩上，为同志们断后。华子良带领解放军和游击队在狱外接应，在敌人的炮火下，刘思扬等同志牺牲了，但更多的同志终于冲出了魔窟，伴随着解放军隆隆的炮声，去迎接即将普照山城的阳光。

"乌云遮不住太阳，铁牢锁不住春光。"光明永远不会被黑暗埋藏，新的时代终将到来，东方的地平线上，渐渐透出一片红光，绚丽的朝霞照耀在红岩之上，分外耀眼夺目。

二　出版情况

东方的朝霞如烈士的鲜血染红了天空，红岩之上傲然矗立着一棵黝黑苍劲的古松，红色的艳丽热烈配上黑色的深沉稳重，相互映衬，融为一体。这是《红岩》最经典的封面，也是对"红岩精神"最为形象的诠释。

《红岩》最早在1961年12月由中国青年出版社正式出版，第一次印刷很快脱销。1962年重印仍然售罄，紧接着在1963年便出版了第二版的《红岩》。从1961年初次出版至2000年，该书已印刷过五十九次，总发行量超过一千万册，在当代小说中可以说创造了发行量之最。2000年中国青年出版社出版了第三版的《红岩》，收入"百年百种优秀中国文学图书"；2004年该社又将其作为"电影伴读中国文学文库"之一隆重推出，同时附送由小说改编的电影《烈火中永生》光盘，同年10月该社再次印刷《红岩》，收入"未成年人思想道德建设文学读本"；2018年4月，中国青年出版社又出版《红岩》精装版，装帧更加精美，具有很高的收藏价值。《红岩》虽没有获得过奖项，但受到主流意识形态和广大人民群众的认可，被列入中宣部、文化部、共青团中央等推荐的"百种爱国主义教育图书"。1962年全国各省市级党报都开辟了专版、专栏等，对有关《红岩》的评论文章、读后感进行重点报道。

中国青年出版社1961年12月出版的《红岩》

《红岩》一经出版，立即受到了广大读者的喜爱和认可，在各大城市的书店中，《红岩》的销售呈现火热之势。在1962年的《人民日报》上，记者柏生写下了这样的报道："书店新来到一批《红岩》，营业员刚把预先包扎好的《红岩》拿出来，读者立刻在书店门前排起长长的队伍。其中有青年学生，有机关干部，有工人，还有红领巾。"[1] 《红岩》的火爆程度可见一斑。《红岩》如此受到广大群众的欢迎，不仅是因为意识形态的灌输和主流价值观的引导，还与它的内容契合读者的期待心理有关。民众在阅读中满足了精神上对真善美的追求，受到了崇高信仰的熏陶，书中的英雄人物都成为自己心目中的人格样板，这也是一种主动的阅读接受。但在"文化大革命"中，该书被诬蔑为"叛徒文学"，成为禁书，《评大毒草〈红岩〉》一文中这样批判道："小说《红岩》又是一部为叛徒翻案的宣言书……歪曲历史事实，把已经叛党、在敌人面前卑躬屈膝、苟且偷生、出卖革命、出卖组织、出卖灵魂、成为可耻叛徒的地下党市委书记美化成党的化身……"[2] 这是一种对作品和现实的强硬联系，是一种故意歪曲式的解读。《红岩》的作者之一罗广斌也因此遭受了沉重的精神打击，跳楼自尽。随着"文革"的结束，经过再版和多种文艺形式的改编传播，《红岩》再次焕发出勃勃生机。

---

[1] 柏生：《书籍和读者之间——王府井新华书店见闻》，《人民日报》，1962年7月27日。

[2] 钱振文：《〈红岩〉是怎样炼成的：国家文学的生产和消费》，北京大学出版社，2011年，第205页。

除了中国青年出版社出版的几版《红岩》之外，其他出版社出版的《红岩》文本还有二十多种，形式多样，种类丰富，不仅有原著文本的再次重现，还有很大一部分是给中小学生阅读的缩写本、名家导读和讲解版，由此可以看出《红岩》在爱国主义教育中的重要地位。1991年21世纪出版社出版少年版与儿童绘画本，收入"革命英雄主义丛书"，该社在同年还出版了另外一版《红岩》，收入"红领巾书架丛书"；1991年海峡文艺出版社出版赵晓玲缩写版，收入"中外名著缩写丛书"；1994年中国青年出版社出版、北方文艺出版社重印，收入"中国当代文学名著精选丛书"；1996年由中国青年出版社与解放军文艺出版社出版缩写本，收入"中外军事文学名著缩写丛书"；1998年北方妇女儿童出版社出版上下两册版，收入"教育部推荐学生必读丛书"，并于2003和2008年再版。

进入新世纪以来，《红岩》及相关出版物更加丰富。2001年北岳文艺出版社出版该书，收入"红色文学精品集丛书"。2006年中国出版集团中国对外翻译出版公司出版由刘心武主编的"世界文学名著名家导读版丛书"，《红岩》收录其中，2011年4月出版增订版；该社在2006年还出版了由方洲主编的"语文新课标必读丛书"，《红岩》收录其中。2009年1月中国出版集团出版《红岩》。2009年8月1日中国青年出版社出版建社60周年珍藏版，收入"典藏名著丛书"。2009年东北师范大学出版社出版解读版，收入"初中生语文新课标必读名师精解丛书"。2009年南海出版社出版，收入"经典珍藏丛书"。2010年世界图书出版公司出版，收入"中小学生课外书屋丛书"。2011年时代文艺出版社出版，收入"开学第一课丛书"。2011年5月四川美术出版社出版《红岩版画：〈红岩〉原著版画插图50年》，书中收集了所有原著中的版画插图和大量珍贵照片。2012年9月文汇出版社出版，收入"语文基础阅读丛书"。2012年12月中国青年出版社出版，收入"红色经典文库丛书"。2014年1月江苏美术出版社以小萝卜头刻板画为封面出版，版本完善，注释详尽，适合中小学生阅读。2014年5月中国青年出版社与花山文艺出版社出版，收入"北洋文库红色文学经典丛书"。2015年10月苏

21世纪出版社1991年出版的
《红岩》

中国青年出版社、解放军文艺
出版社1996年出版的缩写本
《红岩》

中国青年出版社2004年出版的
附光盘版《红岩》

中国出版集团中国对外翻译出
版公司2006年出版的《红岩》

州大学出版社出版，收入"经典名著深度导读丛书"。

　　《红岩》还曾被译为英文、德文、日文等在海外出版发行，引起了很大的反响。早在1963年，新日本出版社就出版了由三好一翻译的日文版《红岩》，共三册；1965年外文出版社出版德文版《ROTER FELS》，1979年再版；1978年日本讲谈社出版日文版《红岩》，共上下两册；1978年外文出版社出版英文版《Red Crag》，2001年10月再版；1979年延边人民出版社出版朝鲜文版《红岩》，1991年再版；1983年外文出版社出版法文版《ROC

新日本出版社 1963 年出版的日文　　　延边人民出版社 1979 年出版的朝
版《红岩》上册　　　　　　　　　　鲜文版《红岩》

ROUGE》。《红岩》走向世界，不仅是对该书艺术成就的肯定，也推进了中国红色文化的对外传播。

从《红岩》的出版情况我们可以看出，它曾经历两个高峰，一个是在刚刚出版之时，一个是在进入新世纪之后。有高峰就有低谷，在"文革"中，《红岩》陷入政治斗争的旋涡，被当成大毒草，没有再次出版过；到了 20 世纪八九十年代，《红岩》虽然被正名，但在大众文化、娱乐文化以及市场需求的多重冲击之下，还是遭到了读者和研究者的双重冷落。一直到了新世纪，人民的生活水平提高了，同时也越来越注重精神文化需求，《红岩》再次受到关注，图书出版也再次火热起来。

三　其他形式的传播及意义

1961 年《红岩》面世之后，各种艺术形式的改编也随之纷纷涌现，这也从侧面体现了其影响力之大。20 世纪 60 年代以后，在经济与文化发达的大中城市，歌剧与话剧的舞台上皆有《红岩》的一席之地；而在教育层次较低的地区，大众更为接受说书、评弹、戏曲、快板等曲艺形式。曲艺改编是一种有效的传播手段，同时也是实现文艺大众化的有效途径。

许多茶馆和书场纷纷上演《红岩》等革命历史故事，大众于消闲娱乐的同时自然地接受了革命教育。《红岩》的传播形式有连环画、话剧、评书、相声、大鼓、川剧、越剧、粤剧、豫剧等等，种类繁多。对《红岩》文本的改编层出不穷，仅中国国家图书馆收藏的各种改编剧本就有近百种。"文革"期间，《红岩》及其改编的文艺作品受到批判；"文革"结束后，《红岩》再次以多种形式出现在大众的视野，"红岩"文化再次兴起。不过在20世纪八九十年代传播的 "红岩" 文本，是一种文本重复式的传播，到了新世纪便出现了形式多样、极富创意的传播方式。

1999年11月，在隆重纪念"一一·二七"烈士殉难50周年之际，《红岩魂》形象报告展演正式推出。这是一台由重庆歌乐山烈士陵园创作并排演的报告剧，融话剧、展览、报告于一体，通过舞台、灯光、布景的综合运用，感染每一位观众的情绪。这标志着《红岩》的文艺改编已具有朝三维视觉化方向发展的特点，英雄战士得以立体地、"活生生"地站在观众面前。这种报告展演也得到了专家的高度评价，"这是一台主题深刻、形式新颖，既具有教育意义，又生动感人的好戏。该剧本身就是一种对戏剧演出形式的创新，并不追随传统戏剧的曲折情节、鲜明的人物形象、丰富多彩的语言，而是以一种朴实形式通过史料的展示和还原来再现革命烈士的风采"。[1] 该报告剧已在全国展演六百六十多场，也受到观众的一致好评。《红岩魂》形象报告展演的成功说明，爱国主义教育有着深厚的群众基础，在社会主义市场经济条件下，人们更加渴求充实的精神世界，《红岩》也一直存在于大众的心中。

（一）连环画

《红岩》的魅力不仅仅在于文本本身，其衍生改编作品也受到人们的广泛欢迎。它所呈现出的故事受众广泛，小到戴着红领巾的孩子，大到走路颤

---

[1] 韩永进、马敏、蒋昌忠主编：《2004—2005中国文化创新年度报告》，科学出版社，2006年，第178页。

上海人民美术出版社 1965 年出版的连环画《红岩·（五）烈火红心》

上海人民美术出版社 1965 年出版的连环画《红岩·（八）黎明时刻》

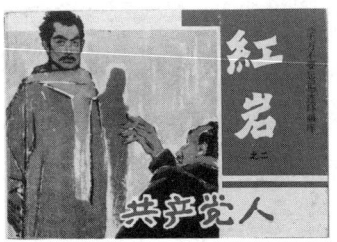

黑龙江美术出版社 1964 年出版的连环画《红岩·之二·共产党人》

黑龙江美术出版社 1964 年出版的连环画《红岩·之三·华蓥山下》

颤巍巍的老人，都被它曲折的故事情节、高大的人物形象以及顽强的斗争精神吸引。

20 世纪五六十年代的孩子都有一种"小人书"情结，小学时代通过看小人书增长了知识，书中所讲述的美与善的故事也帮助他们树立了正确的人生观、世界观和价值观。他们对小人书有着特殊的感情，一分钱租一本书，能够美美地看上一天。小人书携带方便，成为那个年代许多青少年乃至成年人的重要读物。小人书的学名叫连环画，从 1932 年开始，在国内逐渐流行起来。新中国成立后，连环画进入了发展的高潮期，《红岩》也被改编成"小人书"，以连续的图画叙述故事、刻画人物。一流文学大师的文学作品与一流美术大师的绘画相得益彰，给当时的读者以双重的审美享受。

有四家出版社先后出版了连环画《红岩》，最早的是 1964 年 1 月上海人民美术出版社首次出版、韩和平绘制的连环画《红岩》初绘版第一、二册，分别为《山城云雾》和《沙坪事件》。1965年该社另起炉灶，由可蒙改编，顾炳鑫、韩和平、罗盘、金奎等人绘制，把第一册的《山城云雾》改为《山城风暴》，又重新编绘了三本分册，改编成四本连环画册，获得第二届全国连环画绘画二等奖；后来正式推出时又增绘了四本，共八本分册，书名分别是《山城风暴》《前仆后继》《沙坪事件》《威慑群魔》《烈火红心》《揭破阴谋》《曙光在前》《黎明时刻》，2007年再版发行；1995年以单行本的形式出版，收入"中国当代文学连环画丛书"；2010年单行本再版，收入"中国连环画优秀作品读本"。黑龙江美术出版社1964年出版由钟志坚改编，胡克礼、胡光武等绘制的九本连环画册，分别是《沙坪事件》《共产党人》《华蓥山下》《水的斗争》《赤胆忠心》《夜审"毒蛇"》《智斗群魔》《正气千秋》《黎明时刻》，2002年再版印刷。四川人民出版社于1965年出版由白德松绘制的连环画《红岩》，包括《沙坪联络站》《挺进报》《许云峰》《江姐》《水》《狱中迎春》《考验》《小萝卜头》《狱中除奸》《黎明风暴》，共十本。河北美术出版社2011年6月也出版过一套连环画《红岩》，由袁吉中、周琳等人绘制，同时还有以"小萝卜头"为主题的连环画。

20世纪90年代以后，连环画出版逐渐退出历史舞台，到了90年代中后期，连环画已经以收藏品的形式出现在人们的视野中，成为继字画、瓷器、邮票、古玩之外的第五类热门收藏品。如今在多媒体网络时代，人们有多种方式和渠道去获取知识和信息，连环画的实用价值被弱化，连环画版的《红岩》也不复上世纪60年代的盛况，落入有藏家少读者的境地，但其艺术价值仍然不容忽视，书中经典的故事、生动的图画也永远留在人们心间，久不褪色。

（二）评书、评弹等曲艺形式

"说书唱戏劝人方"，说书和唱戏的内容都是劝导人们做人要方方正正，听众或观众能够在故事当中学到做人做事的道理。评书这一曲艺形式在中国拥有相当广泛的听众，茶余饭后三五好友聚在一起谈天侃地，久而久之便创造出来这样一种"你讲我听"的文艺形式。

新中国成立以后，广播和收音机的普及给了评书以极大的生存空间，评书从茶馆拓展到了声波之中，足不出户就能够在家听评书。几乎每个广播电台都有评书专栏，部分电台更有专门的评书频率。古典文学中的历史故事、神话传说、侠怪奇谈一直是评书内容的重镇，20 世纪 60 年代以后评书艺人推陈出新，纷纷在评书中加入了许多新的故事，《红岩》便在其中。1962 年，重庆市曲艺团决定将小说《红岩》改编为评书，由李鑫荃先生最早在中央人民广播电台录制并播放，深受广大听众欢迎和喜爱。从评书艺术家袁阔成先生的描述中，我们可以一窥《红岩》的火爆程度：

> 当时，一播《红岩》的时候，那时候不是有大喇叭吗？下面围着好多人，我有一个小镜头记得最深：我的鞋坏了，就去修鞋，我就说老人家，给我瞅瞅鞋，老师傅说："等等，让我听完这个。"我想，他听什么呢？一听，《江姐上船》。[1]

评书《红岩》主题鲜明、贴近民间又感人至深，其中《沙坪坝书店》《江姐上船》《江姐初上华蓥山》《彭政委就义》《甫志高叛变》《许云峰赴宴》《双枪老太婆劫刑车》《华子良装疯》《许云峰就义》等回目均可独立成篇单独演出。改编的内容一方面受古典文学的影响，一方面比原著更加富有生活气息，也更有趣味性。形象的语言能够引起听众的联想，也容易引发他们的兴趣。与此同时，著名评书艺术大师袁阔成评说的《红岩》改编的评书《红岩魂》流传甚广；张悦楷评说的粤语版《红岩》，为两广粤语地区的民众了解"红岩"故事做出了巨大贡献。

评弹又称苏州评弹，一般两人说唱，上手持三弦，下手抱琵琶，边唱边弹。《红岩》也被改编成为评弹进行说唱，最早由谢毓菁、张君谋等进行编

---

[1] 陈由歆：《话语权力再生产：〈红岩〉的成型过程及改编研究》，辽宁大学出版社，2011 年，第 77 页。

说，金声伯曾将部分段落改为评话演出，还有陈灵犀创作的《红梅赞》、张君如等创作的《刘思扬》也搬上了评弹舞台。除了评书、评弹以外，天津市曲艺团还专门集合了各种"红岩"题材的曲种，在1963年举办了"《红岩》鼓曲专场演出"，其中包括联珠快书《红心百炼》、河南坠子《雨夜辨奸记》、乐亭大鼓《原形毕露》、快板书《截刑车》、梅花大鼓《绣红旗》、单弦《地下苍松》、京韵大鼓《黎明的战歌》、天津时调《红岩颂》八种，并出版单行本《红岩曲艺集》。除了《绣红旗》以外，其他七个曲本和原小说都稍有不同，都做了更加艺术化的处理，更加适合多种曲艺形式的演唱。

百花文艺出版社1963年出版的《〈红岩〉曲艺集》

（三）话剧、舞剧

多种形式的传播方式在不断丰富着原著故事的色彩，使得经典永流传。《红岩》也登上了话剧的舞台。1962年8月，青岛话剧团率先将《红岩》改编为一部多场次的大型革命历史舞台剧，场场爆满，演出时间仅为四个月，但观众人数却有十多万。

紧接着，中国铁路文工团也改编上演了由李岩、仲继奎、张炬编剧的四幕十一场话剧《红岩》，反响颇大。1963年初，复旦版话剧《红岩》在上海艺术剧场（即兰心大戏院）、邮电俱乐部公演，连演十七场，好评如潮，火爆到一票难求的程度。除了这两个话剧版本之外，反响比较大的还有刘沧浪改编的三幕十场话剧《红岩》和席明真改编的十场话剧《红岩》。

2005年，继《红岩魂》形象报告展演之后，"红岩联线"又推出一部展演剧——《血铸红岩》，表现革命烈士的风骨气节。2018年6月26日，由重庆话剧院演出、根据《红岩魂》形象报告展演改编而成的话剧《红岩魂》在重庆群星剧院首演。整部话

中国铁路文工团四幕十一场话剧
《红岩》剧本

1963 年复旦版话剧《红岩》剧本

1963 年复旦版话剧《红岩》海报

剧沉浸在庄重肃穆的氛围当中，该剧故事发生的背景是重庆解放前夕的"一一·二七"大屠杀，国民党反动派逃跑前，对囚禁在白公馆、渣滓洞等监狱的革命者进行了大规模屠杀，歌乐山浸染了死难者的血水，整个山城笼罩在无边的悲痛之中。但剧中没有一滴鲜血，没有一声枪响，也没有凸显杀戮和残暴。全剧重心不在重现战争景象，而是重在对人物内心世界的塑造。对话剧剧本的不断打磨使它愈加精致，也更增添了对当下现实社会的观照，以旧时代、老故事为如今的社会病症开出药方，以独特的方式讲述"初心"。话剧受到时间、空间等多方面的限制，不可能完全展现文本，该剧便选取了小说《红岩》中最令人难忘的"行刑前二十四小时"为时间线，将国共两方的紧张对抗展现出来，也深入正反面人物的内心世界中，使得该剧具备了丰富的情感内涵和出色的思想深度。

除话剧之外，舞剧《红梅赞》也散发出其独特的魅力。这部剧的创作同样经历了剧作家深刻的思考，如何避开歌剧和话剧的影响来找到属于舞剧独特的角度？编剧和演员们用他们的演出给了我们满意的答案，在中国舞剧舞台上留下了浓墨重彩的一笔。

（四）相声

相声，对于中国人来说可谓家喻户晓，是扎根于民间、源于生活又深受群众欢迎的曲艺表演艺术形式。相声始于明清，在形成和发展过程中广泛吸取口技、说书等艺术之长，以幽默的对话、机智的对答表现真善美，抨击假恶丑。早些年，由李伯祥、杜国芝两位老艺术家改编的相声《看〈红岩〉》以幽默风趣的话语和形式将《红岩》的人物串了起来，展现一位读者看《红岩》入了迷，梦游渣滓洞，进入了"红岩幻境"的经历……

> 捧：这笼子里边的，都是咱们自己人，这位同志叫成岗，那个同志叫刘思扬，那个叫齐晓轩，这个穿军装的叫龙光华。这小家伙叫萝卜头。这里面都是咱们自己人，外头你得注意，那个贼眉鼠眼的，那个叫猩猩。那个叫猫头鹰，这胖不伦墩的叫狗熊。
>
> 逗：我呀？您先等会儿吧，猫头鹰、猩猩、狗熊，怎么全是野兽啊？
>
> 捧：我说老大哥，我这就不懂了，我到动物园里去过啊，那都是野兽在笼子里面，人在外面看，怎么这个地方人关在笼子里头，野兽倒跑外面去了？（根据视频整理）

整段相声充满了机智的包袱，幽默风趣但又不是无厘头的恶搞，讽刺敌人丑恶嘴脸的同时不乏对革命英雄的赞美和敬仰。

（五）电影、电视剧等

文学文本向来是电影电视剧创作的重要材料来源，电影、电视剧是文本

1965 年电影《烈火中永生》海报　　电影《烈火中永生》中的许云峰　　1986 年电影《魔窟中的幻想》海报

的另一种衍生产品，是文字与视觉影像的双重互动，二者相互成就，相辅相成。在原著的基础上经过改编、再创造形成剧本，再以更加动态形象的方式展现在世人面前，也能够让不识字的人以看和听的方式了解到书中的故事。

《红岩》于 1965 年被改编为电影《烈火中永生》，由赵丹、于蓝等艺术家主演，剧本经过导演水华和后来的编剧夏衍多次讨论和修改之后才得以确定。1961 年，于蓝在《中国青年报》上看到小说《红岩》的连载，被其吸引。不久于蓝就先后接到欧阳红英和水华的电话，三人决定将《红岩》改编成电影。然而这部电影的剧本改编却整整用了两年时间。

于蓝和导演水华到北戴河、成都、贵州等地收集资料，采访了小说的作者罗广斌和杨益言，还有幸采访到经历过那段斗争的幸存共产党人，整理成三十万字的记录。由于《红岩》一书中线索繁多、人物复杂，电影的改编选择了主要演绎江姐和许云峰两位英雄的事迹，反面人物徐鹏飞也演绎得十分出彩。电影《烈火中永生》不仅具有丰富的思想内蕴，同时也有着不凡的艺术成就，"导演在影片的结构布局上，采用多线并进的方式，巧妙安排几个同时发生的事件平行发展，彼此紧密联系，互相补充和衬托，

"小萝卜头"宋振中的塑像　　　"小萝卜头"在狱中画的画

避免了平铺直叙，使得矛盾冲突更为集中、紧凑、突出，这是影片中体现出来的一个重要艺术特色"[1]。1966年，日本东明宣传企画出版了关于电影《烈火中永生》的宣传书，介绍了影片的时代背景、重庆附近略图和电影主演等内容，并附有大量电影剧照，书名为《不屈の人びと》。

1986年，《红岩》再次由导演王冀邢改编为《魔窟中的幻想》搬上银幕，影片以"小萝卜头"的视角交替展现渣滓洞内的现实场景和梦境，以及他对外面世界的渴望。"小萝卜头"原名宋振中，是地下党成员徐林侠、宋绮云的儿子。在监狱中，他永远保持着童真与希望，还去跟黄显声（原著中为黄以声）学习俄语。由于他年龄小，特务们对他看管不严，他便有机会在各个牢房之间传递秘密信息。他从未见过秩序正常的世界，这导致他所做的关于外面的世界的梦中依然是和渣滓洞内一样阴暗可怖的光景，只有红色的太阳是他唯一的憧憬。弗洛伊德的梦境理论认为，梦的动机在于某种现实里被压抑的愿望，小萝卜头渴望自由，虽然现实

[1] 黄会林、孙志强、沙蓉主编：《小学电影观赏指南》，湖北教育出版社，1994年，第84页。

和梦境都压抑着他幼小的心灵，但他并没有停止想象。

在影片中，他得见世界的那天，却正是他幼小生命的终结之日，这样的结局如一发子弹，直击人的心房。影片最后打出的字幕"献给国际和平年"，非常明确地交代了"渴望和平"的主题。整部影片风格压抑、色调灰暗，利用光影来营造狱中的气氛，时常出现缓慢推进的长镜头，突然响起的孩子哭声让人不禁头皮发麻。

在你出生的日子里，你看见了什么？一只蝴蝶飞向蓝色天空，飞向大海，飞向太阳。

影片的最后，在小萝卜头画的火红的太阳里，出现了上面几句话。这是小萝卜头不曾看到过的世界，是他想象中的美好世界，也是他所期待的和平世界。

随着时代的发展和社会背景的改变，不同时期《红岩》的改编衍生影视剧具有不同的特点。1985年，电视机还未在中国普及时，电视剧《红岩》就已拍摄完成并播出。这一版电视剧的改编者尽力还原原著，严格按照小说的情节和内容进行拍摄。在大众文化还未兴起、意识形态占文艺发展主导地位的当年，对于民众来说，这样对文本的严格还原，就已经是"喜闻乐见"了。

1999年，由何群导演，石维坚、宋春丽、陈宝国主演的电视剧《红岩》在充分尊重原著的基础上做了局部的修改，对于人物形象和剧情都进行了更符合当时审美想象的改动。该剧是庆祝建国50周年的十部献礼片之一，并荣获中宣部精神文明建设"五个一工程"奖和2000年中国电视"飞天奖"，众多的奖项表明这是一部遵循主流意识形态、弘扬主旋律的优秀作品。虽比1985年版的电视剧更加"出格"，但它仍然有些背离大众和市场需求，在当时一众情感剧、偶像剧的夹击下还是遭到了收视冷遇。

2009年，又一部"红岩"题材的电视剧横空出世——由赵浚凯导演，邢佳栋、陈蓉等主演的电视剧《烈火红岩》。该剧除了主要线索与《红岩》

1999年电视剧《红岩》海报　　　　2009年电视剧《烈火红岩》海报

小说较为一致外，具体情节甚至人物设定都与小说大相径庭，甚至连剧中人物的名字都做了改动，因而遭到了很多的负面评价。但也有人认为，《烈火红岩》将现代因素加入历史之中，符合现代人的审美特点，同时有人认为这部电视剧打破了被程式化的英雄形象，更加展露人性、靠近大众与接近现实。在文化多元化的今天，影视剧的改编究竟是要忠实原著还是应该迎合观众进行再创造？这仍然是一个难题。

（六）《红岩》中的单个人物传奇

关于《红岩》故事的传播存在一个有趣的现象，那就是更多的人首先接触到的并不是《红岩》文本，而往往是先了解到书中的某一个人物。在我们国家的义务教育课本中就有关于"江姐"和"小萝卜头"的故事，作为爱国主义的素材，教育孩子们铭记历史，珍惜得来不易的和平生活。孩子们对《红岩》文本可能缺乏整体的感知和把握，但从其中某位人物的身上，他们已经先抓住了文本所要表达的稍浅层次的精神信仰。除了从娃娃抓起的教育之外，还存在着其他多种形式的传播方式，由原著延伸出一批英雄人物的传奇故事，纷纷走入大众的视野，电影、电视剧、话剧、舞台剧等层出不穷。历史需要铭记英雄，我们也需要了解英雄。

1964 年歌剧《江姐》出版物　　　歌剧《江姐》剧照

　　竹筠，"如竹箭之有筠也"，以此为名，蕴涵美丽坚贞之意。有的人可能不知道江竹筠为何人，但"江姐"这一亲切的称呼却传遍了大江南北，家喻户晓，她便是《红岩》中革命女战士"江雪琴"的原型。除了义务教育课本中节选取江姐经受敌人严刑审讯，不屈不挠和敌人进行英勇顽强斗争的故事之外，1978 年歌剧电影《江姐》以及越剧、评剧、评弹、粤曲、电视连续剧都在以各种方式讲述着她的故事。

　　1964 年的歌剧《江姐》可以说是最早将这一人物形象搬上舞台的创作。据统计，歌剧《江姐》从 1964 年 9 月正式公演到1965 年 10 月，一共演出二百五十七场，2013 年再次被搬上舞台进行全国巡演。如果算上从这个剧本移植到其他剧种的剧目，其上演场次是我国戏剧表演史之最。该剧由阎肃根据《红岩》改编创作，由羊鸣、姜春阳、金砂三位编曲历经两年多的采风创作而成。歌剧汲取了川剧、婺剧、越剧、杭州滩簧等地方戏曲和地方小调的精华，用丰富的音乐语言细腻地刻画了人物的情感心理。但是它的诞生并非一帆风顺，剧本曾多次修改，音乐创作也曾被全部推翻，经过创作人员不停地打磨，最终找到了塑造江姐形象的音乐之魂。谱曲的一年间，创作人员到四川学习地方戏曲，搜集音乐素材，同时又参观了渣滓洞、白公馆旧址，深入了解江姐等革命烈士生前的斗争事迹。为了能够创作出符合人物特点、更好地表达思想感情的音乐作品，他们废寝忘食，全身心地扑在音乐创作中。羊鸣回忆："其间的过程如同炼狱一样艰难，每个细胞都得处于兴奋状态，体力消耗非常大。我那时不能动感情，一动感情就哭，压力大得都快神经错乱了。"

功夫不负有心人，经过所有创作人员夜以继日的努力，歌剧《江姐》以完美的姿态展现在世人面前，成为国家优秀保留剧目，在歌剧舞台上留下了辉煌的一笔。与此同时，它也得到了当时毛泽东、周恩来等高层领导的肯定，在北京接连演出二十六场之后转战上海等地，场场爆满，全国上下都掀起了"江姐热"，每一个剧种都在排演关于江姐的剧目。

在歌剧《江姐》中，《红梅赞》《绣红旗》《我为共产主义把青春贡献》等优秀的音乐作品给人留下了难以磨灭的深刻印象，后来还结集出版了《歌剧〈江姐〉选曲》一书。这些歌曲朴实而又坚定高亢的旋律、富有感染力的歌词，激励着一代代人，传唱至今。

2009 年，《红梅赞》入选中宣部、中央文明办等推荐的"百首爱国主义教育歌曲"。同时，京剧、越剧、川剧、豫剧、黄梅戏、潮剧、梆子戏中也都有《江姐》这一曲目。2002 年导演张元移植歌剧《江姐》的情节，拍出了京剧电影《江姐》，却被评论界认为掉进了样板戏的窠臼。2010 年拍摄的电视剧《江姐》回顾了江姐人生的整个历程，更增加了爱情和谍战等符合现代人口味的元素，更加真实和贴近日常。江姐的故事一直都在被讲述，江姐的精神也在代代传承，生生不息。

　　老太婆"噌"掏出来两支快家伙："别动！我这有俩，你要用哪个？你那个都长锈啦，一打准卡壳！今天不是那个风雨之夜，你动手动脚不许可！"

这段文字出自李润杰创作的快板书《劫刑车》，改编自《红岩》中双枪老太婆带领同志营救江姐并铲除叛徒的情节。《红岩》的作者之一杨益言说，双枪老太婆形象的原型有三人，分别是邓惠中、刘隆华、陈联诗。她们三人都是共产党员，都参加和指挥了华蓥山地区多次起义和武装斗争，所以这一人物形象集合了三个人的特点。双枪老太婆有勇有谋，枪法又稳又准，是一个不输须眉的女中豪杰。

　　双手能打枪特别准，叫谁死谁都不能活；她说要打鼻子，准不打眼，她说打眼珠都不沾眼窝。[1]

　　除了快板书《劫刑车》，还有刘兰芳先生的评书《双枪老太婆》、刘铮演唱的河南坠子《双枪老太婆》以及 2003 年的电视剧《双枪老太婆传奇》，这些作品大都经过了艺术化的加工，使人物形象更加具有快意恩仇的传奇色彩。

　　在《红岩》中，有着一批像江姐、许云峰那样与敌人进行正面斗争的战士，但也有更多深深地隐藏自己，潜伏在距敌人最近的地方，保证着党组织联络的英雄。日复一日在渣滓洞中长跑、装疯卖傻的"疯老头"华子良，就是这样一个潜伏在敌人身边忍辱负重、默默地做着别样斗争的英雄。

　　华子良的人物原型是共产党员韩子栋，1934 年他因叛徒出卖被捕，辗转于各地监狱之后，最终被关押于白公馆中。国民党杀害车耀先、罗世文等革命人士之时，拉着韩子栋去陪杀场，他秘密接受了嘱托，一声枪响之后，开始装疯卖傻，把自己深深地隐藏起来。特务看守以为他是陪杀场被吓傻了，便从此叫他"疯老头"，对他放松了警惕，他便有了内外联络的机会。王平表演的现代京剧《华子良》是天津京剧院精心打造的庆祝建党 80 周年的献礼剧目，至今演出已逾百场。这部京剧表现了华子良真实的心路历程，面对同志和亲儿子华为的指责，他内心的波澜表现得淋漓尽致。

---

[1] 李润杰：《李润杰快板书选集》，人民文学出版社，1978 年，第 223 页。

京剧舞台剧《华子良》剧照

有儿不能认，有亲不能投，有苦不能诉，有泪不能流。就像这红红的石榴，皮里皮外看不透，这万千痛楚压心头。[1]

王平刚接到剧本时很是为难，要演一个装疯的人确实有难度。但这没有难倒他，他曾经到精神病医院去观察各种病人的神态，经过反复的琢磨推敲，终于呈现出一个成功的"华疯子"形象。该剧先后荣获中宣部"五个一工程"奖、第三届京剧艺术节金奖、第十届文化部"文华大奖"以及首届国家舞台艺术精品工程十大精品剧目奖。2003年该剧又被拍摄成戏剧电影上映，主演依然是王平，并斩获"华表奖"。

《华子良下山》则是根据京剧移植的白字戏折子戏，需要把丑角的滑稽和武生的动作技巧有机结合，对于出演华子良的戏曲演员来说，是一个巨大的挑战。

许云峰是《红岩》中的领导核心，也是被突出塑造的人物形象之一。他的形象与事迹是由罗世文、车耀先、许建业、许晓轩等多个烈士组合而成的，具有众多优秀的品质。在小说中，他是一名非常成熟的政治工作者，保持着高度的政治敏锐性，能够从郑克昌抄袭诗歌这一微小的细节察觉到危险的存在，遇事临危不乱、顾全大局。他在面对敌人时的沉着冷静、英勇就义前的不卑不亢，都给我们留下了深刻的印象。许云峰戴着镣铐却坚定的脚步和特务拿着武器却狼狈的身影，形成了充满讽刺的对比。

书中还有一段令人印象深刻的精彩片段，那就是许云峰只身

---

[1] 孙淑英：《悦读京剧》，天津教育出版社，2009年，第140页。

电影《烈火中永生》中许云峰只身赴宴

一人去赴徐鹏飞的宴请。评书表演艺术家袁阔成编演的《许云峰赴宴》，就将敌人假意宴请许云峰的场面再次艺术化地呈现了出来。评书一开头三言两语交代了时代背景和环境特点，之后便将重点放在了人物的塑造和事态的发展上。这是敌人给许云峰安排的一场鸿门宴，徐鹏飞要记者抓拍许云峰和他们握手、碰杯的照片，想要刊登出来迷惑民众，造成双方已达成共识的假象。这一切都被许云峰识破了，他镇定自若，无论什么样的计谋，他都置之不理，不为所动。

　　马处长站起来，冲老许一点头……"许先生，据我所知，今天是长官公署为许先生设宴压惊，这个，我看是不是这样啊，咱们边吃边喝边谈好不好啊，要不然待会儿这菜全凉了。许先生，您尝尝这俄国大菜。呃，我先来糖熘丸子。"好嘛这位嘴够急的，夹起一丸子扔他嘴里去了。老许哪看见过这事啊，气得他一拍桌子，啪！拍的真是时候，怎么？这马处长这糖熘丸子没等他嚼，整个儿下去了，"真烫啊！"嗓子当时起俩泡。他瞅了瞅老许，心说怎么在这么会儿拍桌子啊。

　　　　　　　　（根据评书《许云峰赴宴》录音整理）

　　评书既把许云峰的威严正义、警觉机智刻画得淋漓尽致，又以幽默讽刺的语言将敌人们的狡猾、窘态也活灵活现地展现出来。就算敌人妄图用虚伪的假面迷惑许云峰的双眼，用酷刑让他低下头颅，但他心中的共产主义信仰永远高扬。同时还有川剧《许云峰》以及粤曲《许云峰舍身挖地道》等曲目，将许云峰的故事广为流传。

四　思想艺术评论

1949 年重庆解放之后，磁器口集中营的二百多个革命者被国民党集中杀害，胜利的喜悦还未留存多久，悲伤与哀痛便攻上了人们的心头，人们对国民党的残忍行径痛恨不已。有人从大屠杀中有幸生还，罗广斌便是其中之一，他们拿起笔记录下曾经炼狱一般的生活和刚刚经历的九死一生的屠杀梦魇。但这些珍贵的原始资料属于个人创作，有些并不符合政治需要，注重的是个人命运和个人情感的表达，缺少正面的教育意义和典型意义。之后出现了《如此中美特种技术合作所——蒋美特务重庆大屠杀之血录》《圣洁的血花》等更加符合政治需要的报告类文学作品，并举办报告会进行教育传播、革命宣传，启发人们的政治觉悟。

罗广斌一直都有将这一段历史写成面向广大民众的小说的愿望，再加上上级部门的推动和支持，《红岩》的写作便提上了日程。作者们也为写这部小说做了大量的工作，几易其稿，不停地删添，最终由报告文学《锢禁的世界》蜕变为《红岩》，成为真实和虚构、历史和现实之间相互协调呈现出的完美艺术作品。《红岩》的写作与当时的政治要求紧密联系在一起，毫无疑问，无论是作品的出版还是改编，都与时代环境不可分割。曾在重庆市文联工作的杨世元说："《红岩》的写作有很大的特殊性，它既反映了创作者（主要是罗广斌和刘德彬）的革命经历和狱中磨难，也如林默涵所说，是部'党史小说'。它既是罗、刘、杨的创作活动，从一定程度上讲，也是列上组织日程，各方面尽力以促其成的一项工作任务。"[1] 文本的创作过程受到政治主流意识的影响，同时文本也影响着民众认知方式和情感方式的塑造。罗广斌、杨益言虽是作品的执笔者，但这是国家进行文学文本"组织生产"的成果，是一群人共同意志的展现，这样的命题作文使得表达一己悲欢的个人话语隐

---

[1] 钱振文：《〈红岩〉是怎样炼成的：国家文学的生产和消费》，北京大学出版社，2011 年，第 59 页。

歌乐山烈士群雕

没在国家层面的宏大叙事之中。作品向我们展示了一幅波澜壮阔的斗争图景，我们看到了当时复杂多变的社会缩影，看到了狱中的流血斗争，看到了共产党人为了国家为了人民做出的牺牲。他们无怨无悔地付出青春甚至生命，为了心中的共产主义理想而高歌，我们从中感受到的是信仰的力量。

《红岩》可以说是在当代文学史上少有的如此集中地塑造了众多无产阶级英雄形象的长篇小说，它在人们的心目中矗立起一座崇高的信仰丰碑，也创造了当时无产阶级文学的范式。《红岩》塑造了共和国英雄的群像，但这些人物形象也各有其特点，并不是按照同一个模板刻出来的。小说中的知识分子刘思扬儒雅又坚定，工厂厂长成岗成熟又稳重，普通工人余新江强硬却易冲动，学校学生陈松林忠贞却缺乏斗争经验；这些人物每一个都有着坚定的共产主义信仰，为保守党的秘密忠贞不渝，为共和国的建立洒下自己的鲜血，也散发着自己独特的人格魅力，值得我们每个人永远铭记。《红岩》在文学史上产生了很大的影响，但"一千个读者有一千个哈姆雷特"，读者在阅读并评价同一部作品时往往关注的点不一样，因此也会产生不同的评价。除了被赞扬为"共产主义教科书"之外，在人物形象方面，很多评论认为《红岩》中的人物缺少个性，过于崇高和完美，具有去世俗化的特征，"人性不足而神性有余"。但这并不意味着他们是神一样无欲无求的存在，他们也依然有着在人间最美好的追求、对爱的渴望，也拥有着丰富的情绪和细腻的情感。如江姐这一英雄人物形象在文本中既有革命者的坚贞不屈，又有对自己丈夫热烈的爱，对自己的孩子和"监狱之花"又拥有女性的温柔母性；还有双枪老太婆，在得知自己的丈夫华子良没有牺牲，而是潜伏在魔窟中依然和同志们一起战斗时，说出的话让人动容："十五年了……真想和他见一次面……见一次面未免太少了"，流露出她对丈夫真挚的爱和思念。所以小说也并不是一味地强调她们内心的强大和坚硬，她们真实柔软的一面没有被完全抹杀，而是在文本中呈现出来了，她们也需要亲情需要爱，这便是最真实人性的体现。

因为他们身上担负着艰巨的任务，特殊的工作性质让他们不得不远离世俗，在这一层面上他们只是做出了两方相权取其重的选择罢了。英雄之所以成为英雄，不一定是他做出了多少贡献，而是他们在精神上达到了一定的高度。人世间最大的勇气从来不是无所畏惧，而是面对恐惧仍然坚持自己的选择，这是他们最为可敬之处。有些评论认为《红岩》为政治服务的姿态过于明显，其中的人物过于完美，缺少真实的人性展现，他们面对家人的离散过于释怀，面对死亡过于轻松，更像是一群神的塑像。但我们应该知道，在创作《红岩》时，其中的很多人都有着多个原型，每一个人物形象不是对哪一个具体人物的歌颂与重现，而是一大批党的优秀儿女所有崇高品质的集中体现，是一代英雄集体记忆的群像，因此不免会出现过于完美的特性。由于每一个人物身上都承载着多个历史人物的原型，融合了众多英雄身上的优秀品质，有着一个"浓缩"的过程，所以他们的形象便更加具有代表性，更加趋近于完美。除了英雄之外，小说中像甫志高一样的反面人物也是现实当中许多人物的缩影，是整个反动政权力量的化身，所以他们才会表现得如此"坏到骨子里"。

一直以来人们关注的多是作品的政治教化功用，而缺少对其文学性和艺术性的关注。《红岩》整部作品充满着崇高的悲壮美，"壮志未酬身先死，长使英雄泪满襟"。这种英雄们所面临的悲喜交织的两种极端情绪体验、死亡的召唤和胜利即将来临之间产生一种动人的张力。如果他们有幸逃脱没有牺牲，以他们丰富的经验和对党对人民的忠诚，一定会成为新中国的栋梁，和后来人一样品尝到新生活的甜蜜滋味，但他们却永远地倒在了光明到来之

红岩村中共中央南方局和八路军驻重庆办事处旧址

前的黑暗里，这怎能不让人感到惋惜。但这并不是一种使人消沉的"悲"，相反，其中高扬着革命乐观主义的曲调，人们能够在作品中汲取到催人奋进的力量，这是最为重要的。虽然在一段时间内，《红岩》因大众文化的冲击而沉寂，但其蕴含的精神力量长留于天地之间，也一定会经受得住时代的考验，永远散发伟大的光辉力量。

《红岩》不仅是一部长篇小说，更是一种文化符号和文化现象，《红岩》及其改编形式承担起了记录、政治、教育、文化等多种功能。在20世纪60年代，《红岩》及其蕴含的"红岩精神"在塑造新的中国精神和主流价值观念的过程中起着重要作用。随着时代的变迁和时间的沉淀，"红岩精神"也从革命历史故事的圈定和主流政治的塑造下升华成为整个民族的宝贵精神资源。

有争议才代表有价值，抛开人物形象是否完美的问题不说，《红岩》仍然具有旺盛的生命活力和不朽的精神意义。在当今和平年代，《红岩》依然在文学阅读活动中占有重要的地位，其中蕴含的强大精神信仰是指引每一代人走好路的光辉旗帜。小说中多次提到的"红岩村"正是红岩精神的发祥地，红岩村中共办事处附近的红色巨岩已成为亘古的精神符号。"红岩精神"正是在那片革命圣地上留下来的最宝贵的精神财富，具体包括坚定的理想信念、崇高的思想境界、伟大的人格力量和浩然的革命正气四个方面。"红岩精神"与"延安精神""井冈山精神""西柏坡精神""红船精神"一样，都是在长期艰苦的革命斗争中留下的宝贵经验和宝贵财富，但"红岩精神"又有其特有的精神个性。

"红岩精神"是在中共中央南方局和大后方人民的共同战斗中形成的。在抗日战争和解放战争中，以周恩来为领导的中共中央南方局在川地进行了广泛且重要的统一战线工作。在解放区的主战场，战士们进行着积极的武装斗争，而在以重庆为中心的大后方，也就是当时的国民党统治区，也进行着轰轰烈烈的斗争，团结各个阶层的人士，带动群众加入到抗战工作中来，为前线的胜利提供了坚实的保障。胡乔木同志也曾对南方局的工作做出极大肯定："没有南方局在大后方进行的广泛的统一战线工作，就很难把当时在国民党统治区域的各民主党派和各方面人士团结在我们共产党的周围，后来我们建立新中国的情况就会不一样，就没有今天这样的格局。因此，可以说，南方局的统一战线工作从一方面的意义上讲，为新中国奠定了重要的政治基础。""红岩精神"就是在南方局的工作中，在千千万万个像江姐、许云峰一样的优秀同志的奉献中形成并发扬的。

"红岩精神"是由邓颖超同志首次提出的。1985 年她重返红岩村，回到曾经战斗过的地方，革命时期的点点滴滴又展现在她眼前，万千情感涌上心头，于是写下了"红岩精神永放光芒"的题词，"红岩精神"也由此得名，从重庆传扬到全国各地，深入人心。从此以后，各届党的领导同志都对"红岩精神"高度重视，充分肯定了其在党的历史和民族历史上的重要地位，以及对全党全社会的巨大作用。"红岩精神"也是所有共产党人甚至所有中国人应该具有的精神品质。《红岩》以崇高的姿态为所有中国人演奏了一曲共产主义思想的光辉赞歌。如今，国家有意大力弘扬红岩精神，如红岩魂陈列馆建成于 1963 年；红岩革命纪念馆于 1999 年动工建设，馆内陈列着珍贵的历史文物，曾举办"红岩精神与党的群众路线"专题展，用大量鲜活的图片、

红岩革命纪念馆

文字和文物资料，再现战争历史情景，使参观者受到了巨大的精神震撼。

除了"红岩精神"之外，还有一份"狱中报告"越来越引起人们的关注，这份报告虽然不是《红岩》文本中出现的，却和那段历史有着重要联系。"一一二七"惨案之后，罗广斌从大屠杀中脱险。组织交给他一项重要的工作，那就是拿起笔，为重庆市委组织部撰写一本具有"内参"性质的《关于重庆党组织破坏的经过和狱中情形的报告》。这份报告总结了解放前夕地下党遭到的沉重打击及经验教训，里面还有烈士们的嘱托和忠告，句句皆饱含着热泪与热血。在这份报告的最后一部分，罗广斌代表狱中那些死去的难友，向党组织提出了具有历史意义和现实意义的八条"狱中意见"：一、防止领导成员腐化；二、加强党内教育和实际斗争的锻炼；三、不要理想主义，对上级也不要迷信；四、注意路线问题，不要从右跳到"左"；五、切勿轻视敌人；六、注意党员特别是领导干部的经济、恋爱和生活作风问题；七、严格进行整党整风；八、严惩叛徒特务。[1] 尤其是"防止领导成员腐化"这一条，在反腐倡廉的今天有着非同寻常的现实意义和

---

[1] 何建明、厉华：《忠诚与背叛：告诉你一个真实的红岩》，重庆出版社，2011年。

警示作用，这些用生命换来的教训，在当今仍是我们的宝贵财富。

从小接受爱国主义教育的我们都知道这样一句话："红领巾是用烈士的鲜血染成的。"新中国就是由千千万万像许云峰、江姐、成岗一样的战士用鲜血铸成的，他们用崇高的共产主义信仰铸成了我们民族的脊梁。信仰是人类肉体存在的精神支撑，在战争时代，为民族的复兴和人民的幸福而奋斗是战士们唯一的追求，这是一种单纯的精神境界。反观当下，社会发展日新月异，社会生活丰富多彩，充满了诸多诱惑，这给了大多数人选择自己生活方式的机会；当人们想要的越多，诱惑也就越多，这也使得一些人思想开始滑坡。"一个民族、一个国家，必须知道自己是谁，是从哪里来的，要到哪里去，想明白了、想对了，就要坚定不移朝着目标前进。"而国家和民族的未来又承担在我们每一个具体的人身上。在这浮躁的社会里，保持"初心"是我们拒绝诱惑、净化心灵的重要方式。对于共产党员来说，"不忘初心"就是始终牢记全心全意为人民服务的根本宗旨，衷心拥护群众，为人民群众谋幸福谋利益，经受住一切考验，为实现国家和民族伟大复兴的历史使命不懈奋斗；而对于千千万万的普通群众来说，"不忘初心"就是不要忘记我们最初的理想，守住那颗善良的本心，不要丢了那个最真实的自己，在平凡的岗位上为祖国奉献自己的力量。这也是"红岩精神"传承到今天，对于我们所有人都适用的现实意义。

不论世事如何变迁，江姐面对死亡时的从容依然会烙印在我们的心中，"如果需要为共产主义的理想而牺牲，我们每一个人，都应该，也可以做到——脸不变色，心不跳。"《红岩》与共和国相生相伴，经历了六十年风雨的它今天依旧散发着动人的光彩。重读《红岩》，重拾"初心"，能够让处在当今社会缺乏信仰的我们，从中汲取新的力量。

图书在版编目（CIP）数据

共和国的文学雕像 / 李掖平主编 . —济南：山东文艺
出版社，2020.4

ISBN 978-7-5329-6056-9

Ⅰ.①共… Ⅱ.①李… Ⅲ.①小说研究—中国—当代
Ⅳ.①I207.42

中国版本图书馆 CIP 数据核字（2020）第 022971 号

共和国的文学雕像

GONGHEGUO DE WENXUE DIAOXIANG

李掖平　主编

主管单位	山东出版传媒股份有限公司	
出版发行	山东文艺出版社	
社　　址	山东省济南市英雄山路 189 号	
邮　　编	250002	
网　　址	www.sdwypress.com	
读者服务	0531-82098776（总编室）	
	0531-82098775（市场营销部）	
电子邮箱	sdwy@sdpress.com.cn	
印　　刷	山东新华印务有限责任公司	
开　　本	710 毫米 ×1000 毫米　1/16	
印　　张	22	
字　　数	316 千	
版　　次	2020 年 4 月第 1 版	
印　　次	2020 年 4 月第 1 次印刷	
书　　号	ISBN 978-7-5329-6056-9	
定　　价	49.00 元	